ビギナーズ・クラシックス 日本の古典

夜の寝覚

乾 澄子＝編

角川文庫
24049

◆はじめに◆

皆さんは『夜の寝覚』という作品をご存じでしょうか。

平安時代中期に書かれた『源氏物語』は、当時の読者たちに大きな影響を与えました。なかでも作者の紫式部と同じように天皇のお妃《きさき》や姫君に仕える女房たちが、それに触発される形で多くの物語を書いたことが知られています。

鎌倉時代の偉大な歌人で、百人一首の選者でもあり、文学研究者でもあった藤原定家はこの『夜の寝覚』の作者を、菅原孝標女《すがわらのたかすえのむすめ》かと伝えています。孝標女はご存じのように『更級日記』の作者で、『源氏物語』に憧《あこが》れ、夢中になったことで知られています。孝標女作者説は現在のところ、定家が伝承として伝えた以外に確かな証拠がないので、その真偽についてはなんとも言えないのですが、孝標女も一時期祐子内親王（後朱雀天皇皇女）にお仕えしていたことを考えると、仲間の女房たちと物語に夢中になったかもしれません。どちらにしても『源氏物語』が当時の女性たちの創作意欲をかき立てたことは推測できそうです。

さて、この『夜の寝覚』という物語は、女主人公寝覚の上の幼少期からの一生が描かれています。一世源氏の太政大臣の姫君として生まれ、家柄も美貌《びぼう》も教養も何もかも恵まれたひとりの少女が、夢で天人のお告げを受けるところから物語は始まります。男君の人違いによる一夜の契り、望まない妊娠《にんしん》、わかってみれば相手の男君は姉の結婚相手、さらに帝の執拗《しつよう》な懸想と、次々と苦難が降りかかります。何もわからず、ただ嘆き悲しむだけだった少女が、やがて身勝手な男たちに振り回され、苦悩しながらも、自分の才覚で困難な状況を乗り越えようとしていきます。この物語には男性の愛情の対象である「女君」としては、寝覚の上一人しか登場せず、他の物語のように男性の心を他の女性と分かち合うことの辛さは描かれません。しかし、男君には女一の宮という正妻がいて、「妻」としての立場は分かち合わなければならず、そこにも苦悩します。そんな当時の女性たちの〈女〉という性を持つゆえにふりかかる理不尽さがテーマの一つと言えます。与えられた状況の中で、いかに自分らしく生きるか、寝覚の上の思いは現代の我々の心にも響くものがあります。

『源氏物語』の女君たちが抱いた女性ならではの生きにくさ、それを引き受け、女性の一生という形で描かれた本作品をお楽しみ下さい。

凡　例

・本書は平安時代後期の長編の王朝物語作品である『夜の寝覚』の主要な部分を取り上げ、原文を掲げ、現代語訳を施した。また、作品の全容がわかるように適宜説明を加えた。
・『夜の寝覚』の底本は肥前島原松平文庫蔵本を用いた。ただし、底本は巻序が誤っていると認められるので復元し、錯簡箇所についても正しい順序の文章に改めた。また、明らかな誤脱、誤写箇所などは前田家本（尊経閣文庫蔵）等により校訂した。
・表記などは適宜、漢字、仮名、句読点を施し、会話文などには「　」や『　』を付した。
・仮名遣いに関しては原則的に歴史的仮名遣いに統一した。
・和歌の引用は『新編国歌大観』（角川書店）により、表記は適宜改めた。
・現代語訳は読みやすさを考慮して、あまりに一文が長い場合は句点を施したところがある。
・本作品は中間部と末尾に欠巻があるが、諸資料を用いてあらすじ（推定）を掲げた。なお、巻一、二を第一部、中間欠巻部を第二部、巻三、四、五を第三部、末尾欠巻部を第四部の四部構成として捉え、説明を施した。

◆目次◆

巻二

巻三

巻四

巻五

編集協力＝宮下雅恵
（近畿大学非常勤講師）
図版＝村松明夫
山下武夫（クラップス）
挿画＝須貝　稔

◆巻一

①　寝覚《ねざめ》の恋《こい》

男女《だんじょ》の仲《なか》のさまざまな様子《ようす》をこれまでずいぶん見聞《みき》きしてきましたが、やはり何《なん》と言《い》ってもこれからお話《はな》しする寝覚《ねざめ》―物思《ものおも》いが募《つの》って夜中《よなか》に目覚《めざ》めがちになること―のお二人《ふたり》の仲《なか》ほど深《ふか》いご縁《えん》で結《むす》ばれながら、悩《なや》みの限《かぎ》りを尽《つ》くすといった例《れい》はめったにあるものではございませんでした。

❖人《ひと》の世《よ》のさまざまなるを見聞《みき》きつもるに、なほ寝覚《ねざめ》の御仲《おんなか》らひばかり、浅《あさ》からぬ契《ちぎ》りながら、世《よ》に心尽《こころづ》くしなる例《ためし》は、ありがたくもありけるかな。

✻『夜の寝覚』の冒頭部分は、主人公たちのお側で見てきた女房による語りという形で始まる。こういう身近な女房による語り出しという冒頭形式は、『源氏物語』以降の作品に見られるようになる。この『夜の寝覚』においてはうまくいかずに悩む恋の諸相が描かれることが最初から明示されており、主題提示型の冒頭としての特徴を持つ。読者は、はてさて、どのような恋物語が展開されるのであろうと期待を持って読み進めていくことになる。

② 主人公《しゅじんこう》の紹介《しょうかい》

そのご本人《ほんにん》たちの出自《しゅつじ》を尋《たず》ねてみると、そのころ太政大臣《だいじょうだいじん》と申《もう》し上《あ》げたのは、朱雀院《すざくいん》のご兄弟《きょうだい》で、臣籍《しんせき》に降下《こうか》され源氏《げんじ》になられた方《かた》だった。管絃《かんげん》の道《みち》にも漢詩文《かんしぶん》の方面《ほうめん》にも大変《たいへん》に優《すぐ》れておられたけれども、母《はは》が女御《にょうご》であり、しっかりとした後見《こうけん》もなかったので、父帝《ちちみかど》はかえって臣下《しんか》として帝《みかど》の補佐役《ほさやく》とし朝政《ちょうせい》に携《たずさ》わる方《ほう》がよかろうとお決《き》めになったのであろう。その期待《きたい》どおりに世間《せけん》から並一通《なみひととお》りではない信望《しんぼう》を得《え》ておられる。

その太政大臣《だいじょうだいじん》の北《きた》の方《かた》は、お一人《ひとり》は按察大納言《あぜちのだいなごん》の娘《むすめ》でそちらには男《おとこ》の子《こ》が二人《ふたり》おいでになる。またもう一人《ひとり》の帥《そち》の宮《みや》の娘《むすめ》との間《あいだ》には女《おんな》の子《こ》が二人《ふたり》生《う》まれておられた。ところが二人《ふたり》の北《きた》の方《かた》が忘《わす》れ形見《がたみ》の子《こ》どもたちを恨《うら》みっこなしに残《のこ》して競《きそ》うようにお亡《な》くなりになった後《あと》、太政大臣《だいじょうだいじん》は夫婦《ふうふ》の縁《えん》を辛《つら》いものとすっかり懲《こ》りておしまいになって、とても広《ひろ》く趣《おもむき》のあるお邸《やしき》にお一人《ひとり》で暮《く》らされて、そこに男《おとこ》の子《こ》も女《おんな》の子《こ》も皆迎《みなむか》え寄《よ》せて、世間並《せけんな》みに他《ほか》の女性《じょせい》を後添《のちぞ》えに迎《むか》えるという気持《きも》ちもさらさらお持《も》ちにならず、ご自身《じしん》の慈愛《じあい》に満《み》ちた手元《てもと》で四人《よにん》の子《こ》どもたちを養育《よういく》なさりながら、男《おとこ》の子《こ》たちには笛《ふえ》を習《なら》わせ漢詩文《かんしぶん》を教《おし》え、たいそう優《すぐ》れてお育《そだ》ちになった姫君《ひめぎみ》たちには、姉君《あねぎみ》には琵琶《びわ》、妹《いもうと》の中《なか》の君《きみ》には箏《そう》の琴《こと》をお教《おし》えになったが、いずれも聡明《そうめい》でみごとにお弾《ひ》きになる。中《なか》でも、中《なか》の君《きみ》は十三歳《じゅうさんさい》ぐらいで、まだ稚拙《ちせつ》であってもあたりまえの年《とし》ごろながら父太政大臣《ちちだいじょうだいじん》がお教《おし》えになることを上回《うわまわ》って、たった一度《いちど》お習《なら》いになるだけで言《い》いようもない優《すぐ》れた音色《ねいろ》でお弾《ひ》きになる。父《ちち》は「これは現世《げんせ》のみのことでなされることではあるまい」と、中《なか》の君《きみ》のことをしみじみと愛《いと》おしくお思《おも》いになるのであった。

❖そのもとの根《ね》ざしを尋《たづ》ぬれば、そのころ太政大臣《だいじやうだいじん》と聞《き》こゆるは、朱雀院《すざくゐん》の御《おん》はらからの源氏《げんじ》になり給《たま》へりしになむありける。琴笛《ことふえ》の道《みち》にも文《ふみ》の方《かた》にも優《すぐ》れて、いとかしこくものし給《たま》ひけれど、女御腹《にようごばら》にて、はかばかしき御後見《おんうしろみ》もなかりければ、なかなかただ人《ひと》にておほやけの御後見《おんうしろみ》と思《おぼ》しおきてけるなるべし。その本意《ほい》ありて、いとやむごとなきおぼえにものし給《たま》ふ。

北《きた》の方《かた》、一所《ひとところ》は按察大納言《あぜちのだいなごん》の女《むすめ》、そこに男二人《をとこふたり》ものし給《たま》ふ。帥《そち》の宮《みや》の御女《おんむすめ》の腹《はら》には、女二人《をんなふたり》おはしけり。形見《かたみ》どもをうらやみなくとどめ置《お》きて競《きほ》ひかくれ給《たま》ひにし後《のち》、世《よ》を憂《う》きものに懲《こ》り果《は》てて、いと広《ひろ》くおもしろき宮《みや》に一人《ひとり》住《ず》みにて、男《をとこ》女《をんな》君達《きんだち》をも皆一《みなひと》つに迎《むか》へ寄《よ》せて、世《よ》の常《つね》に思《おぼ》しうつろふ御心《おんこころ》も絶《た》えて、一人《ひとり》の御羽《おんはね》の下《した》に四所《よところ》を育《はぐく》みたてまつり給《たま》ひつつ、男君《をとこぎみ》には笛《ふえ》を習《なら》はし、文《ふみ》を教《をし》へ、姫《ひめ》君《ぎみ》のいとすぐれて生《お》ひ立《た》ち給《たま》ふには、姉君《あねぎみ》には琵琶《びは》、中《なか》の君《きみ》には箏《しやう》の琴《こと》を教《をし》へたてまつり給《たま》ふに、おのおのさとうかしこく弾《ひ》き優《すぐ》れ給《たま》ふ。中《なか》にも、中《なか》の君《きみ》の十《とをあまり》三《みつ》ばかりにて、まだいといはけなかるべきほどにて、教《をし》へたてまつり給《たま》ふにも過《す》ぎて、ただひとわたりに限《かぎ》りなき音《ね》を弾《ひ》き給《たま》ふ。「この世《よ》のみにてし給《たま》ふことにはあらざりけり」と、あはれにかなしく思《おも》ひきこえ給《たま》ふ。

＊冒頭に続いて主人公の紹介である。当人の親の出自から語り出されるのは王朝物語

の常道であった。時の太政大臣は兄が朱雀院であり、本人は臣籍に降下された源氏であるとの説明に、読者は光源氏を思い出すのではないだろうか。本物語の主人公は明らかに光源氏の次の世代が意識されている。

二人の北の方が子どもたちを残して相次いで亡くなった太政大臣は、後妻を迎えることもせず、当時母方で育てられることが多かった子どもたち四人を自邸に呼び寄せ、自らの手元で愛情深く養育をする。中でも中の君と呼ばれる妹君は父の教え以上の優れた音楽の才を示し、父鍾愛《しょうあい》の娘として物語に登場する。これが本物語の主人公である寝覚《ねざめ》の上《うえ》である。冒頭で寝覚の男女の仲の物語であることが示されるが、女性側の出自から語り出されることによって、この物語は主人公が女性であることを印象づける。女性の一代記としての物語の始まりである。

③ 中《なか》の君《きみ》の夢《ゆめ》の中《なか》に天人降下《てんにんこうか》、琵琶《びわ》の秘曲《ひきょく》を授《さず》ける

中の君十三歳の八月十五夜、とりわけ美しい中秋の満月の夜、いつもなら宮中で月をめでながら管絃の遊びがあるところ、その年は朱雀院《すざくいん》が風邪を召されて中止となり、貴族たちはおのおのの邸《やしき》で楽しむことになった。太政大臣邸でも姫君たちも端近に出て、姉君は琵琶を、妹中の君は箏《そう》の琴を演奏して楽しんでいた。中でも中の君の音色はまだ幼いにもかかわらずすばらしく、父太政大臣はそら恐ろしいと思うほどで、「この素晴らしい音色を今すぐ情趣を解する人に見せもし、聞かせもしたいものだ」と思う。やがて、夜が更けてそのまま箏の琴にもたれかかるようにして寝入ってしまった中の君の夢に、父の思いに呼応するように天人が現れる。

中《なか》の君《きみ》（小姫君《こひめぎみ》）の夢《ゆめ》に、たいそう美《うつく》しく清《きよ》らかで髪上《かみあ》げ姿《すがた》も端正《たんせい》で、唐絵《からえ》の人物《じんぶつ》のような姿《すがた》の人《ひと》が、琵琶《びわ》を持《も》って現《あらわ》れて、「今宵《こよい》のあなたがお弾《ひ》きになった御箏《おんそう》の琴《こと》の音《ね》が雲《くも》の上《うえ》まで感慨深《かんがいぶか》く響《ひび》いてきたので、訪《たず》ねて

参《まい》ったのです。私《わたし》の琵琶《びわ》の音《ね》を引《ひ》き伝《つた》えるべき人《ひと》は、地上世界《ちじょうせかい》ではあなた一人《ひとり》だけおいででした。これも皆《みな》そうあるべき前世《ぜんせ》からの約束事《やくそくごと》だったのです。この秘曲《ひきょく》をお弾《ひ》き取《と》りになり、国王《こくおう》にまでお伝《つた》え申《もう》し上《あ》げるほどに」と言《い》って、教《おし》えるのを、中《なか》の君《きみ》はとてもうれしく思《おも》って、多《おお》くの曲《きょく》を、あっという間《ま》に弾《ひ》き覚《おぼ》えてしまった。「この残《のこ》りの曲《きょく》でこの世《よ》には伝《つた》わっていないものがまだ五曲《ごきょく》ありますが、来年《らいねん》の今晩《こんばん》、また降《くだ》って来《き》てお教《おし》えしましょう」と言《い》って姿《すがた》を消《け》してしまったという夢《ゆめ》を御覧《ごらん》になって、眼《め》をお覚《さ》ましになると、明《あ》け方《がた》になっていた。琵琶《びわ》は父《ちち》の殿《との》も習《なら》わせなさらないもので、中《なか》の君《きみ》は特《とく》に弾《ひ》こうとは思《おも》わないのに、夢《ゆめ》で天人《てんにん》から習《なら》うと見《み》た曲《きょく》の数々《かずかず》がたいそうはっきりと思《おも》い出《だ》されるので、不思議《ふしぎ》に思《おも》って、琵《び》琶《わ》を取《と》り寄《よ》せてお弾《ひ》きになると、父大臣《ちちおとど》がお聞《き》きになって、「これはいったい、どうしてこんなに上手《じょうず》にお弾《ひ》きになるようになったのか。なんとも珍《めずら》しいことだ」と驚《おどろ》きあきれなさったが、中《なか》の君《きみ》は夢《ゆめ》のことは恥《は》ずかしくて、かえってお話《はな》しできない。常日《つねひ》ごろ習《なら》っていた箏《そう》の琴《こと》よりも、夢《ゆめ》で習《なら》った琵琶《びわ》は、いささかもつかえたりすることなく、まごつくような調《しら》べもなく自然《しぜん》と思《おも》い出《だ》される。

❖小姫君《こひめぎみ》の御夢《おんゆめ》に、いとめでたくきよらに髪上《かみあ》げうるはしき、唐絵《からゑ》の様《さま》したる人《ひと》、琵琶《びは》を持《も》てきて、「今宵《こよひ》の御箏《おんしやう》の琴《こと》の音《ね》、雲《くも》の上《うへ》まであはれに響《ひび》き聞《き》こえつるを、訪《たづ》ねまうで来《き》つるなり。おのが琵琶《びは》の音《ね》弾《ひ》き伝《つた》ふべき人《ひと》、天《あめ》の下《した》には君一人《きみひとり》なむものし給《たま》ひける。これもさるべき昔《むかし》の世《よ》の契《ちぎ》りなり。これ弾《ひ》きとどめ給《たま》ひて、国《こく》王《わう》まで伝《つた》へたてまつり給《たま》ふばかり」とて教《をし》ふるを、「いとうれし」と思《おも》ひて、あまたの手《て》を片時《かたとき》の間《ま》に弾《ひ》き取《と》りつ。「この残《のこ》りの手《て》の、この世《よ》に伝《つた》はらぬ、いま五《いっ》つあるは、来年《らいねん》の今宵《こよひ》降《くだ》り来《き》て教《をし》へたてまつらむ」とて、失《う》せぬと見《み》給《たま》ひて、おどろき給《たま》へれば、暁方《あかつきがた》になりにけり。琵琶《びは》は殿《との》も習《なら》はし給《たま》はぬものなれば、わざと弾《ひ》かむとも思《おも》はぬに、習《なら》ふと見《み》つる手《て》どものいとよくおぼゆるを、あやしさに、琵琶《びは》を取《と》り寄《よ》せて弾《ひ》き給《たま》ふに、大臣《おとど》聞《き》き給《たま》ひて、「こはいかにかく弾《ひ》き優《すぐ》れ給《たま》ひしぞ。めづらかなるわざかな」とあさみおどろき給《たま》ひつれど、夢《ゆめ》をば恥《は》づかしうてなかなかに語《かた》り続《つづ》けず。常《つね》に習《なら》ひし箏《しやう》の琴《こと》よりも、夢《ゆめ》に習《なら》ひし琵琶《びは》は、いささかとどこほらず、たどらるべき調《しら》べなく思《おも》ひ続《つづ》けらる。

✿中の君の夢に現れた天人は彼女に琵琶の秘曲を授ける。父太政大臣が娘たちに教えたのは姉大君《おおいぎみ》に琵琶、妹中の君には箏《そう》であって琵琶ではなかった。そして秘曲と共に天人は予言をする。「天上での秘曲を伝えることができる人は地上ではあなたただ一人である、そしてそれは国王まで伝えられるほど」のものであると。この天人の言葉の言いさしはその後の物語にどのような意味を持つのか。天人はまた来年の訪れを約束して消える。

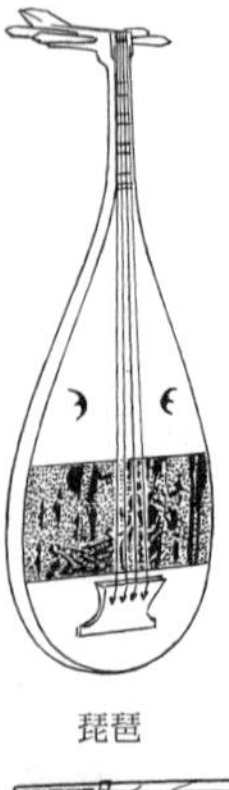
琵琶

箏の琴

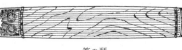

④ **翌年《よくねん》、再《ふたた》び天人降下《てんにんこうか》し、秘曲《ひきょく》を伝授《でんじゅ》、さらに予言《よげん》**

中の君は天人から教わった琵琶《びわ》は決して人前では弾かず心密《ひそ》かに翌年の八月十五夜を待ち望む。

その日《ひ》は早朝《そうちょう》から雨《あめ》が降《ふ》り続《つづ》いたので、中《なか》の君《きみ》は「月《つき》が出《で》ることはないだろう」と残念《ざんねん》に思《おも》いながら一日物思《いちにちものおも》いにふけりながら空《そら》を眺《なが》めて過《す》ごすうちに、夕方《ゆうがた》になって風《かぜ》が吹《ふ》いてきて、昨年《さくねん》よりも空《そら》が澄《す》んで、月《つき》が明《あか》るく輝《かがや》いた。父大臣《ちちおとど》は今晩《こんばん》は宮中《きゅうちゅう》で詩会《しかい》や管絃《かんげん》の遊《あそ》びなどがあり、参内《さんだい》なさったので、大臣邸《だいじんてい》はとても静《しず》かで、中《なか》の君《きみ》は端近《はしぢか》に出《で》て御簾《みす》を巻《ま》き上《あ》げて、宵《よい》のうちはいつものように箏《そう》の琴《こと》をお弾《ひ》きになり、人々《ひとびと》が寝静《ねしず》まり夜《よる》が更《ふ》けてしまってから、昨年天人《さくねんてんにん》に教《おし》えられたとおりに、琵琶《びわ》をありったけの音《ね》でお弾《ひ》きになる。それを聞《き》いた姉君《あねぎみ》は「中《なか》の君《きみ》が常《つね》にお弾《ひ》きになっている箏《そう》の琴《こと》よりもこの琵琶《びわ》の音《ね》の方《ほう》が優《すぐ》れて聞《き》こえます。琵琶《びわ》は以前《いぜん》から特《とく》別《べっ》に父《ちち》が私《わたし》に教《おし》えてくださっているけれど、いつもたどたどしくて上手《じょうず》に弾《ひ》けないでいるものを、驚《おどろ》くほどの中《なか》の君《きみ》の音色《ねいろ》だこと」と、お聞《き》きになって驚《おどろ》かれる。いつものようにおやすみになると、昨年《さくねん》と同《おな》じ天人《てんにん》が現《あらわ》れて「お教《おし》え申《もう》し上《あ》げた以上《いじょう》に素晴《すば》らしい琵琶《びわ》の音《ね》ですこと。これらの曲《きょく》のことを聞《き》いてわかる人《ひと》はとてもおられないでしょう」と言《い》って、残《のこ》りの曲《きょく》あと五《いっ》つを弾《ひ》き教《おし》えて、「ああ、残念《ざんねん》なこと、これほどの方《かた》がひどくものを思《おも》い悩《なや》み、心《こころ》をお乱《みだ》しにならねばならぬ宿世《しゅくせ》がおありになることよ」と言《い》って、帰《かえ》ってしまったと夢《ゆめ》にご覧《らん》になったが、教《おし》えられた曲《きょく》を目《め》が覚《さ》めて弾《ひ》いてみると、まったく滞《とどこお》ることなく弾《ひ》ける。自分《じぶん》でも不思議《ふしぎ》なことと驚《おどろ》き、思《おも》い余《あま》って、姉君《あねぎみ》に「夢《ゆめ》の中《なか》で琵琶《びわ》を教《おし》えてくれる人《ひと》がいるのです」とだけ申《もう》し上《あ》げるが、それ以上《いじょう》はとうていお話《はな》しになれない。

❖つとめてより雨降《あめふ》り暮《く》らせば、「月《つき》もあるまじきなめり」と口惜《くちを》しうながめ暮《く》らすに、夕《ゆふ》さりつ方《かた》、風《かぜ》うち吹《ふ》きて、月《つき》、ありしよりも空《そら》澄《す》みて明《あか》くなりぬ。殿《との》は今宵内《こよひうち》に文作《ふみつく》り御遊《おんあそ》びあるに参《まゐ》り給《たま》ひぬれば、いと静《しづ》かなるに、端近《はしちか》く御簾《みす》巻き上《あ》げて、宵《よひ》には例《れい》の箏《しやう》の琴《こと》を弾《ひ》き給《たま》ひて、人静《ひとしづ》まり夜更《よふ》けぬるにぞ、琵琶《びは》を教《をし》へのままに、音《ね》のある限《かぎ》り出《い》だして弾《ひ》き給《たま》へれば、姫君《ひめぎみ》、「常《つね》に弾《ひ》き給《たま》ふ箏《しやう》の琴《こと》よりも、これこそ優《すぐ》れて聞《き》こゆれ。昔《むかし》より取《と》り分《わ》き殿《との》の教《をし》へ給《たま》へど、常《つね》にたどたどしくてえ弾《ひ》きとどめぬものを、あさましき君《きみ》の御様《おんさま》かな」と聞《き》きおどろき給《たま》ふ。例《れい》の御殿籠《おんとのごも》りたるに、ありし同《おな》じ人《ひと》を、「教《をし》へたてまつりしにも過《す》ぎて、あはれなりつる御琴《おんこと》の音《ね》かな。この手《て》どもを聞《き》き知《し》る人《ひと》は、えしもやなからむ」とて、残《のこ》りの手《て》いま五《いつ》つを教《をし》へて、「あはれ、あたら、人《ひと》のいたく物《もの》を思《おも》ひ、心《こころ》を乱《みだ》し給《たま》ふべき宿世《すくせ》のおはするかな」とて帰《かへ》りぬと見《み》給《たま》ふに、この手《て》どもを、覚《さ》めてさらにとどこほらず弾《ひ》かる。あさましう、思《おも》ひあまりて、姉君《あねぎみ》に、「夢《ゆめ》に琵琶《びは》を教《をし》ふる人《ひと》こそあれ」とばかり聞《き》こえ給《たま》へど、なかなか語《かた》り続《つづ》け給《たま》はず。

✲翌年の八月十五夜、中の君は周りのものたちが寝静まった頃に、天人の再びの訪れを密かに待って、決して人前では弾かなかった琵琶を教えられたとおり奏《かな》でる。はたして天人は夢に現れ、教えた以上の素晴らしい腕前に感嘆するとともに、昨年伝え残した秘曲をさらに五つ教えて、また新たな予言を残した。「あはれ、あたら、人《ひと》のいたく物《もの》を思《おも》ひ、心《こころ》を乱《みだ》し給《たま》ふべき宿世《すくせ》のおはするかな（ああ、残念なこと、これほどの方がひどくものを思い悩み、心をお乱しにならねばならぬ宿世がおありになることよ）」と。それは身分も容姿も才能も何もかも備えていると思われる中の君の、しかしながら悲運の将来を予言するものであった。

さて、その翌年も中の君は琵琶を弾きながら格子《こうし》をあげ、休んだが、ついに三年目の天人の訪れはなかった。中の君は、

天《あま》の原雲《はらくも》の通《かよ》ひ路《ぢ》閉《と》ぢてけり月《つき》の都《みやこ》の人《ひと》も訪《と》ひ来《こ》ず

（天上では地上を結ぶ雲の通い路は閉じてしまったのですね。それで月の都の人はもう私を訪ねては来ないのです）

と詠む。『竹取物語』のかぐや姫以来、天人は月の都の人とする。

この「あはれ、あたら、人《ひと》のいたく物《もの》を思《おも》ひ、心《こころ》を乱《みだ》し給《たま》ふべき宿世《すくせ》のおはするかな」という天人の予言は、冒頭の「浅《あさ》からぬ契《ちぎ》りながら、世《よ》に心尽《こころづ》くしなる例《ためし》は、ありがたくもありけるかな」という提示された主題とも響き合って、これからの物語の展開を導いていくものとなる。

⑤ 男君《おとこぎみ》の紹介《しょうかい》

さて、父太政大臣は中の君の五歳上の姉、大君《おおいぎみ》の身の振り方についてあれこれ考えをめぐらせる。入内《じゅだい》も検討するが、現在の帝《みかど》には関白左大臣の娘が東宮《とうぐう》（皇太子）の母でもあり、れっきとした中宮《ちゅうぐう》として帝の寵愛《ちょうあい》も厚い。また自分の姪《めい》にあたる式部《しきぶ》卿宮《きょうのみや》の娘も承香殿《しょうきょうでんのにょうご》女御として帝の格別に大切な人として時めいている。そんな中で入内をしたところで何ほどのこともあろうか。しかし東宮はまだ幼い。そこで結婚相手として候補に挙がってきたのが、物語の主人公の一人、男君であった。

父大臣《ちちおとど》は「さてどうしたものか」とお考《かんが》えになるに、左大臣《さだいじん》の長男《ちょうなん》でご容貌《ようぼう》、性質《せいしつ》、学問《がくもん》その他《た》この世《よ》にはもったいないまでに優秀《ゆうしゅう》で、この世《よ》の光《ひかり》のような方《かた》だと公私両面《こうしりょうめん》から尊敬《そんけい》されている方《かた》がおられた。ご年齢《ねんれい》もまだ二十歳《さい》には少《すこ》し足《た》りない若《わか》さで権中納言《ごんちゅうなごん》で中将《ちゅうじょう》を兼《か》ねておられる、そんな方《かた》だった。関白左大臣《かんぱくさだいじん》の大切《たいせつ》にかわいがっている息子《むすこ》で、后《きさき》のごきょうだい、東宮《とうぐう》のおじでもあり、今《いま》も将来《しょうらい》も頼《たの》もしくすばらしいが、そのように自分《じぶん》の思《おも》うようになる世《よ》の中《なか》だからと言《い》って、驕《おご》ったり、人《ひと》を軽《かろ》んじるようなところもなく、めったにないほどしっかり身《み》を処《しょ》しておられるので、「帝《みかど》の御母《おんはは》とか后《きさき》にならないのなら、このお方《かた》の妻《つま》であることこそが結構《けっこう》なことであろう」と父太政大臣《ちちだいじょうだいじん》は思《おも》い至《いた》って、関白左大臣《かんぱくさだいじん》にご意向《いこう》を伺《うかが》わせなさったところ、「どうして不都合《ふつごう》がありましょうか。皇女方《こうじょがた》以外《がい》では、この太政大臣家《だいじょうだいじんけ》の姫君《ひめぎみ》こそこの上《うえ》もない結婚相手《けっこんあいて》です。安心《あんしん》で似合《にあ》いの御《おん》仲《なか》です」と承諾《しょうだく》なさったので、父太政大臣《ちちだいじょうだいじん》のご愛情《あいじょう》は中《なか》の君《きみ》の方《ほう》に格別《かくべつ》に勝《まさ》っていたが、順番《じゅんばん》のあることとて、まず大君《おおいぎみ》のご婚儀《こんぎ》を八月一日《はちがつついたち》と決《き》めてご準備《じゅんび》をなさる。

❖「いかがはすべき」と思《おぼ》すに、左大臣《さだいじん》の御太郎《おんたらう》、容貌《かたち》、心《こころ》ばへ、すべて身《み》の才《ざい》この世《よ》には余《あま》るまで優《すぐ》れて限《かぎ》りなく、世《よ》の光《ひかり》と公私《おほやけわたくし》思《おも》ひあがめられ給《たま》ふ人《ひと》あり。年《とし》もまだ二十《はたち》に足《た》らぬ程《ほど》にて、権中納言《ごんちゆうなごん》にて中将《ちゆうじやう》かけ給《たま》へる、ものし給《たま》ふ。

関白《くわんぱく》のかなし子《ご》、后《きさき》の御《おん》せうと、東宮《とうぐう》の御《おん》をぢ、今《いま》も行《ゆ》く末《すゑ》も頼《たの》もしげにめでたきに、心《こころ》ばへなどの、さる我《わ》がままなる世《よ》とても、驕《おご》り、人《ひと》を軽《かろ》むる心《こころ》なく、いとありがたくもてをさめたるを、「帝《みかど》の御母《おんはは》、后《きさき》に居《ゐ》ざらむ女《をんな》は、この人《ひと》の類《たぐひ》にてあらむこそめでたからめ」と思《おぼ》し得《え》て、殿《との》に御気色《おんけしき》たまはらせ給《たま》ふに、「などてかは。皇女《みこ》たちよりほかは、この人《ひと》こそ、やんごとなかるべきよすがなれ。うしろやすく、目《め》やすかるべき御仲《おんなか》」と、うけひき給《たま》ひてければ、御心《おんこころ》ざしはこよなくたちまさりたれど、限《かぎ》りあれば、まづ大姫君《おほひめぎみ》の御事《おんこと》を、八月一日《はづきついたち》ととりていそぎ給《たま》ふ。

✿物語の男主人公の登場、まずは紹介となる。時の関白左大臣の息子で女きょうだいは当帝《とうだい》の中宮、甥《おい》は東宮と当代きっての名門家の長男で、もちろん容貌《ようぼう》、性格、才能、世間の評判も申し分なく、光源氏を凌《しの》ぐ資質、境遇の持ち主である。父太政大臣は心中ではこの素晴らしい男君と中の君の結婚を思うが、物事には順序があると姉大君《おおいぎみ》との縁談を進める。それがやがてこの姉妹の不幸を生み出すことになる。

★コラム　権中納言《ごんちゅうなごん》

「権」は「仮」の意で、権官のことを指し、定員外の任であることを示す。平安時代には正官と並置された。「中納言《ちゅうなごん》」は令外の官（大宝令や養老令に定められた以外の官職）であったが、既に奈良時代には設置された。大納言に次ぐ身分で、大納言らとともに朝政に参与し、律令国家の政務運営に当たった。平安時代になると権門《けんもん》の子息たち、特に大臣子弟たちが若年で「権中納言《ごんちゅうなごん》」として任命されるようになり、中でも中将《ちゅうじょう》との兼務はエリートコースともいえる。平安中期以降、権中納言は常置されたが、中納言は不在の時期もあった。

『夜の寝覚』の男君は、父が関白左大臣。物語に登場した時、二十歳以前の権中納言で中将兼任、その後二十歳で大納言に昇進、以後内大臣、右大臣、関白と昇進していく。この経歴は実在の人物にも見られないほどの栄達ぶりで、特別な人物として当時の読者にも受け取られていたと考えられる。

⑥ 男君《おとこぎみ》、中《なか》の君《きみ》を垣間見《かいまみ》し、但馬守三女《たじまのかみさんじょ》と誤認《ごにん》する

父太政大臣《だいじょうだいじん》は大君《おおいぎみ》に次いで中の君にも遜色《そんしょく》ない縁談をと思っていたところ、姉の結婚のひと月前の七月一日に「おどろおどろしきもののさとし」（大変な凶兆）があり、中の君が大厄《たいやく》の年にあたることがわかる。物忌《ものい》み（占いや暦が凶である時など、家あるいは特定の建物に籠《こ》もって謹慎すること）のため、中の君は対《たい》の君《きみ》と共に九条《くじょう》の対の君の兄僧都《そうず》の邸宅に移る。対の君とは中の君の母上の兄の子で、母上が我が子のようにかわいがっていたので、母上が亡き後、邸《やしき》にとどまって姫君たちの世話をしていた。移った先では対の君の姪《めい》、但馬守三女も方違《かたたが》えのため来合わせていた。

一方中納言（男君）は乳母《めのと》の病気見舞いに出かけ、たまたま隣から聞こえてきた楽《がく》の音《ね》に誘われ、境の竹の間から垣間見をする。中でもとりわけ箏《そう》の琴の音に心惹《ひ》かれる。

軒近《のきちか》くにある透垣《すいがい》のあたりに繁《しげ》っている荻《おぎ》のもとに伝《つた》い寄《よ》ってご覧《らん》になると、池《いけ》や遣水《やりみず》の流《なが》れ、敷《し》かれている砂《すな》など風情《ふぜい》があるが、そうした庭《にわ》を

前《まえ》に、御簾《みす》を巻《ま》き上《あ》げて、三十路《みそじ》になろうかと思《おも》われるくらいの人《ひと》で、欄《らん》干《かん》のところで和琴《わごん》を弾《ひ》いている人《ひと》がいる。髪《かみ》の様子《ようす》や容姿《ようし》がほっそりとしていて、上品《じょうひん》で美《うつく》しいうえに、髪《かみ》がとても艶《つや》やかでゆったりとかかっていて、感《かん》じのよい人《ひと》だと見《み》える。その人《ひと》に向《む》かい合《あ》って、紅《くれない》か二藍《ふたあい》だろうと思《おも》われる衣《ころも》で、とても色白《いろじろ》で透《す》き通《とお》るような美《うつく》しい人《ひと》が、簀子《すのこ》の方《ほう》にすべりおりて、長押《なげし》に押《お》しかかるようにして、外《そと》の方《ほう》を眺《なが》めやって、琵琶《びわ》に深《ふか》く覆《おお》い被《かぶ》さるようにして掻《か》き鳴《な》らしたその音色《ねいろ》は、聴《き》くとすぐ、その身《み》のこなしや容姿《ようし》と一緒《いっしょ》になって、たいそう際立《きわだ》ち、親《した》しみ深《ぶか》く優美《ゆうび》で、こぼれかかっている額髪《ひたいがみ》の合間《あいま》から見《み》える額《ひたい》がとても白《しろ》く美《うつく》しい様子《ようす》など、本《ほん》当《とう》にすぐれた美人《びじん》だことと見《み》えたが、先《さき》ほど心《こころ》にかかった箏《そう》の琴《こと》を弾《ひ》いている人《ひと》は長押《なげし》の上《うえ》に少《すこ》し奥《おく》の方《ほう》に引《ひ》っ込《こ》んで、琴《こと》は弾《ひ》きやんでそのままその琴《こと》に寄《よ》りかかって、西《にし》に傾《かたむ》くにつれてますます澄《す》み渡《わた》る月《つき》を眺《なが》めていたが、その様子《ようす》はここにいる人々《ひとびと》を美《うつく》しいと思《おも》ったのと比《くら》べれば、むら雲《くも》の中《なか》から十五夜《じゅうごや》のとりわけ清《きよ》らかな光《ひかり》を見《み》つけた気持《きも》ちがするので、中納言《ちゅうなごん》

（男君《おとこぎみ》）は驚《おどろ》きあきれ目《め》を見張《みは》ってしまわれた。「この人《ひと》こそが、行頼《ゆきより》が賞賛《しようさん》していた但馬守三女《たじまのかみさんじよ》に違《ちが》いない。長押《なげし》の端近《はしぢか》にいたのは姉《あね》たちだろう。これこそ受領階級《ずりようかいきゆう》の娘《むすめ》として抜群《ばつぐん》の美人《びじん》なんだろう。どうしてこんなにまぶしいほど美《うつく》しいのであろう」と見《み》つめていると、「容貌《ようぼう》というのは身分《みぶん》の高貴《こうき》さに寄《よ》らぬものなのだな。賤《いや》しい竹取《たけとり》の翁《おきな》の家《いえ》にこそかぐや姫《ひめ》はいたのであった」と思《おも》われるにつけ、この女《おんな》の様子《ようす》はやはり類《たぐ》い稀《まれ》なものであったというほかはない。

❖軒近《のきちか》き透垣《すいがい》のもとに繁《しげ》れる荻《をぎ》のもとに伝《つた》ひ寄《よ》りて見給《みたま》へば、池《いけ》、遣水《やりみづ》の流《なが》れ、庭《には》の砂子《すなご》などのをかしげなるに、簾《すだれ》巻き上《あ》げて、三十《みそぢ》に今《いま》ぞ及《およ》ぶらむとおぼゆる程《ほど》なる人《ひと》、高欄《かうらん》のもとにて和琴《わごん》を弾《ひ》くあり。頭《かしら》つき、様体細《やうだいほそ》やかに、品々《しなじな》しきよらなるに、髪《かみ》のいとつややかにゆるゆるとかかりて、目《め》やすき人《ひと》かなと見《み》ゆるに、向《む》かひざまにて、紅《くれなゐ》か二藍《ふたあゐ》かの程《ほど》なめり、いと白《しろ》く透《す》きたる好《この》ましげなる人《ひと》、すべり下《お》りて長押《なげし》に押《お》しかかりて、外様《とざま》をながめ出《い》でて、琵琶《びは》にいたく傾《かたぶ》きかかりて搔《か》き鳴《な》らしたる音《ね》、聞《き》くよりも、うちもてなしたる有様《ありさま》、容貌《かたち》、いと気色《けしき》ばみ、なつかしくなまめき、こぼれかかれる額髪《ひたひがみ》の絶《た》え間《ま》の、いと白《しろ》くをかしげなる程《ほど》など、まことしく優《いう》なるものかなと見《み》ゆるに、箏《しやう》の琴人《ことひと》は、長押《なげし》の上《うへ》に少《すこ》し引《ひ》き入《い》りて、琴《こと》は弾《ひ》きやみて、それに寄《よ》りかかりて、西《にし》に傾《かたぶ》くままに曇《くも》りなき月《つき》をながめたる、この居《ゐ》たる人々《ひとびと》をかしと見《み》るに比《くら》ぶれば、むら雲《くも》の中《なか》より望月《もちづき》のさやかなる光《ひかり》を見《み》つけたる心地《ここち》するに、あさましく見驚《みおどろ》き給《たま》ひぬ。「これこそは、行頼《ゆきより》がほめつる三《さん》の君《きみ》なめれ。長押《なげし》の端《はし》なるは姉《あね》どもなめり。これこそ、その際《きは》の優《すぐ》れたるならめ。いかで目《め》もあやにあらむ」とまもるに、「容貌《かたち》はやむごとなきにもよらぬわざぞかし。竹取《たけとり》の翁《おきな》の家《いへ》にこそかぐや姫《ひめ》はありけれ」と見《み》るにも、この程《ほど》の様《さま》は、なほめづらかなり。

✲音楽の音色に誘われて、隣家を垣間見した中納言の目にまず入ったのは和琴を弾いている人、そして琵琶の人、それぞれに美しかったのだが、最後に箏の琴の人を見てその隔絶した美しさに驚く。これが中の君であったのだが、従者の行頼から但馬守三女の美しさを聞いていた中納言は但馬守三女と誤認する。身分意識の強い中納言は受領階級の中にもこれ程の人がいると思い、貧しい竹取の翁の家にいたかぐや姫もかくやあらんと心を動かされる。そして自分でも不思議なぐらいに気持ちを抑えきれなくなり、一方で相手の身分が劣っているので軽視する気持ちも働いて、そっと家の中に忍び込んでいく。この誤認がこれから起こる悲劇の幕開けとなる。

★コラム　方違え《かたたがえ》

方角を違えることで、陰陽道に基づき、平安時代以降盛んに行われた風習。外出などの際、それが悪い方角に当たる場合、別の方向に出かけて行き先の方角を改めること。方角神である天一神《てんいちじん》・太白神《たいはくじん》・王相神《おうそうじん》・大将軍《たいしょうぐん》・土公神《どくじん》などが居る方角を凶として避けた。また、生年の干支《えと》によるものや節分などの時にも行われた。行き先の方違え所の多くは、下位の者の家を用いた。ここでの但馬守三女の方違えの期間は四十五日という長期のものであるが、四十五日の方違えは『蜻蛉日記』『和泉式部日記』『落窪物語』『栄花物語』などにも見える。

⑦ 中納言《ちゅうなごん》（男君《おとこぎみ》）、人違《ひとちが》いと気《き》づかぬままに中《なか》の君《きみ》（女君《おんなぎみ》）と契《ちぎ》る

女（中の君）のあまりの美しさに中納言（男君）は自分でも不思議なぐらいに心を抑えきれなくなり、相手を但馬守三女《たじまのかみさんじょ》と誤解し、身分差からくる相手を低く見る気持ちも手伝って、隣家の境の竹藪《たけやぶ》のすき間から忍びより家の中に入ってしまう。人気《ひとけ》に驚いた女君（中の君）が振り返った時には男君はすぐそばまで来ておりそのまま奥に引き入れてしまう。気づいた対《たい》の君《きみ》の狼狽《ろうばい》ぶりも並一通りではない。他の侍女たちが近づかないように配慮しながらも、男君の脱ぎ捨てられた衣服からかなりの身分のものと察するが、一方で父太政大臣《だいじょうだいじん》が自分のことを信頼して中の君（女君）を預けられたのにこんなことになってしまったと嘆き、また自分の過ちではないとも思う。

侵入《しんにゅう》した中納言《ちゅうなごん》（男君《おとこぎみ》）は「よそ目《め》にこそこの上《うえ》もなく素晴《すば》らしいと思《おも》っても、近《ちか》くでは少《すこ》し見劣《みおと》りすることもあるのでは」とお思《おも》いになっていたのに、女《おんな》が「とても恐《おそ》ろしい」とおびえて震《ふる》え、今《いま》にも消《き》え入《い》るように

泣《な》き沈《しず》んでいる様子《ようす》や手触《てざわ》りが、類《たぐ》いもないと思《おも》えた遠目《とおめ》で見《み》た月《つき》の光《ひかり》のもとの美《うつく》しさより近目《ちかめ》にいっそうすばらしく、か弱《よわ》く可憐《かれん》だったので、いよいよ心惹《こころひ》かれて、「宮《みや》の中将《ちゅうじょう》などに、こんなふうでは心《こころ》を寄《よ》せている様子《ようす》にも見《み》えない。男女《だんじょ》の仲《なか》に慣《な》れていない人《ひと》は、よそながら思《おも》う時《とき》にはともかく、自分《じぶん》の身《み》に近《ちか》く起《お》こった際《さい》にはこんなふうであるのだろうよ」とかわいくお思《おも》いになるうちに、まもなく夜《よ》が明《あ》けてしまいそうなのも残念《ざんねん》で、思《おも》い乱《みだ》れていらっしゃると、鶏《にわとり》も幾度《いくど》となく鳴《な》く。寝《ね》もやらず気《き》をもんでいた対《たい》の君《きみ》は、この男《おとこ》が誰《だれ》とさえわからない嘆《なげ》かしさをしきりに言《い》い、心《こころ》にも思《おも》っているので、「まことにもっともなことであるが、並々《なみなみ》の身分《みぶん》のものに、自分《じぶん》は早々《はやばや》と知《し》られたくない。逢《あ》わないでは片時《かたとき》もいられそうにないが、自然《しぜん》に自分自身《じぶんじしん》のために世間体《せけんてい》が悪《わる》くないように、批判《ひはん》を浴《あ》びないようにしてから」と我慢《がまん》しきれない心《こころ》を静《しず》めて名《な》をお告《つ》げにならない。当《とう》の中《なか》の君《きみ》だけには、別《わか》れられそうな気持《きも》ちもしないままに、「この世《よ》でのご縁《えん》だけでなく、石山《いしやま》でお見《み》かけしました時《とき》から、そうなるべき前世《ぜんせ》からの宿縁《しゅくえん》だったのでしょうか、限《かぎ》りなく恋《こい》しい気持《きも》ちを静《しず》めることができなくなってしまいましたのも、深《ふか》い因縁《いんねん》だと思《おも》ってお心《こころ》を慰《なぐさ》めてください。ご両親《りょうしん》たちにはとやかく言《い》われるようには決《けっ》していたしません。ただ今《いま》のところはどうかどうか私《わたし》と同《おな》じ気持《きも》ちになってください」と、自分《じぶん》のことを宮《みや》の中将《ちゅうじょう》と思《おも》わせて、あれやこれや真偽《しんぎ》を取《と》り混《ま》ぜた言葉《ことば》で話《はな》し慰《なぐさ》めるが、中《なか》の君《きみ》は聞《き》き入《い》れられるはずもなく、今《いま》にも気《き》を失《うしな》いそうな様子《ようす》であるのを、男君《おとこぎみ》（中納言《ちゅうなごん》）はいたわしく、どうしようもなく慰《なぐさ》めかねているうちに、あわただしく今《いま》にも夜《よ》が明《あ》ける気配《けはい》なので、昼間《ひるま》までこうしているわけにもいかないので、またの逢瀬《おうせ》を約束《やくそく》して、霧《きり》が深《ふか》く立《た》ちこめた有明《ありあけ》の月《つき》に紛《まぎ》れて、そこからお立《た》ち去《さ》りになった。

❖男君《をとこぎみ》は、「うはべこそ限《かぎ》りなくとも、少《すこ》し近劣《ちかおと》りすることもや」と思《おぼ》しつるに、「恐《おそ》ろしくいみじ」と怖《お》ぢわななきて、消《き》え入《い》るやうに泣《な》き沈《しづ》みたる気配《けはひ》、手当《てあ》たり、類《たぐひ》なしと見《み》ゆるよそ目《め》の月影《つきかげ》よりも近勝《ちかまさ》りして、あえかにらうたげなるに、いよいよあはれにて、「宮《みや》の中将《ちゆうじやう》などに、されば、心寄《こころよ》すべき気色《けしき》も見《み》えず。世《よ》馴《な》れぬ人《ひと》はよその心《こころ》こそ、近《ちか》くなる際《きは》はかうもありかし」とうたく思《おぼ》すに、程《ほど》なく明《あ》けぬべき夜《よ》も口惜《くちを》しく、思《おぼ》し乱《みだ》るるに、鶏《とり》もしばしば音《おと》なふに、寝《い》も寝《ね》ず焦《い》られ居《ゐ》たる人《ひと》の、誰《たれ》とだに知《し》らぬ嘆《なげ》かしさをいみじく言《い》ひ思《おも》ひたるに、「げにことわりなれど、なほなほしきあたりに、我《われ》、まだきに知《し》られじ。見《み》では片時《かたとき》あるべくもあらぬを、おのづから我《わ》がため、世《よ》の音聞《おとぎ》き見苦《みぐる》しく、もどきなかるべきさまにてこそ」と、堪《た》へぬ心《こころ》を鎮《しづ》めて、名《な》のりもし給《たま》はず。自《みづか》らばかりには、立《た》ち別《わか》るべき心地《ここち》もせぬままに、「この世《よ》ならず、石山《いしやま》にて見《み》たてまつりしより、さるべきにや、限《かぎ》りなき心《こころ》のとどめ難《がた》くなりにたるも、浅《あさ》からぬ契《ちぎ》りの程《ほど》と思《おぼ》し慰《なぐさ》めて。親《おや》たちに言《い》はすべくは、よに構《かま》へじ。ただ今《いま》は、いかにもいかにも同《おな》じ心《こころ》に思《おぼ》しなりね」と、宮《みや》の中将《ちゆうじやう》と思《おも》はせて、いとかき混《ま》ぜなる言葉《ことば》に語《かた》らひ慰《なぐさ》むるを、聞《き》き入《い》るべくもあらず、絶《た》え入《い》りぬばかりなる気色《けしき》を、心苦《こころくる》しく、わりなくこしらへわび給《たま》ふに、とりもあへず天《あま》の戸《と》あくる気色《けしき》なるに、昼《ひる》さへかくてあるべきならねば、後瀬《のちせ》の山《やま》を頼《たの》めをきて、霧深《きりふか》く立《た》ちこめた有明《ありあけ》の月《つき》に紛《まぎ》れて立《た》ち出《い》で給《たま》ふ。

＊天の戸あくる　「天の戸をあけぬあけぬと言ひなして空鳴きしつる鳥の声かな（天の戸を開けた開けた。すなわち夜が明けたとことさらに言ってみせるように空鳴きをした鶏の声であることよ）」（『後撰集』恋一・よみ人しらず）などに詠まれているように夜が明けることを示す和歌的表現。

＊後瀬の山　「かにかくに人は言ふとも若狭路の後瀬の山の後も逢はむ君（あれこれと人は言うでしょうが、若狭路の後瀬の山というように、後にも逢いましょう、あなた）」（『万葉集』巻四・坂上大嬢）などに詠まれるように後の逢瀬を示す和歌的表現。

✲遠目に垣間見《かいまみ》した時よりも、間近な女君の華奢《きやしや》で可憐な美しさに、中納言（男君）は心を奪われる。しかし一方では相手を但馬守三女と誤解しているため、自分を但馬守三女が心を寄せていると聞いていた宮《みや》の中将《ちゆうじよう》だと思わせる。あまりにも身分違いの女性との関係は世間体が悪いという気持ちが、女の魅力に対する思いを上回って自らの保身を図るのである。

一方、突然の誰ともわからない男性の侵入に中の君（女君）は惑乱の中で今にも正気を失いそうであった。中納言は「浅《あさ》からぬ契《ちぎ》り」と思ってと中の君を慰めるが、この一夜のできごとが悲劇の始まりであった。

★コラム　対《たい》の君《きみ》

対の君は大君《おおいぎみ》、中の君（女君）の母の兄の娘で、両親を亡くしたため、女君の母、太政大臣の北の方が我が子のように育て、北の方亡き後、姫君たちの遊び相手やお世話役として邸《やしき》に残った。また、父太政大臣の愛人でもあり、大君方の弁《べん》の乳母《めのと》からは「今北《いまきた》の方《かた》」と揶揄《やゆ》されてもいたが、決して正式な妻として認められることはない存在であった。そして乳母もいない中の君（女君）の後見役を担っていて、身内的な非常に近しい存在として巻一、二、五で活躍する。

「対の君」という呼称は珍しく、他作品では『栄花物語《えいがものがたり》』（わかばえ巻）に藤原頼通《ふじわらよりみち》の愛人として男子を産んでいる人物が知られるのみである。寝殿造《しんでんづく》りの対《たい》の屋《や》に住む女性は「対《たい》の上《うえ》」と呼ばれる妻であることが一般的で、例えば『源氏物語』の紫の上にもこの呼称が使われている。『夜の寝覚』では「対の上」ではなく「対の君」とされることで、正式な妻として扱われる女性でないことが知られよう（なお、鎌倉時代の物語評論書『無名草子《むみょうぞうし》』によると、末尾欠巻部において老関白の次女（宰相中将の上）が夫の出家後、男君の愛人となり「対の君」と呼ばれたらしいことが知られる）。

女君の父太政大臣とは愛情関係で結ばれ、母とは血縁関係にあり、小さい頃から一緒に過ごしてきた対の君は、女君の秘密を分かち合い、対応していくにはうってつけの関係にあったといえよう。

⑧ 対《たい》の君《きみ》、中《なか》の君《きみ》の懐妊《かいにん》に気《き》づく

対の君にも自分を宮の中将と思わせて立ち去った中納言（男君）であるが、女への思いが募る。参内《さんだい》して女きょうだいの中宮のもとへ行くと、あの夜の女（中納言は中の君を但馬守三女と思っているので）はそこにいる着飾った同じような身分の女房たちとも比べものにならなかったことを思い、自分が気軽に会うために中宮に但馬守三女《たじまのかみさんじょ》を召し出すように勧める。そして宮中の宿直所《とのいどころ》で折しも自分が女たちに騙《かた》った当の宮の中将の訪問を受ける。さりげなく但馬守三女との関係を聞き出す中納言。宮の中将の身分の違いからくる女性への見下した言い方とそれに同意する中納言とのやりとりは当時が身分社会であることをあらためて我々に認識させるものとなっている。

一方、中の君（女君）は体調を崩し、実情を知らない父太政大臣は心配をし、日を経るにつれ体調が思わしくなくなったため、姉大君《おおいぎみ》と中納言（男君）の婚儀も延期される。九月になり対の君は中の君の懐妊に気づく。そのことを中の君に告げられないままに日は過ぎ、十月一日、中納言と姉大君の婚儀が行われる。太政大臣邸にやってきた中納言の声を聞いた対の君はあの夜の男が宮の中将ではなく中納言だと知り、驚《きょう》愕《がく》する。

「このこと（懐妊《かいにん》したこと）を中《なか》の君様《きみさま》がお知《し》りになったら、気《き》が動転《どうてん》してどのようになられることとか」と対《たい》の君《きみ》は思《おも》うが、かといってまったくその事実《じじつ》をご存《ぞん》じないのもよくないので、一晩中考《ひとばんじゅうかんが》え明《あ》かして、翌朝中《よくあさなか》の君《きみ》に「どうしてこんなふうに沈《しず》みこんでばかりでお過《す》ごしなのでしょうか。時々《ときどき》は起《お》き上《あ》がりになってください」と無理《むり》に起《おこ》し座《すわ》らせて、御髪《みぐし》をとかしてさし上《あ》げなどするついでに「たいそうひどくお命《いのち》も絶《た》えんばかりに思《おも》っておられるあの夜《よる》のことを、決《けっ》して思《おも》い出《だ》すまいと思《おも》っておりましたが、全然《ぜんぜん》お知《し》らせしないのもどうかと思《おも》われまして。あの夜《よる》おいでになった方《かた》は、なんとこちらの中納言様《ちゅうなごんさま》でいらっしゃったのです。あなた様《さま》を但馬守《たじまのかみ》の娘《むすめ》と軽《かる》くご覧《らん》になり、ご自分《じぶん》のことを知《し》られまいとお考《かんが》えになって、宮《みや》の中将《ちゅうじょう》の君《きみ》とお名《な》のりになったのでした。こちらも但馬守《たじまのかみ》の娘《むすめ》と思《おも》わせたままにいたしましたので、そうご承知《しょうち》になって、あの娘《むすめ》を中宮《ちゅうぐう》に召《め》し出《だ》されたのだと思《おも》います。（出仕《しゅっし》すればすぐに身元《みもと》はわかるので）中納言様《ちゅうなごんさま》はその娘《むすめ》でなかったとお知《し》りになったら必《かなら》ず不審《ふしん》に思《おも》ってお捜《さが》しになるに違《ちが》いありません。ましてよその家《いえ》のことでもなく、同《おな》じ邸内《やしきない》というこんな身近《みぢか》なところなので、自然《しぜん》とあれはあなた様《さま》だったとお知《し》りになることもあったら、面倒《めんどう》なことさえ加《くわ》わると案《あん》じられますが、あなた様《さま》のお身体《からだ》も普通《ふつう》ではいらっしゃらないようですし、そういう心《こころ》の用意《ようい》もなさってくださいませ」

と申《もう》し上《あ》げたところ、中《なか》の君《きみ》は大変《たいへん》なことになったと、さっとお顔《かお》の色《いろ》も赤《あか》くなったと思《おも》うとはらはらと涙《なみだ》がこぼれ落《お》ちる、その美《うつく》しさがまた類《たぐ》いがないので、対《たい》の君《きみ》もますます悲《かな》しくなって、「わが君《きみ》、そんなにお嘆《なげ》きなさいますな。生《い》きてさえいれば、この身《み》を捨《す》ててでも、決《けっ》してあなた様《さま》の御身《おんみ》に悪《わる》いようにはいたしません。今《いま》さら言《い》っても甲斐《かい》のないことです。何事《なにごと》も前世《ぜんせ》から決《き》まっていたことでしょうから、ただただそうなるべき運《うん》命《めい》だったのだとお心《こころ》を慰《なぐさ》めて、何気《なにげ》ない態度《たいど》でいらっしゃってください。あまりお嘆《なげ》きになると様子《ようす》が変《へん》だと人《ひと》もあやしむでしょう。私《わたし》もこうしてお側《そば》にお仕《つか》えしにくい折々《おりおり》もございますが、あなた様《さま》お一人《ひとり》のおいたわしさから、一日《いちにち》でも離《はな》れては不安《ふあん》に思《おも》われますからこそ、どんな陰口《かげぐち》も聞《き》き知《し》らぬふりをして過《す》ごしております。決《けっ》して御心配《ごしんぱい》なことは申《もう》しますまい。いつものように悩《なや》みがなく明《あか》るいように振《ふ》る舞《ま》ってください。決《けっ》して思《おも》い詰《つ》めないでください」と、涙《なみだ》ながらにお慰《なぐさ》めするが、中《なか》の君《きみ》が顔《かお》に袖《そで》を当《あ》てて向《む》こうを向《む》いていらっしゃるそのお姿《すがた》が、この上《うえ》もなく美《うつく》しい上《うえ》に、御髪《みぐし》は頭《あたま》の頂《いただき》から裾先《すそさき》まで少《すこ》しの後《おく》れ毛《げ》もなく、つやつやとすき間《ま》もなく寄《よ》り集《あつ》まって、長《なが》さは長《なが》すぎるほどでもなく、背丈《せたけ》に五《ご》、六尺《ろくしゃく》ほど余《あま》っているその末《すえ》が五重《いつえ》の扇《おうぎ》を広《ひろ》げたように、きれいに豊《ゆた》かに寄《よ》り合《あ》って、この上《うえ》もなく素晴《すば》らしい。

❖「心地《ここち》あやまりて、いかに思《おぼ》さむ」と思《おも》へど、むげにさる心知《こころし》り給《たま》はざらむも悪《あ》しかるべければ、夜《よ》一夜《ひとよ》思《おも》ひ明《あ》かして、翌朝《つとめて》、「かくてのみは、などか沈《しづ》み過《す》ぐさせ給《たま》ふ。ときどきは起《お》き上《あ》がらせ給《たま》へ」と、せめて起《お》こし据《す》ゑて、御髪《みぐし》かき下《くだ》したてまつりなどするついでに、「いといみじく、御命《おんいのち》も絶《た》ゆばかり思《おぼ》したためる御事《おんこと》を、かけても思《おも》ひ出《い》でじと思《おも》ひ侍《はべ》れども、むげに聞《き》こえ知《し》らせでは、いかでか。おはせし人《ひと》は、この中納言《ちゅうなごん》にこそおはしけれ。但馬《たぢま》が女《むすめ》と思《おぼ》しおとして、我《われ》をも知《し》られじと思《おぼ》して、宮《みや》の中将《ちゅうじゃう》の君《きみ》とは名《な》のり給《たま》ふなりけり。但馬《たぢま》が女《むすめ》と思《おも》はせてやみ侍《はべ》りにしかば、さ知《し》り給《たま》ひて、中宮《ちゅうぐう》に召《め》さるるなりけり。見《み》あらはし給《たま》ひては、必《かなら》ず尋《たづ》ねあやめ思《おぼ》さむものぞ。よそにだにあらず、近《ちか》き程《ほど》にて、おのづから聞《き》き知《し》り給《たま》ふこともあらば、わづらはしきことさへ添《そ》へて思《おも》ひ給《たま》ふるを、御前《おまえ》の御有様《おんありさま》もただにはおはしまさぬなめり、さる心《こころ》をせさせ給《たま》へ」と聞《き》こえ出《い》でたるに、いみじと思《おぼ》して、面《おもて》のさと赤《あか》み給《たま》ふままに、涙《なみだ》こぼれかかりぬるうつくしさの似《に》るもののなきに、いとど悲《かな》しくなりて、「あが君《きみ》、かくな思《おぼ》し入《い》りそ。命《いのち》だに侍《はべ》らば、身《み》を捨《す》てても、よに御前《おまへ》の御身《おんみ》に咎《とが》あるべくは構《かま》へ侍《はべ》らじ。言《い》ふかひなし。みなこの世《よ》のことにも侍《はべ》らざなれば、たださるべき事《こと》と思《おぼ》し慰《なぐさ》めて、さりげなくてものせさせ給《たま》へ。あまりならば、あやしと人《ひと》も気色《けしき》見侍《はべ》りなむ。かくても、いとさぶらひにくき折々《をりをり》侍《はべ》れども、一所《ひとところ》の御心苦《おんこころぐる》しさに、一日《ひとひ》ばかりの隔《へだ》てもおぼつかなくおぼえ侍《はべ》りてこそ、何事《なにごと》も聞《き》き知《し》らぬやうにて過《す》ぐし侍《はべ》れ。

ようしろめたきことは聞《き》こえさせじ。例《れい》のやうにはればれしくもてなして、ものせさせ給《たま》へ。さらに、な思《おぼ》し入《い》れそ」と、うち泣《な》きつつ慰《なぐさ》めきこゆれど、顔《かほ》に袖《そで》を押《お》しあててそむき給《たま》ひぬる姿《すがた》の、限《かぎ》りなくをかしげなるに、御髪《みぐし》は頂《いただき》より末《すゑ》までいささか後《おく》れたる筋《すぢ》なく、つやつやとひまなく凝《こ》りあひて、長《なが》さはこちたくもあらず、丈《たけ》に五六尺《ごろくしやく》ばかり余《あま》り給《たま》へる末《すゑ》の、五重扇《いつへあふぎ》を広《ひろ》げたらむやうに、きよらに多《おほ》く凝《こ》り合《あ》ひて、類《たぐひ》なくめでたし。

✿九条の家での不幸なできごとの相手は宮の中将ではなく、あろうことか姉の夫、中納言（男君）であった。加えて対の君から報《しら》される自らの妊娠。中の君（女君）は事の真相を知り、ただ恐ろしく悲しく、亡骸《なきがら》をも残さず、この世から消えてしまいたいと思い詰め、体調は一段と悪化する。乳母《めのと》代わりとして中の君のお側に仕えている対の君は、中の君の父太政大臣の寵愛《ちょうあい》を受ける身でもあり、姉大君方からはよく思われていないという事情も抱える。

一方、あの日の女は但馬守三女と思い込んでいる中納言は、中宮に召し出された但馬守三女を見て、あの夜の女とは別人であることを知る。

⑨ 中納言《ちゅうなごん》（男君《おとこぎみ》）、あの夜《よ》の女《おんな》が妻《つま》（大君《おおいぎみ》）の妹《いもうと》と知《し》り衝撃《しょうげき》を受《う》ける

あの夜の女が但馬守三女《たじまのかみさんじょ》ではないことを知った中納言（男君）は、なおもあの女が誰であるかを追い求め、妹の中宮に出仕した新少将《しんしょうしょう》（但馬守三女の宮中における呼び名）にあの夜の女の素性を問いただす。

「あの夜《よ》の人《ひと》の行方《ゆくえ》を知《し》りたいがために、しかたがなく思《おも》いついて、あなたを中宮《ちゅうぐう》に召《め》させたのです。ねえあなた、今晩《こんばん》それを聞《き》かないのならあなたのことは見《み》ず知《し》らずで、お世話《せわ》をすることをやめてしまおう」と、きっぱりとおっしゃるご様子《ようす》が、好色《こうしょく》めいた筋《すじ》がまじっていらっしゃれば、新《しん》少将《しょうしょうじ》自身《しん》もいやな気《き》がしてひたすら距離《きょり》をとって、押《お》し隠《かく》してしまうところだが、中納言《ちゅうなごん》はまったくそのような様子《ようす》もなく、こちらが気《き》が引《ひ》けるほど立派《りっぱ》な落《お》ち着《つ》いた態度《たいど》で、どうしようもなくつらそうに恨《うら》んだりなだめたりなさるご様子《ようす》に、新少将《しんしょうしょう》は今《いま》なお隠《かく》しておくのは心苦《こころぐる》しくなって、

「しかるべき方々《かたがた》、私《わたし》よりも上臈《じょうろう》の方々《かたがた》でも、この殿《との》が一言《ひとこと》でも言葉《ことば》をかけてくださるだけでは物足《ものた》りなく、かえって残念《ざんねん》さがまさるように思《おも》われるようだ。あの夜《よる》のことゆえに、これほどご親切《しんせつ》な態度《たいど》、心遣《こころづか》いをなさってくださるのに、しいて知《し》らず顔《がお》でおられようか。同《おな》じお邸《やしき》で婿《むこ》としてお過《す》ごしになれば、結局《けっきょく》は聞《き》きつけておしまいになってしまうことなのに、この私《わたし》が隠《かく》し通《とお》して、中納言様《ちゅうなごんさま》のお心《こころ》として恨《うら》まれることになって、捨《す》てられてしまったら」と、そのことが、どれほど上臈《じょうろう》めかしく落《お》ち着《つ》いてふるまっていても、新少将《しんしょうしょう》のまだ思慮《しりょ》も深《ふか》くない若《わか》い心《こころ》にはとてもつらく、中納言《ちゅうなごん》の言葉《ことば》に逆《さか》らえそうもなく、ずいぶんあれこれと思《おも》い悩《なや》んで、すぐすぐには答《こた》えられない様子《ようす》に、中納言《ちゅうなごん》はいよいよ言葉《ことば》を尽《つ》くして、どうしても今晩《こんばん》でなければならない旨《むね》を繰《く》り返《かえ》しおっしゃる。世慣《よな》れた女房《にょうぼう》ならば、それなりにうまく申《もう》し上《あ》げてごまかすこともできるだろうが、新少将《しんしょうしょう》はさすがにまだ言葉巧《ことばたく》みに言《い》いなすこともできず、ただひたすら心苦《こころぐる》しくのみ思《おも》われて、「おば君《ぎみ》（対《たい》の君《きみ》）が『まずいことを申《もう》し上《あ》げてしまったこと』

と言《い》うに違《ちが》いない」と思《おも》う心《こころ》はそれとして、中納言《ちゅうなごん》に見捨《みす》てられるつらさが身《み》にしみるので、深《ふか》くため息《いき》をつきながら、

「あなたさまの探《さが》しておいでのその方《かた》は、あなたが婿《むこ》となって通《かよ》われている、そのお邸《やしき》におられるお方《かた》だとはごぞんじなかったのでしょうか。

お通《かよ》いになる道《みち》の関所《せきしょ》はごく近《ちか》いところでしたのに、おわかりにならず気《き》をもんでおられたのでしょう」とだけ答《こた》えたのを、それでは妻《つま》の妹《いもうと》だったのかとわかって、中納言《ちゅうなごん》は誰《だれ》だかわからなくてもどかしく思《おも》っていたときよりも衝撃《しょうげき》でただただ茫然《ぼうぜん》としてしまった。

❖「その行方《ゆくへ》の知《し》らまほしさに、あぢきなく思《おも》ひ寄《よ》り、宮《みや》にも召《め》させしなり。あが君《きみ》、今宵《こよひ》聞《き》かずは、見《み》ず知《し》らでやみなむ」と、誓《ちか》ひのたまふ気色《けしき》、懸想《けさう》びのたまふ筋《すぢ》まじりたらば、我《わ》が心地《ここち》うたておぼえて、ひたぶるにもて離《はな》れ、押《お》しこめてあるべきに、かけてそのけはひはなくて、心恥《こころは》づかしくのどやかなる気色《けしき》の、

わりなく恨《うら》みなごめたまふ様《さま》の、今《いま》まで忍《しの》びこめてむは心苦《こころくる》しくおぼえて、「さるべき人々《ひとびと》の、我《われ》にはうちまさりたるも、この殿《との》の一言葉《ひとことば》ものたまひかくるをば、飽《あ》かず、なかなかにこそおぼゆべかめれ。このことゆゑ、かばかりあはれなる御《おん》氣色《けしき》、心《こころ》ばへを、せめて知《し》らず顔《がほ》にやあるべき。一《ひと》つ所《ところ》になりたまひわたれば、つひに聞《き》きたまひてむものから、我《われ》しも忍《しの》びこめて、この御心《おんこころ》に恨《うら》みおかれたてまつりて、思《おぼ》し捨《す》てられたてまつりなむ」ことの、さこそ上衆《じやうず》めかしくもてなし鎮《しづ》めたれど、深《ふか》くもあらぬ若《わか》き心地《ここち》には、いと苦《くる》しく、背《そむ》きがたくおぼえければ、いといたく思《おも》ひわづらひて、とみにも答《いら》へぬ氣色《けしき》に、いよいよいみじき言《こと》を尽《つ》くして、今宵《こよひ》に限《かぎ》りてむずるよしを言《い》ひ続《つづ》け給《たま》ふに、世《よ》に立《た》ち馴《な》れたる人《ひと》ならば、それにつけても聞《き》こえわづらはせつべけれど、さすがに言葉《ことば》をかしくも言《い》ひなさず、ひたぶるに心苦《こころくる》しくのみおぼえて、「をば君《ぎみ》、『あやしく聞《き》こえてけり』と言《い》はむずらむ」と思《おも》ふ方《かた》は方《かた》にて、この君《きみ》にうち捨《す》てられたてまつらむいとほしさは、身《み》にしみければ、いたくうち嘆《なげ》きて、

「漕《こ》ぎかへりおなじ湊《みなと》に寄《よ》る船《ふね》のなぎさはそれと知《し》らずやありつる

御《おん》かよひの関《せき》は遠《とほ》からぬほどながら、おぼつかなく思《おぼ》し召《め》しつらむ」とばかり答《こた》へたるを、心得《こころう》るぞ、なかなかおぼつかなかりつるよりも、あさましきや。

✲但馬守三女は新少将として中宮に出仕し、中納言（男君）は何くれとなく世話を焼き、近づき、あの夜の女は誰であるか、問い詰める。中納言の懇願《こんがん》に、情にほだされ、また恨まれて見捨てられたくないと新少将は思うが、そんな新少将に対して優位な立場を利用した中納言の迫り方は、他の物語ではあまり見られない身分、階級意識があからさまなこの物語ならではといえるかも知れない。

いずれにしても、中納言はあの夜の女が妻大君の妹であることを知り衝撃を受ける。中の君、中納言ともに匿名で契った相手が誰であるかをお互いに知ることになり、物語は新たな展開を迎える。

⑩ 男君《おとこぎみ》の寝覚《ねざめ》

中納言（男君）は、相手が誰ともわからない間は、むしろ心を慰めるすべもあったが、こともあろうに妻（大君《おおいぎみ》）の妹であったと知り絶望的な気持ちになる。そして中の君側の窮状《きゆうじよう》も推し量り、いよいよ煩悶《はんもん》する。

女君《おんなぎみ》（大君《おおいぎみ》）がとても気高《けだか》く、こちらが恥《は》ずかしくなるぐらい立派《りつぱ》な様子《ようす》であるのを見《み》るにつけても、中納言《ちゆうなごん》（男君《おとこぎみ》）は中《なか》の君《きみ》（女君《おんなぎみ》）のことが思《おも》いやられて、ともすれば涙《なみだ》を催《もよお》しがちで落《お》ち着《つ》かず、人目《ひとめ》のない時《とき》には中《なか》の君《きみ》との間《あいだ》を隔《へだ》てている中障子《なかしようじ》の側《そば》を離《はな》れない。中《なか》の君側《きみがわ》では奥床《おくゆか》しく振《ふ》る舞《ま》っているばかりで、中《なか》の君《きみ》はもちろん女房《にようぼう》の気配《けはい》などもまったく漏《も》れ聞《き》こえてくることがない。中納言《ちゆうなごん》はもううわの空《そら》で心《こころ》ここにあらず、涙《なみだ》のこぼれるときばかりが多《おお》いのを、「人《ひと》が見《み》てどんなにあやしいと思《おも》うだろう」と思《おも》うと、平静《へいせい》な気持《きも》ちでおられず、夜《よる》はいよいよ眠《ねむ》られぬままに、人々《ひとびと》が寝静《ねしず》まった隙《すき》にそっと起《お》きて、中《なか》の君《きみ》の部屋《へや》の格子《こうし》の側《そば》に寄《よ》り添《そ》って耳《みみ》を澄《す》ましなさると、人《ひと》はみな寝《ね》た様子《ようす》だが、御帳台《みちょうだい》の内側《うちがわ》、といっても廂一間《ひさしひとま》を隔《へだ》てただけなので、すぐ近《ちか》いのだが、そこからかすかに夜具《やぐ》の押《お》しのけられる音《おと》、そっと鼻《はな》をかみ、自然《しぜん》むこうも寝入《ねい》られない気配《けはい》がかすかに漏《も》れ聞《き》こえてくるのを、「自分《じぶん》と同《おな》じ気持《きも》ちで寝《ね》つかれないに違《ちが》いない」と思《おも》うと、「それも他《ほか》のことではあるまい。あの夢《ゆめ》のような一件《いっけん》以来《らい》の嘆《なげ》きが消《き》える夜《よる》がないからであろう」と思《おも》われてくるので、身《み》も凍《こお》るばかり、せつなく悲《かな》しいにつけても抑《おさ》えきれず、

「あっけなかった契《ちぎ》りのままにあなたにお別《わか》れしてからというもの、
寝覚《ねざ》めない夜《よる》とてなく、悲《かな》しくてなりません。
それが何《なん》なのでしょう、私《わたし》の涙《なみだ》で濡《ぬ》れて凍《こお》った袖《そで》の氷《こおり》がとけないなんて」

と、格子《こうし》に近寄《ちかよ》って、独《ひと》り言《ごと》をおっしゃる様子《ようす》を聞《き》きつけて、中《なか》の君《きみ》は胸《むね》がつぶれるほど驚《おどろ》いて顔《かお》を夜具《やぐ》に引《ひ》き入《い》れておしまいになる、対《たい》の君《きみ》も、安心《あんしん》して眠《ねむ》る夜《よる》もなく嘆《なげ》き明《あ》かしていたので、やはりこれを聞《き》きつけて

「中納言様《ちゅうなごんさま》は相手《あいて》が中《なか》の君様《きみさま》であったことをついにお知《し》りになったのだ。やっかいなことになってしまった」と思《おも》うものの、「ああ」などと、この独《ひと》り言《ごと》を聞《き》き知《し》り顔《がお》にため息《いき》をつくことなどできるはずもない。

❖女君《をんなぎみ》の、いと気高《けだか》く、恥《は》づかしきさましたるを見《み》るにつけても、思《おも》ひやられて、ともすれば涙《なみだ》ぐましく、静心《しづごころ》なくて、人間《ひとま》には中障子《なかさうじ》のもと立《た》ち離《はな》れず。心《こころ》にくくのみもてなして、つゆも女房《にようばう》のけはひなども漏《も》れ聞《き》こえず。心《こころ》はそらにあくがれて、涙《なみだ》こぼるる折《をり》のみ多《おほ》かるを、「人目《ひとめ》いかにあやしと思《おも》ふらむ」と思《おも》へば、静心《しづごころ》なく、夜《よる》は、いとどつゆもまどろまれぬままに、人《ひと》の寝入《ねい》りたる隙《ひま》には、やをら起《お》きて、そなたの格子《かうし》のつらに寄《よ》りて立《た》ち聞《ぎ》き給《たま》へば、人《ひと》はみな寝《ね》たる気色《けしき》なるに、帳《ちやう》のうちとても、廂一間《ひさしひとま》を隔《へだ》てたれば、程《ほど》なきに、衾押《ふすまお》しのけらるる音《おと》、忍《しの》びやかに鼻《はな》うちかみ、おのづから寝入《ねい》らぬけはひのほのかに漏《も》り聞《き》こゆるを、「同《おな》じ心《こころ》に寝覚《ねざ》めたるにこそあめれ」と思《おも》ふに、「他事《ことごと》ならじを。ありし夢《ゆめ》の名残《なごり》の覚《さ》むる夜《よ》なきにこそは」と聞《き》きわたさるるさへ、身《み》もしみこほり、あはれに悲《かな》

しきにもつつみあへず、

「はかなくて君《きみ》に別《わか》れし後《のち》よりは寝覚《ねざ》めぬ夜《よ》なくものぞかなしき

なになり、袖《そで》の氷《こほり》とけずは」と、格子《かうし》に近《ちか》く寄《よ》り居《ゐ》て独《ひと》りごち給《たま》ふ気色《けしき》を聞《き》きつけて、胸《むね》つぶれて顔《かほ》引《ひ》き入《い》れ給《たま》ひぬるに、対《たい》の君《きみ》も、とけて寝《ぬ》る夜《よ》なくのみ嘆《なげ》き明《あ》かせば、「この君《きみ》は聞《き》きつけ給《たま》へるにこそありけれ。わづらはしきわざかな」と思《おも》ふものから、あはれなど、聞《き》き知《し》り顔《がほ》ならむやは。

＊なになり、袖の氷とけずは　引歌があると思われるが未詳。

＊とけて寝る夜なくのみ　『源氏物語』朝顔巻で光源氏の詠んだ「とけて寝ぬ寝覚めさびしき冬の夜に結ぼほれつる夢のみじかさ」を思い起こさせる表現。

✲中納言（男君）は心を抑えきれず、中の君の部屋の近くにやってきて、中の気配をうかがったり、文などもしきりに送るが、それと察した中の君側では用心して相手にしない。少しでも女君の気配を知りたいとうかがう男君、物思いのために眠れない女君、募る思いに耐えきれず歌を詠みかける男君。ここは緊張感が漂う場面で、繊細な心の動きが描写されるこの物語の特徴をよく表している。やがて中の君は月が重なり、見た目にも妊娠がわかるようになってくるが、それとは知らない父太政大臣は娘の体調を気遣い、心配も募るばかりである。

一方、中納言の父関白《かんぱく》が中納言の子どもだと名のり出るものがいれば、母の身分は問わず大切にしようとおっしゃっているとの声が聞こえてきて、正妻である大君側の女房たちはやきもきしている。それぞれの思惑が交錯《こうさく》するが、中の君自身の声、思いは一向に語られない。

⑪ 中《なか》の君《きみ》、姉君《あねぎみ》との昔《むかし》を思《おも》い、我《わ》が身《み》を悲《かな》しむ

新年を迎え、大君《おおいぎみ》方では華やかに賑《にぎ》わい、婿として傅《かしず》かれている中納言（男君）や満足げな父大臣の様子が語られる。他方、中の君（女君）側では中の君自身が相変わらず沈みこんでいるので、新年といっても静かであった。そんな中の君のもとを父大臣は訪ね、やがて兄たちや姉大君も参集する。中の君は周囲に妊娠を悟られるのではないかと心が咎《とが》め、伏し目がちであるが、悩みやつれてもなお美しい。

皆《みな》それぞれにお部屋《へや》からお帰《かえ》りになったが、中《なか》の君《きみ》（女君《おんなぎみ》）がいつもと違《ちが》って起《お》きて座《すわ》っておられるのが珍《めずら》しくて、御前《おまえ》に女房《にょうぼう》たちが集《あつ》まってきたので、すぐに御帳台《みちょうだい》の中《なか》に入《はい》ってしまうのも間《ま》が悪《わる》いようで、床《ゆか》に寄《よ》りかかって辺《あた》りをお見渡《みわた》しになると、氷《こおり》がとけた池《いけ》の面《おもて》は鏡《かがみ》のようで曇《くも》りもなく、空《そら》の様子《ようす》も早《はや》くも春《はる》めき、霞《かす》んだ夕暮《ゆうぐれ》に、年《とし》の初《はじ》めの常《つね》とは言《い》いながら、今日《きょう》はすべてのものが新《あたら》しくなる心地《ここち》がして、こうした我《わ》が身《み》まで

珍《めずら》しいものに感《かん》じられて、「こんな折《おり》には、姉君《あねぎみ》(大君《おおいぎみ》)と琴《こと》を合奏《がっそう》し、なんの物思《ものおも》いもなかったのはいつのことだっただろう。ほんのちょっとの間《あいだ》でも離《はな》れておいでになるのは心細《こころぼそ》く思《おも》われた父《ちち》の殿《との》にも、姉《あね》の中納言《ちゅうなごん》の上《うえ》(大君《おおいぎみ》)にも、お目《め》にかかるのがたいそう心苦《こころぐる》しく思《おも》われるようになってしまった。親《した》しく使《つか》い慣《な》れた女房《にょうぼう》たちにも顔《かお》を見《み》られるのが恥《は》ずかしく、なんとかして人《ひと》の見《み》ない巌《いわお》の中《なか》にでも隠《かく》れてしまいたい」と、思《おも》うようになってしまった、そんな自分《じぶん》が自分《じぶん》とも思《おも》われないのに、人々《ひとびと》が変《か》わらない様子《ようす》で並《なら》んで座《すわ》っているのを見渡《みわた》しなさるにつけ、ただ悲《かな》しくばかりお思《おも》いになり、涙《なみだ》を浮《う》かべて、つくづくと物思《ものおも》いに沈《しず》んでいらっしゃるご様子《ようす》は、たとえものの情趣《じょうしゅ》を解《かい》さない夷《えびす》といえども、拝見《はいけん》したならば、きっと涙《なみだ》を流《なが》さずにはおられないそんな中《なか》の君《きみ》のご様子《ようす》である。「御前《おまえ》に侍《はべ》っている女房《にょうぼう》たちがおしゃべりするのを、親《した》しくお聞《き》きとどめになって、とても華《はな》やかにお笑《わら》いになったりしたことこそ、この世《よ》の心配事《しんぱいごと》も忘《わす》れる気持《きも》ちがしたものだ。どうして、このようにいつまでも体調《たいちょう》が優《すぐ》れないのであろう。ご自身《じしん》も心細《こころぼそ》く思《おも》っておられるだろう」と拝見《はいけん》するにつけ、不吉《ふきつ》だからと言《い》って抑《おさ》えることもできず、皆涙《みななみだ》ぐまれるのであった。

❖みな、立《た》ち別《わか》れ給《たま》ひぬるに、例《れい》ならず起《お》き居《ゐ》給《たま》へるをめづらしく、御前《おまへ》に人々《ひとびと》参《まゐ》りたれば、はしたなきやうなれば、床《ゆか》に押《お》しかかりて見渡《みわた》し給《たま》へれば、氷《こほり》とけたる池《いけ》の面《おもて》は鏡《かがみ》のやうにて曇《くも》りなく、空《そら》の気色《けしき》もいつしかと春《はる》めき、霞《かす》める夕《ゆふ》べに、つねのこと、今日《けふ》は物《もの》ごとにあらたまる心地《ここち》して、我《わ》が身《み》もめづらしくおぼえて、「かやうなるほどは、琴掻《ことか》き合《あ》はせ、何《なに》となく思《おも》ふことなかりし、いつなりけむ。片時《かたとき》も立《た》ち離《はな》れ給《たま》ふは心細《こころぼそ》くおぼえし殿《との》にも、中納言《ちゆうなごん》の上《うへ》にも、見《み》えたてまつるは、いと苦《くる》しくおぼえなりにたり。親《した》しく使《つか》ひなれし人々《ひとびと》にも、かげ恥《は》づかしくて、いかで、人《ひと》の見《み》ざらむ巌《いはほ》の中《なか》にも」と、思《おも》ひなりにたる、我《わ》が身《み》ながら我《わ》が身《み》とはおぼえぬに、人々《ひとびと》の変《か》はらぬ様《さま》に並《な》み居《ゐ》たるを見渡《みわた》し給《たま》ふにも、もののみ悲《かな》しく思《おぼ》さるれば、涙《なみだ》を浮《う》けてつくづくとながめたまふ気色《けしき》、いみじき夷《えびす》といふとも、見《み》たてまつらば、かならず涙落《なみだお》ちぬべき御有様《おんありさま》なり。「御前《おまへ》なる人々《ひとびと》の物語《ものがたり》するをも、なつかしく聞《き》きとどめて、いとにほひやかにうち笑《わら》ひなどし給《たま》ひしこそ、世《よ》の物思《ものおも》ひ忘《わす》るる心地《ここち》せしか。など、かくのみ尽《つ》きもせず、例《れい》ならぬ御気色《おんけしき》ならむ。もの心細《こころぼそ》く思《おぼ》さるるにこそはあらめ」と見《み》たてまつるに、事《こと》忌《いみ》もせられず、みな涙《なみだ》ぐまれぬ。

＊夷《えびす》　都人が遠く離れた地方、主に東国の人を指していう。情趣を解さない田舎人の意を表す。

✤うららかな正月の光景は常套《じょうとう》的な描写が用いられることによって、むしろその裏にある中の君の苦悩を浮き彫りにする。それまで仲のよかった姉妹、家族ゆえに、それを裏切っている思いは募るばかりである。掲出部分の直後には新年を迎えて真っ先に中の君に文を送り、中の君への愛情が増さる一方の中納言（男君）の様子が描かれ、中の君との心情の対比が鮮やかである。

⑫ 男君《おとこぎみ》、中《なか》の君《きみ》の懐妊《かいにん》を知《し》る

中納言《ちゅうなごん》（男君《おとこぎみ》）は妻の妹への新年のご挨拶《あいさつ》という形で中の君の部屋を訪れるが、応じてもらえない。一方、中の君のお世話役である対の君は兄の僧都《そうず》と相談して、中の君の妊娠を男君に告げて今後の対応を図るため、こっそりと僧都の所領で、男君と女君が出会った場所である九条の邸《やしき》で男君と対面することを決意する。

中納言《ちゅうなごん》（男君《おとこぎみ》）もいつもと違《ちが》って対《たい》の君《きみ》が対面《たいめん》を承知《しょうち》したので胸《むね》が騒《さわ》いで、さっそく例《れい》の乳母《めのと》をお見舞《みま》いなさるようなふりをして九条《くじょう》の邸《やしき》にお越《こ》しになった。案内《あんない》を請《こ》うと、「早《はや》くおいで下《くだ》さい」と言《い》ってきたので、かつての竹《たけ》の茂《しげ》みの間《あいだ》から歩《あゆ》み出《で》てこられたところ、対《たい》の君《きみ》は「気味《きみ》が悪《わる》いと思《おも》ったあの暁《あかつき》はこうだったのだ」と夢《ゆめ》のように思《おも》い出《だ》す。簾《すだれ》の内側《うちがわ》に御《お》席《せき》を作《つく》って、襖《ふすま》を開《あ》けて、几帳《きちょう》を添《そ》えて、まともにではなく、少《すこ》し几帳《きちょう》に隠《かく》れるようにして対面《たいめん》した。そして中納言《ちゅうなごん》がそもそもの初《はじ》めからして、心《こころ》惹《ひ》かれて何《なに》が何《なん》だかわからなくなってしまった気持《きも》ち、時明《ときあきら》の娘《むすめ》だと思《おも》って中宮《ちゅうぐう》に召《め》し出《だ》させたこと、別人《べつじん》だとわかって混乱《こんらん》したが、実《じつ》はその女性《じょせい》は中《なか》の君《きみ》（女君《おんなぎみ》）だとわかった時《とき》の衝撃《しょうげき》、など言《い》い続《つづ》けられる言葉《ことば》、様子《ようす》は筆舌《ひつぜつ》に尽《つ》くしようがない。なんでもないちょっとしたひと言《こと》をおっしゃるのにも、情《じょう》があふれ、しみじみとした心深《こころふか》い感《かん》じをお添《そ》えになる人柄《ひとがら》に、まして心《こころ》の限《かぎ》りを尽《つ》くしてお話《はな》しになる様子《ようす》は、どんなに情《じょう》を持《も》たない岩《いわ》木《き》でも靡《なび》いてしまいそうなので、周囲《しゅうい》を憚《はばか》り面倒《めんどう》なことだとのみ思《おも》って、中納言《ちゅうなごん》を遠《とお》ざけていた対《たい》の君《きみ》の心《こころ》も、弱《よわ》い気持《きも》ちになって、忍《しの》び込《こ》まれたあの時《とき》、明《あ》けない夜《よる》の闇《やみ》のように真《ま》っ暗《くら》な心中《しんちゅう》で動転《どうてん》してしまったこと、ひと通《とお》りならぬ思案《しあん》の末《すえ》、宮《みや》の中将《ちゅうじょう》の気配《けはい》をわざわざ探《さぐ》ったことなど、かすかに笑《わら》い、ひどくため息《いき》をつきながら話《はな》し、「ただそれだけの関係《かんけい》でも、世間《せけん》にありがちな、どうでもよいことではございませんが、お二人《ふたり》はこの世《よ》だけではない深《ふか》いご縁《えん》なのだと思《おも》われる中《なか》の君様《きみさま》のご懐妊《かいにん》のご様子《ようす》ですのに、月日《つきひ》が過《す》ぎますにつれ、どう対処《たいしょ》してよいものかと、他《ほか》に相談《そうだん》する人《ひと》もございませんままに、ただ朝夕《あさゆう》、中《なか》の君様《きみさま》が心《こころ》ひとつを痛《いた》めていらっしゃる様子《ようす》をご推察下《すいさつくだ》さい。中《なか》の君様《きみさま》が体調《たいちょう》を崩《くず》し、皆《みな》から心配《しんぱい》されていることなどは、自然《しぜん》とお聞《き》き合《あ》わせになっておられることでしょう。今《いま》や、人《ひと》がはっきりそれ（妊娠《にんしん》）と見申《みもう》し上《あ》げるだろうと、心穏《こころおだ》やかならず悩《なや》んでおられるご様子《ようす》につけ、あの恨《うら》めしかった夜《よる》の御契《おんちぎ》りのことは、私《わたくし》もどれほどつらく思《おも》っておりますことか」などと打《う》ち明《あ》けたので、中納言《ちゅうなごん》は事《こと》の意外《いがい》さに茫然《ぼうぜん》として、胸《むね》もいよいよいっぱいで乱《みだ》れる心持《こころもち》がして、しばらくはものも言《い》われず、顔《かお》に袖《そで》を押《お》し当《あ》てて涙《なみだ》をせき止《と》めかねていらっしゃるそのご様子《ようす》は、見《み》る人《ひと》も耐《た》えがたく胸《むね》がつかれる。

❖中納言《ちゅうなごん》も、例《れい》ならず承《う》け引《ひ》きたるに心騒《こころさは》ぎて、いつしかと例《れい》の乳母御覧《めのとごらん》ずるやうにておはしぬ。消息《せうそこ》のたまひたるに、「とく」と聞《き》こえたれば、ありし竹《たけ》のうちより歩《あゆ》み出《い》で給《たま》へるに、「むくつけしと見《み》し暁《あかつき》は、かうにこそありけれ」と夢《ゆめ》のやうに思《おも》ひ出《い》づ。簾《すだれ》の中《うち》に御座《おまし》まゐりて、障子《さうじ》押《お》し開《あ》けて、几帳《きちやう》添《そ》へて、まほならず、はた隠《かく》れて対面《たいめん》したり。はじめよりして、なくなりにし心《こころ》、時明《ときあきら》が女《むすめ》と宮《みや》に召《め》させしこと、他人《ことひと》に思《おも》ひなして思《おも》ひ乱《みだ》れしに、かうなりけりと聞《き》きつけたりし心地《ここち》、言《い》ひ続《つづ》け給《たま》ふ言葉《ことば》、気色《けしき》、まねびやるべきかたなし。なほざりのあさはかなる一言《ひとこと》をのたまふに、情々《なさけなさけ》しく、あはれにこ深《ふか》き気色《けしき》を添《そ》へ給《たま》ふ人《ひと》がらに、つつましくて心《こころ》の限《かぎ》り尽《つ》くし給《たま》ふは、いみじからむ何《なん》の岩木《いはき》も靡《なび》きたちぬべきに、つつましくわづらはしとのみ思《おも》ひ放《はな》ちきこえつる心《こころ》も、弱《よは》き心地《ここち》して、そのほど、明《あ》けぬ夜《よ》の闇《やみ》にまどはれしさま、なのめならぬままに宮《みや》の中将《ちゆうじやう》のけはひわざと聞《き》きしさまなど、ほのかにうち笑《わら》ひ、いみじく嘆《なげ》きつつ、「たださばかりの節《ふし》にてだに、世《よ》のつねの、なげのことにてだに侍《はべ》らぬを、この世《よ》にのみはあらぬ御契《おんちぎ》りのほどかな、と見《み》えはべる御心地《おんここち》の様《さま》なるを、月日《つきひ》の過《す》ぎ侍《はべ》るままに、いかにもてなしたてまつるべきかと、また言《い》ひ合《あ》はする人《ひと》も侍《はべ》らぬままに、ただ朝夕《あさゆふ》心一《こころひと》つを乱《みだ》り給《たま》へるほどは、推《お》し量《はか》らせ給《たま》へ。嘆《なげ》き扱《あつか》はれ給《たま》ふ程《ほど》などは、おのづから、聞《き》こし召《め》し合《あ》はすらむかし。今《いま》や人《ひと》しるく見《み》たてまつらむと、静心《しづごころ》なく思《おも》ひ給《たま》へるほどは、恨《うら》めしかりける御契《おんちぎ》りのほどは、いかばかりかは心憂《こころう》く見《み》たてまつる」など言《い》ひ出《い》でたるに、あさましく、胸《むね》もいとどせき乱《みだ》るる心地《ここち》して、とばかりものも言《い》はれず、顔《かほ》に袖《そで》を押《お》しあてて、せきかね給《たま》へるほど、見《み》る人《ひと》も堪《た》へがたくあはれなり。

＊明けぬ夜の闇　散逸物語『あさくら』に「明けぬ夜の中にもやがてまどふかなはかなき夢を見るとせしまに」（『風葉和歌集』『物語二百番歌合』による）とある。『あさくら』は『夜の寝覚』とともに作者が菅原孝標女と言い伝えられている。

✼対の君から中の君の懐妊を報《しら》された中納言（男君）は今後の出産に向けて心を砕く。対の君は事の真相が露顕《ろけん》しないようにくれぐれも男君の軽挙《けいきょ》を諫《いさ》めて別れる。しかし、中納言は自分の胸一つに思いを納めておけず、中宮《ちゅうぐう》（男君のきょうだい）に事情を打ち明け、中宮も深く同情する。

この中宮は後に巻三に「いとよろづのことに、心得重《こころえおも》りかに、のどかに、ありがたきところすぐれて」（何事にも心用意も深く思慮があり、ゆったりと落ち着いていて、めったにないような面が優れておられて）とされる人柄である。後に帝《みかど》の女君への恋情も見抜くが、おおらかに振る舞い、いかにも当時の身分の高い女性らしい人柄で、男性たち（男君、帝）が女君の魅力に自分を見失っているのとは対比的な存在である。

⑬　大納言《だいなごん》（男君《おとこぎみ》）、人目《ひとめ》を忍《しの》び、中《なか》の君《きみ》のもとへ

年明けの司召《つかさめし》（官職を任命するための儀式）で中納言は大納言に昇進。一方の中の君は月が重なるままに妊娠が進み、心労と体調不良で臥《ふ》せったままで食も進まない。父太政大臣の心配は募るばかりである。そんなある日、対の君の懇願《こんがん》もはねのけ、思い余った大納言（男君）は妻大君《おおいぎみ》が洗髪のため、女房たちもそちらに奉仕し、人影が少なくなった邸内で、中の君の部屋にこっそりと忍び入る。

男君《おとこぎみ》は現実《げんじつ》のこととも思《おも》えず心《こころ》の動揺《どうよう》の中《なか》で、『見《み》てもよどまぬ』というがほんとうのことだったのだ。あの九条《くじょう》での仮初《かりそ》めの夢《ゆめ》のような一夜《いちや》の折《おり》には、つぶつぶとまろやかで、愛《あい》らしくふくよかだった手触《てざわ》りが、すっかり別人《べつじん》のように細《ほそ》く弱々《よわよわ》しくなってしまって、お腹《なか》のあたりはたいそうふっくらとしているのを、腹帯《はらおび》で頼《たよ》りなく結《むす》ばれている手触《てざわ》りなど、懐妊《かいにん》中《ちゅう》であることは隠《かく》れようもない。明《あ》け暮《く》れ世話《せわ》ができる場合《ばあい》でさえ、この

ように妊娠中《にんしんちゅう》の人《ひと》をまだ間近《まぢか》で見《み》たことがなかったので、珍《めずら》しく、並一通《なみひととお》りの気持《きも》ちではいられないだろうに、まして、ああ大変《たいへん》だ、これを人《ひと》には知《し》られまいとさりげなく振《ふ》る舞《ま》う気持《きも》ちは、どんなにつらく悲《かな》しいことだろう」と思《おも》うのでさえ、気《き》の毒《どく》でとても悲《かな》しいのに、積《つ》もりに積《つ》もった心《こころ》の内《うち》を伝《つた》えようもなく、涙《なみだ》でむせかえるのを、姫君《ひめぎみ》（中《なか》の君《きみ》）はあの夜《よ》にも劣《おと》らず、言《い》いようもなく不安《ふあん》でひどく恐《おそ》ろしいが、大納言《だいなごん》（男君《おとこぎみ》）にぴったりと一《ひと》つに抱《だ》きすくめられて、汗《あせ》と涙《なみだ》でぐっしょりとなり、気《き》を失《うしな》いそうな様子《ようす》が、また大納言《だいなごん》にはこの上《うえ》もなくいとおしくてかわいいのを、まだなだめ慰《なぐさ》めることもできないうちに、あちらの方《ほう》から、「大納言《だいなごん》の北《きた》の方《かた》さまが御湯《おゆ》よりお上《あ》がりになって、『今日《きょう》は中《なか》の君《きみ》のご気分《きぶん》はいかがでしょうか。とても心配《しんぱい》なので、苦《くる》しげになさっているのなら伺《うかが》いましょう。お加減《かげん》がよろしいのなら、今夜《こんや》は休《やす》むことにしましょう。ご様子《ようす》をたしかに承《うけたまわ》ってきなさい』との仰《おお》せです」という声《こえ》が聞《き》こえる。

❖男《をとこ》は、現《うつつ》ともおぼえ給《たま》はぬ心惑《こころまど》ひに、「『見《み》てもよどまぬ』とは、まことなりけり。旅寝《たびね》の見《み》し夢《ゆめ》には、つぶつぶとまろに、うつくしう肥《こ》えたりし手《て》あたりの、ひきかへたるやうに細《ほそ》くあえかになりたるに、腹《はら》いとふくらかなるを、はかなく引《ひ》き結《ゆ》はれたる手《て》あたりなど、つつむことなし。明《あ》け暮《く》れ見《み》むにてだに、かかる人《ひと》をまだ近《ちか》くては見《み》ざりつるに、めづらしく、世《よ》のつねの心地《ここち》せじを、まいて、あないみじ、これをさりげなくもて紛《まぎ》らはす心地《ここち》、いかに、げにいみじくわびしかるらむ」と思《おも》ふさへ、あはれに悲《かな》しくいみじきに、ここら思《おも》ひ積《つ》もることも言《い》ひやるかたなく、むせかへるを、姫君《ひめぎみ》はありし夜《よ》にも劣《おと》らず、そら恐《おそ》ろしくいみじきに、一《ひと》つにまろがれて、汗《あせ》と涙《なみだ》とに浮《う》かび出《い》でぬばかりの気色《けしき》に消《き》えかへりたる様《さま》、言《い》ひ知《し》らずあはれげにうつくしきを、こしらへやらぬほどに、あなたより、「ただ今《いま》、御湯《おんゆ》より上《あ》がらせ給《たま》ひて、『今日《けふ》は御心地《おんここち》いかがおはしますらむ。いとおぼつかなきを、苦《くる》しげにせさせ給《たま》はば参《まゐ》り来《こ》む。よろしくものせさせ給《たま》はば、今宵《こよひ》はうちやすみはべりなむ。御有様《おんありさま》たしかにうけたまはりて』」と言《い》ふなり。

＊「見てもよどまぬ」　引き歌があると思われるが未詳。

✲大納言の正妻である中の君の姉、大君は妹を心配して部屋を訪ねることになり、対の君は大急ぎで大納言（男君）を部屋から出す。心を残して女君のもとを去った男君はますます思慕の念を募らせる。一方何も知らず、妹のもとに訪れた姉大君に対して、女君は良心の呵責《かしやく》も加わり、ますます体調が優れない。心配した大君は父大臣に知らせ、父も女君のもとを訪れ、よりいっそうの加持祈禱《かじきとう》を施《ほどこ》す。次兄 宰相 中将《さいしようちゆうじよう》も妹を心配するが、一方で男君の傷心ぶりを不思議に思う。女君に対する家族の優しさとそれに対する背信《はいしん》の思いが描かれる。

⑭ 中《なか》の君《きみ》、臥《ふ》せりがちだが美《うつく》しさは失《う》せず

万事に休して思い余った対の君は、ついに中の君（女君）の次兄宰相中将に事態を告げ、援助を要請する。事の次第に驚いた宰相中将は妹（中の君）を見舞い、中の君も親しんできた兄の気持ちを汲《く》んで起き上がる。

夜《よる》となく昼《ひる》となく、涙《なみだ》が流《なが》れるばかりで、うわべを取《と》り繕《つくろ》うより他《ほか》に繕《つくろ》うこともなくて、幾月《いくつき》も過《す》ぎてしまったが、中《なか》の君《きみ》（女君《おんなぎみ》）の美《うつく》しさはいささかも衰《おとろ》えることなく、お顔《かお》はいっそうあふれんばかりの華《はな》やかさで、少《すこ》し面痩《おもや》せなさった可憐《かれん》さは、例《たと》えようもない。少《すこ》しも手入《てい》れなさっていない額髪《ひたいがみ》は、わざわざしゃれて垂《た》らしたように額《ひたい》にこぼれかかって、たいそう慎《つつ》ましやかに、けだるそうにこちらにお向《む》けになる目元《めもと》や頬《ほお》の美《うつく》しさはとても言《い》い表《あらわ》せない。宰相中将《さいしょうちゅうじょう》（次兄《じけい》）は「ああ、この美《うつく》しい妹《いもうと》を、たいした病《やまい》ではないように思《おも》って、後《あと》のことはともかく、思《おも》い込《こ》んでいたこ

とだった。このままでは御命《おんいのち》があるかどうかもわからない」と、つくづくと見《み》つめていると、尽《つ》きせず悲《かな》しい。こうなったのも自分《じぶん》の怠慢《たいまん》のように思《おも》われて、地団駄《じだんだ》をふんで泣《な》いてしまいたいような気持《きも》ちがする。まして父大臣《ちちおとど》がこのことを聞《き》きつけて、ご心配《しんぱい》なさるであろう心中《しんちゅう》を思《おも》うと、この上《うえ》もなくおいたわしい。宰相中将《さいしょうちゅうじょう》は何気《なにげ》ないようにと装《よそお》うのだが、こらえきれず泣《な》けてしまうのを、中《なか》の君《きみ》は自分《じぶん》の秘密《ひみつ》をお聞《き》きになってしまったとは思《おも》いもよらず、ただ、自分《じぶん》の体調《たいちょう》がこのようにいつまでも優《すぐ》れないのを、「このままではとても生《い》き長《なが》らえることはできまいと兄上《あにうえ》はお思《おも》いなのであろう」と解釈《かいしゃく》なさって、まして本当《ほんとう》のことをお知《し》りになったらと胸《むね》が塞《ふさ》がって、ご自分《じぶん》も涙《なみだ》をとめることができず、また沈《しず》み臥《ふ》してしまいになった。

❖夜昼《よるひる》、涙《なみだ》のみ流《なが》るるよりほかのつくろひなくて、月《つき》ごろになりぬれど、つゆばかりも衰《おとろ》へなく、御顔《おんかほ》はいとどにほひわたりて、うち面痩《おもや》せ給《たま》ひつるうつくしさは、似《に》るものぞなきや。いささかひきもつくろはぬ額髪《ひたひがみ》は、ことさらにひねりかけたらむやうにこぼれかかりて、いとつつましげに、たゆく見《み》なし給《たま》ひつるまみ、面《つら》つきなど、言《い》へばおろかなり。「あはれ、これをいたづらに、後《のち》は知《し》らず、思《おも》ひなしつるぞかし。御命《おんいのち》のあらむことも難《かた》し」と、つくづくとまもれば、飽《あ》かず悲《かな》し。我《わ》が怠《おこた》りのやうに、足摺《あしず》りとかいふやうに泣《な》きぬばかりの心地《ここち》ぞする。まして、大臣《おとど》の、うち聞《き》きつけて思《おぼ》さむ心《こころ》のうち、いみじくいとほし。さりげなくと忍《しの》べども、え堪《た》へず泣《な》かれぬるを、このこと聞《き》き給《たま》へるとは思《おぼ》しも寄《よ》らず、ただ我《わ》が御心地《おんここち》のかくのみあるを、「え世《よ》にあるまじと思《おぼ》すなめり」と、心得給《こころえたま》ふに、ましてと、胸塞《むねふた》がりて、我《われ》も涙《なみだ》をとどめやらで、また沈《しづ》み臥《ふ》し給《たま》ひぬ。

*足摺《あしず》り　地団駄をふむこと。嘆いたり怒ったりする時の動作にいう。『万葉集』から見られる語である。

✿真相を知った次兄宰相中将は妹中の君の部屋を訪問、長い間体調を崩しているにもかかわらず、美しさの衰えない妹の様子にかえって心を痛め、また真実を知った時の父太政大臣の嘆きを思う。さらに宰相中将は実は夫との仲を案じながら外見からはさしあたって悩みはなさそうな大君《おおいぎみ》のもとを訪ねる。その華やかな様子に中の君のことが思い比べられ悲しくなる。続けて別の部屋にいた大納言（男君）を見かけ、その深刻な苦悩の様子に同情する。一方、中の君は亡骸《なきがら》さえも残さずこの世から消え果ててしまいたいと思い詰め、それゆえいよいよ衰弱していき、父大臣は心痛で狼狽《ろうばい》するばかりである。

◆巻二

①　中《なか》の君《きみ》（女君《おんなぎみ》）の父《ちち》、心痛《しんつう》の末《すえ》に病《やまい》づき広沢《ひろさわ》に移転《いてん》

女君の容態はますます重く、事情を知る対の君たちは女君の懐妊をひた隠しにしていた。男君は、女君の嘆きを人づてに耳にするが、なすすべもなく物思いにふけるばかり。女君の長兄左衛門督《さえもんのかみ》は、父太政大臣に、亡き母の住まいであった一条邸を修繕し、そこへ女君を移すことを提案した。そうこうするうちに三月になり、父大臣も心痛の余りか、高熱に苦しみ、山里への移転を決意する。

父太政大臣《ちちだいじょうだいじん》は高熱《こうねつ》をこらえて、臥《ふ》せっている中《なか》の君《きみ》（女君《おんなぎみ》）に近寄《ちかよ》り、お顔《かお》に顔《かお》を押《お》し当《あ》てなさって、「たいそう気分《きぶん》が悪《わる》く苦《くる》しいので、山里《やまざと》に行《い》きます。たくさんの子《こ》たちの中《なか》で、お生《う》まれになったそのときからもう、あなたを愛《いと》しいと思《おも》う心《こころ》が特《とく》に強《つよ》くあります。その、あなたへの父《ちち》の気持《きも》

ち、そして父《ちち》への孝養《きょうよう》を思《おも》い知《し》られるのでしたら、無事《ぶじ》にまた会《あ》おうとお思《おも》いなさい」といって、涙《なみだ》にむせびお泣《な》きになるので、中《なか》の君《きみ》（女君《おんなぎみ》）は、たいそうだるそうな目《め》で見上《みあ》げて父大臣《ちちおとど》をじっと見《み》つめ、涙《なみだ》をこぼす、その様子《ようす》が父大臣《ちちおとど》にはますますしみじみと胸《むね》に迫《せま》って悲《かな》しく、女房《にょうぼう》や、自分《じぶん》の近侍《きんじ》たちもみな、ただこの中《なか》の君《きみ》（女君《おんなぎみ》）にお仕《つか》えするようにとばかりおっしゃる。ご祈禱《きとう》の方《ほう》は、法性寺《ほうしょうじ》の僧都《そうず》に、限《かぎ》りのある命《いのち》のほどといっても、今度《こんど》だけは助《たす》かるようお祈《いの》り申《もう》しあげるように、泣《な》く泣《な》くお言《い》いつけになり、中《なか》の君《きみ》（女君《おんなぎみ》）と離《はな》れるのが心《こころ》もとなく悲《かな》しいに違《ちが》いないことをお思《おも》いになるが、ご自身《じしん》も堪《た》えがたく病状《びょうじょう》が悪化《あっか》していくので、「最後《さいご》の別《わか》れは、あれっきりで終《お》わるはずがない」と、しいて気《き》を強《つよ》くお持《も》ちになって、長年出家《ながねんしゅつけ》の望《のぞ》みがおありで、終《つい》の棲家《すみか》として心《こころ》を留《と》めて造営《ぞうえい》なさっていた、広沢《ひろさわ》の池《いけ》のほとりにある、言《い》いようもなく趣《おもむき》のある御堂《みどう》に、お渡《わた》りになった。中《なか》の君《きみ》（女君《おんなぎみ》）の次兄《じけい》宰相中将《さいしょうちゅうじょう》には、「父《ちち》に孝行《こうこう》するのと同《おな》じと思《おも》って、この妹君《いもうとぎみ》のもとにとどまって、お世話《せわ》し申《もう》し上《あ》げなさい」

といって、留《とど》め置《お》きなさった。

❖念《ねん》じて、臥《ふ》したるに寄《よ》り給《たま》ひて、御顔《おんかほ》に顔《かほ》をあて給《たま》ひて、「乱《みだ》り心地《ごこち》いと苦《くる》しければ、山里《やまざと》にまかりぬ。あまたの中《なか》に、生《む》まれ給《たま》ひしより、かなしと思《おも》ひきこゆる心《こころ》すぐれたり。その心《こころ》ざし、孝養《けうやう》を思《おぼ》し知《し》らば、平《たひ》らかにて会《あ》ひ見《み》むと思《おぼ》せ」とて、むせかへり泣《な》き給《たま》へば、いとたゆきを見上《みあ》げてうちまもりて、涙《なみだ》のこぼれ給《たま》ふ、いとど哀《あは》れに悲《かな》しく、女房《にようばう》、侍《さぶらひ》も、ただここに侍《さぶら》ふべき由《よし》をのみのたまふ。御祈《おんいの》りの方《かた》は、法性寺《ほうしやうじ》の僧都《そうづ》に、限《かぎ》りある命《いのち》のほどなりとも、このたびは助《たす》かるべき由《よし》、祈《いの》り申《まう》すべく、泣《な》く泣《な》くのたまひ置《お》き、おぼつかなく悲《かな》しかるべきことを思《おぼ》せど、堪《た》へ難《がた》くなりまさらせ給《たま》へば、「終《つひ》の別《わか》れは、さてのみやは」と、せめて強《つよ》く思《おぼ》しなりて、年《とし》ごろ出家《しゆつけ》の本意《ほい》おはして、終《つひ》の御《おん》すみかに心《こころ》とどめて造《つく》り給《たま》へりける、広沢《ひろさは》の池《いけ》のわたりに、言《い》ひ知《し》らずおもしろき御堂《みだう》に、渡《わた》り給《たま》ひぬ。宰相《さいしやう》の君《きみ》は、「これに孝《けう》ずると思《おも》ひて、ここにさぶらひて、あつかひきこえよ」とて、とどめ置《お》き給《たま》ふ。

✿父太政大臣が中の君（女君）に言う「孝養《きょうよう》」とは、親孝行のこと。長患いの末娘（女君）に続いて病づいた父大臣は、最後の別れ、死別をも予感する。生きて再び父に会うのが親孝行とお思いなさい、と父は言い、気力をふるい起こして、出家に備えて造営していた広沢の池のほとりにある御堂《みどう》に移転する。四人の子の中でも、末娘である中の君（女君）には、生まれ落ちたその時から「かなし」（愛おしい）という心が父には強くあった。その最愛の娘との、悲しい別れの場面である。しかしこれが最後というわけではないはずだとも、この父は信じている。

★コラム　広沢の池

広沢の池は山城国《やましろのくに》の歌枕《うたまくら》（歌に詠まれた土地）であり、現在の京都市右京区《うきょう》嵯《さ》峨《が》（広沢）にある周囲約一キロメートルの池で、周囲には嵯峨野の山々が見渡せる。

仁明《にんみょう》天皇が嵯峨院へ行幸《ぎょうこう》した際、広沢の池のほとりで警蹕《けいひつ》（先払い）を止めて休んだという話（「承和《じょうわ》帝王〔仁明天皇〕行幸嵯峨院之日於広沢池畔停警蹕」）が、藤原師輔《もろすけ》の日記『九暦《きゅうれき》』承平《じょうへい》六年（九三六）十一月六日の記事にある。また花見のため西山に御幸《ごこう》した円融《えんゆう》上皇が、寛朝僧正《かんちょうそうじょう》（平安時代中期の真言宗の僧。父は宇多《うだ》天皇の皇子敦実《あつみ》親王）の所領《しょりょう》であった広沢の山荘に立ち寄ったという話（「於寛朝僧正所領広沢山庄供朝膳」）が藤原実資《さねすけ》の日記『小右記《しょうゆうき》』寛和《かんな》元年（九八五）三月十六日の記事にあり、この山荘が後の遍照寺《へんしょうじ》である。遍照寺には御堂の他、多宝塔や釣殿《つりどの》があったと言われており、『夜の寝覚』の太政大臣が造営したという「言《い》ひ知《し》らずおもしろき御堂《みだう》」のイメージの源泉となったのかもしれない。なお、この寺にちなみ広沢の池は「遍照寺池」とも呼ばれる。

平安時代から、広沢の池を詠んだ歌は多い。

広沢の池に浮かべる白雲はそこ吹く風の波にぞありける（『重之集』）

広沢の池の心のいかなればうきにうきたるうきはなるらん（『御堂関白集』）

水の面に宿れる月のかげ見れば波さへよると思ふなるべし（『公任集』）

宿しもつ月の光の大沢はいかにいへども広沢の池（『山家集』）

他にも、後代《こうだい》のものではあるが、『六百番歌合《うたあわせ》』（建久《けんきゅう》四年（一一九三）頃）では、「広沢池眺望」という歌題で詠まれた十二首全てが「月」を詠み込んでおり、やはり月の名所として認識されていたことが分かる。月が物語の重要なモチーフとなっている『夜の寝覚』の舞台として、この広沢が選ばれたのも、納得がいく。

② 大納言《だいなごん》（男君《おとこぎみ》）、石山《いしやま》に密《ひそ》かに移《うつ》った女君《おんなぎみ》を訪《おとな》う

女君（中の君）懐妊の事情を告げられた次兄 宰相中将《さいしょうちゅうじょう》、法性寺《ほうしょうじ》の僧都、対の君たちは、相談の末、女君を宰相中将の乳母《めのと》が尼になって住んでいる、石山寺近くの小さな家に移すことにした。表向きは病気平癒《へいゆ》のための参籠《さんろう》だが、実際は、いよいよ近づいた出産に備えるためである。女君は衰弱を極め、明日をも知れない命であった。そこへ、大納言（男君）が思いあまって訪れる。

大納言《だいなごん》（男君《おとこぎみ》）は、喜《よろこ》びながら中《なか》の君《きみ》（女君《おんなぎみ》）を御覧《ごらん》になると、ほんとうに小《ちい》さくていらっしゃる人《ひと》が、お腹《なか》がたいそう大《おお》きくふくらみ、窮屈《きゅうくつ》そうで、白《しろ》いお着物《きもの》のやんわりとしたのを上《うえ》に掛《か》けて、胸《むね》のあたりに押《お》し当《あ》てている。ほんとうに身《み》もなく、ただ衣《ころも》だけに見《み》えて、痛々《いたいた》しいような心苦《こころぐる》しい気持《きも》ちがして、髪《かみ》は無造作《むぞうさ》に結《ゆ》って横《よこ》に投《な》げ出《だ》されているが、それでいて少《すこ》しも乱《みだ》れたりもつれたりする様子《ようす》もなく、つやつやとすばらしく、

その裾《すそ》はまるで扇《おうぎ》を広《ひろ》げてあるようで、臥《ふ》していらっしゃったのが、もったいなく惜《お》しいお命《いのち》と見《み》える様子《ようす》は、鬼神《きじん》や武人《ぶじん》といえども落涙《らくるい》せずにはいられないだろうに、まして大納言《だいなごん》（男君《おとこぎみ》）は、夢《ゆめ》のようにただ一目《ひとめ》わずかに言《い》い寄《よ》って、それから何《なん》か月《げつ》も経《へ》て、際限《さいげん》もなく思《おも》い続《つづ》けて恋《こ》い慕《した》いなさる仲《なか》で、しかもこのような折《おり》のお姿《すがた》をも拝見《はいけん》なさるお気持《きも》ちといったら、並々《なみなみ》ならぬものであった。

大納言《だいなごん》（男君《おとこぎみ》）は目《め》もくらみ気《き》も動転《どうてん》なさって、御几帳《みきちょう》の帷《かたびら》の一枚《いちまい》を横《よこ》木《ぎ》に掛《か》けて押《お》しのけて、「どうして、このように他人行儀《たにんぎょうぎ》になさるのか」といって、御殿油《おんとのあぶら》を掲《かか》げて御覧《ごらん》になると、中《なか》の君《きみ》（女君《おんなぎみ》）の顔色《かおいろ》は、まるで雪《ゆき》などを転《ころ》がしたように限《かぎ》りなく白《しろ》く美《うつく》しいが、苦《くる》しそうな顔《かお》の頬《ほお》のあたりが、ほんとうに赤《あか》く美《うつく》しくて、何《なに》を言《い》っても甲斐《かい》のないような様子《ようす》でこんこんと眠《ねむ》っていらっしゃる、そのお顔《かお》がくっきりとすばらしい様子《ようす》は、「あの夜《よる》の月影《つきかげ》の、身繕《みづくろ》いし心用意《こころようい》していらっしゃったのは、今《いま》のに比《くら》べればまだ世間並《せけんな》みのお姿《すがた》だった。これをむざむざと失《うしな》ってしまうことよ」

と大納言《だいなごん》（男君《おとこぎみ》）はお思《おも》いになり、今《いま》までのことも、これからのことも何《なに》もかも忘《わす》れて、中《なか》の君《きみ》（女君《おんなぎみ》）の横《よこ》に添《そ》い臥《ふ》して、お手《て》をとって、顔《かお》に顔《かお》をすり寄《よ》せて、声《こえ》をも惜《お》しまず、人目《ひとめ》もかまわず泣《な》き崩《くず》れていらっしゃる、その様子《ようす》には、なだめ落《お》ち着《つ》かせなさるような人《ひと》もおいでではなかったとのことだ。

❖よろこびながら見給《みたま》へば、いと小《ちひ》さくおはする人《ひと》の、腹《はら》いと高《たか》く、こちたげにて、白《しろ》き御衣《おんぞ》のなよなよとあるをひき掛《か》けて、胸《むね》のほどにぞ押《お》し当《あ》てたる。いと身《み》もなく、衣《きぬ》がちに、あはれげなる心苦《こころくる》しさに、何《なに》のいたはりもなく御髪《みぐし》は引《ひ》き結《ゆ》ひてうちやられたる、いささか乱《みだ》れまよふ心地《ここち》なく、つやつやとめでたく、裾《すそ》は扇《あふぎ》を広《ひろ》げたらむやうにて臥《ふ》し給《たま》ひつるが、あたらしく惜《を》しげなるさまは、鬼神《おにかみ》、武士《もののふ》といふとも、涙落《なみだお》とさぬはあるまじきを、まいて、夢《ゆめ》のやうにてただ一目《ひとめ》ほのめき寄《よ》りて、月《つき》ごろを経《へ》て、限《かぎ》りなく思《おも》ひしめて恋《こ》ひ思《おぼ》す仲《なか》の、かかる折《をり》をしも見《み》たてまつり給《たま》ふ御心地《おんここち》、なのめならむやは。

目《め》もくれ惑《まど》ひ給《たま》へば、御《み》几帳《きちやう》の帷《かたびら》一重《ひとへ》をうち掛《か》けて押《お》しやりて、「なにか、かばかり隔《へだ》て思《おぼ》す」とて、御殿油《おんとのあぶら》を掲《かか》げて見たてまつり給《たま》ふに、色《いろ》は雪《ゆき》などを転《まろ》がしたらむやうに、そこひなく白《しろ》く、きよげなるに、苦《くる》しげなる面《つら》つき、いと赤《あか》くにほひて、いふかひなく臥《ふ》し給《たま》へる顔《かほ》の、あざあざとめでたき様《さま》は、「月影《つきかげ》の、もてなし用意《ようい》し給《たま》へりしは、世《よ》の常《つね》なりけり。これをむなしくなしてむことよ」と思《おぼ》すに、来《き》し方行《かたゆ》く先《さき》のことも忘《わす》れて、添《そ》ひ臥《ふ》して、御手《おんて》をとらへて、顔《かほ》に顔《かほ》をあてて、声《こゑ》も惜《を》しまず、人目《ひとめ》も知《し》らず泣《な》き惑《まど》ひ給《たま》ふさま、のどめ給《たま》ふ人《ひと》も世《よ》にはなかりけりとぞ。

✻懐妊し数か月に及んで臥せっているにもかかわらず、女君の美しさは損なわれるどころかむしろ優《まさ》っているほどであった。とはいえこの描写は大納言（男君）に寄り添う視点であり、女君の美はいっそうすぐれて見えたことだろう。「とても小柄」で、「つやつやとして後れ毛やもつれもなく、扇を拡げたような髪」、「雪を転がしたように白い肌、赤く上気した頬」は、この当時の女性美を全て備えている。このすばらしい人の命を失ってしまうとは、と、男君は人目も憚《はばか》らず声を限りに泣く。「とぞ」は下に「言ひける」などが省略されており、語り手が伝聞形で場面をいったん区切る形である。

この後、大納言（男君）は中の君の身を案じつつ、形だけ添い臥して夜を明かし帰京するが、中の君（女君）の面影が忘れられない。大納言は中の君の安産祈願の祈禱《きとう》や誦経《ずきょう》の依頼を方々に遣《つか》わすが、事情を知らぬ周囲の人々も不審に思い始める。大納言は中の君の衣を、形見にと持って来ていたが、その袖《そで》を顔に押し当てて、「もしもあの人が亡くなっては、片時も、このままこの世にいられる気がしない」と涙するのだった。

★コラム　石山

石山は近江国《おうみのくに》の歌枕《うたまくら》。現在の滋賀県大津《おおつ》市にあり、平安時代の作品『蜻蛉日記』、『源氏物語』、『和泉式部日記』、『更級日記《さらしなにっき》』の作者たちが参詣《さんけい》したという石山寺で有名。石山寺は観音信仰の聖地でもある。開創は天平勝宝元年（七四九）と伝えられており、開基は聖武《しょうむ》天皇、開山は良弁《ろうべん》。西国《さいごく》三十三所の第十三番札所である。

京にも人や待つらん石山の峰に残れる秋の夜の月

（『新古今集』雑上・藤原長能）

このたびもうき身をかへて出づべくは雲隠してよ石山の月（『大弐高遠集』）などの歌のように、「月」とともに詠まれることもあった。明応九年（一五〇〇）、近衛《このえ》政家《まさいえ》によって「近江八景」の一つとして「石山の秋の月」が選ばれ、今日に伝えられている。

なお鎌倉時代になると、藤原彰子《しょうし》（一条天皇の妃《きさき》。藤原道長の娘）から、まだ読んだことのない物語を求められた紫式部が、石山寺に七日間籠《こ》もり、琵琶湖《びわこ》に浮かぶ月影を見て心を澄まし『源氏物語』を書き起こしたという伝説が生まれた（『石山寺縁起』）。

広沢の池のみならず、石山もまた月との関わりが深い場所であった。

くる。

③　女君《おんなぎみ》（中《なか》の君《きみ》）、姫君《ひめぎみ》を密《ひそ》かに出産《しゅっさん》

心配のあまりものも食べられない男君のもとへ、使者として遣わした行頼が戻ってくる。

女君《おんなぎみ》のもとへ使者《ししゃ》として遣《つか》わした少納言行頼《しょうなごんゆきより》は、暁《あかつき》の頃《ころ》に戻《もど》ってきた。大納言《だいなごん》（男君《おとこぎみ》）は、「（行頼《ゆきより》は）どのように言《い》おうとしているのだろうか」と胸《むね》がしめつけられるように苦《くる》しくていらっしゃる、その男君《おとこぎみ》に行頼《ゆきより》は近寄《ちかよ》って、「申《さる》の時《とき》（午後四時頃《ごごよじごろ》）に到着《とうちゃく》いたしましたら、『ほんとうに、たいそう意識《いしき》がぼんやりしていらっしゃる』といって、宰相中将《さいしょうちゅうじょう》（中《なか》の君《きみ》の次兄《じけい》）が声《こえ》を限《かぎ》りに泣《な》き惑《まど》い、御堂《みどう》に誦経《ずきょう》の声《こえ》が響《ひび》きわたって（中略）酉《とり》の時《とき》（午後六時頃《ごごろくじごろ》）に、『ご安産《あんざん》で、女《おんな》の子《こ》でいらっしゃる』と承《うけたまわ》りました。それまで私《わたし》は狭《せま》い所《ところ》に隠《かく》し置《お》かれて、精根尽《せいこんつ》き果《は》ててしまいました。特《とく》に何《なに》も起《お》こらず、しばらくしてからまた、『気《き》を失《うしな》ってしまわれた』といっ

て一騒《ひとさわ》ぎでしたが、その後《あと》は特《とく》に変《か》わった事《こと》もおありではないようです。（後略）」と申《もう》し上《あ》げるので、男君《おとこぎみ》は胸《むね》が軽《かる》くなり、うれしいのにつけても、様子《ようす》が見《み》たくて、気《き》がかりでじれったいお心《こころ》といったら、他《ほか》に類《るい》を見《み》ないことだった。

❖暁方《あかつきがた》にぞ参《まゐ》りたる。「いかに言《い》はむとすらむ」と、胸《むね》うちつぶれ給《たま》へるに、寄《よ》り参《まゐ》りて、「申《さる》の時《とき》ばかりに参《まゐ》り着《つ》きて侍《はべ》りしかば、『いといみじく不覚《ふかく》におはします』とて、宰相《さいしやう》、声《こゑ》も惜《を》しまず泣《な》き惑《まど》ひ、御堂《みだう》に誦経騒《ずきやうさは》ぎて、（中略）酉《とり》の時《とき》ばかりなむ、『平《たひ》らかに、女《をんな》にておはします』と、承《うけたまは》りつる。程《ほど》なき所《ところ》に隠《かく》し据《す》ゑられて、心肝《こころぎも》の限《かぎ》りこそ尽《つ》くして侍《はべ》りつれ。事《こと》なくて、とばかりありて、また、『絶《た》え入《い》らせ給《たま》ひぬ』とて騒《さは》ぎ侍《はべ》りしを、その後《のち》、異《こと》なる事《こと》もおはしまさぬなめり。（後略）」と申《まう》すに、胸《むね》あきてうれしきにも、ゆかしく、おぼつかなき心《こころ》焦《い》られぞ、類《たぐひ》なきや。

✲待ちに待った行頼の報告によると、中の君のお産は長時間にわたったようで、午後四時頃に行頼が到着した時には意識がほとんどない状態だったが、その約二時間後、無事出産したという。「平《たひ》らかに」とあるが、これは母子ともに命があったことを言い、決して楽な出産を指す言葉ではなかった点、注意が必要である。

生まれたのは女の子であった。男君がどんなに安心したかは計り知れない。この後、すっかり安心した大納言（男君）は、「かの母君の腹より我が子の出で来たらむ、げに、なにかは世の常ならむ」（あの母君〔中の君〕のお腹からこの私の子が生まれ出てきたのなら、ほんとうに、どうして世間並みの子であろうか、非凡な子であるに違いない）と、いささか「心驕《おご》り」（得意満面なこと）してもいる。

中の君の秘密の出産は、対の君をはじめ、事情を知る者数人の懸命な努力の賜物であった。

④ 女君《おんなぎみ》、生《う》まれた姫君《ひめぎみ》を見《み》つつ涙《なみだ》する

父太政大臣は、広沢で念願の出家を果たす。その際、大納言（男君）に、まだ夫がいない中の君（女君）の後見《こうけん》を依頼し、遺産の分配についても、大納言の上（大君《おおいぎみ》）にちょっとした帯や太刀《たち》などを与えただけで、あとは、長兄の左衛門督《さえもんのかみ》の反対をも押し切って、先帝の御代《みよ》から伝わった物や、所有地などほとんどを中の君に与えてしまった。

受戒《じゅかい》が功を奏したのか、父入道は病から快復していく。一方、大納言は、生まれた子の引き取りを画策《かくさく》する。乳母《めのと》に選ばれたのは、子を生んで間もなく夫に捨てられてしまった女性（石山の尼君の娘）だった。

女君《おんなぎみ》は消《き》え入《い》るようにお見《み》えでいらっしゃるけれど、石山《いしやま》を離《はな》れ京《きょう》にお出《い》でにならなくてはいけないので、お湯浴《ゆあ》みなどなさり、姫君《ひめぎみ》にも湯浴《ゆあ》みをおさせして、そのすばらしいお姿《すがた》に、対《たい》の君《きみ》は世《よ》を憚《はばか》る心《こころ》も忘《わす》れて、

「何日《なんにち》も抱《だ》いてお世話《せわ》していたのに、お別《わか》れしたらどんなにか恋《こい》しく、もの寂《さび》しい気持《きも》ちになることでしょうか」と、少将《しょうしょう》と二人《ふたり》で話《はな》し合《あ》って泣《な》いて、母君《ははぎみ》（女君《おんなぎみ》）のおそばに姫君《ひめぎみ》をお寝《ね》かせして、「この姫君《ひめぎみ》を御覧《ごらん》くださいな。このようなすばらしい人《ひと》がお生《う》まれになるご縁《えん》で、思《おも》いがけない物《もの》思《おも》いをなさっていたのだと思《おも》いますと、私《わたくし》も今《いま》は万事《ばんじ》慰《なぐさ》められました。大《だい》納言殿《なごんどの》（男君《おとこぎみ》）が姫君《ひめぎみ》をお迎《むか》えになったら、どうして再《ふたた》びお目《め》にかけられる機会《きかい》がありましょうか」といって、姫君《ひめぎみ》を母君《ははぎみ》の方《ほう》に引《ひ》き寄《よ》せたのを、女君《おんなぎみ》は意識《いしき》も消《き》え入《い》るような様子《ようす》でばかりいて、まだ何事《なにごと》もはっきりとは認識《にんしき》できないながら、とても恥《は》ずかしいけれど、姫君《ひめぎみ》に自然《しぜん》と目《め》が行《い》って、「ほんとうに、かわいらしい顔《かお》だこと」と、御覧《ごらん》になると、深《ふか》く思《おも》い続《つづ》けることはないけれど、涙《なみだ》が流《なが》れ出《で》てしまうので、きまり悪《わる》く思《おも》われて顔《かお》を袖《そで》に隠《かく》しなさる、そのご様子《ようす》がたいそうしみじみと胸《むね》に迫《せま》るのを、お側《そば》で拝見《はいけん》する人《ひと》もほんとうに悲《かな》しくて、皆泣《みなな》いてしまった。

❖君《きみ》は消《き》え入《い》るやうに見《み》え給《たま》へど、京《きやう》に出《い》で給《たま》ふべければ、御湯《おんゆ》など召《め》して、姫《ひめ》君《ぎみ》にも浴《あ》むせたてまつりて、めでたき御様《おんさま》に、世《よ》のつつましさも忘《わす》れて、「日《ひ》ごろ抱《いだ》き扱《あつか》ひたてまつるに、引《ひ》き離《はな》れたてまつりて、いかに恋《こひ》しく、つれづれならむ」と、少将《せうしやう》と二人《ふたり》語《かた》らひ合《あ》はせて、うち泣《な》きて、母君《ははぎみ》の御傍《おんかたは》らに臥《ふ》せたてまつりて、「これ見《み》たてまつらせ給《たま》へ。かかる人《ひと》の御宿世《おんすくせ》にて、おぼえぬものは思《おぼ》し召《め》すなりけりと思《おも》ひ給《たま》ふれば、よろづこそ慰《なぐさ》み侍《はべ》りぬれ。迎《むか》へ給《たま》ひなば、いかでか見《み》たてまつらせ給《たま》はむ」とて、差《さ》し寄《よ》せたるを、消《き》え入《い》るやうにのみしつつ、何事《なにごと》もはかばかしく思《おも》ひ分《わ》かれぬに、いと恥《は》づかしけれど、うち見《み》やられて、「げに、をかしげの顔《かほ》や」と見《み》給《たま》ふに、深《ふか》く思《おも》ひ続《つづ》くることはなけれど、涙《なみだ》の流《なが》れ出《い》でぬるに、はしたなくおぼえて顔《かほ》を引《ひ》き入《い》れ給《たま》ふ気色《けしき》の、いみじくあはれなるを、見《み》たてまつる人《ひと》も、いと悲《かな》しくて、みな泣《な》きぬ。

✲意識も消え入りそうなまま、産後の回復には程遠いながらも、いつまでも石山にこもっていては、事情を知らぬ者たちに怪しまれるため、湯浴みして帰京に備える。傍らに臥せられた姫君の顔を見やって流れた涙は、どのような意味をもつのだろうか。「深《ふか》く思《おも》ひ続《つづ》くることはなけれど」とあるので、意識はまだぼんやりとしているのだろうが、お腹を痛めて産んだわが子のかわいらしい顔に、何か心動かされるものがあったのかもしれない。

⑤ 大納言《だいなごん》の上《うえ》（大君《おおいぎみ》）、大納言《だいなごん》（男君《おとこぎみ》）の子迎《こむか》えに深《ふか》く傷《きず》つく

大納言は、姫君の母が誰かを明かさずに、父関白邸に姫君を引き取った。大納言夫妻に子がなかなかできないのを、以前から両親は嘆いていたので、思いがけず大納言がかわいらしい姫君を連れてきたのをたいそう喜び、かわいがった。姫君の生後五十日のお祝いも、世を挙げて盛大に行われた。

かの大納言殿《だいなごんどの》の上《うえ》（大君《おおいぎみ》）は、この評判《ひょうばん》をお聞《き》きになって、「このような、子《こ》が生《う》まれてくる通《かよ》い所《どころ》もあったのに、知《し》らなかったことよ」と、ほんとうに、心底夫婦《しんそこふうふ》の仲《なか》が鬱陶《うっとう》しく、気《き》に入《い》らないものにお思《おも》いである、そのご様子《ようす》を、夫《おっと》の大納言《だいなごん》（男君《おとこぎみ》）は御覧《ごらん》になって、「まだ独《ひと》り身《み》でございましたとき、時々人目《ときどきひとめ》を忍《しの》んで通《かよ》った所《ところ》に、このような、子《こ》が生《う》まれたことがあったのも知《し》らなかったのですが、その間《あいだ》に、父関白殿《ちちかんぱくどの》がお聞《き》きになって、子《こ》を迎《むか》え取《と》りなさっていたので、私《わたし》も初《はじ》めて見《み》たのです。かわいげなくは

ない様子《ようす》でいるので、どうして私一人《わたしひとり》でもその子《こ》を思《おも》い捨《す》てましょうか、とても捨《す》ててはおけません。しかるべきよい機会《きかい》に、なんとかお見《み》せしましょう。あなたも、私《わたし》と同《おな》じ心《こころ》にお思《おも》いになってください」と申《もう》し上《あ》げなさるけれど、大納言殿《だいなごんどの》の上《うえ》は、顔色《かおいろ》がさっと赤《あか》くなって、男君《おとこぎみ》はこの数年《すうねん》も、心《こころ》を静《しず》めなさっているうわべだけは何事《なにごと》もないふうで、夫婦仲《ふうふなか》には、なにかと嘆《なげ》かわしそうで、落《お》ち着《つ》かないご様子《ようす》だとは見《み》ていたけれど、特《とく》にそのことと思《おも》い当《あ》たる節《ふし》もないときには、自然《しぜん》と、深《ふか》くも追及《ついきゅう》なされなかったのだけれど、姫君《ひめぎみ》が関白邸《かんぱくてい》に迎《むか》えられなさった後《あと》、大君《おおいぎみ》は、つたない我《わ》が身《み》の宿縁《しゅくえん》が恨《うら》めしく思《おも》い知《し》られなさって、心穏《こころおだ》やかではないご様子《ようす》なのを見て、男君《おとこぎみ》は、「困《こま》ったものですね。生《う》まれた時期《じき》をお考《かんが》えください。ご自分《じぶん》が結婚《けっこん》した後《あと》に私《わたし》が通《かよ》い始《はじ》めた女《おんな》なのかと。たとえそうだとしても、男《おとこ》というのは、ただそういうものでございます。しかし、私《わたし》は不思議《ふしぎ》なほどまじめで、まるで目立《めだ》たない埋《う》もれ木《ぎ》のようになってしまった身《み》ですので、あなたの心《こころ》を踏《ふ》みにじって、あなたが私《わたし》をお咎《とが》めなさるような振《ふ》る舞《ま》いは、まさかいたしますまい」と申《もう》し上《あ》げるにつけても、中《なか》の君《きみ》（女君《おんなぎみ》）のいるあちらの部屋《へや》の方《ほう》に目《め》が行《い》って、まず女君《おんなぎみ》への思《おも》いが胸《むね》にこみ上《あ》げるのだった。

❖かの御方《おんかた》には聞《き》き給《たま》ひて、「かかる人出《ひとい》で来《く》るところもありけるを、知《し》らざりけるよ」と、いと、なべて世《よ》の中恨《なかうら》めしく、ものしげに思《おぼ》したるを見給《みたま》ひて、大納言《だいなごん》は、「一人《ひとり》侍《はべ》りしほど、時々《ときどき》うち忍《しの》びつつ通《かよ》ひしところに、かかることのありけるも知《し》らざりけるほどに、殿《との》に、聞《き》き給《たま》ひて、迎《むか》へとり給《たま》へりけるにぞ見侍《みはべ》る。憎《にく》からぬ様《さま》のしたれば、いかでか、一人《ひとり》も思《おも》ひ捨《す》て侍《はべ》らむ。さるべからむついでに、いかでか見《み》せたてまつらむ。同《おな》じ御心《おんこころ》に思《おぼ》せよ」と申《まう》し給《たま》へど、うち赤《あか》みて、年《とし》ごろも、思《おぼ》しのどめたるうはべばかりさりげなくて、世《よ》には、もの嘆《なげ》しげに、静心《しづごころ》なげなる御気色《おんけしき》とは見《み》つれど、さしてそのこととなきには、自《を》づから深《ふか》くも咎《とが》められ給《たま》はぬに、姫君迎《ひめぎみむか》へられ給《たま》ひて後《のち》、身《み》の宿世《すくせ》つらく思《おぼ》し知《し》られて、やすげなき御気色《おんけしき》を、「わりなしや。生《む》まれたるほどを思《おぼ》せ。我《わ》が後《のち》かと。

たとひさるにても、男《をのこ》はさのみこそ侍《はべ》れ。されど、あやしく実法《じほう》にて、埋《む》もれ木《ぎ》などのやうになり侍《はべ》りにし身《み》なれば、人《ひと》の心《こころ》を折《を》りて、思《おぼ》し咎《とが》むばかりのふるまひは、よもし侍《はべ》らじ」ときこえても、彼方《あなた》うち見《み》やられて、まづものぞあはれなる。

✿夫である大納言に子が生まれ、関白夫妻に引き取られたとの噂が、ついに大君の耳にも届いてしまった。結婚してからずっと、夫は心ここにあらずといった様子で、夫婦仲もしっくり行かずにいた。「年《とし》ごろ」（数年来）とあるが、大君が大納言の妻となったのは前の年の十月で、実際にはまだ一年も経っていない。ここでは心理的な長さを言っていると見るべきだろうか。

さて、事ここに至って、真相を知らないながらも大君は深く傷ついた。それに対する大納言の開き直りは当時の男性の常套とも言える。「彼方《あなた》うち見《み》やられて」（あちらの方に自然と目が行って）とあるのは、中の君（女君）が元の太政大臣邸に戻ってきていて姉妹が同居しているため、大納言は様子が気になって仕方がないのである。

⑥ 大納言《だいなごん》（男君《おとこぎみ》）の女君《おんなぎみ》への思慕《しぼ》が人々《ひとびと》の噂《うわさ》になる

例《れい》によって、大納言《だいなごん》（男君《おとこぎみ》）は、物思《ものおも》いのあまり夜中《よなか》に目《め》が覚《さ》めて、夜《よ》な夜《よ》な起《お》き出《だ》しては、あちらの中《なか》の君《きみ》（女君《おんなぎみ》）の部屋《へや》の格子《こうし》にもたれて座《すわ》るのを繰《く》り返《かえ》していらっしゃった。その頃《ころ》、七月七日《しちがつなのか》の夜《よる》、月《つき》がたいそう明《あか》るくて、男君《おとこぎみ》は「去年《きょねん》のこの頃《ころ》だったなあ」などと思《おも》い続《つづ》けていると、恨《うら》めしく聞《き》こえる風《かぜ》の音《おと》も物悲《ものがな》しくて、しみじみとして、女君《おんなぎみ》の部屋《へや》の格《こう》子《し》に寄《よ》りかかってお座《すわ》りになり、中《なか》の様子《ようす》をうかがうけれど、言葉《ことば》を掛《か》ける余地《よち》もなく、虫《むし》の音《ね》ばかりが騒《さわ》がしいので、男君《おとこぎみ》は「私《わたし》だけが何《なに》も言《い》わず物思《ものおも》いをして」などと、一人《ひとり》で古歌《こか》をつぶやいて、格子《こうし》をそうっと叩《たた》きながら、

「かわいそうにと、ほんの少《すこ》しだけでも言葉《ことば》をかけてほしい。あれからずっと、私《わたし》は一人《ひとり》、寂《さび》しさに耐《た》えかねて、夜中《よなか》に目《め》が覚《さ》めてしまう

のです」

と、聞《き》いている人《ひと》も苦《くる》しくなるほどにそうおっしゃるのを、部屋《へや》の中《なか》では、声《こえ》を聞《き》いて大納言《だいなごん》だと分《わ》かる者《もの》もいるけれど、迷惑《めいわく》だとばかり思《おも》って、聞《き》いて分《わ》かったそぶりもしない。

心《こころ》に何《なん》の疑《うたが》いを抱《いだ》くこともなかった時《とき》こそ、大納言《だいなごん》のそんな様子《ようす》を見咎《みとが》める人《ひと》もいなかったけれど、「一体誰《いったいだれ》の所《ところ》へ、夜《よ》な夜《よ》な出《で》かけていらっしゃるのか」などと、気《き》にとめて様子《ようす》をうかがっていて見《み》つけた人《ひと》があって、「こんなことがありましたよ」と、一人《ひとり》が言《い》い出《だ》しさえすれば、そういえばその時《とき》も、あの時《とき》もと、皆《みな》が口々《くちぐち》に言葉《ことば》を添《そ》えて、ちょっとしたことがあっても、枝葉《えだは》をつけて大《おお》げさに、何事《なにごと》もそれらしくつなぎ合《あ》わせてささやくのを、とても気立《きだ》てのよい人《ひと》ですら、そのようなことを聞《き》きつけては冷静《れいせい》でいられるはずはないのに、まして以前《いぜん》から中《なか》の君《きみ》や対《たい》の君《きみ》のことをよく思《おも》っていない弁《べん》の乳母《めのと》の怒《いか》りときたら、それは大変《たいへん》なものだった。

大納言《だいなごん》の上《うえ》（大君《おおいぎみ》）も、夫《おっと》（男君《おとこぎみ》）のここ数《すう》か月《げつ》のご様子《ようす》を思《おも》い合《あ》わせなさると、何《なん》の疑《うたが》いもなく、「何事《なにごと》につけても、私《わたし》よりほんとうにすばらしく優《すぐ》れている妹《いもうと》(女君《おんなぎみ》)だから、夫《おっと》も、私《わたし》のことはさほどいいとも思《おも》ってはいらっしゃらないだろうに、内心《ないしん》どんなに、この上《うえ》なく私《わたし》と妹《いもうと》を比《くら》べていらっしゃるか」とお思《おも》いになり、赤《あか》の他人《たにん》よりもかえって本当《ほんとう》に恨《うら》めしく、「どのような巌《いわお》の中《なか》を探《さが》し求《もと》めてでも、こんな不愉快《ふゆかい》なことを見《み》たり聞《き》いたりしないでいたい」と思《おも》い乱《みだ》れていらっしゃるが、そのことを見咎《みとが》めなさるようなことも、そうはいってもやはり、いかにも人聞《ひとぎ》きが悪《わる》い。「どうしたらよいのか」と、ただもうこのことばかりを大君《おおいぎみ》はお思《おも》いになって、この頃《ごろ》は、ますます男君《おとこぎみ》に対《たい》して打《う》ち解《と》けた様子《ようす》もなく、目《め》も合《あ》わせなさらない。

❖例《れい》の寝覚《ねざめ》の夜《よ》な夜《よ》な起《お》き出《い》でて、彼方《あなた》の格子《かうし》の面《つら》に寄《よ》り居《ゐ》寄《よ》り居《ゐ》し給《たま》ふ中《なか》にも、七月七日《ふみづきなぬか》の夜《よる》、月《つき》いと明《あか》きに、「去年《こぞ》のこの頃《ころ》ぞかし」など、思《おも》ひ続《つづ》くるに、恨《うら》めしき風《かぜ》の音《をと》もものの悲《がな》しきに、つくづくと寄《よ》り居《ゐ》給《たま》ひて、聞《き》けど、言問《ことと》ひ寄《よ》るべ

き方《かた》なく、虫《むし》の音《ね》のみ乱《みだ》るるを、「我《われ》だに」など、ひとりごち給《たま》ひて、格子《かうし》を、いと忍《しの》びつつうち叩《たた》きて、

「あはれともつゆだにかけようちわたし一人《ひとり》わびしき夜半《よは》の寝覚《ねざめ》を」

と、心苦《こころぐる》しくのたまふを、内《うち》には聞《き》き知《し》る人《ひと》あれど、苦《くる》しくのみおぼえて、聞《き》き知《し》り顔《がほ》にもあらぬ。

心《こころ》に何《なに》のあやめも心置《こころお》く節《ふし》なかりしこそ、見《み》つくる人《ひと》なかりしか、「誰《た》がもとへ、夜《よ》を重《かさ》ね立《た》ち出《い》で給《たま》ふ」など、心《こころ》みてうかがひければ、見《み》つけつる人《ひと》ありて、「さこそありつれ」と、一人《ひとり》だに言《い》ひ出《い》づれば、その折《をり》、かの折《をり》と、口々《くちぐち》に言添《ことそ》へて、片端《かたはし》ありけるも、枝《えだ》をつけ葉《は》を添《そ》へ、何事《なにごと》もつきづきしくとり続《つづ》け、言《い》ひそそめくを、いみじく心《こころ》よからむ人《ひと》そら、さることを聞《き》きつけてただに思《おも》ふべきやうはなきを、弁《べん》の乳母《めのと》、うち思《おも》ひたる様《さま》ぞ、いみじきや。

上《うへ》も、大納言《だいなごん》の月《つき》ごろの御気色《おんけしき》を思《おぼ》し合《あ》はするに、何《なに》の疑《うたが》ひおかれず、「我《われ》よりは、よろづの事《こと》に、いとめでたく優《すぐ》れたる君《きみ》なれば、げによろしくは思《おも》ひ給《たま》はじを、いかにこよなく思《おぼ》し比《くら》ぶらむ」と思《おぼ》すに、よその人《ひと》よりはいと恨《うら》めしく、

「いかなる巌《いはほ》の中《なか》を求《もと》めても、かく心《こころ》づきなきことを見聞《みき》かであらばや」と思《おぼ》し乱《みだ》れたることを、見咎《みとが》めきこえ給《たま》はむことも、さすがに人聞《ひとぎ》きいと便《びん》なし。「いかにせまし」と、ただこのことをのみ思《おぼ》されて、この頃《ごろ》は、いとど解《と》けたる御気《おんけ》色《しき》もなく、目《め》も見合《みあ》はせたてまつり給《たま》はず。

＊恨めしき風の音　『和漢朗詠集』「七夕《しちせき》」の一節、「風従昨夜声弥怨　露及明朝涙不禁〈風は昨夜より声いよいよ怨《うら》む。露は明朝《みやうてう》に及んで涙禁ぜず〉（風が七夕の昨夜からますます吹いている。夜露は翌朝になりひどく降りていて、涙を抑えられない）」（大江朝綱《おおえのあさつな》）によるか。

＊「我だに」『新撰朗詠集』「虫」の、「かしがまし野もせにすだく虫の音や我だに物は言はでこそ思へ（うるさい、野に鳴きさわぐ虫の音よ。私だって何も言わず黙って物思いをしているのに）」という、『うつほ物語』（藤原の君巻）や『伊勢物語』、『蜻蛉日記《かげろふ》』、『狭衣物語《さごろもものがたり》』などに引かれる古歌をふまえる。

✿時は「七月七日」、七夕《たなばた》である。男君が女君を垣間見《かいまみ》したのは一年前の七月十七日で、日付けは少々ずれているが、なかなか会えない牽牛《けんぎゅう》・織女《しょくじょ》に自分たちをなぞらえたという趣向だろう。そして男君は、黙っていられず思い余って「あはれとも」の歌を詠みかけるのである。もちろん返事をする者などいない。下手に返事などすれば厄介なことになるからである。

しかし男君の行動はついに人に見とがめられ、あっという間に噂となって広まった。誰か一人が言い出したら、そういえばあれもこれもと話が大きくなっていくのが、噂というものの恐ろしいところで、それは現代でも同じだろう。当時の貴族社会は人間関係が狭かったので、なおさらであろう。

大君は幼い頃から中の君（女君）に対して劣等感を抱いていたので、全くの他人にこのような噂が立つよりも、余計に苦しいのだ。できすぎた妹を持った姉の悲痛な思いである。これも、現代でも想像がつく感情ではないだろうか。

⑦ 女君《おんなぎみ》、姉君《あねぎみ》に噂《うわさ》が伝《つた》わったことを悟《さと》る

大君付きの弁の乳母も男君と女君の噂に怒るが、中の君（女君）の側では何も言いようがない。

大納言《だいなごん》の上《うえ》（大君《おおいぎみ》）は、殿《との》（男君《おとこぎみ》）がいらっしゃらない時《とき》は、夜《よる》も昼《ひる》もこちらの中《なか》の君《きみ》（女君《おんなぎみ》）の方《ほう》に来《き》ていらっしゃったのに、この数日《すうじつ》は、ぱったりとお便《たよ》りもなく、お部屋《へや》においでにもならないので、「このことがお耳《みみ》に入《はい》ってしまったのだろう」とお思《おも》いになると、姫君《ひめぎみ》（女君《おんなぎみ》）は、以前《いぜん》男君《おとこぎみ》からの手紙《てがみ》にかき立《た》てられた、幼《おさな》い娘《むすめ》への愛《いと》しさもすっかり吹《ふ》き飛《と》んで、「私《わたし》の命《いのち》が危《あや》うかった時《とき》にそのまま亡《な》くなっていたら、こんなひどいことを聞《き》いただろうか。いっそ死《し》んでしまえばよかったのに」と、生《い》き返《かえ》ってしまった命《いのち》を恨《うら》めしく思《おも》い、心乱《こころみだ》れていらっしゃる。たいへんつらそうなご様子《ようす》だ。

❖上《うへ》は、殿《との》おはせぬほどは夜《よる》も昼《ひる》もこなたに渡《わた》りておはするを、この日《ひ》ごろは、かき絶《た》えて御消息《おんせうそこ》もなく、渡《わた》り給《たま》はねば、「このことどもの聞《き》こえにけるなめり」と思《おぼ》すに、姫君《ひめぎみ》は、すべて撫子《なでしこ》の露《つゆ》のあはれは忘《わす》れて、「いみじかりしほどに亡《な》くなりなましかば、かかることを聞《き》かましや」と、生《い》き返《かへ》りにける命《いのち》を恨《うら》めしく思《おぼ》し乱《みだ》る。いみじく心苦《こころくる》しげなり。

✲「撫子《なでしこ》の露《つゆ》のあはれ」とは、以前男君が女君に贈った、撫子の花につけた手紙に「よそへつつあはれとも見《み》よ見《み》るままにほひぞまさる撫子《なでしこ》の花《はな》（この撫子に、幼い姫君をよそえて、愛しいと思って見てください。見るたびにこぼれんばかりのかわいらしさを増していますよ）」とあったのを指す。その手紙には「今すぐにでも姫をお目にかけたい」とも書いてあった。女君もさすがに心が動かされたけれど、返事はしなかった。生まれてすぐに引き離されてしまった娘を思う気持ちはあるのに、ひどい噂のせいでその思いもかき消されてしまった。それほど、女君にとって姉の存在は大切だったのだ。これから姉妹の仲はどうなってしまうのだろうか。

⑧ 左衛門督《さえもんのかみ》（長兄《ちょうけい》）、父入道《ちちにゅうどう》に事《こと》の次第《しだい》を伝《つた》える

大納言（男君）は、このように人々が自分たちのことを噂されているのを、「これは大君《おおいぎみ》と結婚してから始めた過《あやま》ちなどではないし、これほどの強い運命の結びつきより他に、自分にも中の君にも過失はない」と考える。妻（大君）との仲は冷え切っていた。一方、大君は長兄の左衛門督に苦しい胸の内を訴え、尼になる意思を伝える。驚いた左衛門督は、広沢に赴《おもむ》き、父入道にこのことを告げた。

父入道《ちちにゅうどう》は、しばらく何《なに》もおっしゃらず、お顔《かお》の様子《ようす》も変《か》わって、「この夏《なつ》までは、あの姫君《ひめぎみ》（女君《おんなぎみ》）も病《やまい》に臥《ふ》せっていたのに、いったいいつからあったことなのか。はっきりと見《み》つけた者《もの》はいるのか。若《わか》い女房《にょうぼう》が何《なに》となく身近《みぢか》にいるのを、若《わか》い男《おとこ》が興味《きょうみ》を持《も》たないはずはあるまい。立《た》ち聞《ぎ》き、垣間見《かいまみ》など自然《しぜん》としてしまったことが、そのように取《と》りなされたのではないか。いや、女《おんな》の心《こころ》というものは、理解《りかい》し難《がた》い。全《まった》くあり得《え》ないと思《おも》うべ

きではない。あの大納言《だいなごん》（男君《おとこぎみ》）が、ちょっとした言葉《ことば》をかけたり、情《なさ》けをかけたりするのを、本人《ほんにん》でなくても、そこに居《い》る女房《にょうぼう》たちで大納言《だいなごん》に心《こころ》を寄《よ》せない者《もの》はあるまい。

　母《はは》のない娘《むすめ》というものは、持《も》つべきものではなかったな。形《かたち》だけであっても、母親《ははおや》が側《そば》にいたならば、恋《こい》に溺《おぼ》れても、過《あやま》ちを犯《おか》すことはなかっただろうに。また、人々《ひとびと》も、このようには言《い》わなかっただろうに。頼《たよ》りにならない、若《わか》くて思慮《しりょ》の浅《あさ》い女房《にょうぼう》を、すっかり任《まか》せて姉妹《しまい》の側《そば》に置《お》いておいた、我《わ》が怠《おこた》り、罪《つみ》なのだ」といって、ぽろぽろと涙《なみだ》を流《なが》される（以下略）

❖とばかり、もののたまはず、御気色《おんけしき》うち変《か》はりて、「この夏《なつ》までは、病《やまひ》に沈《しづ》みてかの君《きみ》もありつるを、いつよりありけることにか。たしかに見《み》つけたる人《ひと》ありや。若《わか》き女房《にょうばう》の、そこはかとなく傍《かたは》らに居《ゐ》たるを、若《わか》き男《をとこ》のゆかしく思《おも》はぬやうあらじ。立《た》ち聞《ぎ》き、垣間見《かいばみ》などせらるることの、取《と》りなさるるにやあらむ。女《をんな》の心《こころ》、知《し》り難《がた》し。よにさらじと思《おも》ふべきにあらず。かの大納言《だいなごん》の、なげの言取《ことと》り、情《なさ》け寄《よ》らむを、正身《さうじみ》ならずとも、在《あ》る人々《ひとびと》の、心寄《こころよ》せぬはあらじ。

母《はは》なき女子《をんなご》は、人《ひと》の持《も》たるまじきものなり。形《かた》のやうなりと、母《はは》の添《そ》ひてあらましかば、いみじく思《おも》ふとも、過《あやま》たざらまし。また、人《ひと》も、かく言《い》はざらまし。そこはかとなき若《わか》き女房《にようばう》を、うちあづけて姉妹《はらから》のあたりにあらせたる怠《おこた》り、咎《とが》なり」とて、ほろほろと泣《な》き給《たま》ふ（以下略）

✿大納言（男君）と大君の婚儀は昨年の十月。中の君（女君）は、今年の夏までは病気で臥せっていた。だから噂のようなことはありえないはず。女房たちに男君が興味を持つのは仕方のないことだ。初めはそう思っていた父入道も、「女の心は分からない」「母のいない娘はもつものではない」と、しだいに揺らいでいき、自分の怠りを責める思考へと展開する。たしかに、大君には弁の乳母《めのと》がいるが、中の君（女君）にはしっかりした乳母がおらず、彼女の母方のいとこである対の君くらいしかついていなかった。対の君は侍女（女房）ではなく乳母でもなかったが、世話を任せきりにしていたというのだ。しかし時すでに遅かった。「形《かた》のやうなりと、母《はは》の添《そ》ひてあらましかば」という父の後悔は、当時の家族についての価値観を反映しているともいえる。

⑨　女君《おんなぎみ》、前世《ぜんせ》の契《ちぎ》りを憂《うれ》う

父入道は、中の君（女君）と大納言（男君）の噂は本当なのかと、宰相中将（女君の次兄）を問いただすが、宰相中将は、「大納言は天下に二人といない優れた人物のようですが、一人の男に二人の妹を嫁がせようなどとは思い寄ってよいようなことでもございません」と、噂をきっぱりと否定する。父入道はその言葉を信じ、尼になりたいという大君《おおいぎみ》をなだめるために、自分の住んでいる広沢に中の君を呼び寄せるように言う。

宰相中将《さいしょうちゅうじょう》は帰《かえ》って、父入道《ちちにゅうどう》のおっしゃった様子《ようす》を中《なか》の君《きみ》（女君《おんなぎみ》）にお話《はな》しになると、女君《おんなぎみ》は「恥《は》ずかしく、悲《かな》しい」とますます思《おも》いつめてしまわれた。このように世間《せけん》で言《い》い騒《さわ》がれているけれど、人《ひと》とは違《ちが》ったつらい前《ぜん》世《せ》の宿縁《しゅくえん》が思《おも》い知《し》られること以外《いがい》に、過失《かしつ》があったともご自分《じぶん》の心《こころ》には思《おも》われなさらないので、なんとも言《い》いようがなく悲《かな》しいことだった。

❖中将《ちゆうじやう》、帰《かへ》りて、のたまへるさま語《かた》り給《たま》ふに、女君《おんなぎみ》、「恥《は》づかしく、悲《かな》し」と、いとど思《おぼ》し入《い》りたり。かくは言《い》ひ騒《さは》がるれど、人《ひと》に似《に》ず憂《う》かりける前《さき》の世《よ》の契《ちぎ》り知《し》らるる節《ふし》より他《ほか》に、過《あやま》つことありとも我《わ》が心《こころ》にはおぼえ給《たま》はねば、言《い》はむ方《かた》ぞなきや。

✻中の君は、父入道の耳にまで噂が届いたことに深く傷つき悲しんでいる。彼女にとって、父の存在もまた、姉大君と同様、いやそれ以上に大きいのだった。父にだけは知られたくなかったと、中の君は後年にも深く思いつめることとなる。

⑩ 大納言《だいなごん》（男君《おとこぎみ》）、妻《つま》（大君《おおいぎみ》）をなだめるも、なお悩《なや》み尽《つ》きず

大納言はいつになく妻（大君）を気の毒に思い、噂を否定しつつあれこれと心を込めて話し、慰める。しかしその姿に大君は「私にだってこんな事を言うのだから、ましてあの妹には心の限りを尽くして愛情をかけていらっしゃるのだろう。妹だって、どう思っていることか」と涙にくれるばかりだった。

大君《おおいぎみ》が、「尼《あま》になってあなたとはきっぱりと別《わか》れてしまおう、と思《おも》うにつけても、どうして体裁悪《ていさいわる》く涙《なみだ》がこぼれてしまうのでしょうか」とおっしゃる気配《けはい》などは、ほんとうに上品《じょうひん》で奥《おく》ゆかしい様子《ようす》で、この人《ひと》も並一通《なみひととお》りの人《ひと》とは違《ちが》って、優《まさ》っているご様子《ようす》なので、とても心《こころ》が痛《いた》んでおいたわしく、大納言《だいなごん》（男君《おとこぎみ》）も自然《しぜん》と涙《なみだ》ぐんで、「あなた、どうしてこのように冷《ひ》ややかで薄情《はくじょう》なお心《こころ》なのですか」と泣《な》いて、

「あなたがもう私《わたし》とは夫婦《ふうふ》の契《ちぎ》りを重《かさ》ねまいと思《おも》い立《た》って、尼《あま》になってしまわれても、私《わたし》はこの世《よ》ばかりではなく、来世《らいせ》もあなたを妻《つま》として頼《たの》みにしましょう」

と詠《よ》んだ。

男君《おとこぎみ》は大君《おおいぎみ》を慰《なぐさ》めるため、その夜《よる》は大君《おおいぎみ》のもとで過《す》ごす。

弁《べん》の乳母《めのと》は大満足《だいまんぞく》で、「あちらの方《ほう》では、今夜《こんや》も格子《こうし》を開《あ》け放《はな》って、大《だい》納言殿《なごんどの》のお越《こ》しを待《ま》っていたのでしょうねえ」と高《たか》らかに言《い》う。それが聞《き》こえて、大納言《だいなごん》は、妻《つま》（大君《おおいぎみ》）に向《む》かって、「これを止《や》めさせてください。私《わたし》のためにはどうってことはない。男《おとこ》の身《み》というのは、これ以上《いじょう》ひどいことを思《おも》いつくことだって、世《よ》の中《なか》にはよくあることですが、女《おんな》の御身《おんみ》のためには本当《ほんとう》にお気《き》の毒《どく》なことです。あなたは妹君《いもうとぎみ》のことをよくお思《おも》いではなかったのですね。ああ、情《なさ》けない」とおっしゃると、大君《おおいぎみ》は、「実際《じっさい》に見聞《みき》きしたことだからこそ、言《い》うのでしょうよ。あの言《い》いぐさが聞《き》きにくいというのなら、あなたも妹《いもうと》に思《おも》いなどお寄《よ》せにならなければよろしかったのに」とお答《こた》えになるので、男君《おとこぎみ》は不愉快《ふゆかい》で、ため息《いき》をついて御帳台《みちょうだい》から起《お》き出《だ》してこられた。

❖「尼衣《あまごろも》たち別《わか》れなむと思《おも》ふにもなに人《ひと》わろく落《お》つる涙《なみだ》ぞ」とのたまふ気配《けはひ》など、いと由々《よしよし》しく心《こころ》にくきさまに、これもなずらへの人《ひと》には似《に》ず、優《まさ》りたる御様《おんさま》なれば、いと心苦《こころくる》しくあはれにて、我《われ》も涙《なみだ》ぐまれて、「あが君《きみ》や、などかくさめやかにつらき御心《おんこころ》ぞ」と、うち泣《な》きて、「かさねじと思《おも》ひたつとも尼衣《あまごろも》この世《よ》とのみも君《きみ》を頼《たの》むか」

○

弁《べん》の乳母《めのと》、心《こころ》ゆきて、「あの御方《おんかた》の御格子《みかうし》、今宵《こよひ》もや放《はな》ち設《まう》けられつらむ」と、高《たか》やかに言《い》ふが聞《き》こゆれば、大納言《だいなごん》、「これ制《せい》し給《たま》へ。まろがためは、咎《とが》あるべくもあらず。男《をのこ》の身《み》は、これよりあるまじきことをも思《おも》ひ寄《よ》る、世《よ》の常《つね》のことなり。女《をんな》の御《おん》ため、いといとほし。よくこそ思《おも》ひきこえ給《たま》はざりけれ。あな心憂《こころう》」とのたまへば、「見聞《みき》くことなれば言《い》ふにこそあらめ。聞《き》きにくかるべきことならば、思《おぼ》し寄《よ》るまじくこそあらましか」と答《こた》へ給《たま》へるに、心《こころ》づきなければ、うちうめきて、起《お》き出《い》で給《たま》ひぬ。

✲男君は、大君は思いつめるあまり、尼になろうなどと思いついたのだろうが、人聞き（世間体）が悪いし、かといって離縁《りえん》するのも心残りになりそうだし、何より中の君（女君）のお耳に入ったらどんなに悲しまれるか、などと考えて、この日は大君と御帳台で一夜を過ごした。

大君付きの弁の乳母は大喜び。だが、こじれてしまった大君の心は、男君が誠意を尽くして語らっても揺らがない。先にも述べたように、大君は中の君に対して劣等感を抱いているせいもあって、夫と妹の仲を信じて疑わない。男君は、「こうなったらいっそ、中の君を連れ出して、安らかな暮らしがしたい」とまで思いつめるのだった。

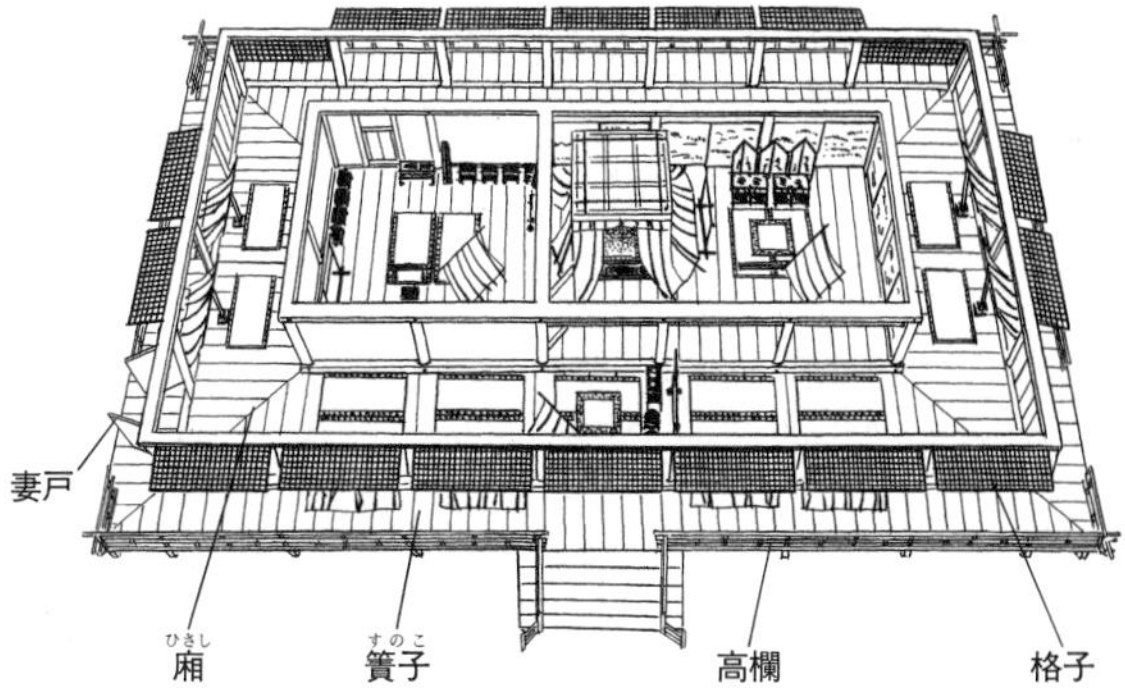

寝殿の内部

⑪　女君《おんなぎみ》、広沢《ひろさわ》へ移転《いてん》する直前《ちょくぜん》も、大君《おおいぎみ》との昔《むかし》を思《おも》う

中の君（女君）が父入道の住む広沢に移る日が来た。女君は姉（大君）にその旨《むね》を伝えるが、返事はなく、ましてや部屋を訪ねてくることもなかった。

「姉上《あねうえ》のお心《こころ》のつらさも冷淡《れいたん》さも、ほんとうに、私《わたし》のせい」と、こらえ難《がた》くて、起《お》き上《あ》がって、広沢《ひろさわ》に行《い》くための車《くるま》などを寄《よ》せる間《あいだ》、端《はし》に出《で》て庭《にわ》を見渡《みわた》しなさると、今日《きょう》が最後《さいご》のような気《き》がして、何《なん》ということのない草木《くさき》にも目《め》がとまり、もう何年《なんねん》も、あのお方《かた》（姉君《あねぎみ》）と一緒《いっしょ》に明《あ》け暮《く》れ庭《にわ》をながめては、亡《な》き母上《ははうえ》の面影《おもかげ》の、自分《じぶん》は覚《おぼ》えてはいないのを、姉上《あねうえ》が言《い》い出《だ》されては、月《つき》をも花《はな》をも一緒《いっしょ》に楽《たの》しみ、琴《こと》の音《ね》も、心《こころ》を合《あ》わせて合奏《がっそう》しながら過《す》ごしてきた昔《むかし》が恋《こい》しいのにつけても、「姉上《あねうえ》にはすっかり嫌《きら》われきった仲《なか》なのだから、ますます深《ふか》い山《やま》に入《はい》っていってしまいこそすれ、また帰《かえ》ってこの景《け》色《しき》を見《み》ることもあるまい」とお思《おも》いになり、池《いけ》に群《む》れ居《い》る鳥《とり》

たちが、昔《むかし》と同《おな》じ様子《ようす》で一対《いっつい》になっているのも、うらやましい、と涙《なみだ》ばかりがこぼれながら、

立《た》ち居《い》につけて一緒《いっしょ》に羽《はね》を並《なら》べていた鳥《とり》のような姉上《あねうえ》と私《わたし》が、こんな別《わか》れをするなんて、思《おも》ってもみなかったことだった。

我《わ》が身《み》の有様《ありさま》は、まったく現実《げんじつ》とも思《おも》われず、夢《ゆめ》のように思《おも》われながら、お車《くるま》にお乗《の》りになる。

❖「人《ひと》の御心《おんこころ》の憂《う》きもつらきも、げに我《われ》から」と、忍《しの》び難《がた》くて、起《お》き上《あ》がりて、車《くるま》など寄《よ》するほど、端《はし》に出《い》でて見渡《みわた》し給《たま》へれば、今日《けふ》を限《かぎ》る心地《ここち》して、何《なに》の草木《くさき》も目《め》とまるに、年《とし》ごろ、あの御方《おんかた》ともろともに明《あ》け暮《く》れながめつつ、故上《こうへ》の御面影《おんおもかげ》の、我《われ》はおぼえぬを、言《い》ひ出《い》でなどし給《たま》ひつつ、月《つき》をも花《はな》をももろともにもてあそび、琴《こと》の音《ね》をも同《おな》じ心《こころ》に掻《か》き合《あ》はせつつ過《す》ぎにし昔《むかし》の恋《こひ》しきに、「残《のこ》りなく飽《あ》き果《は》てられぬる世《よ》なれば、いよいよ山《やま》より山《やま》にこそ入《い》りまさらめ、またしも帰《かへ》り見《み》じかし」と思《おぼ》すに、池《いけ》に立《た》ち居《ゐ》る鳥《とり》どもの、同《おな》じ様《さま》に一《ひと》つがひなるもうらや

ましきに、涙《なみだ》のみこぼれつつ、
立《た》ちも居《ゐ》も羽《はね》を並《なら》べし群鳥《むらどり》のかかる別《わか》れを思《おも》ひかけきや
我《わ》が身《み》のありさまの、全《すべ》て現様《うつしざま》なることはなく、夢《ゆめ》のやうにおぼえながら、御《おん》車《くるま》に奉《たてまつ》る。

✲父入道に呼び寄せられた女君が広沢へ移る日が来た。今日を限りに、この景色を見ることももうないだろう。姉上とはいつもあんなに一緒だったのに。それも自分のせいなのだと女君は涙する。いつか誤解が解けて大君が許してくれる日は来るのだろうか。

⑫ 年《とし》が明《あ》け、女君《おんなぎみ》は姉《あね》を思《おも》う

正月、女君の次兄宰相中将と長兄左衛門督が、父入道と女君が静かに暮らす広沢にやって来た。宰相中将は父の心痛や女君の今後を思い嘆く。左衛門督は久しぶりに女君を目にすると、全ての罪も消えたように思われ、ただ彼女が気の毒でならず、いたわりの言葉をかける。

人々《ひとびと》がお帰《かえ》りになったあと、中《なか》の君《きみ》（女君《おんなぎみ》）は所在《しょざい》なく、端近《はしちか》くでぼんやりと物思《ものおも》いに沈《しず》みながら、左衛門督《さえもんのかみ》がほんとうに心《こころ》から心配《しんぱい》して優《やさ》しくお声《こえ》をかけてくれたのにつけても、身《み》の恥《は》ずかしさは、ますます置《お》き所《どころ》もないように思《おも》われながら、「大納言《だいなごん》の上《うえ》（大君《おおいぎみ》）は、いつ、こんなふうにお許《ゆる》しくださるのだろう。幼《おさな》い頃《ころ》から、またとなくお慕《した》いし仲《なか》よくしてきたので、吹《ふ》く風《かぜ》につけても、真《ま》っ先《さき》に思《おも》い出《だ》さない時《とき》の間《ま》もなく、恋《こい》しく」お思《おも》いなさるのだった。

対《たい》の君《きみ》や女房《にようぼう》の少将《しようしよう》などが、「石山《いしやま》で生《う》まれた姫君《ひめぎみ》は、年《とし》を一《ひと》つ重《かさ》ねられて、どんなにおかわいらしい頃《ころ》でしょう。新年《しんねん》ですから、戴餅《いただきもちい》などなさっていらっしゃることでしょうね。何《なに》かとわずらわしい世《よ》の中《なか》で、すっかり嫌《いや》になってしまって、長《なが》らく姫君《ひめぎみ》の様子《ようす》をうかがっていないことよ」などと言《い》って泣《な》いたりするのは、中《なか》の君《きみ》もやはりさすがにお耳《みみ》にとまって、年《とし》の数《かず》が一《ひと》つ加《くわ》わりなさった違《ちが》いなのか、我《わ》が身《み》のつらさも悲《かな》しさも、以《い》前《ぜん》よりもはっきりと思《おも》い知《し》られなさる折《おり》が多《おお》くある。

❖人々帰《ひとびとかへ》り給《たま》ひぬる名残《なごり》、つれづれに、端近《はしちか》ううちながめて、左衛門督《さゑもんのかみ》の、いと心《こころ》うつくしう思《おぼ》しのたまひつるも、身《み》の恥《は》づかしさは置《お》き所《どころ》なうおぼえまさりながら、「大納言《だいなごん》の上《うへ》、いつ、かやうに思《おぼ》し許《ゆる》されなむ。幼《をさな》うより、またなう思《おも》ひ睦《むつ》れならひきこえしかば、吹《ふ》く風《かぜ》につけても、まづ思《おも》ひ出《い》できこえぬ時《とき》の間《ま》もなく、恋《こひ》しく」思《おも》ひきこえ給《たま》ひけり。

対《たい》の御方《おんかた》、少将《せうしやう》など、「姫君《ひめぎみ》、年《とし》まさり給《たま》ひて、いかにうつくしき御程《おんほど》ならむ。

御戴餅《おんいただきもちひ》などせさせ給《たま》ふらむかし。わづらはしき世《よ》の中《なか》に、あいなく飽《あ》き果《は》てて、久《ひさ》しく参《まゐ》り見《み》たてまつらぬよ」など言《い》ひて、うち泣《な》きなどするは、さすがに御耳《おんみみ》とどまりて、年《とし》の数添《かずそ》ひ給《たま》ふけぢめにや、身《み》の憂《う》さもあはれも、ありしよりけに思《おも》ひ知《し》られ給《たま》ふ折多《をりおほ》かり。

✿長兄左衛門督は、大納言と女君との噂や大君の嘆きを聞いて以来、中の君には冷淡だった。その兄が、中の君に優しく接してくれて、中の君はかえって我が身の恥ずかしさがまさる。にぎやかな団欒《だんらん》のひとときが終わり、中の君がまず考えるのはやはり大君のこと。それは昔から変わらない、姉を慕う気持ちだった。

対の君たちが、関白家に引き取られた姫君（石山姫君）のことを話し合っているのには、さすがに中の君も耳に留まる。「戴餅《いただきもちひ》」とは、新年に子どもの幸福を願い、子どもの頭上に餅をかざす（あるいは載せる）行事という。想像するだけでもかわいらしい。姫君は二歳、中の君は十八歳になった。

○中間欠巻部（第二部）のあらすじ

『夜の寝覚』の第一部と第三部のあいだには、物語約八年分の空白（中間欠巻部）がある。そのおよその内容は、改作本『夜寝覚物語』（解説参照）、『無名草子』、『風葉和歌集』などの資料や、『夜の寝覚』の登場人物たちの回想から推測できる。そのあらすじは次のようなものである。

妻を亡くして三年になる左大将（男君の叔父《おじ》。後の老関白）が中の君（女君）の美貌《びぼう》の噂を聞いて求婚する。左大将と中の君とは親子ほどの年齢差があった（改作本にはこの時の左大将の年齢は「四十七」とある）。

中の君は、ある夜（八月十五夜か）、夢で天人に教わった琵琶《びわ》を弾く。それを宮の中将が密《ひそ》かに聞いており、帝《みかど》にそのすばらしさを奏上する。帝は中の君に興味をもち中の君を入内させるように言うが、父入道はこれを固辞した。

一方、左大将からの求婚は続き、父入道と長兄左衛門督《さえもんのかみ》がこの結婚話を承諾してしまう。中の君は、この決定にただ従うしかなかった。大納言（男君）はこの話を聞き驚愕《きょうがく》するがどうしようもなく、広沢にいる中の君を密かに訪れ、わずか数日だが逢瀬《おうせ》の機会を得た。おそらく中の君の心に男君への複雑な思慕が芽生えたのはこの時からであろう。

中の君はついに左大将と結婚するが、「こよなうさだ過ぎ給《たま》へりし、世の常の人ざま（たいそう年をとっていらっしゃった、平凡なお方）」（巻四、女君の回想）である左大将を受け入れることができず、大納言との文のやり取りが密かに続いていた。左大将との結婚前の逢瀬で、中の君は大納言の子を懐妊していた。左大将はそれに気がついていながらも彼女を許し受け入れ、生まれてきた男の子（まさこ君）を自分の息子として披露し、かわいがった。「殿の上」（左大将殿の正妻）となった女君（以下「寝覚の上」）は、夫の寛大な心を知り、次第にうち解けていった。

寝覚の上（女君）は、大納言の上（大君）ともようやく和解し、大納言からの文に返事をすることも徐々になくなった。

石山姫君の袴着《はかまぎ》の儀が、中宮（男君のきょうだい）を腰結役として盛大に行われた。左大将は、先妻との間にもうけた三人の娘たち（改作本には十二歳、十歳、七歳とある）と寝覚の上を引き合わせた。

男君の父、関白職を弟の左大将に譲って逝去。これにより左大将は関白（以下「老関白」）となり、大納言（男君）は左大将に昇進した。

左大将（男君）は寝覚の上（女君）をあきらめることができないでいたが、どうすることもできず、心の慰めにと思ったのであろうか、朱雀院と大皇の宮の愛娘《まなむすめ》である女一の宮との結婚を所望し、朱雀院もこれを了承した。

左大将の上（大君）は夫（男君）への絶望と女一の宮への嫉妬《しっと》の中で男君の娘（以下「小姫君」）を出産し、小姫君を妹の寝覚の上に託して亡くなった。生後五十日の祝いのころ、小姫君は寝覚の上に引き取られた。まさこ君は童殿上（宮中の作法を見習うため殿上で仕えること）し、その年の司召で左大将（男君）は内大臣に昇進した。

老関白は、先妻の遺《のこ》した娘たちについて、長女は内大臣（男君）の妻に、次女は東宮妃にと志していたが、病に臥《ふ》し、北の方（寝覚の上）と、甥《おい》である内大臣とに娘たちの将来を託し、間もなく逝去した。まさこ君は男君のもとで育てられることとなった。

帝は寝覚の上に内侍督《ないしのかみ》として参内することを要求するが、寝覚の上はこれを固辞し、代わりに故老関白の長女を内侍督にと提案し、内大臣（男君）と中宮もこれを了承した。大皇の宮は今度は寝覚の上に、自分の夫である朱雀院のもとへ参るように言う。しかし、寝覚の上は愛娘女一の宮と内大臣との幸福には寝覚の上が邪魔だったからである。しかし、寝覚の上はこれも固辞した。

　このころ、宰相中将（かつての宮の中将）は寝覚の上の奏でた琵琶の音が忘れられず彼女の盗み出しを図るが、誤って故老関白の次女を盗み出してしまう。寝覚の上は二人を捜し出して、宰相中将を故老関白家の婿として迎え入れ、事態を収めた。故老関白の三女も、内大臣（男君）の弟である新大納言と結婚し、寝覚の上（女君）はこの二人をも故老関白家に住まわせた。

　多くの娘たちや縁者に囲まれながら、故老関白長女の内侍督としての入内準備に余念のない寝覚の上（女君）は、内大臣（男君）と協力し合いながら事を進め、二十七歳に成長した姿で第三部に再登場する。その内心はどのようなものなのか、それは巻三以降で徐々に明かされていくことになる。

◆巻三

中間欠巻部を経て、現存の巻三は、亡き夫老関白《ろうかんぱく》の長女の内侍督《ないしのかみ》（尚侍）入内《じゅだい》に向けて、その準備に余念がない寝覚《ねざめ》の上《うえ》（中の君は結婚を経験したので以後寝覚の上と呼称）の様子が描かれる。

内大臣に出世した男君は、女君（寝覚の上）に心を残しながら、朱雀院《すざくいん》の女一の宮を正妻として迎えていた。そういう中で男君に靡《なび》いたところで、女一の宮の母、大皇《たいおう》の宮《みや》の不興《ふきょう》を買うだけであると思う女君と、そんな女君のつれない態度を不満に思う男君。寄り添えない二人の心が描かれる。

男君（内大臣）と女君の子どもである石山姫君《いしやまのひめぎみ》、まさこ君は今はともに内大臣の手元で生活をしている。（女君二十七歳、男君三十歳、石山姫君十一歳、まさこ君九歳ぐらい）

①　石山姫君《いしやまのひめぎみ》、初子《はつね》の日《ひ》に寝覚《ねざめ》の上《うえ》（女君《おんなぎみ》）へ文《ふみ》を書《か》く

中間欠巻部を引き受ける形で巻三は始まる。内大臣（男君）は自分の思いを受け入

れてくれない女君（寝覚の上）への恨みごとを二人の息子であるまさこ君に言って、母である女君の元にも行かせないうちに年も改まった。一方、女君の方では無理に男君に靡《なび》いたところでよいこともなく、男君が自分を見限るならそれでもよいとの思いでいる。そして亡き老関白の長女の内侍督《ないしのかみ》の入内準備《じゅだい》に余念がない。

内大臣《ないだいじん》（男君《おとこぎみ》）は初子《はつね》の日《ひ》、朝早《あさはや》く起《お》きて、邸内《ていない》の姫君《ひめぎみ》（石山姫君《いしやまのひめぎみ》）のお部屋《へや》を訪《たず》ねると、もちろんのことであるが、お部屋《へや》の設《しつら》いも新年《しんねん》らしく改《あらた》まった様子《ようす》は、例年《れいねん》の通《とお》りで、結構《けっこう》な女房《にょうぼう》や童《わらわ》が人《ひと》にひけを取《と》るまいと競《きそ》って装《よそお》って、あちらこちらに集《あつ》まったり、子《こ》どもっぽく人形遊《にんぎょうあそ》びなどをしている。その中《なか》で、姫君《ひめぎみ》は紅梅《こうばい》の薄色《うすいろ》を六枚《ろくまい》ばかり重《かさ》ねた上《うえ》に、梅《うめ》の五重《いつえ》のお召《め》し物《もの》、同《おな》じ梅《うめ》の枝《えだ》が模様《もよう》に織《お》られた萌葱色《もえぎいろ》の五重《いつえ》の小袿《こうちぎ》をお召《め》しになっているのだが、まるで雛人形《ひなにんぎょう》を作《つく》って座《すわ》らせたようで、ご自身《じしん》は小柄《こがら》で美《うつく》しく、お召《め》し物《もの》ばかりが目立《めだ》つ感《かん》じで裾《すそ》を引《ひ》かれていて、内大臣《ないだいじん》は「今咲《いまさ》いたばかりの花《はな》でも、こんなに美《うつく》しいことがあるだろうか」と、それを見《み》るなり、あたり一面《いちめん》に咲《さ》きこぼれるような姫君《ひめぎみ》の美《うつく》しさに、恨《うら》めしく思《おも》う女君《おんなぎみ》（寝覚《ねざめ》の上《うえ》）のことがふと思《おも》い出《だ》される。姫君《ひめぎみ》が御硯《おんすずり》の蓋《ふた》に小《ちい》さな松《まつ》を何本《なんぼん》かおいて、青《あお》い唐《から》の薄様《うすよう》の紙《かみ》にお手紙《てがみ》をお書《か》きになっているのを、内大臣《ないだいじん》がご覧《らん》になると、姫君《ひめぎみ》は恥《は》じらってちょっと筆《ふで》をお置《お》きになったのを、「お手紙《てがみ》はどちらへお書《か》きになっておられるのですか」とほほ笑《え》みながらお尋《たず》ねになると、恥《は》ずかしいとお思《おも》いになって、お顔《かお》がたいそう赤《あか》くなったのが、またとても華《はな》やかでかわいらしい。内大臣《ないだいじん》がご覧《らん》になると、

初子《はつね》の日《ひ》に引《ひ》き添《そ》える松《まつ》を見《み》るにつけてもやはり物思《ものおも》うことです。松《まつ》さえ同《おな》じ山《やま》の峰《みね》に生《お》い育《そだ》つのに、あなたのおそばで成長《せいちょう》できない私《わたし》の運命《うんめい》を思《おも》って。

とある。かつて「遊《あそ》べども」という歌《うた》をお書《か》きになった時《とき》は、今《いま》に比《くら》べるとこの上《うえ》もなく幼《おさな》かった。それが今《いま》はほんとうにすばらしく上達《じょうたつ》して、これを至尊《しそん》の帝《みかど》へのお返事《へんじ》になさっても、まったくこのままで恥《は》ずかしいと

ころはどこにもない。筆《ふで》の上手《じょうず》の品格《ひんかく》を具《そな》えていて、その美《うつく》しい書《か》きぶりに、内大臣《ないだいじん》は感嘆《かんたん》しながら、「内大臣邸《ないだいじんてい》の北《きた》にあるお邸《やしき》に住《す》む女君《おんなぎみ》(寝覚《ねざめ》の上《うえ》)のところに差《さ》し上《あ》げようと思《おも》ってお書《か》きになったのだ」とお気《き》づきになる。姫君《ひめぎみ》がご自身《じしん》で初子《はつね》の日《ひ》にお便《たよ》りしようと思《おも》いつかれたそのお気持《きも》ちが心《こころ》にしみていとおしい。

❖初子《はつね》の日《ひ》、早朝《つとめて》、疾《と》く起《お》きて、姫君《ひめぎみ》の御方《おんかた》へ渡《わた》り給《たま》へば、さらなりや、御《おん》しつらひ改《あらた》まるけぢめ、異《こと》ならず、めでたき女房《にょうばう》、童《わらは》、人《ひと》に劣《おと》らじと挑《いど》みつくろひて、ところどころ群《む》れ居《ゐ》たる、わらはげたる雛扱《ひひなあつか》ひなどするに、姫君《ひめぎみ》は紅梅《こうばい》の薄《うす》きを六《む》つばかりに、梅《うめ》の五重《いつへ》の御衣《おんぞ》、やがて枝織《えだお》り付《つ》けられたる萌葱《もえぎ》の五重《いつへ》なる、雛《ひひな》を作《つく》り据《す》ゑたらむやうに、我《わ》が御程《おんほど》はをかしげなるに、御衣《おんぞ》がちに引《ひ》かれて、「今咲《いまさ》きたらむ花《はな》も、いとかかるにほひはいつかはある」と見《み》るより、ところせくこぼれ出《い》でたるやうなるは、恨《うら》めしき人《ひと》、ふと思《おも》ひ出《い》でらるるに、御硯《おんすずり》の蓋《ふた》に小《ち》さき松《まつ》どもうち置《お》きつつ、青《あを》き唐《から》の薄様《うすやう》に御文《おんふみ》書《か》き給《たま》ひけるを、見《み》たてまつり給《たま》へば、恥《は》ぢしらひてうち置《お》き給《たま》へるを、「御文《おんふみ》はいづこに書《か》かせ給《たま》ふぞ」と、うち笑《ゑ》みつつ問《と》ひきこえ給《たま》へば、恥《は》づかしと思《おぼ》して、御顔《おんかほ》いと赤《あか》くなり給《たま》へる、いとはなばなと、うつくしげなり。見《み》給《たま》へば、

引《ひ》き添《そ》ふる松《まつみ》見てもなほ思《おも》ふかな同《おな》じ尾《を》の上《へ》に生《お》ひぬ契《ちぎ》りを

かの「あそべども」と書《か》き給《たま》へりしは、こよなく幼《をさな》かりき。まことにいみじく書《か》きなりて、これをいみじき帝《みかど》の御返《おほん》しせさせ給《たま》はむにも、ただかうながら恥《はぢ》あるべうもあらず。上手《じやうず》めき、うつくしげなるさまを、うち傾《かたぶ》きつつ、「北殿《きたどの》へ奉《たてまつ》らむとて書《か》き給《たま》へる」と心得給《こころえたま》ふ。思《おぼ》しよりたる御心《おんこころ》ばせ、あはれにかなし。

＊「あそべども」　中間欠巻部で石山姫君が女君に送った歌と思われるが、現在知ることができない。

✿掲出場面のあとには女君から石山姫君に、

ひきわかれふたばの松《まつ》ははつねにも思《おも》ひ知《し》りけることぞかなしき

（生まれてまもなくから別れて住んできた幼いあなたがはつねにつけても別れて住まねばならない運命と思い知られたことが不憫《ふびん》でなりません）

と返歌したことが描かれている。当時、正月初子《はつね》の日には、小松を引き長寿を祈る正月行事が行われていた。この十一歳に成長した石山姫君と女君の贈答は、「初子《はつね》」に鶯《うぐいす》の「初音《はつね》」をかけて詠まれた『源氏物語』初音巻の明石《あかし》の君《きみ》と明石姫君《あかしのひめぎみ》（八歳）の贈答を彷彿《ほうふつ》とさせる。当時の読者も当然その場面を想起したであろう。『夜の寝覚』のこの場面と状況は異なるが、母娘の心情には通じるものがある。ここの場面のように先行作品を投影させながら物語世界を構築していくことは、古典文学に多く見られる方法であり、特に『源氏物語』を複雑に重ね、響かせていくことは平安後期の物語の特徴でもある。

② 故老関白《ころうかんぱく》の長女《ちょうじょ》、内侍督《ないしのかみ》として入内《じゅだい》

帝《みかど》と女一の宮（男君の正妻）の母、大皇《たいおう》の宮《みや》は娘の幸せを願い、寝覚の上（女君）と内大臣（男君）の間を遠ざけようと女君に内侍督としての入内を勧めるが、女君は故老関白の長女に譲る。女君を内侍督として入内させることに失敗した大皇の宮は、こんどは自らの夫である朱雀院《すざくいん》のもとにあがるように勧めるが、それも女君は承知しない。そんな女君に対して、不快の念を募らせていく大皇の宮。いずれ悲劇を引き起こす予兆の中、女君は内侍督の入内準備に余念がない。女君が相手にしてくれないのならと無理に距離をとっていた男君だが、役目柄もあり、入内当日に様子を見に訪れる。

入内当日《じゅだいとうじつ》になって、早朝《そうちょう》、内大臣《ないだいじん》（男君《おとこぎみ》）は最後《さいご》まで拗《す》ね通《とお》すこともできず、お越《こ》しになって諸事《しょじ》御覧《ごらん》になると、少《すこ》しも取《と》り立《た》てて不十分《ふじゅうぶん》だと思《おも》われるところはなく、細々《こまごま》としたところまでこれ以上《いじょう》はめったにないと思《おも》

われるほど尽《つ》くされていて、大変驚《たいへんおどろ》いてしまわれた。付《つ》け加《くわ》えることもなかったので、「この人《ひと》（女君《おんなぎみ》）はただもう、とても若々《わかわか》しく、優美《ゆうび》なご様子《ようす》ながら、心《こころ》の内《うち》は実《じつ》に重々《おもおも》しく落《お》ち着《つ》いていて、理想的《りそうてき》なお方《かた》だなあ。こうして見渡《みわた》してみると、西《にし》と東《ひがし》の対《たい》の屋《や》それぞれに、亡《な》き老関白《ろうかんぱく》の姫君《ひめぎみ》たちを世間体《せけんてい》もよく探《さが》し出《だ》して引《ひ》き取《と》り、結婚《けっこん》させて住《す》まわせている。私《わたし》が跡取《あとと》りとしてとどまった故父関白《こちちかんぱく》の邸内《ていない》の様子《ようす》は、それでもどれだけ父在《ちちざい》世中《せちゆう》と比《くら》べて変《か》わってしまったことか。ましてこちらは、跡継《あとつ》ぎの男子《だんし》もなく、これを最後《さいご》と荒《あ》れ果《は》てた野《の》のようになってもしかたがないのに、どちらを見《み》てもまことに活気《かっき》があり、品良《ひんよ》く住《す》みなして、婿君《むこぎみ》たちも住《す》みつかれたので、老関白在世中《ろうかんぱくざいせちゆう》と区別《くべつ》がつかないぐらいで、『故大臣《こおとど》（老関白《ろうかんぱく》）は北《きた》の方《かた》（女君《おんなぎみ》）にばかり夢中《むちゆう》になり、娘《むすめ》たちはほったらかしにして亡《な》くなってしまったことだ』と、世間《せけん》では非難《ひなん》するようだが、今《いま》のこの様子《ようす》を見《み》るとそんな非難《ひなん》はあたっていなかったのだ。心配《しんぱい》のいらない女君《おんなぎみ》の性質《せいしつ》を見抜《みぬ》いていて、さらに故大臣《こおとど》は物事《ものごと》によく通《つう》じていた人《ひと》だったから、

『娘《むすめ》たちのことを放《ほう》っておくような事《こと》はなさるまい』と北《きた》の方《かた》を頼《たよ》りにお思《おも》いになっていたのだ。人《ひと》というものは字《じ》を書《か》いたり、歌《うた》を詠《よ》んだり、風《ふう》流《りゅう》な方面《ほうめん》はそれなりにするが、ほんとうに、人《ひと》に対《たい》しても世《せ》間《けん》に対《たい》しても相応《そうおう》に対処《たいしょ》していく方面《ほうめん》での気働《きばたら》きは、とても難《むずか》しいものだ。女君本人《おんなぎみほんにん》が自身《じしん》はひたすら若《わか》く未熟《みじゅく》で、まったく入内《じゅだい》のお支度《したく》にも配慮《はいりょ》ができず、人《ひと》任《まか》せにしておられたのなら、老関白《ろうかんぱく》の心《こころ》に響《ひび》いた遺言《ゆいごん》を思《おも》ったところで、数《かず》ある姫君《ひめぎみ》たちを我々《われわれ》がどのようにお世《せ》話《わ》できたであろう。この方《かた》が姫君《ひめぎみ》たちのことを大切《たいせつ》に思《おも》っておられるからこそ、何《なん》とかしてお助《たす》けしようという心持《こころも》ちも起《お》こってくるというものだ。私《わたし》に対《たい》してこの人《ひと》が冷淡《れいたん》なのは、よく考《かんが》えて見《み》ればそれもまたもっともなことなのだ。さっそくとか、それならばとか、老関白《ろうかんぱく》が亡《な》くなってすぐに私《わたし》に靡《なび》いてきたならば、うれしいには違《ちが》いないだろうが、世《せ》間《けん》の聞《き》こえは芳《かんば》しくなかったであろう」と、あれこれ思《おも》い続《つづ》けられなさると、女君《おんなぎみ》にいっそう愛情《あいじょう》がまさるが、ふだんにもまして今日《きょう》は家《いえ》の内外《ないがい》で何《なに》かと物騒《ものさわ》がしいので、てきぱきと振《ふ》る舞《ま》い、万事細々《ばんじこまごま》と指図《さしず》して取《と》り仕切《しき》られて、程《ほど》よい時刻《じこく》に男君《おとこぎみ》ご自身《じしん》が御入内《おんじゅだい》に先立《さきだ》って宮中《きゅうちゅう》においでになって、御局《みつぼね》の設《しつら》いなどをおさせになる。

❖その日《ひ》になりて、早朝《つとめて》ぞ、内《うち》の大殿《おほいどの》はふすべ果《は》て給《たま》はず、事《こと》ども御覧《ごらん》ずるに、いささかそのことこそ飽《あ》かず足《た》らはざりけれと見《み》ゆることなく、こまかにありがたく尽《つ》くされたるに、おほきに驚《おどろ》き給《たま》ひぬ。事添《ことそ》ふべきこともなかりければ、「尽《つ》きせず、いと若《わか》び、なまめいたるさまはしながら、心《こころ》の内《うち》まことにづしやかに、あらまほしかりける人《ひと》かな。見渡《みわた》せば、西東《にしひむがし》の対々《たいたい》に姫君《ひめぎみ》たちいと目《め》やすく尋《たず》ね取《と》り、し据《す》ゑつつ、我《わ》が名残《なごり》にてとどまりし故殿《ことの》の御殿《ごてん》のうちの気色《けしき》、いかばかりかは引《ひ》き替《か》へたるやうなりし。ましてこれは、名残《なごり》とてとどまる男《をとこ》などもなし、今《いま》はの荒野《くわうや》ともなるべきを、あたりあたりいと勢《いきほ》ひあり、よしなからず住《す》みなして、君《きみ》たちもありつかれたれば、こよなくありしけぢめなかめるを、『故大臣《こおとど》の、北《きた》の方《かた》にのみ心《こころ》を入《い》れて、女《むすめ》どもを言《い》ふかひなく漂《ただよ》はしてやみぬるよ』と、世《よ》に誹《そし》り言《い》ふめりしかど、かかる時《とき》を見《み》るには、もどきあるまじかりけり。うしろめたからぬ心《こころ》ばへを見《み》おきて、いと労《らう》ありし人《ひと》の御心《おんこころ》ばへなれば、『むなしくは、もてなし給《たま》はじ』と、頼《たの》み思《おも》ひ給《たま》ふにこそありけり。人《ひと》は、手書《てか》き歌詠《うたよ》み、をかしき方《かた》はさるものにて、まことに、人《ひと》をも世《よ》をも用《もち》ゐる方《かた》の心《こころ》ばへは、いと難《かた》げなるものを、我《われ》はひたぶるに若《わか》びて、いたく仕度《したく》のことを思《おも》ひ寄《よ》らず、あるに任《まか》せ給《たま》はましかば、いみじうあはれなる遺言《ゆいごん》を思《おも》ふとも、数《かず》のままに我《われ》らはいかがせまし。この人《ひと》の、いみじきことに思《おも》ひたるにこそ、いかでと思《おも》ふ心《こころ》ざしももよほさるれ。我《わ》がためつらきは、よく思《おも》へば、またさることぞかし。いつしか、さらばと、靡《なび》き寄《よ》りなましかば、うれしさはさるものにて、世《よ》の聞《き》き耳《みみ》あざやかにはあらざらまし」と、思《おも》ひ続《つづ》けられ給《たま》ふに、いとど心《こころ》のみしみまされど、まして内外《うちと》いと騒《さは》がしければ、あざやかにもてなし、よろづ細《こま》かにおきてもてない給《たま》ひて、よきほどになるに、我《われ》は先立《さきだ》ちて内《うち》に参《まゐ》り給《たま》ひて、御局《みつぼね》のしつらひなどせさせ給《たま》ふ。

✲入内準備も万全であり、夫老関白が亡き後、荒れ果ててもおかしくない邸《やしき》を美しく維持し、残された先妻の姫君の結婚も取り仕切り、次女の盗み出し事件(中間欠巻部のあらすじ参照)も体裁よく収めた女君(寝覚の上)の手腕に内大臣(男君)は感嘆する。巻一、巻二における自分の身に起こった悲劇と家族関係の破綻《はたん》に、悲しみに沈むばかりであった姿とは打って変わった、知性と行動力を兼ね備えた女君の姿が立ち現れる。中間欠巻部における意に添わない老関白との結婚、姉との葛藤《かっとう》と和解を乗り越えたゆえの変貌《へんぼう》であろうか。『夜の寝覚』が一人の女性の成長物語とされるゆえんでもある。

③　女君《おんなぎみ》、内侍督《ないしのかみ》の今後《こんご》を案《あん》じ、また内大臣《ないだいじん》（男君《おとこぎみ》）との仲《なか》を憂慮《ゆうりよ》する

内侍督に対する帝《みかど》の思《おぼ》し召しもまずまずのもので、女君（寝覚の上）はあれこれと気遣いを見せる。以前より女君に興味を抱いていた帝は、故老関白の遺言に言寄せて文を遣わし、中宮や並々ならぬ愛情を注ぐ承香殿女御《しょうきょうでんのにょうご》などもありながら、何とかして女君に近づきたいという思いを募らせてゆく。

内侍督《ないしのかみ》のおられる登花殿《とうかでん》では、女君《おんなぎみ》（寝覚《ねざめ》の上《うえ》）は「さしあたっての帝《みかど》の督《かん》の君《きみ》（内侍督《ないしのかみ》）へのご寵愛《ちょうあい》がめでたいが、それにつけても、いつといって心《こころ》が安《やす》まるときがなく不安《ふあん》なものだ。これをご心配《しんぱい》になって父入道殿《ちちにゅうどうどの》は『しっかりとした後見《こうけん》のない女《おんな》は宮仕《みやづか》えなどすべきものではない』とおっしゃったのだ。まして臣下《しんか》で、他《ほか》に愛情《あいじょう》を分《わ》ける女《おんな》がいる場合《ばあい》は、まったく連《つ》れ添《そ》う甲斐《かい》がないものだ」と、故老関白《ころうかんぱく》とは片時《かたとき》も離《はな》れることがな

い夫婦《ふうふ》の仲《なか》だったのでそう思《おも》われて、やはり正妻《せいさい》として女一《おんないち》の宮《みや》がおられる内大臣《ないだいじん》（男君《おとこぎみ》）側《がわ》のことはとてもつらく思《おも》われるのであった。内大臣《ないだいじん》は表面上《ひょうめんじょう》はいらだつような様子《ようす》もなくさりげないご様子《ようす》であるが、近頃《ちかごろ》では何《なに》かと宮中《きゅうちゅう》においでになりがちで、内侍督《ないしのかみ》が帝《みかど》に召《め》されて上《うえ》の御局《みつぼね》にあがられた夜《よる》は、何《なに》げない風《ふう》で女君《おんなぎみ》の御座所《ござしょ》近《ちか》くを離《はな》れられないのも、ほんとうに、今初《いまはじ》めてあきれて困《こま》ったことだと思《おも》う仲《なか》ではないものの、逃《のが》れられないようなことになったら、やはり後悔《こうかい》することの恐《おそ》ろしさに、無理《むり》にも姿《すがた》を隠《かく》して、内大臣《ないだいじん》を避《さ》けて過《す》ごしておられるが、内大臣《ないだいじん》の方《ほう》でも態度《たいど》に出《だ》して言《い》い寄《よ》られるわけでもないので、女君《おんなぎみ》は我《われ》にもあらず落《お》ち着《つ》かず、くよくよと思《おも》い悩《なや》むが、表面上《ひょうめんじょう》は何《なに》ごともない様子《ようす》で過《す》ごしておられる。

❖登花殿《とうくわでん》には、「まづめでたきにても、いつとなくやすげなのわざや。これをおぼいて入道殿《にふだうどの》は、『やむごとなき後見《うしろみ》なき人《ひと》は、宮仕《みやづか》へすべきことにもあらず』とのたまひしなりけり。まして、ただ人《びと》の、分《わ》く方《かた》あらむは世《よ》に見《み》る甲斐《かひ》なきわざかな」。片時《かたとき》も隙間《すきま》なかりし御仲《おんなか》らひにうち思《おぼ》し給《たま》ひて、なほ、内《うち》の大殿方《おとどかた》のことはいと苦《くる》しう思《おぼ》さるるに、焦《い》られ給《たま》ふ気色《けしき》絶えて、さりげなき顔《かほ》なれど、このごろはいと内《うち》がちになり給《たま》ひて、督《かん》の君《きみ》の上《のぼ》り給《たま》ひぬる夜《よ》は、さらぬ顔《かほ》にて立《た》ち離《はな》れ給《たま》はぬも、げに、今《いま》はじめてあさましく、いみじと思《おも》ふべきにはあらねど、逃《のが》れどころなからむことは、なほ後《のち》の悔《く》いの恐《おそ》ろしさに、あながちなるさまに紛《まぎ》れつつのみ、逃《のが》れ過《す》ぐし給《たま》へど、それも色《いろ》に出《い》で、聞《き》こえ寄《よ》り給《たま》はぬほどなれば、ただあれにもあらず、ものくねくねしう結《むす》ぼほれ、おほかたなるさまにて過《す》ぐし給《たま》ふ。

＊登花殿　内裏の殿舎の一つ、凝花舎《ぎょうかしゃ》の別名で、多くは有力な女御や后《きさき》の御座所。一条《いちじょう》天皇の皇后、藤原定子《ていし》が賜った部屋として知られている（巻末内裏図参照）。

✲帝の恋情にまだ気がつかない女君は、宮中生活に気づまりを感じ、さらに自分が滞在している間、内大臣（男君）が周辺を離れないことに悩まされる。女君をめぐる帝と内大臣の複雑な思惑は、彼女の新たな苦難を招いていく。

④ 帝《みかど》、大皇《たいおう》の宮《みや》（帝《みかど》の母《はは》）の策略《さくりやく》により、火影《ほかげ》に女君《おんなぎみ》（寝覚《ねざめ》の上《うえ》）を垣間見《かいまみ》る

内侍督《ないしのかみ》の結婚の披露（露顕《ところあらわし》）もすみ、それにつけても帝の女君への関心は高まるばかりである。そんな折、司召《つかさめし》（都の官庁の官吏を任命する儀式）に合わせて参内した帝の母、大皇の宮は女君が内侍督に付き添って参内して以来、内大臣（男君）もまた宮中で宿直がちなのが面白くない。娘の女一の宮は内大臣の正妻であり、娘の幸せを願う大皇の宮にとっては、女君への関心を示す帝の要望は願ってもないことであった。大皇の宮は女君の美しさ、聡明さを語って帝の気持ちを高め、その上で女君を自室に呼び出し自ら対面、その様子を帝が物陰から垣間見をするように謀《はか》る。

帝《みかど》は気《き》もそぞろの思《おも》いで、夜《よる》の闇《やみ》に紛《まぎ》れてお越《こ》しになって、御帳台《みちようだい》の中《なか》にお入《はい》りになったのを、女君《おんなぎみ》（寝覚《ねざめ》の上《うえ》）はどうして知《し》り得《え》ようか。お部屋《へや》の灯火《とうか》がおぼつかないほどにほのかに灯《とも》っている中《なか》で、寝覚《ねざめ》の上《うえ》の姿《すがた》はいかにも小柄《こがら》で華奢《きやしや》で、心惹《こころひ》かれるさまに見《み》えて、明《あか》るい火影《ほかげ》のもとでは

類《たぐい》いもなく美《うつく》しく、夜見《よるみ》るという中国《ちゅうごく》で名玉《めいぎょく》と伝《つた》えられる玉《たま》の輝《かがや》きもこのようなものかと、帝《みかど》は心《こころ》より感嘆《かんたん》なさって、世《よ》にも珍《めずら》しいと見《み》とれておられると、ちょっとした物腰《ものごし》や、大皇《たいおう》の宮《みや》にほのかにものを申《もう》し上《あ》げてお笑《わら》いになる気配《けはい》なども、その素晴《すば》らしさは言《い》うまでもない。たいそう若々《わかわか》しく親《した》しみのある美《うつく》しさで、それを聞《き》く人《ひと》まで思《おも》わず微笑《ほほえ》まれて、その魅力《みりょく》はあたり一面《いちめん》に満《み》ち溢《あふ》れるようである。そのかわいさや可憐《かれん》さは言葉《ことば》では言《い》い尽《つ》くすこともできない。その声《こえ》、気配《けはい》、ほのかな有様《ありさま》に、帝《みかど》は口《くち》に出《だ》して言《い》うのも畏《おそ》れ多《おお》い、その御命《おいのち》に替《か》えてもよいと思《おも》われるぐらいにすばらしいと、目《め》に焼《や》き付《つ》くまでに見《み》つめておられる。帝《みかど》の気持《きも》ちの高揚《こうよう》は音《おと》にはっきりと聞《き》こえそうなほどであるが、大皇《たいおう》の宮《みや》は「帝《みかど》によく御覧《ごらん》にいれよう」と昼間《ひるま》からよく考《かんが》えて準備《じゅんび》しておられたことなので、「宣旨《せんじ》の君《きみ》よ、女房《にょうぼう》たちをずっと後《うし》ろに下《さ》がらせて、その明《あ》かりを近《ちか》くに引《ひ》き寄《よ》せてください。帝《みかど》より、今日《きょう》の昼間《ひるま》に、長恨歌《ちょうごんか》の御絵《おんえ》を頂戴《ちょうだい》してあったのを、まず拝見《はいけん》してからと思《おも》って、登花殿《とうかでん》にはまだ差《さ》し上《あ》げておりませんでした。

自分《じぶん》の年齢《ねんれい》を考《かんが》えると、昔《むかし》いたという墓守《はかもり》の家《いえ》に籠《こ》もっていたという疎《うと》ましい老婆《ろうば》と同《おな》じ年齢《ねんれい》になりましたが、このような絵《え》などはやはり見《み》たいと思《おも》われます。その変《か》わらない気持《きも》ちは年《とし》に不似合《ふにあ》いなのですが」とおっしゃって、明《あ》かりを近《ちか》くに寄《よ》せるようにおっしゃるので、宣旨《せんじ》の君《きみ》はいくつもの几帳《きちょう》を隙間《すきま》のないように立《た》て並《なら》べて、灯火《とうか》を近《ちか》くにお寄《よ》せすると、女君《おんなぎみ》はたいそうまぶしそうに扇《おうぎ》をかざして顔《かお》を隠《かく》すのだが、扇《おうぎ》から外《はず》れて見《み》えたお顔立《かおだ》ちの、くっきりと浮《う》かび上《あ》がるその美《うつく》しさは筆舌《ひつぜつ》に尽《つ》くしがたい。

お召《め》し物《もの》は、桜襲《さくらがさね》を普通《ふつう》のように同《おな》じ色《いろ》では重《かさ》ねないで、樺桜《かばざくら》の裏《うら》の一重《ひとえ》がとても濃《こ》くてなかなかよいのを、ごく薄《うす》い青色《あおいろ》で、水色《みずいろ》の濃《こ》いのや薄《うす》いのを下《した》に重《かさ》ねて、間《あいだ》には花桜《はなざくら》の濃《こ》いのと、ちょうどよい色合《いろあ》いのと、ごく薄《うす》いのとを、どれも三重《みえ》にして、併《あわ》せて五重《いつえ》ずつを三襲《みつがさね》に重《かさ》ねて、打《う》って光沢《こうたく》を出《だ》した紅《くれない》のを着《き》て、その上《うえ》に葡萄《えび》染《ぞ》めの織物《おりもの》の五重《いつえ》の袿《うちき》に、柳《やなぎ》襲《がさね》でやはり柳《やなぎ》の枝《えだ》を二重《ふたえ》紋《もん》に浮織《うきおり》にしてある五重《いつえ》の小袿《こうちき》なのであろう、夜《よ》目《め》にはそれとはっきりわからないが、薄様《うすよう》をよく重《かさ》ねてあるように見《み》えて、唐《から》の綾《あや》の地摺《じずり》の裳《も》を、ほんのかたちばかり腰《こし》につけているのは、何《なに》から何《なに》までもすべて、ここはとかあそこはとか、少《すこ》し世間並《せけんな》みの普通《ふつう》なところが見《み》えてもよいのにと思《おも》われるほどである。

あたり一面《いちめん》に美《うつく》しさが満《み》ち溢《あふ》れるような様子《ようす》に、垣間見《かいまみ》ておられた帝《みかど》は、「目《め》にまばゆいばかりとは、この人《ひと》をこそ言《い》うのだな」とじっと見《み》つめておられるが、女君《おんなぎみ》の、絵《え》に心《こころ》を奪《うば》われながらもなお扇《おうぎ》を放《はな》さないたしなみは、ほんの少《すこ》しの隙《すき》もありそうにもない。たおやかで、やさしく優美《ゆうび》なご様子《ようす》は、「長恨歌《ちようごんか》の后《きさき》（楊貴妃《ようきひ》）が高殿《たかどの》を歩《あゆ》んでいたであろう姿《すがた》も、端正《たんせい》でけがれない美《うつく》しさであったろうが、まったくこうまでに、魅力《みりよく》がこぼれ出《で》て美《うつく》しく照《て》り輝《かがや》いている趣《おもむき》は、とてもこの人《ひと》には及《およ》ばなかったであろう」と、思《おも》い知《し》らされるのであった。

❖上《うへ》は心《こころ》も空《そら》に思《おぼ》しめしければ、夜《よる》の紛《まぎ》れに渡《わた》らせたまひて、御帳《みちやう》の内《うち》に入《い》り居《ゐ》

させ給《たま》ひにけるも、いかでかは知《し》らむ。御殿油《おんとのあぶら》心許《こころもと》なきほどにほのかなるほど、様体《やうだい》小《ちひ》さやかに、をかしげに見《み》えて、さやかなる火影《ほかげ》に類《たぐひ》なく、夜見《よるみ》む玉《たま》はかくやと、御心《おほんこころ》おどろかれて、めづらかに御覧《ごらん》ぜらるるに、うちもてなしたる様《さま》も、ものうちきこえて笑《わら》ひ給《たま》へるけはひ、言《い》へばおろかなり。いといみじう若《わか》やかになつかしう、聞《き》く人《ひと》さへほほゑまれて、さとにほひ満《み》つやうなり。うつくしう、らうたげなるさまなど、言《い》ひ尽《つ》くすべくもあらず。声《こゑ》、けはひ、ほのかなる有様《ありさま》、かけまくもかしこき御命《おほんいのち》にも替《か》へつばかりにいみじと御覧《ごらん》じしませ給《たま》ふ。御心《おほんこころ》騒《さは》ぎ、音《おと》にも高《たか》く聞《き》こえつばかりなるに、「よく御覧《ごらん》ぜさせむ」と、昼《ひる》より思《おぼ》し構《かま》へたることとなれば、「宣旨《せんじ》の君《きみ》、人々《ひとびと》遠《とほ》く退《の》けてその火近《ひちか》くなさばや。上《うへ》より、この昼《ひる》つ方《かた》、長恨歌《ちやうごんか》の絵《ゑ》賜《たま》はせたりつるを、まづ、見《み》てこそはとてまゐらせざりつる。齢《よはひ》を思《おも》へば、昔《むかし》ありけむ塚屋《つかや》に籠《こも》りては、疎《うと》ましき齢《よはひ》になりゆけど、かやうの物《もの》のゆかしくおぼえ侍《はべ》りし、変《か》はらぬ心《こころ》こそ、つきなきことにはあれ」とて、火近《ひちか》く召《め》し寄《よ》すれば、御几帳《みきちやう》ども隙間《すきま》あるまじくて、御殿油《おんとのあぶら》まゐり寄《よ》するに、いとまばゆげに扇《あふぎ》さし隠《かく》して、扇《あふぎ》よりはづれて見《み》えたる影《かげ》の、さやかにすぐれたる、言《い》ふもおろかなり。

桜襲《さくらがさね》を、例《れい》のさまの同《おな》じ色《いろ》にはあらで、樺桜《かばざくら》の、裏一重《うらひとへ》いと濃《こ》きよろしき、いと薄《うす》き青《あを》きが、また濃《こ》く薄《うす》く水色《みづいろ》なるを下《した》に重《かさ》ねて、中《なか》に花桜《はなざくら》の、濃《こ》く、よきほどに、いと薄《うす》きと、みな三重《みへ》にて、五重《いつへ》づつ三襲《みかさね》に重《かさ》ねて、紅《くれなゐ》の打《う》ちたる、葡萄染《えびぞめ》の織物《おりもの》、五重《いつへ》の袿《うちき》に、柳《やなぎ》の、やがてその枝《えだ》を二重紋《ふたへもん》に織《お》り浮《う》かべたる、五重《いつへ》の小袿《こうちき》なめり。夜目《よめ》には何《なに》とも見《み》えず、薄様《うすやう》をよく重《かさ》ねたらむやうに見《み》えて、唐《から》の綾《あや》の地摺《ぢずり》の裳《も》を、気色《けしき》ばかり引《ひ》き掛《か》けたるは、すべてここはかしこはとも、少《すこ》し世《よ》の常《つね》ならむが見《み》ゆべきなりけり。

あたりにほひ満《み》ちたるさま、「目《め》も輝《かかや》くとはこれをいふにこそありけれ」と、御覧《ごらん》じ入《い》るに、絵《ゑ》に心《こころ》をば入《い》れたれど、なほ扇《あふぎ》を放《はな》たぬ用意《ようい》、ゆるぶべくもあらず。たをたをとなつかしくなまめきたるさまなど、「長恨歌《ちやうごんか》の后《きさき》の、高殿《たかどの》より通《かよ》ひたりけむかたちも、うるはしうきよげにこそありけめ、いとかう、愛敬《あいぎやう》こぼれてうつくしうにほひたるさまは、えこれに及《およ》ばざりけむ」とぞ、思《おぼ》し知《し》らるる。

✿百聞は一見にしかず、女君（寝覚の上）の魅力について前々から聞いていたものの、火影に見る女君の美しさに帝は息をのみ、命に替えてもよいと思うほど魅了される。その姿付き、物腰、ちょっとものを言い、笑う気配、そして華やかな衣裳。帝はかの楊貴妃をも凌《しの》ぐに違いないといよいよ思いを募らせる。そんな帝が垣間見をしているとは、つゆも知らない女君である。なお、ここで女君の詳細な衣裳描写が見られるものの、実際にはどのような状況であったのか、現状ではよくわからないのが残念である。女君が裳をつけるという記述があるが、これは身分の下のものが上位のものに対して示す行為で、ここでは大皇の宮に対する敬意を表している。このように王朝の物語作品における衣裳描写は、その華やかさ、趣き、豪華さなどを表すだけではなく、身分や敬意を表す記号ともなっている。

ところで、司召に大皇の宮が参内するということは、大皇の宮が任官などにも何らかの権限を持っていることをうかがわせる。当時の国母（天皇の母）の権威の前に女君は逆らいようもない。大皇の宮の術中にはまっていく女君に物語で最大の危機が訪れる。

垣間見る男性

⑤ 帝《みかど》、恋慕《れんぼ》がやまず、大皇《たいおう》の宮《みや》に訴《うった》える

大皇の宮は寝覚の上（女君）の美しさにそら恐ろしささえ感じ、内大臣（男君）が娘の女一の宮と引き比べることを恐れるが、その反面、「まことにこれを内《うち》の大殿《おとど》に思《おも》ひ放《はな》ち果《は》てさせて、わが女《むすめ》にして明《あ》け暮《く》れ見《み》ばや」（ほんとうにこの人を内大臣にすっかり諦《あきら》めさせて自分の娘にして明け暮れ眺めていたいものだ）と、複雑な感情も抱く。一方、垣間見《かいまみ》により女君の容貌《ようぼう》、物腰、芳香までも知ってしまった帝は、彼女への思慕をますます募らせていく。そして、何とか対面を果たしたいと母大皇の宮に懇願する。

帝《みかど》は同《おな》じ宮中《きゅうちゅう》にいながら、宵《よい》の間《ま》や暁《あかつき》の人目《ひとめ》のない折《おり》に紛《まぎ》れてお近《ちか》づきになれるような手立《てだ》てもなく、思《おも》い余《あま》ってしまわれて、宮中《きゅうちゅう》に滞在中《たいざいちゅう》の大《たい》皇《おう》の宮《みや》が「そろそろ退出《たいしゅつ》いたしましょう」と奏上《そうじょう》なさる折《おり》に、ついでに、「あの故老関白《ころうかんぱく》の家《いえ》の人《ひと》（女君《おんなぎみ》）は、ほんとにめったにないすばらしい人《ひと》で

すね」と、「これほどまでとは思《おも》っておりませんでした。思慮深《しりょぶか》く、教養《きょうよう》なども優《すぐ》れていることでしょう。内侍督《ないしのかみ》の身辺《しんぺん》のご様子《ようす》は、万事《ばんじ》にわたってほかのところの様子《ようす》とは違《ちが》って、しっくり落《お》ち着《つ》いて、奥《おく》ゆかしく整《ととの》えられているとお見受《みう》けしました。なるほど、故大臣《こおとど》（老関白《ろうかんぱく》）が命《いのち》に替《か》えてもと熱愛《ねつあい》し、内大臣《ないだいじん》（男君《おとこぎみ》）も昔《むかし》からずっと深《ふか》く思《おも》い詰《つ》めていたのももっともです。内大臣《ないだいじん》がいずれこの人《ひと》の夫《おっと》となるに違《ちが》いないでしょう。この内大臣《ないだいじん》ほどの人《ひと》なら、あの人《ひと》と連《つ》れ添《そ》っても不似合《ふにあ》いではなく、お互《たが》いに愛情《あいじょう》を感《かん》じているらしいと想像《そうぞう》するだけでも、結構《けっこう》なことです」とうらやましげなご様子《ようす》でおっしゃるので、大皇《たいおう》の宮《みや》は「帝《みかど》も二人《ふたり》のことをお聞《き》きになっておられたのだ」と思《おも》うと、不愉快《ふゆかい》で心穏《こころおだ》やかでなく、顔色《かおいろ》がさっと変《か》わって、「内大臣《ないだいじん》が昔《むかし》からあの人《ひと》への愛情《あいじょう》が深《ふか》かったといっても、姫《ひめ》宮《みや》（女一《おんないち》の宮《みや》）と同列《どうれつ》にお並《なら》べ申《もう》すことはとんでもないことでしょう。正《せい》妻《さい》であったあの人《ひと》の姉《あね》（大君《おおいぎみ》）はもともと内大臣《ないだいじん》の愛情《あいじょう》が深《ふか》くなくて、内《ない》大臣《だいじん》はあまり寄《よ》りつかないと聞《き》きましたからこそ、あのとき姫宮《ひめみや》を結婚《けっこん》させたのです。今《いま》さら新《あたら》しく別《べつ》の女《おんな》に愛情《あいじょう》を分《わ》けるようなことを見聞《みき》きするようなことがあろうかと思《おも》っていますが、今《いま》は私《わたくし》も年《とし》をとってしまったので、内大臣《ないだいじん》はたいそうばかにしているようですから、帝《みかど》におかれても、今《いま》のことをお耳《みみ》にされているご様子《ようす》を、なにかのついでにお漏《も》らしくださいませ」と奏上《そうじょう》なさるので、「こういう色恋《いろこい》の道《みち》ばかりは夢中《むちゅう》になっておられるとしたら、おやめなさいと百回宣旨《ひゃくかいせんじ》（帝《みかど》の意向《いこう》を伝《つた》えること）を重《かさ》ねたところで、効《き》き目《め》はないでしょうよ」と、帝《みかど》はちょっとお笑《わら》いになって、「何《なん》とかして私《わたくし》がこんなに深《ふか》く思《おも》っているのだとだけでも、寝覚《ねざめ》の上《うえ》（女《おん》君《ぎみ》）に伝《つた》えて、あの人《ひと》がどうするか様子《ようす》を見《み》たいものだ」と、思案《しあん》に余《あま》られて、大皇《たいおう》の宮《みや》に「その後《ご》、あの人《ひと》はそちらにお伺《うかが》いしませんか」とお尋《たず》ねになると、「ぜひお世話《せわ》をしたくなるお人柄《ひとがら》が、むやみに恋《こい》しゅうございますので、毎夜《まいよ》のように『こちらにおいでなさい』と申《もう》すのですが、『気分《きぶん》がすぐれない』とか申《もう》しまして。それではとあちらに私《わたくし》の方《ほう》から出《で》向《む》いたことでした」とお話《はな》しになるので、帝《みかど》は「それはまた自《みずか》らお出《で》ましとは軽々《かるがる》しくも」と言《い》いかけられて、「登花殿《とうかでん》に出向《でむ》きますたびごとに、『直接《ちょくせつ》にお話《はな》ししたい』と言《い》わせますのに、決《けっ》して逢《あ》おうとはしてくれません。こんなことは異例《いれい》で、驚《おどろ》きあきれています。母上《ははうえ》（大皇《たいおう》の宮《みや》）がこうして御滞在中《ごたいざいちゅう》に、先夜《せんや》のように近《ちか》づいて、なんとかして『どうしてこんなに冷淡《れいたん》なのか』と恨《うら》み言《ごと》を聞《き》かせてやりたいものです」と、「自分《じぶん》でも不思議《ふしぎ》なぐらいに、ほんとうにあの人《ひと》の気配《けはい》などが、今一度《いまいちど》聞《き》かずにはおられない思《おも》いに駆《か》られますので、あの人《ひと》は『里《さと》に退出《たいしゅつ》させていただきたい』と奏上《そうじょう》させてきているのですが、輦車《てぐるま》（退出《たいしゅつ》の許可《きょか》を指《さ》す）を許《ゆる》しておりません」と、お話《はな》しになるので、大皇《たいおう》の宮《みや》は笑《え》みを漏《も》らされて、「それでは『夕暮《ゆうぐ》れにこちらにお越《こ》しなさい』と熱心《ねっしん》に申《もう》しましょう。先日《せんじつ》のように、人《ひと》に知《し》られないようにこっそりとお出《で》ましください」と、すこぶるご機嫌《きげん》がよい。

❖内《うち》の上《うへ》は同《おな》じ御垣《みかき》の内《うち》ながらも、宵《よひ》の間《ま》、暁《あかつき》の人間《ひとま》に紛《まぎ》れ寄《よ》らせ給《たま》ふべきかた

なく、思《おぼ》し余《あま》らせ給《たま》ひて、大皇《たいわう》の宮《みや》の、「まかでさせ給《たま》ひなむ」と、聞《き》こえさせ給《たま》ふついでに、「故関白《こかんぱく》の里人《さとびと》は、まことにありがたく侍《はべ》りける人《ひと》かな」と、「いとかうは思《おも》ひやらずこそ侍《はべ》りつれ。思《おも》ひやり深《ふか》く、ゆゑゆゑしき方《かた》など優《すぐ》れて侍《はべ》るべし。内侍督《ないしのかみ》の方《かた》の有様《ありさま》、何事《なにごと》もなべて他《ほか》の有様《ありさま》には似《に》ず、ありつき、心《こころ》にくくもてなして侍《はべ》るめれ。むべこそ、故大臣《こおとど》の、命《いのち》に替《か》へて思《おも》ひまどひ、内《うち》の大臣《おとど》も昔《むかし》より心《こころ》をしめて思《おも》ひ侍《はべ》りけれ。この大臣《おとど》、さて侍《はべ》るべきなめり。さばかりぞ、なずらふあはひ似《に》げなからで、かたみにあはれをかはすらむほどの思《おも》ひやりこそ、めでたけれ」と、うらやましげなる御気色《おほんけしき》にてのたまはするに、宮《みや》は、「上《うへ》もかくこそは聞《き》かせ給《たま》ひけれ」と思《おぼ》すに、いと心《こころ》やましく、御気色《おほんけしき》うち変《か》はりて、「昔《むかし》よりの本意《ほい》深《ふか》しと言《い》ふとも、宮《みや》に並《なら》べたてまつらむことは、いと浅《あさ》ましかるべくなむ。あの姉《あね》はもとより心《こころ》ざし深《ふか》からで、ありつかずと聞《き》き侍《はべ》りしかばこそ。今《いま》はじめてさへはいかでか、分《わ》くる心《こころ》あらむこと見聞《みき》かむとなむ思《おも》ひ侍《はべ》るを、今《いま》はおのれはさだ過《す》ぎにたるに、いとあなづらはしく思《おも》ひ侍《はべ》るめるを、御前《おんまへ》に、このこと聞《き》き入《い》れさせ給《たま》ふ御気色《おほんけしき》に、ついで侍《はべ》らば漏《も》らさせ給《たま》へ」と奏《そう》せさせ給《たま》へば、「かかる方《かた》の思《おも》ひしめられなむには、百返《ももかへ》りの宣旨《せんじ》、かひなくやはべらむ」と、うち笑《わら》はせ給《たま》ひて、「いかで、かく思《おも》ふ心《こころ》ありとだに言《い》ひ知《し》らせて気色見《けしきみ》む」と、思《おぼ》し余《あま》らせ給《たま》ひて、「その後渡《ごわた》り侍《はべ》らずや」、「いと見《み》まほしき心《こころ》ざまの、すずろに恋《こひ》しく侍《はべ》れば、夜《よ》ごとに『渡《わた》れ』と侍《はべ》れど、『心地悪《ここちあ》し』とて。そのままにかしこにこそ渡《わた》りて侍《はべ》りしか」と聞《き》こえさせ給《たま》へば、「いと軽《かろ》らかにも」と言《い》ひささせ給《たま》ひて、「登花殿《とうくわでん》に渡《わた》り侍《はべ》るたびごとに、『みづから』と言《い》はせ侍《はべ》るを、さらにこそ逢《あ》ひ侍《はべ》らね。例《れい》なう、浅《あさ》ましく思《おも》ひ給《たま》へらるる。かくておはしますほどにありし夜《よ》のやうにて、いかで、『などて、かくは』と、恨《うら》み聞《き》かせ侍《はべ》りにしがな」と、「あやしく、まことにけはひなどの、いま一度《ひとたび》聞かではえあるまじく思《おも》ひ給《たま》へらるれば、『まかで侍《はべ》りなむ』と奏《そう》せさせ侍《はべ》れど、車《くるま》を許《ゆる》し侍《はべ》らぬなり」と、聞《き》こえさせ給《たま》へば、うち笑《ゑ》ませ給《たま》ひて、「さては『暮《くれ》に渡《わた》れ』とせちにものし侍《はべ》らむ。ありしやうに密《みそ》かにものせさせ給《たま》へ」と、いと御気色《おほんけしき》よし。

✲「いと御気色《おほんけしき》よし」。にんまりとほくそ笑む大皇の宮。女君も帝のお姿を拝さないうちは断ってもおられようが、優雅で美しい帝のお姿を知れば無関心ではおられまい、そうすれば内大臣（男君）に靡《なび》くこともなかろうと考える。大皇の宮の誘いを断り切れなくなった女君は大皇の宮の宮中での居室、弘徽殿《こきでん》に出向く。弘徽殿は帝の御座所の清涼殿《せいりょうでん》に近い（巻末内裏図参照）。娘女一の宮に内大臣の関心を引きつけるため、そして息子帝の思いを叶《かな》えるため、大皇の宮の策略は着々と進んでいく。

⑥ 大皇《たいおう》の宮《みや》の策略《さくりやく》により、帝《みかど》、女君《おんなぎみ》のもとへ忍《しの》び込《こ》む（帝闖入事件《みかどちんにゅうじけん》①）

繰り返しの招きに断り切れず、女君（寝覚の上）は弘徽殿《こきでん》に滞在する大皇の宮のもとを訪れる。大皇の宮は最初から女房たちを遠ざけ、宣旨の君と呼ばれる女房一人を側に侍《はべ》らせる。この宣旨の君は大皇の宮と縁続きの者で、大皇の宮の意向にはしたがうが、物の道理もよくわかっており、以前から寝覚の上を慕い、同情もしていた。その宣旨の君のみを残し、大皇の宮は所用を理由に席を立ち、入れ替わりに帝が部屋に入ってくるのであった。

しなやかな柔《やわ》らかい、ことさらに気《き》を遣《つか》った気配《けはい》とともに、優美《ゆうび》なお召《め》し物《もの》の薫《かお》りがさっとあたりに漂《ただよ》って、帝《みかど》がとても静《しず》かに屏風《びょうぶ》を押《お》し開《ひら》いてお入《はい》りになったのを、女君《おんなぎみ》（寝覚《ねざめ》の上《うえ》）はそんなこととは思《おも》いも寄《よ》らず、「大皇《たいおう》の宮様《みやさま》がお戻《もど》りになったのだろうか」とお思《おも》いになって、そっと身《み》をお起《お》こしになったところ、帝《みかど》はすっと近寄《ちかよ》ってお捕《と》らえになったので、女君《おんなぎみ》の動転《どうてん》したお気持《きも》ちはまったく驚《おどろ》きあきれたというだけでは月並《つきな》みすぎるぐらいである。

影《かげ》のようにつきまとう内大臣《ないだいじん》（男君《おとこぎみ》）も、ここではこのようなふるまいができるはずはない。その人《ひと》がどなたかは紛《まぎ》れようもない気配《けはい》に、女君《おんなぎみ》はほんとうに死《し》ぬほど苦《くる》しい気持《きも》ちがして、何《なに》が何《なん》だかわけもわからない。目《め》の前《まえ》が真《ま》っ暗《くら》になって混乱《こんらん》した中《なか》にも、「とんでもないことになった。内大臣様《ないだいじんさま》がこれを聞《き》いたら何《なん》と思《おも》われることか」との思《おも》いがふと頭《あたま》をよぎって、一方《いっぽう》で「こんな私《わたし》を帝《みかど》はあきれたことだ、けしからぬと御覧《ごらん》になり、どうお思《おも》いになるか」と思《おも》われて、汗《あせ》びっしょりになって、まるで水《みず》が揺《ゆ》れるようにわななき震《ふる》えている様子《ようす》に、帝《みかど》ご自身《じしん》もなまじこのような振《ふ》舞《ま》いに出《で》た心《こころ》の動揺《どうよう》をお鎮《しず》めになる間《あいだ》、すぐにはものもおっしゃれない。

心《こころ》を鎮《しず》めた帝《みかど》は寝覚《ねざめ》の上《うえ》に恨《うら》み言《ごと》をいうが、混乱《こんらん》している寝覚《ねざめ》の上《うえ》の耳《みみ》には何《なに》も入《はい》ってこず、ただ消《き》えてしまいたいと必死《ひっし》に思《おも》い涙《なみだ》に沈《しず》む。そんな彼女《かのじょ》の態度《たいど》に帝《みかど》も当惑《とうわく》し、なだめる。

帝《みかど》はむりやりにみっともない振《ふ》る舞《ま》いはなさらず、「ほんとうに、我《わ》が身《み》の嫌《きら》われ加減《かげん》を思《おも》い知《し》らされ、情《なさ》けないことです。あなたも子《こ》どもっぽいですね。昔《むかし》からあなたのことを思《おも》っている私《わたし》の気持《きも》ちは遂《と》げられず、長年《ながねん》にわたって思《おも》い続《つづ》けている有様《ありさま》で、故大臣《こおとど》（老関白《ろうかんぱく》）は、親《した》しかった人《ひと》の中《なか》でも、とりわけ幼《おさな》い時《とき》から慣《な》れ親《した》しんできて、あなたのことを限《かぎ》りなく愛《あい》していたので、『私《わたくし》が死《し》んでしまった後《あと》は、ぜひあの人《ひと》のことを心《こころ》にかけてやってください』と、心配《しんぱい》な娘《むすめ》たちが何人《なんにん》もいるのに、子《こ》どもたちのことはそうは言《い》わず、ただあなたのことばかりを、ひどく気《き》にされていた。そんな折々《おりおり》のことなどもお話《はな》ししてと思《おも》い、あなたを恋《こい》しい関白《かんぱく》の形見《かたみ》とも思《おも》って、登花殿《とうかでん》へ出向《でむ》くたびにお目《め》にかかりたい旨《むね》を申《もう》しているのです。男《おとこ》も女《おんな》も帝《みかど》である私《わたし》が一言《ひとこと》でも口《くち》にした以上《いじょう》、聞《き》き過《す》ごすことはあるまいと今《いま》まで思《おも》い込《こ》んできましたのに、あなたはそれどころかたいそう不愉快《ふゆかい》な胸騒《むなさわ》ぎをされて、逆《ぎゃく》に私《わたし》に教《おし》えでもするように、お聞《き》き入《い》れくださらないつらさ、あなたが宮中《きゅうちゅう》から退出《たいしゅつ》したら、ましてどうしてお逢《あ》いできましょう。あなたが望《のぞ》み通《どお》りに内大臣《ないだいじん》の妻《つま》に収《おさ》まってしまわれたら、ちょっとの隙《すき》も決《けっ》してお見《み》せにならないでしょうし。それにしても心《こころ》を交《か》わす人《ひと》ならたとえ、隙間《すきま》なく見張《みは》っている夫《おっと》の目《め》があっても、始終文《しじゅうふみ》を通《かよ》わす道《みち》もあったでしょうね。私《わたし》などはあなたにとって、ものの数《かず》でもないと、すっかり気《き》が滅入《めい》って卑屈《ひくつ》になってしまい、せめてあなたがこうして宮中《きゅうちゅう》におられる間《あいだ》に、昔《むかし》からの心《こころ》の内《うち》を、気《き》の毒《どく》だともいやだとも思《おも》われるにせよ、なんとかお聞《き》かせしたいものだと思《おも》って、あなたがこちらに参上《さんじょう》されると聞《き》き、『よい機会《きかい》だ』と思《おも》って人目《ひとめ》を忍《しの》んで伺《うかが》いましたのに、ひどくつらいことに、怯《おび》えていらっしゃるばかりです。それもまた当然《とうぜん》のことかもしれませんが、それにしてもこんなにまでお嫌《きら》いになるのはなぜでしょうか。ご縁《えん》の遠《とお》いお方《かた》でいらっしゃると承知《しょうち》していましたので、世間《せけん》に認《みと》められそうにない今《いま》になって、さらけだして無理強《むりじ》いを迫《せま》るような非情《ひじょう》な気持《きも》ちをお見《み》せしようとは思《おも》いも寄《よ》りませんものを。どんなに強引《ごういん》な人《ひと》の扱《あつか》いに馴《な》れてそんなに動揺《どうよう》されるのか、とかえって浅《あさ》はかに思《おも》われます。まあよい、考《かんが》えて御覧《ごらん》なさい。私《わたし》がほんとうにあなたの御心《おこころ》に反《はん》するようなことをしたことがあったかどうかと。ただ御心《おこころ》を静《しず》めて私《わたし》が申《もう》し上《あ》げることをよくお聞《き》きになって、『ほんに、お気《き》の毒《どく》だ』とも、また『憎《にく》い』とも、一言《ひとこと》お答《こた》えください。普通《ふつう》の臣下《しんか》の男《おとこ》なら、女《おんな》が心《こころ》を許《ゆる》さない無体《むたい》な振《ふ》る舞《ま》いをもするかもしれませんが、私《わたし》のような窮屈《きゅうくつ》な身《み》の上《うえ》の者《もの》は、女《おんな》が進《すす》んで入内《じゅだい》するのを、あるいは上《うえ》の御局《みつぼね》に上《のぼ》りなどするのを、いつも待《ま》って契《ちぎ》りを結《むす》ぶものとばかり、それが習《なら》いになっているので、あなたが御心《おこころ》を許《ゆる》されないのに無体《むたい》なことをするようなことは、まさかすまいと思《おも》ってください」と、帝《みかど》はたいそうおおらかに、いかにも立派《りっぱ》な態度《たいど》で、無茶《むちゃ》な振《ふ》る舞《ま》いはなさらないので、（続く）

❖なよなよとことさらび、艶《ゑん》なる御衣《おほんぞ》のにほひばかりうち薫《かを》りて、いとやをら屏《びやう》風《ぶ》押《お》し開《あ》けて入《い》らせ給《たま》ふを、思《おぼ》し寄《よ》らず、「宮《みや》の帰《かへ》らせ給《たま》ふか」と思《おぼ》せば、いとやはらかに起《お》き上《あ》がり給《たま》ふを、やがて寄《よ》りて捉《とら》へさせ給《たま》へるに、いとあさましとは世《よ》の常《つね》なり。

影《かげ》につきたるやうなる内《うち》の大臣《おとど》などここにてはかかるべきやうなし、人《ひと》は誰《たれ》かは紛《まが》ふべくもあらぬ御《おん》けはひなるに、なかなか死《し》ぬる心地《ここち》して、ものもおぼえず。かきくらさるる心惑《こころまど》ひのなかにも、「あないみじ。内《うち》の大臣《おとど》の聞《き》き思《おぼ》さむことよ」とは、ふとおぼえて、「あさましう、あやしと御覧《ごらん》じ思《おぼ》さむことは」と思《おぼ》して、汗《あせ》になりて、水《みづ》のやうにわななきたる気色《けしき》、我《われ》も、なかなかなる御心惑《おんこころまど》ひを鎮《しづ》めさせたまふほど、とみにものも言《い》はれさせ給《たま》はず。

○

あながちに、さま悪《あ》しうもてなさせたまはで、「まことに、我《わ》が身《み》思《おも》ひ知《し》られ、心《こころ》憂《う》く。若々《わかわか》しき御心《おんこころ》かな。昔《むかし》より、思《おも》ふ心《こころ》をむなしうないて、年《とし》ごろを経《へ》て思《おも》ひ渡《わた》るさま、故大臣《こおとど》、親《した》しかるべき人《ひと》といふ中《なか》にも、幼《をさな》くより分《わ》きて親《した》しうならひ思《おも》ひて御事《おんこと》を限《かぎ》りなく思《おも》ひけるままに、『亡《な》からむ後《のち》、かならず尋《たづ》ね知《し》りきこえよ』と、心苦《こころくる》しかりける女《むすめ》どものあまたありけるをば、さも言《い》はず、ただ御《おん》事《こと》をのみいみじう。折々《をりをり》のことも聞《き》こえ出《い》で、恋《こひ》しき昔《むかし》の形見《かたみ》とも思《おも》ひて渡《わた》るたびごとに消息《せうそこ》きこゆれ。男《をとこ》も女《をんな》も、ひと言《こと》うち出《い》づる、聞《き》き過《す》ごされぬものとならひにたるを、いとうたてある御心《おんこころ》ときめきの、なかなかもの教《をし》へ顔《がほ》なるやうに、聞《き》き入《い》れ給《たま》はぬが心憂《こころう》さに、まかでなば、まいていかでかは。思《おも》ふさまに定《さだ》まり給《たま》ひなば、つゆの隙間《すきま》もよにものし給《たま》はじを。さても心《こころ》をかはすかたにこそ、隙《ひま》なき関守《せきもり》より絶《た》えず言《こと》の葉《は》を通《かよ》ふ道《みち》にもありけめ。身《み》のおぼえ、片端《かたはし》に、いみじく屈《くん》じ卑下《ひげ》せられて、かくてものし給《たま》ふほど、昔《むかし》よりの心《こころ》のうちを、あはれとも心《こころ》憂《う》しともきこえ知《し》らせむとて、こなたに渡《わた》り参《まゐ》りたまふと聞《き》きて、『よき暇《ひま》なり』と、うち忍《しの》び参《まゐ》り来《き》つるを、いと憂《う》くも怖《お》ぢ惑《まど》ひ給《たま》へるかな。ことわりなれど、またいとかばかりには、などてか。契《ちぎ》り遠《とほ》くものし給《たま》ふと見《み》てしかば、世《よ》の許《ゆる》しあるまじき今《いま》しも、残《のこ》りなく情《なさ》けなき心《こころ》を見《み》えたてまつらむとは、思《おも》ひも寄《よ》らぬものを。いかにひたぶるなる人《ひと》のもてなしに、思《おも》ひならひ給《たま》ひにける。御《おん》心《こころ》ときめきこそ、なかなか浅《あさ》けれ。よし、心《こころ》みたまへ、げにや御心《おんこころ》よりほかに見《み》えたてまつりけると。ただ心《こころ》を鎮《しづ》めてきこえむことをよく聞《き》きたまひて、『げに、あはれ』とも、また『にくし』とも、一言答《ひとことこた》へ給《たま》へ。ただ人《びと》や、人《ひと》の心許《こころゆる》さぬ振《ふる》舞《まひ》をも押《お》し立《た》つらむ、いとかくところせき身《み》は、人《ひと》の進《すす》み参《まゐ》り、もしは上《のぼ》りなどするを、待《ま》ちかけつつのみ見《み》るものと慣《な》らひにたれば、御心許《おんこころゆる》されぬ乱《みだ》れはよもせじとよ」と、いとのどやかに、恥《は》づかしげに情《なさ》けなき乱《みだ》れはせさせ給《たま》はぬに、

（続く）

✲大皇の宮の周到な計略のもと、ついに帝は女君に接近する。突然の帝の侵入で惑乱する女君の心にまず浮かんだのが、内大臣に知られたら、という思いであった。帝は長年の思いを切々と訴え、皮肉や嫌みを言い、卑下し、何とか彼女の心を開かせようとする。「男《をとこ》も女《をんな》も、ひと言《こと》うち出《い》づる、聞《き》き過《す》ごされぬものとならひにたるを」（男も女も、帝である私が一言でも口にした以上、聞き過ごすことはあるまいと今まで思い込んできましたのに）とあるように、至尊《しそん》の人物とされる帝が屈折した人物として描かれるのも、他作品には見られない特徴である。

⑦ 女君《おんなぎみ》、とっさに内大臣《ないだいじん》（男君《おとこぎみ》）を思《おも》う（帝闖入事件《みかどちんにゅうじけん》②）

帝が無理無体な振る舞いをせぬようだと少し気持ちが落ち着いた女君（寝覚の上）は、すべてが大皇《たいおう》の宮《みや》の策略だと悟る。

女君《おんなぎみ》は少《すこ》しずつ生《い》き返《かえ》る思《おも》いがするにつけても、「ああ、なんとひどい。大皇《たいおう》の宮様《みやさま》がいろいろとおっしゃるのに、どうにも私《わたし》が動《うご》きそうにないので、思《おも》い悩《なや》まれて、とうとう宮様《みやさま》がたくらみなさったことなのだ。なぜこんなひどいことをなさるのか。また、内大臣《ないだいじん》（男君《おとこぎみ》）様《さま》にどういうふうにこのことをお聞《き》かせなさることやら。何《なん》だって、女一《おんないち》の宮様《みやさま》というあんなに立派《りっぱ》な正妻《せいさい》がいらっしゃるのに、この私《わたし》は格段《かくだん》に劣《おと》った身分《みぶん》でその中《なか》に交《ま》じろうなんてことは、あるまじきことにも思《おも》って、無理《むり》にもよそよそしくして離《はな》れてあの方《かた》に恨《うら》まれているのだ。それ以外《いがい》に少《すこ》しでもこちらに落《お》ち度《ど》があって、あの方《かた》に聞《き》かれ嫌《きら》われるようなことはしたくない。大体世《だいたいせ》間一般《けんいっぱん》の常識《じょうしき》からいっても、老関白《ろうかんぱく》との結婚《けっこん》はもっての外《ほか》のことだったのに、自分《じぶん》の心《こころ》からでもなく周囲《しゅうい》からお膳立《ぜんだ》てされて、藻塩《もしお》の煙《けぶり》のように思《おも》はぬ方《かた》に靡《なび》いてしまったつらさは、死《し》を考《かんが》えるまでに苦《くる》しんだのを、ましてこの際《さい》は、『ほんのわずかでも迷《まよ》いがあった』とあの方《かた》のお耳《みみ》に入《はい》ったりしたらその恥《は》ずかしさ」と思《おも》うと、やはり消《き》えてしまうことができないのがつらくて、「明日《あす》まで生《い》きているとも聞《き》かれたくない」と思《おも》い乱《みだ》れるのであった。

供《とも》のものは誰《だれ》も側《そば》にはおらず、唯一《ゆいいつ》その場《ば》にいた宣旨《せんじ》の君《きみ》も居《い》づらくなり、寝覚《ねざめ》の上《うえ》にいたく同情《どうじょう》しながらも、袖《そで》を握《にぎ》られていた唐衣《からぎぬ》を脱《ぬ》ぎ捨《す》て、その場《ば》を下《さ》がってしまう。

女君《おんなぎみ》はどうしようもなく、「大皇《たいおう》の宮様《みやさま》が内大臣様《ないだいじんさま》にお聞《き》かせするであろうことは、いずれにせよ同《おな》じことだが、せめて自分《じぶん》の良心《りょうしん》が問《と》うた時《とき》には、潔白《けっぱく》で、心《こころ》の底《そこ》の清《きよ》さを、言《い》い訳《わけ》になったとしても、言《い》い切《き》れるようにしておきたい」と思《おも》うので、「帝《みかど》がこのようにおっしゃっているのだから、穏《おだ》やかにお返事《へんじ》申《もう》し上《あ》げて、ただもう早《はや》くこの場《ば》を立《た》ち去《さ》ってしまおう」と、強《し》いて心《こころ》を落《お》ち着《つ》かせ、涙《なみだ》を抑《おさ》えるのだが、申《もう》し上《あ》げる言葉《ことば》もなく、悔《くや》しくて自分《じぶん》が消《き》え果《は》ててしまったような心地《ここち》がするのを、無理《むり》にでも気《き》持《も》ちを奮《ふる》い立《た》たせて、「もっとよく、こんな思《おも》いも寄《よ》らない形《かたち》ではなく、お話《はなし》を承《うけたまわ》りとうございます。周囲《しゅうい》の人目《ひとめ》もつらく、人並《ひとな》みでもないようにお思《おも》いになられてのなさりようは、もとより数《かず》にも入《はい》らないようなつまらない我《わ》が身《み》ですので、当然《とうぜん》のことと思《おも》い知《し》りますにつけ、心《こころ》も乱《みだ》れ真《ま》っ暗《くら》な気《き》がして、お言葉《ことば》を承《うけたまわ》る分別《ふんべつ》も到底《とうてい》ございません」と、毅然《きぜん》として言《い》おうと何《なん》の風情《ふぜい》も加《くわ》えず、しかし、すらすら続《つづ》けることもできず、恨《うら》みがましげなる様子《ようす》が、帝《みかど》にはよりいっそう可憐《かれん》で、かわいらしく、ますます心《こころ》にしみ入《い》るようにお思《おも》いになる。

❖少《すこ》しづつ生《い》き出《い》づる心地《ここち》するにしも、「ななあさまし。よろづにのたまふに、いかにも我《わ》が動《うご》くべくもあらぬに、思《おぼ》しわづらひ、つひに宮《みや》の構《かま》へ給《たま》ふことのさまや。などかくては。また、内《うち》の大臣《おとど》にいかなることを言《い》ひ聞《き》かせ給《たま》ふらむとすらむ。なにし、やむごとなき基《もとゐ》を見《み》ながら、我《われ》はこよなき劣《おと》りざまにて交《ま》じらむかたをこそ、すべてあるまじきことにも、あながちにもかけ離《はな》れつつ、恨《うら》みらるれ。それよりほかに、つゆも怠《おこた》りありて、聞《き》き疎《うと》まれむな。おほかたにとりても、あるまじきこととなりしに、我《わ》が心《こころ》にもあらずもてなされにし藻塩《もしほ》の煙《けぶり》は、命《いのち》を限《かぎ》るまでおぼえしを、まいてこの際《きは》は、『いささかの迷《まよ》ひこそありけれ』と聞《き》こえむはづかしさ」と思《おも》ふに、なほ消《き》えぬ、わびしくて、「明日《あす》までありと聞《き》こえずもがな」とぞ、思《おも》ひまどはるるや。

○

せむかたなければ、「内《うち》の大臣《おとど》に言《い》ひ聞《き》かせ給《たま》はむことは、ただ同《おな》じことなれど、我《わ》が心《こころ》の問《と》はむにだに、心清《こころきよ》く、底《そこ》の光《ひかり》をかこつかたにも」と思《おも》へば、「かうのたまはするに、和《なご》やかに御答《おんこた》へをも申《まう》して、ただ疾《と》く立《た》ち離《はな》れなむ」と、せめて心《こころ》を鎮《しづ》め、涙《なみだ》をとどめても、きこえ出《い》でむ言《こと》の葉《は》もなく、口惜《くちを》しう消《き》え果《は》てにたる心地《ここち》するを、あながちに思《おも》ひ起《お》こして、「いとよく、思《おも》ひもあへぬさまならで、いとよく承《うけたまは》りなむかし。人目《ひとめ》心憂《こころう》く、言《い》ふかひなきさまに思《おぼ》し寄《よ》らせたまひけるは、数《かず》ならぬ身《み》を、ことわりに思《おも》ひ給《たま》へ知《し》るに、乱《みだ》り心地《ここち》もくらさるるやうにて、えこそ承《うけたまは》り分《わ》くまじうはべれ」と、いみじうすくよかに言《い》ひなさむと、何《なに》の情《なさ》けもつけず、え続《つづ》けやらず、かごとがましげなるけはひの、いとどらうたく、うつくしう、心《こころ》にのみ浸《し》みまさりておぼさるれど、（略）

＊藻塩の煙　塩を取るために潮水を注いだ海藻を焼く時の煙。その煙が風にたなびくことから、思わぬ方向に靡《なび》くことの和歌的比喩《ひゆ》表現。

✲少し落ち着きを取り戻した女君の頭をよぎったのは男君の耳に入るであろう不名誉な噂であった。そして、ちょっとでもこちらに落ち度があったように聞かれたくない、たとえ大皇の宮が何を聞かせようとも、せめて自分の良心にだけは潔白でいたいと強く願う。日頃、理性的に振る舞っている女君の身に危機が迫ったとき、真っ先に思うのは男君のことであった。それは自身でも意外なものであり、心の奥底に潜めていた男君への思いの確認とともに、自分の生を問うものでもあった。そして、今後も女君は自らの心の有り様を見つめていくことになる。

⑧ 女君《おんなぎみ》、ついに帝《みかど》から逃《のが》れる（帝《みかど》闖入事件《ちんにゅうじけん》③）

たとえ帝から嫌われてでもこの場から逃れたいと女君は願うが、なんの風情もなく、ただ困り切っているだけの彼女ですら美しいと帝は思う。女君の心には内心の潔白はともかく、ここまで帝に接近を許し、濡《ぬ》れ衣《ぎぬ》だとしても男君（内大臣）に心外だと思われる恥ずかしさが再び去来し、大皇《たいおう》の宮《みや》の策略に気づけなかった迂闊《うかつ》さを後悔する。そんな彼女の様子は「このごろのしだり柳《やなぎ》の風《かぜ》に乱《みだ》るるやうにて、さすがにいとしふねくて、靡《なび》くべくもあらず」（この季節のしだれ柳が風に乱れるように弱々しく見えながら、さすがにしっかりしているように、彼女が帝に靡きそうにない）と物語内で評される。

「こんなに気丈《きじょう》なのは、めったにない、あきれかえるばかりだ」と帝《みかど》は心《こころ》から恨《うら》めしく思《おも》っていらっしゃると、女君《おんなぎみ》（寝覚《ねざめ》の上《うえ》）はやっとの思《おも》いで、「もったいないお気持《きも》ちがわからないのではございませんが、夫《おっと》（故老関《ころうかん》白《ぱく》）が在世中《ざいせちゅう》の私《わたし》でしたら、これほど思《おも》いもかけぬ有様《ありさま》で、お目《め》にかかることがどうしてあろうかと思《おも》いますと、ただ涙《なみだ》ばかり流《なが》れて心《こころ》を落《お》ち着《つ》かせることができず、言葉《ことば》が出《で》ないそのわずかの間《あいだ》も帝《みかど》がお責《せ》めになるのもつらくて。どんな木石《ぼくせき》のような女《おんな》なら、このようにありがたい帝《みかど》のお心《こころ》を見知《みし》らぬなどということがあるでしょうか」と、お気持《きも》ちをおなだめしようとする女君《おんなぎみ》の言葉《ことば》に、帝《みかど》もたいそう気《き》の毒《どく》に思《おも》われてきて、「それだけでもわかってくださるなら、そのお気持《きも》ちに命《いのち》も替《か》えた思《おも》いで、私《わたし》は痴《し》れ者《もの》と世間《せけん》から言《い》われても構《かま》わない」とお手《て》をお緩《ゆる》めになったので、女君《おんなぎみ》は自分《じぶん》の気持《きも》ちを必死《ひっし》になだめ繕《つくろ》って、尽《つ》きることなく恨《うら》み言《ごと》を言《い》われ続《つづ》けける帝《みかど》へのお返事《へんじ》なども口《くち》にされるのを、帝《みかど》はまったくまだ経験《けいけん》をしたこともないほどに、愛《あい》らしくお思《おも》いになって、またの逢瀬《おうせ》を頼《たの》みにお約束《やくそく》し、親《した》しくお話《はな》しなさりながら、「こんなにまあ、人《ひと》が聞《き》いても突然《とつぜん》なことと驚《おどろ》かないような形《かたち》で、あなたの御心《おこころ》も穏《おだ》やかになるようにして。それにしても、世間《せけん》ではとんでもないことと強《つよ》く非難《ひなん》し、内大臣《ないだいじん》（男君《おとこぎみ》）もけしからぬ話《はなし》だと思《おも》うのならば、『こんな窮屈《きゅうくつ》な位《くらい》は捨《す》てて、気楽《きらく》な身分《みぶん》になって、ほかの女《おんな》を寄《よ》せ付《つ》けず、日夜《にちや》あなたと共《とも》におられるのなら、それ以上《いじょう》にいいことはあるまい』とすら思《おも》うようになっているのです。あなたがこれにお懲《こ》りになって、宮中《きゅうちゅう》などに滞在《たいざい》することが難《むずか》しくおなりになるなら、私《わたし》はもう今年《ことし》の内《うち》に帝《みかど》の位《くらい》を捨《す》てて、白雲《しらくも》が幾重《いくえ》にも重《かさ》なるような山中《さんちゅう》に分《わ》け入《い》ってでも必《かなら》ず本望《ほんもう》を遂《と》げずにはおきません。たとえあなたが、まったく望《のぞ》み通《どお》りに内大臣《ないだいじん》の妻《つま》にお定《さだ》まりになってしまわれても、それをそのまま黙《だま》って聞《き》き逃《のが》してはいられません。『人《ひと》がどう見《み》、どう聞《き》こうかなどということも構《かま》ったりしておられない』と、今《いま》はすべて分別《ふんべつ》もない状態《じょうたい》なので、『これは私《わたし》もあなたも、身《み》を滅《ほろ》ぼすところまでいってしまいそうな事態《じたい》だ』とすら思《おも》われます」と、いまだ聞《き》いたこともないようなお言葉《ことば》を口《くち》になさるのだった。

❖「めづらかに、あさまし」と、まことに妬《ねた》ましく思《おぼ》さるるに、からうして、「思《おも》ひ知《し》らぬには侍《はべ》らぬに、昔《むかし》ながらの身《み》ならましかば、かばかりも思《おも》ひかけぬに御覧《ごらん》ぜられましやと思《おも》ひ侍《はべ》る、涙《なみだ》ばかりのどめがたきに、せかれ侍《はべ》るほどなさも心憂《こころう》く。いかばかりの岩木《いはき》ならば、かう思《おも》ひ知《し》りきこえさせぬやうは」と、慰《なぐさ》め出《い》でたる言《こと》の葉《は》に、いみじう心苦《こころくる》しく思《おぼ》しなられて、「さだに思《おぼ》し知《し》らば、それに替《か》へつる命《いのち》にて、痴《し》れ痴《じ》れしき名《な》をも流《なが》しつべしや」と、うちゆるべさせ給《たま》ふに、我《わ》が心《こころ》をもあながちにこしらへて、尽《つ》きせず恨《うら》み続《つづ》けさせ給《たま》ふ御答《おんこた》へなども、言《い》ひ出《い》でたる、いみじく、まだ知《し》らずらうたく思《おぼ》し召《め》さるるに、後瀬《のちせ》の山《やま》を頼《たの》み契《ちぎ》り語《かた》らはせ給《たま》ひつつ、「いとかく、人《ひと》のゆくりなくと聞《き》きおどろくまじく、御心《おんこころ》をものどめて。さはれ、世《よ》にあるまじきことと誹《そし》り深《ふか》く、内《うち》の大臣《おとど》も便《びん》なげに思《おも》ひたらば、『かうところせからず、心《こころ》やすきさまにて、また人《ひと》をも並《なら》べず、起《お》き臥《ふ》し見馴《みな》れむに、増《ま》すことはあらじ』となむ、思《おも》ひなりにたる。これに懲《こ》り給《たま》ふとて、内《うち》などに居《ゐ》ること難《かた》くなり給《たま》ひたらば、ただ今年《ことし》の内《うち》にこの位《くらゐ》をも捨《す》てて、八重《やへ》立《た》つ山《やま》の中《なか》を分《わ》けても、かならず思《おも》ふ本意《ほい》かなひてなむ、やむべき。いみじく思《おも》ふさまに定《さだ》まり果《は》て給《たま》ひぬとも、それをさて聞《き》くべきにもあらず。『人《ひと》の見聞《みき》かむところなども、よろしくたどるべきわざにもあらざり』と、すべて現《うつ》し心《こころ》もあるまじければ、『我《われ》も人《ひと》も、いたづらになるべかりける事《こと》の様《さま》かな』となむおぼゆる」と、言《い》ひ知《し》らぬことどもをのたまはするほどに、（略）

＊後瀬《のちせ》の山《やま》　またの逢瀬を示す和歌的表現（巻一⑦参照）。

✲帝は受け答えを始めた女君に対して、今回は無理をせず、またの逢瀬を約束してその場を立ち去る。しかし、一見優柔不断な態度とは異なり、「この位《くらゐ》をも捨《す》てて」「我《われ》も人《ひと》も、いたづらになるべかりける事《こと》の様《さま》かな」など穏やかではない言葉を残す帝の執念は、今後も彼女を悩まし続け、追い込んでいくことになる。

この帝闖入《みかどちんにゅう》事件と呼ばれる出来事は、一文がなかなか終止せず、女君の長い心中思惟が綴《つづ》られる。出来事を「語る」ことが主であった「物語」はこの作品において、心中表現の充実という新しい局面を見せる。それは近代小説的とも言えるものであった。しかしながら、後世の物語文学作品は必ずしもそれを踏襲《とうしゅう》していったとはいいがたい。自らの心の有り様に気づき、思念を深めていく『夜の寝覚』の文章はこの後もさらに続いていくが、そこにこの作品の文学史上における意義を見いだすことができよう。

⑨ 女君《おんなぎみ》、男君《おとこぎみ》を深《ふか》く意識《いしき》していたことを自覚《じかく》する

女君（寝覚の上）が登花殿《とうかでん》の内侍督《ないしのかみ》のもとに戻るのを見送った帝《みかど》は、なまじ逢《あ》ってしまったが故により女君への恋しさが募り、涙にくれる。一方、何とか帝から逃れた女君はこの出来事を通して、さらに自らの心と向き合う。

女君《おんなぎみ》は登花殿《とうかでん》にお戻《もど》りになって、督《かん》の君《きみ》（内侍督《ないしのかみ》）の側《そば》に横《よこ》になられて、恐《おそ》ろしかった夢《ゆめ》から覚《さ》めた心地《ここち》がして、今《いま》もあのときのできごとが現実《げんじつ》のこととも思《おも》われず、茫然《ぼうぜん》としている。「継娘《ままむすめ》が内侍督《ないしのかみ》になって入内《じゅだい》したのを口実《こうじつ》に、私《わたし》が自分《じぶん》から進《すす》んで参内《さんだい》したように、世間《せけん》の人《ひと》が取《と》り沙汰《ざた》するであろうことは情《なさ》けなく、軽々《かるがる》しく、つらく思《おも》われるが、親兄弟《おやきょうだい》も『昔《むかし》も今《いま》も、このような浮名《うきな》ばかり相手《あいて》を変《か》えては流《なが》すことだ』と、耳《みみ》にして思《おも》われるだろうその心情《しんじょう》をはじめとして、自分《じぶん》の内心《ないしん》でこそ、『必死《ひっし》の思《おも》いで帝《みかど》から何《なん》とか逃《のが》れたのだ』とは思《おも》うものの、大皇《たいおう》の宮様《みやさま》の方《ほう》から言《い》い触《ふ》

らされるであろうことは、どうにも止《と》めようがない。それにつけても、私《わたし》のどんな過《あやま》ちも許《ゆる》し、深《ふか》い心遣《こころづか》いで愛《あい》してくださった、亡《な》き夫《おっと》、老関白《ろうかんぱく》に申《もう》し訳《わけ》なく、近《ちか》い親戚縁者《しんせきえんじゃ》たちも、さすがにあれこれと係累《けいるい》も増《ふ》えてきているのに、噂《うわさ》を聞《き》いて嘆《なげ》かれるだろうが、昔《むかし》つらかったいろいろなことにも今回《こんかい》のことはまさって苦《くる》しく、あれこれ考《かんが》えると、並一通《なみひととお》りではない、世間一般《せけんいっぱん》の有様《ありさま》などには考《かんが》えも及《およ》ばず、あのどうしてよいかわからずひどく混乱《こんらん》した中《なか》で、まず、『ああどうしよう。内大臣《ないだいじん》（男君《おとこぎみ》）様《さま》がお聞《き》きになって、どうお思《おも》いになるか』とそのことが何《なに》より思《おも》われたのも、今思《いまおも》うと不思議《ふしぎ》なことだ。昔《むかし》から男女《だんじょ》の仲《なか》はつらいものだと思《おも》い知《し》り、嘆《なげ》かずにはいられないのも誰《だれ》のせいでもない、あの人《ひと》のせいなのだ。ひどく心労《しんろう》が多《おお》く、物思《ものおも》いでつらい思《おも》いをさせようと、意地悪《いじわる》く二人《ふたり》を結《むす》びつけた運命《うんめい》の酷《むご》さをいとわしいと思《おも》わずにいられない。今《いま》となっては、また、たいそう高貴《こうき》で、あれほど恐《おそ》ろしい後《うし》ろ盾《だて》がおありの方《かた》が正妻《せいさい》（女一《おんないち》の宮《みや》）に定《さだ》まっておられるのに、私《わたし》は何《なん》の頼《たの》もしい後見《こうけん》のいる分際《ぶんざい》でもなく、今《いま》さらに内大臣様《ないだいじんさま》に靡《なび》き寄《よ》って、やりきれないとか薄情《はくじょう》だとか、その上《うえ》まだ経験《けいけん》をしたこともない恨《うら》みをさえ加《くわ》えて、物思《ものおも》いの限《かぎ》りを尽《つ》くさせようと、結《むす》びおかれた前世《ぜんせ》からの宿縁《しゅくえん》であるならば、『通《とお》り一遍《いっぺん》の情愛《じょうあい》があるようにふるまって、頼《たの》みとする面《めん》はあるとしても、本心《ほんしん》からは打《う》ち解《と》けまい』と、深《ふか》く内大臣様《ないだいじんさま》を思《おも》っていながらも、気丈《きじょう》にとばかりふるまい、思《おも》い離《はな》れることだけを思《おも》ってきたけれど、それはただ何事《なにごと》もない時《とき》の気休《きやす》めに過《す》ぎなかったのだ。今回《こんかい》のような非常《ひじょう》の際《さい》には、すべてを忘《わす》れて、ただあの人《ひと》のことばかり、恐《おそ》ろしいやら恥《は》ずかしいやら、格別《かくべつ》に感《かん》じたのは、よくよくあの方《かた》のことを自分《じぶん》の心《こころ》は思《おも》っていたのだろう」と自分《じぶん》ながらに思《おも》い知《し》れるにつけても、「どうしてそんなに思《おも》うことがあろう。こんなに怖《こわ》い目《め》にあったのも、大皇《たいおう》の宮様《みやさま》があのようにお謀《はか》りになったのも、私《わたし》が悪《わる》い評《ひょう》判《ばん》を流《なが》さねばならないのも、ただひとえにあの人《ひと》との宿縁《しゅくえん》によるものなのだ」と、内大臣《ないだいじん》を疎《うと》ましく思《おも》う気持《きも》ちは増《ま》さるものの、忘《わす》れてしまおうと思《おも》うのものの悲《がな》しい心持《こころも》ちになって、「内大臣様《ないだいじんさま》が今回《こんかい》のことをお耳《みみ》にされたらなんとおっしゃるだろう。何《なん》とお答《こた》えしたらよいのか」などと、懸《け》念《ねん》する気持《きも》ちが時折《ときおり》入《い》り交《ま》じって思《おも》われるにつけ、「何事《なにごと》もなくてさえこんな思《おも》いをするのに、まして少《すこ》しでも心《こころ》を乱《みだ》して自《みずか》ら帝《みかど》に対《たい》して積極的《せっきょくてき》な気持《きも》ちがあったとしたら、もっとどんなに身《み》の置《お》きどころがなく、悩《なや》ましく、誰《だれ》ともまともに顔《かお》を合《あ》わせられず、どれほどつらい思《おも》いをしたことであろう。ひどい浮名《うきな》が立《た》ったとしても、我《わ》が心《こころ》の内《うち》では『偽《いつわ》りを裁《さば》き正《ただ》すという糺《ただす》の神様《かみさま》の前《まえ》でも、いくら何《なん》でも恥《は》じるところはない』と思《おも》って、心《こころ》を慰《なぐさ》められるのも、なんとも心細《こころぼそ》く思《おも》う。ほんとうに似《に》るものもいないつらい我《わ》が身《み》の運命《うんめい》であることよ」と、昔《むかし》から今《いま》にいたるまでのことを思《おも》って涙《なみだ》にくれ、夜《よる》が明《あ》けても起《お》き上《あ》がりもなさらないのを、内侍督《ないしのかみ》は、「ご気分《きぶん》がひどく悪《わる》そうだが。どうなさったのかしら」と拝見《はいけん》して驚《おどろ》かれて、ご自身《じしん》も起《お》き出《だ》さずにおられるところに、藤典侍《とうのないしのすけ》が帝《みかど》のお使《つか》いとして参上《さんじょう》した。

❖女《をんな》は登花殿《とうくわでん》に帰《かへ》り給《たま》ひて、督《かん》の君《きみ》の御方《おんかた》にうち臥《ふ》し給《たま》ひて、恐《おそ》ろしからむ夢《ゆめ》の覚《さ》めたらむ心地《ここち》して、今《いま》も現《うつつ》ともおぼえずぞ、あさましきや。「かかるたよりにこと寄《よ》せて、まづ参《まゐ》りたるさまに、世《よ》の人聞《ひとき》き思《おも》ひ言《い》はむ、憂《う》く、あはつけう、心憂《こころう》きを、親兄弟《おやはらから》も、『昔《むかし》も今《いま》も、かかる名《な》をのみ色《いろ》を変《か》へつつ流《なが》すよ』と、うち聞《き》き思《おぼ》さむ御心《おんこころ》どもをはじめ、我《わ》が心《こころ》の内《うち》こそ、『ありがたくのがれぬるぞかし』と思《おも》へ、かの御方《おんかた》ざまより言《い》ひ流《なが》されむ、すべきかたあらじを、なにの咎《とが》をも消《け》ちて用《もち》ゐ思《おぼ》したりし、亡《な》き御影《おんかげ》もいとほしく、近《ちか》きほどさすがに枝々繁《えだえだしげ》くなりまさりて、聞《き》き嘆《なげ》かれむほどの、いにしへの憂《う》かりしふしぶしにもこれはさしまさりて、かたがた思《おも》ふに、なのめならぬおほかたの世《よ》の有様《ありさま》をば思《おも》ひも寄《よ》らず、いみじかりつる心地《ここち》の惑《まど》ひの中《なか》にも、まづ、『あないみじ。内《うち》の大臣《おとど》、いかに聞《き》き思《おぼ》さむ』と、うちおぼゆることのみ先《さき》に立《た》ちつるも、今思《いまおも》ふぞあやしき。昔《むかし》より世《よ》をも憂《う》きものと思《おも》ひ知《し》り、嘆《なげ》かしきも誰《たれ》ゆゑにもあらず。いみじう心尽《こころづ》くしに物思《ものおも》ひわびさせむと、あやにくに結《むす》びおきけむつらさも、疎《うと》ましからぬにもあらず。今《いま》となりて、はた、いとやんごとなく、さばかり恐《おそ》ろしきさまに定《さだ》まり給《たま》ひたるを、我《われ》は何《なに》の頼《たの》もしげある身《み》の際《きは》にてもあらで、今《いま》さらに靡《なび》き寄《よ》り、憂《う》しともつらしとも、まだならはぬ方《かた》の恨《うら》みをさへ添《そ》へて、思《おも》ひ尽《つ》くさせむと、結《むす》びおきける身《み》の契《ちぎ》りとならば、『おほかたに情《なさ》け情《なさ》けしう言《い》ひ交《か》はし、頼《たの》みをかくる方《かた》はありとも、まことにはうちとけじ』と、深《ふか》う思《おも》ひしみし心《こころ》ながらも、心強《こころづよ》くのみ思《おも》ひ離《はな》るることのみ思《おも》ひしかども、それはただなる時《とき》の心《こころ》のすさびにてこそありけれ。かかることの節《ふし》には、よろづを消《け》ちて、ただかの人《ひと》のことこそ、恐《おそ》ろしうも慎《つつ》ましうも、なのめならず覚《おぼ》えつるは、おぼろけならずしみにける心《こころ》にこそ」と思《おも》ひ知《し》らるるにさへ、「なぞ。いとさしもありけるも、かかる人《ひと》の御心《おんこころ》構《かま》へ、名《な》を流《なが》すべきも、ただかの人《ひと》の御《おん》ゆかりぞかし」と、いと疎《うと》ましさはまさるものから、思《おも》ふもものの心地《ここち》して、「いかにのたまはむとすらむ。いかに答《こた》へやらむ」とは、さし交《ま》じりつつおぼゆるにつけても、「まいて、何事《なにごと》に乱《みだ》れ押《お》し立《た》ち侍《はべ》る心地《ここち》のあらまし、いとどいかに置《お》き所《どころ》なく、わびしく、誰《たれ》にも目《め》を見合《みあ》はせず、いかばかりなる心地《ここち》せまし。いみじき名《な》は立《た》つとも、心《こころ》の内《うち》には『糺《ただす》の神《かみ》にも、さりとも』と思《おも》ふに、心慰《こころなぐさ》むも、いとはかなく思《おも》ふ。さも人《ひと》に似《に》ず、憂《う》かりける身《み》の有様《ありさま》かな」と、昔《むかし》より今《いま》をかきくらし、明《あ》けぬれど起《お》き上《あ》がり給《たま》はぬを、「御気色《おんけしき》の、いみじく堪《た》へがたげなるを。いかなれば」と、見《み》たてまつりおどろかれつつ、内侍督《ないしのかみ》もえ起《お》き出《い》で給《たま》はぬほどに、藤典侍《とうのないしのすけ》、御使《おんつか》ひに参《まゐ》りたり。

✿帝の手から逃れ、宮中の内侍督の居室である登花殿に戻った女君（寝覚の上）の心には、大皇の宮方から流されるであろう不名誉な噂、それを聞く親兄弟の情けない思い、かつての過ちを広い心で許してくれた亡き夫老関白のことなど、さまざまな思いが去来する。そして、訳のわからなかった混乱の中で、男君（内大臣）へのはばかる思いが何よりも先に浮かんだ自分の心を不思議にも思う。そんな思念のうちに彼女はそもそもの初めから男女の仲は憂きものだと思い知らされ、嘆かずにはおられない人生を歩まねばならないのも、皆内大臣（男君）のせいだと思い至る。若き日の九条《くじよう》での二人の出会いは女君に苦難を呼び込むものであった。なかなかとぎれない長い文章は、女君の心中、思念をそのまま映し出していて、読者もまた女君の心の内をともにたどる文章となっている。

⑩　男君《おとこぎみ》、宣旨《せんじ》の君《きみ》から女君《おんなぎみ》の身《み》の潔白《けっぱく》を聞《き》く

その後、女君（寝覚の上）は帝《みかど》や大皇《たいおう》の宮《みや》からの消息（手紙）にも一切返事をしない。大皇の宮は帝から話を聞き、謀りごとがうまくいかなかったことを知り、大皇の宮付きの女房で、内大臣とも親しい帥《そち》の君《きみ》に、帝が女君のもとに立ち寄ったと告げさせる。驚愕《きょうがく》した内大臣は、事の真相を知ろうと宣旨の君のもとを訪ねる。

宣旨《せんじ》の君《きみ》は、「まあ、いやだこと。内大臣《ないだいじん》（男君《おとこぎみ》）様《さま》はむやみとむきになられて、まるで事実《じじつ》のようにお取《と》りになっておっしゃるのですね。昨夜《さくや》、大皇《たいおう》の宮様《みやさま》が『宮中《きゅうちゅう》より退出《たいしゅつ》しようと思《おも》います。ゆっくりとお目《め》にかかってお話《はな》し申《もう》しましょう』と、なんども寝覚《ねざめ》の上《うえ》（女君《おんなぎみ》）様《さま》にお伝《つた》えになったのですが、その様子《ようす》を帝《みかど》が御覧《ごらん》になって、『寝覚《ねざめ》の上《うえ》は昔《むかし》から名高《なだか》い美人《びじん》として評判《ひょうばん》なのでどんな人《ひと》なのか知《し》りたいと思《おも》い続《つづ》けてきたのですが、こんな機会《きかい》になんとかして拝見《はいけん》したいものです』と、熱心《ねっしん》におせがみにな

ったのです。それで、大皇《たいおう》の宮様《みやさま》は『それでは夜分《やぶん》にでも来《こ》させませすので、こちらにおいでになって御覧《ごらん》なさいませ』と申《もう》し上《あ》げなさって、寝覚《ねざめ》の上《うえ》様《さま》が参上《さんじょう》されて大皇《たいおう》の宮様《みやさま》とお話《はな》しなどなさっていた折《おり》に、帝《みかど》がお越《こ》しになり、物陰《ものかげ》から御覧《ごらん》になるだけではすまされず、進《すす》み出《で》て来《こ》られたので、御前《ごぜん》に侍《はべ》っておりました私《わたし》の気持《きも》ちとしても、『皆《みな》で心《こころ》を合《あ》わせて、こんな油断《ゆだん》がならないことを仕組《しく》んだのだと、寝覚《ねざめ》の上様《うえさま》はお思《おも》いであろう』と、なんともつらく思《おも》われました。帝《みかど》は『昔《むかし》からあなたへの愛情《あいじょう》が深《ふか》いので、登花殿《とうかでん》に行《い》くたびに、じきじきにお会《あ》いしたいと申《もう》し上《あ》げるのに冷淡《れいたん》で聞《き》き入《い》れてくださらないので、こういう機会《きかい》にと様子《ようす》をうかがって参《まい》ったのです』と仰《おお》せられたのでした。その程度《ていど》のことでして、側《そば》に居《い》る証人《しょうにん》などが要《い》るようなことでもございませんでしたのに」と言《い》い、「いやですわ、総角《あげまき》（男女《だんじょ》が契《ちぎ》りを結《むす》ぶ意《い》）までのことはどうして」とおっとり言《い》ってのけるのを、内大臣《ないだいじん》は「それだけではありますまい」としわがれた声《こえ》でお尋《たず》ねになるのも、宣旨《せんじ》の君《きみ》は「きっとそうだろう」と内大臣《ないだいじん》の気持《きも》ちがよくわかっているので、「いずれはご一緒《いっしょ》になるはずのお二人《ふたり》、内大臣様《ないだいじんさま》が寝覚《ねざめ》の上様《うえさま》に『宣旨《せんじ》の君《きみ》がこう言《い》った』とお話《はな》しなさるだろうが、寝覚《ねざめ》の上様《うえさま》がそれをお聞《き》きになるだろうことがとてもお気《き》の毒《どく》で、『宣旨《せんじ》が心配《しんぱい》のないように言《い》ってくれたことだ』とせめて思《おも》っていただきたいもの」と思《おも》うので、「私《わたし》は寝覚《ねざめ》の上様《うえさま》の御態度《おたいど》を『まったくめったにないご立派《りっぱ》なご様子《ようす》だ』とばかり陰《かげ》からもうかがっていましたので、ありもしないことを申《もう》し上《あ》げるわけにはまいりません。事実《じじつ》であったら、このようにお尋《たず》ねになるのに、無理《むり》にお隠《かく》し申《もう》し上《あ》げるべきようなことはあるはずもございません。ただ寝覚《ねざめ》の上様《うえさま》があれだけのことを消《き》え入《い》らんばかりにひどく、お悩《なや》みになっておられるご様子《ようす》が、わけもなくお気《き》の毒《どく》で、お側《そば》を離《はな》れず、御前《ごぜん》にそのまま伺候《しこう》しておりました。もし帝《みかど》に対《たい》するお返事《へんじ》などが、ほんの少《すこ》しでも馴《な》れ馴《な》れしく、情《じょう》に傾《かたむ》くようなことがございましたら、その場《ば》を立《た》ち去《さ》っていたことでしょう」と申《もう》し上《あ》げると、（略）

❖「あなうたて。むげにいたうまめだちても言《い》ひない給《たま》ふかな。昨夜《よべ》、宮《みや》の『まかでなむとす。心《こころ》のどかにみづからきこえさせむ』と、立《た》ち返《かへ》り立《た》ち返《かへ》りきこえさせ給《たま》へりしを、上《うへ》、御覧《ごらん》じて、『昔《むかし》より名高《なだか》きを、ゆかしう思《おも》ひわたるを、いかで見侍《みはべ》らむ』と、せちにきこえさせ給《たま》ひしかば、『さは、夜《よ》さり渡《わた》りて御覧《ごらん》ぜよ』ときこえさせ給《たま》ひて、御物語《おんものがたり》など侍《はべ》りつるほどに、渡《わた》らせ給《たま》ひて、御覧《ごらん》じあまり、立《た》ち出《い》でさせ給《たま》ひつるに、御前《おんまへ》にさぶらひつる心地《ここち》こそ、『みな人《ひと》、心合《こころあ》はせて、うしろめたかりつるさまにや、心得思《こころえおぼ》すらむ』と、わりなくおぼえ侍《はべ》りつれ。『昔《むかし》より心《こころ》ざしの深《ふか》き、登花殿《とうくわでん》に渡《わた》るたびごとに、みづからときこゆるを、つれなくて聞《き》き入《い》れ給《たま》はねば、かかる折《をり》にとうかがひ参《まゐ》りつる』などこそ、仰《おほ》せられつれ。そは道芝《みちしば》要《い》るべきことにも侍《はべ》らざりつるものを」と、「うたて。総角《あげまき》までは」と、おひらかに言《い》ひなすを、「さのみはあらじ」と、から声《ごゑ》に問《と》ひ給《たま》ふも、「さぞかし」と心得《こころえ》たれば、「つひにはこの御仲《おんなか》は一《ひと》つなるべきに『さこそ言《い》ひしか』ともきこえ給《たま》はむを、漏《も》り聞《き》き給《たま》はむがいみじく心苦《こころくる》しきに、『うしろやすくも言《い》ひけるかな』とも、漏《も》り聞《き》き給《たま》へかし」と思《おも》へば、「『世《よ》にもありがたくあはれなる御気色《おんけしき》かな』とのみ聞《き》き侍《はべ》りつれば、なからむことを聞《き》こえさせ告《つ》ぐべきにもあらず。あらむことを、いとかく問《と》はせ給《たま》ふに、あながちに隠《かく》しきこえさすべきやうは、あべきにも侍《はべ》らず。ただ、さばかりを消《き》えぬばかりいみじく、思《おぼ》し惑《まど》ひたりつる御気色《おんけしき》の、すずろに心苦《こころぐる》しうてこそ、立《た》ちも離《はな》れ侍《はべ》らず、御前《おんまへ》に参《まゐ》られて侍《はべ》りつれ。御答《おんこた》へなどの、少《すこ》しも馴《な》れ馴《な》れしく、世《よ》づきたらましかば、立《た》ち出《い》で侍《はべ》りなまし」とて、（略）

＊道芝《みちしば》　路傍の芝草の意で、ここでは傍らに居合わせたもののことをいう。
＊総角《あげまき》　当時流行した歌謡である催馬楽《さいばら》「総角」の、「総角《あげまき》や　とうとう　尋《ひろ》ばかりや　とうとう　離《さか》れて寝たれども　転《まろ》び合ひけり　とうとう　か寄《よ》り合ひけり　とうとう」に拠《よ》る表現。男女が契りを結ぶ意として用いられる。

✿宣旨の君は帝と女君（寝覚の上）の間には何ごともなかったという真実を内大臣（男君）に告げる。内大臣は宣旨の君の言葉を信じようとする一方で、大皇の宮の企《たくら》みだったことを思い知る。帝が女君にかなり接近したことに危機感を抱き、宮中においては帝の側に伺候しながら、帝の様子を観察し、その女君への思いを忖度《そんたく》し、嫉妬《しっと》をする。この作品の帝像は特別な存在ではなく、一人の恋する男であり、同時に臣下である男君がライバル視する相手として描かれている。女君の気持ちとは関わりなく、帝と男君はお互いに疑念を抱き、自らの想像に苦しむ。

⑪　男君《おとこぎみ》、憂慮《ゆうりょ》のあまり女君《おんなぎみ》のもとに赴《おもむ》き、久《ひさ》しぶりの逢瀬《おうせ》

一刻も早く、宮中から退出したい女君（寝覚の上）は退出の許可を願うが、少しでも宮中にとどめておきたい帝《みかど》は許さない。ライバルとしての帝の登場に心穏やかでない内大臣（男君）は女君に逢《あ》いたい気持ちが抑えきれず、内侍督《ないしのかみ》が帝にお召しがあったその隙についに女君のもとを訪れる。男性が近づいた気配に帝かと緊張した女君は内大臣だと知って気持ちが緩む自分に気づく。内大臣は女君の風情に帝もこれを御覧になったのだといよいよ嫉妬《しっと》心をかき立てられ、女君に恨み言をいう。

内大臣《ないだいじん》（男君《おとこぎみ》）は「あの、わずかに言葉《ことば》だけ交《か》わしてお別《わか》れした有明《ありあけ》の月《つき》の夜《よる》、何《なに》もかも残《のこ》らず話《はな》してしまおうと思《おも》ったけれど言《い》い残《のこ》したことも、また数《かぞ》え切《き》れないあなたの冷《つめ》たさ、恨《うら》めしさも、『逢《あ》う夜《よる》でもあればお話《はな》ししたい』とばかりずっと思《おも》い続《つづ》けてきましたが、今日《きょう》この御事《おんこと》を耳《みみ》にして、私《わたし》の気持《きも》ちもすべて冷《さ》めはててしまいました。なるほど、思《おも》いの外《ほか》に

内侍督《ないしのかみ》の後見《こうけん》で参内《さんだい》するというよい口実《こうじつ》ができて、かえってご自分《じぶん》の入内《じゅだい》を思《おも》い立《た》つより、世間《せけん》の聞《き》こえも何気《なにげ》ないようにして、きっとこんなことが起《お》こるということなのですね。また、あなた自身《じしん》がお考《かんが》えを決《き》め、今始《いまはじ》まったことでもなく、私《わたし》のことなど『もう見《み》たり聞《き》いたりもすまい』とお見捨《みす》てになったことは承知《しょうち》しておりますが、自然《しぜん》その思《おも》い通《どお》りにはいかないことも世《よ》の中《なか》にはありましてね」と繰《く》り返《かえ》し恨《うら》み言《ごと》を言《い》い、詰問《きつもん》し、取《と》り乱《みだ》しなさるので、女君《おんなぎみ》（寝覚《ねざめ》の上《うえ》）も困《こま》り果《は》てて、何《なん》とも言《い》いようもない思《おも》いだが、一方《いっぽう》で「こんなふうに黙《だま》ってばかりいては、自分一人《じぶんひとり》の罪《つみ》になってしまうのではないか」と思《おも》うと、心外《しんがい》で嘆《なげ》かわしく、一生懸命心《いっしょうけんめいこころ》を鎮《しず》めて「私《わたし》にはそんなことをまったく思《おも》いつくはずもありませんのに、情《なさ》けないようにばかりお取《と》りになるので、お返事申《へんじもう》し上《あ》げようもなくて。『退出《たいしゅつ》する折《おり》だけでも、こちらにお越《こ》しください』と大皇《たいおう》の宮様《みやさま》が繰《く》り返《かえ》しおっしゃっていたのを、そのまま聞《き》き過《す》ごすことも、大変失礼《たいへんしつれい》にあたるので、ご挨拶《あいさつ》にお伺《うかが》いしたところ、思《おも》いも寄《よ》らず、帝《みかど》がちらりとお姿《すがた》をお見《み》せになったようでしたのを、ただそれだけのことで、『あれが誰《だれ》かと帝《みかど》がお見知《みし》りにならなくてもすむはずの身《み》ですのに』と、当惑《とうわく》した私《わたし》の苦悩《くのう》もお聞《き》きになっておられるでしょうものを。『誰《だれ》だって耳《みみ》にしたら、不本《ふほん》意《い》でないはずはない。本当《ほんとう》につらい、濡《ぬ》れ衣《ぎぬ》だこと』と、いっそう嘆《なげ》きを増《ま》して、その日《ひ》を過《す》ごしたのです。すべてはうかうかと宮中《きゅうちゅう》に長居《ながい》しましたのが私《わたし》の落《お》ち度《ど》でしたので、今宵《こよい》にでも『退出《たいしゅつ》したい』と思《おも》っておりますけれど、『飾磨《しかま》に染《そ》むる』と古歌《こか》にもいうように思《おも》い通《どお》りに参《まい》りませんで。それにつけても、『やはりどうかお力添《ちからぞ》えを』と申《もう》し上《あ》げたくて、お越《こ》しをお待《ま》ちしておりましたものを。あなたをお頼《たよ》りする気持《きも》ちは決《けっ》して浅《あさ》くはありませんのに、話《はなし》にならないもののようにばかりおっしゃって」と、とても愛《あい》らしく訴《うった》えるので、幾千《いくせん》の神社《じんじゃ》の神々《かみがみ》を引《ひ》き合《あ》いにしてお誓《ちか》いになる人《ひと》よりも、心《こころ》の底《そこ》の清《きよ》らかさがうかがわれ、そうは言《い》うものの、このような困《こま》った折《おり》には自分《じぶん》を頼《たの》みにしている様子《ようす》がはっきりとわかるので、言葉《ことば》に出《だ》して多《おお》くも言《い》い続《つづ》けられないが、心《こころ》から訴《うった》えるいじらしい様《よう》子《す》がいよいよ加《くわ》わって、内大臣《ないだいじん》はこれではとんでもない過《あやま》ちを直接《ちょくせつ》に見《み》つけたとしても、咎《とが》め立《だ》てして思《おも》い切《き》るなどと言《い》うことはできそうもない。「故大臣《こおとど》（老関白《ろうかんぱく》）もこのようにしてすべてをお許《ゆる》しになったが、それももっともなことだ」と思《おも》い知《し》らされるものの、やはり胸《むね》が苦《くる》しい思《おも》いのままに、逢《あ》えぬ悩《なや》みに苦《くる》しんだこの数《すう》か月《げつ》のことは置《お》いておいて、昨夜《さくや》の一件《いっけん》をあれやこれやと言《い》って困《こま》らせ、疑《うたが》うので、女君《おんなぎみ》はとてもつらくてただ泣《な》くばかりで「一刻《いっこく》も早《はや》く宮中《きゅうちゅう》を退出《たいしゅつ》したい」とひたすらお思《おも》いになる。あれこれと恨《うら》み言《ごと》を並《なら》べたあげく、こうして久《ひさ》しぶりにめぐり逢《あ》うまでの長《なが》い年月《としつき》が思《おも》われて、まれな逢瀬《おうせ》が胸《むね》に迫《せま》り夢《ゆめ》のような心地《ここち》がするにつけても、涙《なみだ》が抑《おさ》えきれずに次《つぎ》から次《つぎ》へとこぼれ出《で》て、長《なが》い秋《あき》の夜《よる》でさえ、逢《あ》う人次第《ひとしだい》では長《なが》く感《かん》じられないもの、まして春《はる》の夜《よる》の短《みじか》さはまどろむ暇《ひま》もなく明《あ》けてしまったようである。

❖「かの、言《い》ひしばかりの有明《ありあけ》の月《つき》に、尽《つ》くし果《は》てむと思《おも》ひし残《のこ》りのことも、浜《はま》の真砂《まさご》の数言《かずい》ひ知《し》らぬつらさ、恨《うら》めしさも、『逢《あ》ふよもあらば』とのみ思《おも》ひわたりつれど、今日《けふ》この御事《おんこと》を聞《き》きたまへるに、よろづみな覚《さ》めぬ。げに、思《おも》ひのほかに、事《こと》にもあらず、よき釣舟《つりぶね》のたより出《い》で来《き》て、なかなか我《われ》と思《おぼ》し立《た》たましよりは、世《よ》の聞《き》き耳《みみ》さらぬ顔《かほ》にて、かならずかかることありぬべきなり。また、さ思《おぼ》し取《と》り、今始《いまはじ》めたることにもあらず、『さらに見《み》じ、聞《き》かじ』と思《おぼ》し捨《す》てつると、心得《こころえ》ながらも、自《おの》づからその思《おも》ひに違《たが》ふことも世《よ》にありかし」とかへすがへす言《い》ひ恨《うら》み、問《と》ひまどひ給《たま》ふに、いとわびしきに、言《い》はむかたなけれど、また、「いと、さのみ押《お》し込《こ》めて、身一《みひと》つの罪《つみ》にやなさむ」と思《おも》ふに、飽《あ》かず愁《うれ》はしきに、いみじくためらひて、「思《おも》ひだに寄《よ》るべくもあらぬを、心憂《こころう》くのみ取《と》りなし給《たま》ふに、聞《き》こえむかたなくてこそ。『出《い》でむべきをりだに、渡《わた》れ』と、大宮《おほみや》のたびたびのたまはせしを、聞《き》き過《す》ぐさむも、いといとあやしかべければ、渡《わた》り参《まゐ》りたりしに、思《おも》ひもかけず、ほのめき給《たま》ふめりしを、ただざばかりも、『誰《たれ》は誰《たれ》とも、御覧《ごらん》じ知《し》られでありぬべき身《み》を』とあいなく思《おも》ひ給《たま》ふなる心《こころ》の乱《みだ》れも、聞《き》き給《たま》ふらむやうにこそは。『誰《たれ》も聞《き》き伝《つた》へば、憎《にく》からぬにもあらず。いみじくも心《こころ》憂《う》かべき、身《み》の濡《ぬ》れ衣《ぎぬ》かな』と、いとど嘆《なげ》きを添《そ》へてこそ、暮《く》らし侍《はべ》りぬれ。すべてはかなくて長居《ながゐ》さぶらふが怠《おこた》りなれば、今宵《こよひ》なども『出《い》でなばや』と思《おも》ひ侍《はべ》りつれども、飾磨《しかま》に染《そ》むるさまにては。それにつけても、『いかでなほ』とも聞《き》こえさせまほしくて、待《ま》ちきこえさせつるものを。心浅《こころあさ》うも侍《はべ》らざりつるものを、言《い》ふかひなげにのみも」と、いとらうたく言《い》ひ出《い》でたるに、千々《ちぢ》の社《やしろ》をかけて誓《ちか》ひ給《たま》はぬ人《ひと》よりも、心《こころ》の底濁《そこにご》りなさも現《あらは》れ、さは言《い》へど、かかる節《ふし》には頼《たの》みける気《け》色《しき》のあらはなるも、言《こと》に出《い》でて言葉《ことば》多《おほ》くも言《い》ひ続《つづ》けられねど、いとあはれげなる気《け》色《しき》を、いとど添《そ》へ増《ま》いたるに、いみじからむ過《あやま》ちを、さしあたりて見《み》つけたりとも、え咎《とが》め思《おも》ひとどむべうもあらず。「故大臣《こおとど》も、かくてよろづを消《け》ちてし、ことわりなりや」と思《おも》ひ知《し》らるるものから、なほ、胸苦《むねくる》しきままに、月《つき》ごろのことどもは後《のち》のことに置《お》かれて、とざまかうざま、言《い》ひ悩《なや》まし、あやむるを、いと苦《くる》しげに、ただうち泣《な》きて、「ただ疾《と》く出《い》でなばや」と、せちに思《おぼ》いたり。言《い》ひ言《い》ひては、めぐりあふ年《とし》ごろの数《かぞ》へられて、めづらしくあはれに、夢《ゆめ》の心地《ここち》するにも、忍《しの》びがたう涙《なみだ》のこぼれつつ、秋《あき》の夜《よ》だに人《ひと》がらなるものなれば、まいて春《はる》の夜《よ》の短《みぢか》さは、まどろむほどなく明《あ》けぬるなめり。

＊飾磨《しかま》に染《そ》むる　「播磨《はりま》なる飾磨《しかま》に染《そ》むるあながちに人を恋しと思ふころかな」（『詞花集』恋上・曾禰好忠《そねのよしただ》）による引き歌表現。「播磨なる飾磨に染むる」は「あながち」の「かち」を導く序。飾磨は染め物の産地でここで染められる褐色《かちいろ》に拠《よ》る。

✻中間欠巻部において、老関白との結婚の前に二人の逢瀬の場面があったであろうことが諸資料から知られるが、本節の冒頭「かの、言《い》ひしばかりの有明《ありあけ》の月《つき》に」はその時のことを指すと考えられる。それ以来の逢瀬となるこの場面では、帝との一件について、嫉妬心から真相を知っていながら、繰り返し恨み言を言い、取り乱す男君（内大臣）に、女君（寝覚の上）は黙ってばかりでは自分一人の罪になってしまうと反論する。自分の無実はしっかりと説明し、一方で宮中から退出するためには内大臣の力も必要だと男君に頼る女君は、それまでの物語の女君たちとは一線を画す新たな女性像といえよう。その理知的な魅力に加えて、男性たちが万事を許してしまいそうな可《か》憐《れん》さを併せ持つ女君が、鎌倉時代の物語評論書『無名草子《むみょうそうし》』に「心上手《こころじょうず》」と評されるゆえんでもある。

◆巻四

① 男君《おとこぎみ》（内大臣《ないだいじん》）、女君《おんなぎみ》（寝覚《ねざめ》の上《うえ》）と夜《よ》を明《あ》かし、女君《おんなぎみ》は我《わ》が身《み》を恥《は》じる

前夜、男君はついに宮中で女君と逢《あ》い、語りあう。女君は、人々の目を気にして恥ずかしく思い、人目に付かぬようさりげなく振る舞ってほしいと男君に訴えるが、男君は聞き入れるはずもなかった。

男君《おとこぎみ》が尽《つ》きることなくくねくねとお恨《うら》みになるご様子《ようす》に、女君《おんなぎみ》は気兼《きが》ねしてしまって強《つよ》くも言《い》われず、「昔《むかし》から今《いま》に至《いた》るまで、見苦《みぐる》しく、ほんの少《すこ》しも奥《おく》ゆかしく思《おも》われるようなことのないままの身《み》であることよ。物心《ものごころ》ついてから、『何事《なにごと》につけても、どうして他人《たにん》に劣《おと》ることがあろうか。なんとかして、たいそう重々《おもおも》しく、立派《りっぱ》な様子《ようす》で、人《ひと》より優《すぐ》れて平穏無事《へいおんぶじ》な人生《じんせい》を送《おく》りたい』とばかり、心驕《こころおご》りしていたのに。世間《せけん》にいう幸《さいわ》いなど

ということは、自分《じぶん》の心《こころ》のままにはならぬ方面《ほうめん》のことで、思《おも》いもかけないことだった。ただ我《わ》が身《み》のありさまだけでも、と思《おも》っていたのに、それも思《おも》っていたのとは違《ちが》って、昔《むかし》から不都合《ふつごう》な事《こと》ばかりで、ふわふわと軽々《かるがる》しく情《なさ》けないものとして、他人《たにん》に非難《ひなん》されることばかりで、人生《じんせい》が終《お》わってしまいそうなことだ」と、際限《さいげん》もなく悲《かな》しく思《おも》いつめていると、本当《ほんとう》に胸《むね》が痛《いた》くかき乱《みだ》されるようになって、とてもおいたわしいご様子《ようす》なので、内大臣《ないだいじん》（男君《おとこぎみ》）もお泣《な》きになって、慰《なぐさ》めかねていらっしゃると、夜《よ》もすっかり明《あ》けてしまったようだ。

❖尽《つ》きせずくねくねしげなる御気色《おんけしき》に、つつましうて、せめても言《い》はれず、「昔《むかし》より今《いま》に、目《め》やすからず、つゆばかり心《こころ》にくき思《おも》ひやりなくのみある身《み》のありさまかな。ものの心《こころ》を思《おも》ひ知《し》りしより、『何事《なにごと》も、などてか人《ひと》に劣《おと》らむ。いかで、いみじう重《おも》りかに、恥《は》づかしく、人《ひと》に優《すぐ》れてもただなる世《よ》に過《す》ごいてばや』とのみ思《おも》ひおごりしものを。幸《さいは》ひなどいふことこそ、心及《こころおよ》ばぬ方《かた》にて、思《おも》はずにもあらめ。ただ我《わ》が身《み》のありさまばかりだに、思《おも》ひしにあらず、昔《むかし》よりけしからず、あはつけく、軽々《かるがる》しう、憂《う》きものに、人《ひと》に言《い》ひ誹《そし》らるるを事《こと》にて、やみぬべかめるよ」と、尽《つ》きせず悲《かな》しう思《おも》ひ入《い》るに、まことに心地《ここち》もかき乱《みだ》るやうになりて、いといみじう心苦《こころくる》しげなる御気色《おんけしき》を、我《われ》もうち泣《な》き給《たま》ひて、慰《なぐさ》めわび給《たま》ふに、ことと明《あか》くなりぬめり。

✲「尽《つ》きせずくねくねしげなる御気色《おんけしき》」の「くねくねしげなり」とは、「心がひねくれている、ねじ曲がっているようだ」の意。女君《おんなぎみ》をめぐっての帝《みかど》への嫉妬《しっと》と対抗心に由来するとはいえ、この「くねくねし」い性質こそが男君の欠点であり、以後、女君を悩ませることとなる。

「幸《さいは》ひなどいふこと」とは、ここでは帝の后妃《こうひ》（キサキ）になることを指すか。女君の父太政大臣《ちちだいじょうだいじん》は娘たちの結婚相手を考えていたとき、帝には既に中宮《ちゅうぐう》を初めとして何人もの妃《きさき》がいるし、しかし東宮《とうぐう》はまだほんの子どもであったため、娘たちを入内《じゅだい》させることは断念していた。そのような形での、世間が考える上流貴族女性の「幸《さいは》ひ」は遠かったとしても、せめて自分の人生としては、人よりすぐれて重々しく立派で平穏でありたかったのに、実際は様々に浮き名を流す軽々しい者と思われたままで人生も終わってしまいそうだ、と女君は嘆いている。

② 帝《みかど》、女君《おんなぎみ》への執心《しゅうしん》募《つの》り、まさこ君《ぎみ》に女君《おんなぎみ》の気配《けはい》をみる

帝は内侍督《ないしのかみ》を召して、寝覚の上（女君）を宮中に今しばらく引きとどめて、帝が話をする機会を作ってくれるようにと、一睡もせずに語り明かしていた。そこへ、内侍督の迎えにまさこ君がやって来る。退出した内侍督に代わって、帝は今度はまさこ君を夜の御殿《おとど》に引き入れる。

まさこ君《ぎみ》の身《み》にしみついている母君《ははぎみ》（女君《おんなぎみ》）の移《うつ》り香《が》が、紛《まぎ》れようもなく、さっと香《かお》ったので、帝《みかど》は女君恋《おんなぎみこい》しさがまさって、単衣《ひとえ》の隔《へだ》てすらない状態《じょうたい》でまさこ君《ぎみ》を休《やす》ませなさると、まさこ君《ぎみ》の顔《かお》つきや体《からだ》つきがふっくらと丸《まる》みがあってかわいらしくて、髪《かみ》の手《て》ざわりなどたいそうつやつやとしていて、上品《じょうひん》で親《した》しみがあり、やわやわとした気配《けはい》、手《て》にあたる感《かん》じが、気《き》のせいか、ひどくつらいと思《おも》い消《き》え入《い》りそうだった女君《おんなぎみ》の様子《ようす》がふと思《おも》い出《だ》されるので、帝《みかど》はまさこ君《ぎみ》がとてもかわいくおなりになって、「今宵《こよい》

は、お母《かあ》さんのそばで寝《ね》ていたのだね」とお尋《たず》ねになると、まさこ君《ぎみ》はうなずいている。「うらやましい」と帝《みかど》はおっしゃって、「内大臣《ないだいじん》（男君《おとこぎみ》）よりも、私《わたし》のことを思《おも》っておくれ」などとお話《はな》しになると、時々申《ときどきもう》し上《あ》げるお返事《へんじ》なども、幼《おさな》くはない。「こんな女《おんな》の人《ひと》がもしいたら、少《すこ》し心《こころ》が慰《なぐさ》みもするだろうに」とまで、しみじみとまさこ君《ぎみ》を愛《いと》しくお思《おも》いになり、今《いま》になってようやく少《すこ》しお眠《ねむ》りになった。

まさこ君《ぎみ》も寝入《ねい》って、すっかり明《あか》るくなってしまったので、目《め》を覚《さ》まして、帝《みかど》にうちとけていたのを恥《は》ずかしそうにして、帝《みかど》の傍《かたわ》らからそっとすべり出《で》たのを、帝《みかど》は、「いいのだよ、小《ちい》さいうちはただ私《わたし》にも顔《かお》を見《み》せなさい」とおっしゃって、まさこ君《ぎみ》の髪《かみ》をなでながら御覧《ごらん》になると、髪《かみ》の生《は》え方《かた》、髪《かみ》のかかり具合《ぐあい》、頭《あたま》の形《かたち》など、火影《ほかげ》で見《み》た女君《おんなぎみ》の姿《すがた》そのものに感《かん》じられて、際限《さいげん》もなくじっと見《み》つめてしまわれた。「顔《かお》は、ただもう、内大臣《ないだい》臣《じん》（男君《おとこぎみ》）と全《まった》くそっくりなようだ。気配《けはい》、体《からだ》つきが、母君《ははぎみ》に似通《にかよ》っているのだな」と帝《みかど》は御覧《ごらん》になって、帝《みかど》は承香殿女御《しょうきょうでんのにょうご》のお生《う》みになった女三《おんなさん》の宮《みや》をこの上《うえ》なく大切《たいせつ》に思《おも》っていらっしゃるのだけれど、「この君《きみ》ほどすばらしくてはいらっしゃらないな」と、しゃくにさわるほどに思《おも》い、見《み》つめていらっしゃる。

❖我《わ》が身《み》にしめたる母君《ははぎみ》の移《うつ》り香《が》、紛《まぎ》るべうもあらず、さとにほひたる、なつかしさまさりて、単衣《ひとへ》の隔《へだ》てだになくて臥《ふ》させ給《たま》ひたるに、かたち、身《み》なり、つぶつぶとまろにうつくしうて、髪《かみ》の手《て》あたりなどいとつややかに、あてになつかしく、なよよかなるけはひ、手《て》あたり、心《こころ》のなしにや、いみじと消《き》え入《い》りしありさまの、ふと思《おも》ひわたさるるに、いみじうらうたうならせ給《たま》ひて、「今宵《こよひ》、母《はは》のもとにこそ寝《ね》たりけれな」と問《と》はせ給《たま》へば、うちうなづきたり。「うらやましかりける事《こと》かな」とて、「内《うち》の大臣《おとど》よりも、我《われ》を思《おも》へよ」など語《かた》らはせ給《たま》ふに、折々《をりをり》申《まう》し出《い》でたる御答《おんこた》へなど、いはけなからず。「かかる女《をんな》のあらましかば、少《すこ》し心《こころ》は慰《なぐさ》みもしなまし」とまで、あはれに思《おぼ》されて、今《いま》ぞ少《すこ》し大殿籠《おほとのごも》り入《い》りたる。
君《きみ》も寝入《ねい》りて、ことと明《あか》うなりにければ、おどろきて、うちとけたるをかたはらいたげにて、すべりまかり出《い》づるを、「さはれ、幼《をさな》きほどは、ただ我《われ》にも見《み》えよ」とて、かき撫《な》でつつ御覧《ごらん》ずれば、髪《かん》ざし、髪《かみ》のかかり、頭《かしら》つきなど、火影《ほかげ》のただそれと思《おぼ》ゆるに、限《かぎ》りなく御覧《ごらん》ぜられつる。「顔《かほ》は、ただ内《うち》の大臣《おとど》に違《たが》ふところなからむめり。けはひ、様体《やうだい》こそ、母君《ははぎみ》に通《かよ》ひけれ」と御覧《ごらん》じて、承香殿《そきやうでん》の女三《をんなさん》の宮《みや》を限《かぎ》りなく思《おも》ひきこえさせ給《たま》ふを、「かばかりおはしまさずかし」と、めざましきまでうちまもらせ給《たま》ふ。

✲「ことと明《あか》うなりにければ」とあるが、これは一つ前の場面の「ことと明《あか》くなりぬめり」と同じくらいの時を表している。つまり、二つの場面は時間的に並んでいるということで、女君との逢瀬《おうせ》を果たした男君に比べ、女君からたった一行の返事すらもらえない帝の満たされない思いが効果的に対比されている。

③ 帝《みかど》から女君《おんなぎみ》への手紙《てがみ》に、内大臣《ないだいじん》（男君《おとこぎみ》）は嫉妬《しっと》と安堵《あんど》

まさこ君が帝のもとから戻り、帝から女君への手紙を持ってきた。折よく女君と共にいた内大臣は、読みたかった女君宛ての帝の手紙を嬉々《きき》として広げ、読む。

帝《みかど》の手紙《てがみ》には、

「そうはいっても、きっと思《おも》い知《し》ってくれるだろう、と思《おも》った私《わたくし》の、あなたへの扱《あつか》いぶりだったのに、あなたはご自分一人《じぶんひとり》強《つよ》がって、私《わたくし》を馬鹿《ばか》にしてお離《はな》れになり、その上《うえ》、一行《いちぎょう》のお返事《へんじ》もないままでいるのは、あきれたことで、また後《のち》の逢瀬《おうせ》を頼《たの》みにすることもできそうにないのに。人目《ひとめ》がなんだというのか。ただ心《こころ》の赴《おもむ》くに任《まか》せて乱《みだ》れた男《おとこ》の場合《ばあい》だって、少《すこ》しは世間並《せけんな》みに思《おも》ってもいいことではないか。昨日今日《きのうきょう》のようにあなたのことが気《き》にかかっては、たとえほんとうにあなたが強《つよ》く望《のぞ》んでいらっしゃるように内大臣《ないだいじん》の妻《つま》に定《さだ》まってしまわれても、そのまま見《み》ていら

れそうにもない。申《もう》し上《あ》げたように、窮屈《きゅうくつ》な帝位《ていい》なども、すっかり捨《す》てようと思《おも》いますよ」

などと書《か》いてある。ただもう自分《じぶん》のこととして見《み》るだけでも、男君《おとこぎみ》は涙《なみだ》をとどめ難《がた》く、心細《こころこま》やかに言葉《ことば》を尽《つ》くして帝《みかど》はお書《か》きになっていて、

「鳰《にお》の海《うみ》は、潮《しお》が干《ひ》ることがないので、貝《かい》も見《み》られず、水《みず》に潜《もぐ》って海《み》松布《るめ》を取《と》る潟《かた》もないことだ。（あなたにお目《め》にかかった甲斐《かい》もなく、再《ふた》び会《あ》う方法《ほうほう》もなく、困《こま》っています）

来世《らいせ》の海人《あま》（この世《よ》であなたと会《あ》うことができないのなら、来世《らいせ》に海人《あま》となって会《あ》おう）」

とお書《か》きになっているのが、見《み》どころがありすばらしい書《か》きぶりなのを男《おとこ》君《ぎみ》は見《み》て、「女《おんな》であれば、こんなにまで帝《みかど》が書《か》いてくださるのを、どうしてしみじみと感動《かんどう》し、おそれ多《おお》く思《おも》って、気丈《きじょう》な心《こころ》も弱《よわ》って、帝《みかど》になびくことがないだろうか。きっとなびいてしまうだろうに」と、胸《むね》がいっそう苦《くる》しくなるが、一方《いっぽう》では、「宣旨《せんじ》の君《きみ》が語《かた》った様子《ようす》は、本当《ほんとう》のことだった

のだ」と、女君《おんなぎみ》の身《み》の潔白《けつぱく》を証明《しょうめい》できた点《てん》では少《すこ》し納得《なっとく》が行《い》って、心《こころ》が静《しず》まりなさった。

❖「さりとも必《かなら》ず思《おぼ》し知《し》りなむ、とおぼえしもてなしを、我《われ》たけう、をこがましく思《おぼ》し離《はな》れ、一行《ひとくだり》の御返《おんかへ》りもなくのみあるは、あさましう、後瀬《のちせ》の山《やま》の頼《たの》みもあるまじかめるを。何《なに》の人目《ひとめ》か。ただ心《こころ》に任《まか》せて乱《みだ》れたる人《ひと》の上《うへ》なりとも、少《すこ》し世《よ》の常《つね》にてこそ思《おも》ふべきわざなりけれ。昨日今日《きのふけふ》のやうにもののおぼえば、いみじく思《おぼ》すさまに隙間《すきま》なく定《さだ》まり果《は》て給《たま》ひぬとも、さてはあべうもあらず。きこえしやうに、ところせき位《くらゐ》などもひたぶるに捨《す》てむとなむ思《おも》ふ」など、ただ我《われ》になりて見《み》るだに、涙《なみだ》とどめ難《がた》く、心深《こころふか》く書《か》き尽《つ》くさせ給《たま》ひて、

「鳰《にほ》の海《うみ》や潮干《しおひ》にあらぬかひなさはみるめかづかむかたのなきかな

来《こ》む世《よ》の海人《あま》」

と書《か》かせ給《たま》ひたる、見所《みどころ》いみじきを、「女《をんな》にては、いかでか、かうのみ書《か》きたまはせむを、あはれにかたじけなく、思《おも》ひ弱《よわ》る心《こころ》のなからむ」と、胸《むね》ふたがりまさ

れど、「宣旨《せんじ》の君《きみ》の語《かた》りしさまは、まことなりけり」と、心清《こころきよ》くあらはし果《は》てつる方《かた》は、少《すこ》し心落《こころお》ち居《ゐ》給《たま》ひにけり。

＊来む世の海人　「この世にて君をみるめの難からば来む世の海人となりてかづかむ（この世であなたと逢うことが難しいのならば、せめて来世で海人となって逢おう）」（『古今和歌六帖』第五）を踏まえた引歌。「みるめ」は海草の「海松布」と「見る目」の掛詞で、海人ならば海草も見ることができることからこのように言ったもの。

✿男君が目にした帝の手紙には、女君への思いを遂《と》げられなかった恨《うら》み言《ごと》が綴《つづ》られていた。「鳰《にほ》の海《うみ》や」の歌は、「かひ」に「貝」と「甲斐」、「みるめ」に「海松布《みるめ》」と「見る目」、「かた」に「潟」と「方」をそれぞれ掛けた掛詞《かけことば》。海・潮干《しおひ》・貝・海松布・潟は縁語《えんご》。「鳰の海」（琵琶湖《びわこ》の異名《いみょう》）は潮の満ち引きがないことに言寄《ことよ》せてこのように詠んだ、技巧的な歌。

男君はこの帝直筆の手紙を自分の目で確かめたことによって、見事な書きぶりに不安になるが、その一方で、女君の身の潔白は本当だったと分かって、安堵した。

④ 男君《おとこぎみ》、女一《おんないち》の宮《みや》と女君《おんなぎみ》を思《おも》い比《くら》べる

宮中に引きとめられていた女君は不調での苦しさを何度も訴え、内大臣（男君）の説得の甲斐もあって、輦車《てぐるま》（コラム参照）の宣旨《せんじ》が下《くだ》り、正三位《しょうさんみ》の位《くらい》を賜った。これは女君が故老関白の正妻であり、内侍督《ないしのかみ》（督《かん》の君《きみ》）の後見としても重く見られていたことを示すとともに、女君への帝《みかど》の執着心や未練が強いことをも表している。

こうして女君はやっとのことで宮中から退出することができた。男君は、気になるあまり女君を訪れるが、女君は会おうとしない。男君は仕方なく、正妻である女一の宮のもとに帰ったが、心の中で女一の宮と女君とを比べる。

男君《おとこぎみ》は御帳台《みちょうだい》の中《なか》にお入《はい》りになって、横《よこ》になってお休《やす》みになるが、この女一《おんないち》の宮《みや》をよろしくないと思《おも》われるのではなく、気高《けだか》く、美《うつく》しく、端整《たんせい》で上品《じょうひん》な気配《けはい》、有様《ありさま》に、「帝《みかど》（朱雀院《すざくいん》）の御娘《おんむすめ》というものは、このようでこそおありであるべきなのだ」と、限《かぎ》りなく尊《とうと》いと御覧《ごらん》になりながらも、思《おも》

いは女君《おんなぎみ》に飛んで、「女君《おんなぎみ》から身《み》を引《ひ》いて、この何年《なんねん》もの間距離《あいだきょり》を置《お》いていた時《とき》は、自然《しぜん》と気《き》も紛《まぎ》れていた。彼女《かのじょ》はこの女一《おんないち》の宮《みや》のように、たいそう気高《けだか》く大人《おとな》しいというのではなくて、ほんとうにとてもかわいらしく、たおやかな気配《けはい》、有様《ありさま》が、他《ほか》に比《くら》べようもないのはいったいどういうことか」と、思《おも》い比《くら》べると、気持《きも》ちがざわざわとして、「どちらともなく上辺《うわべ》を取《と》り繕《つくろ》い続《つづ》けていた時《とき》は、心《こころ》の中《なか》は穏《おだ》やかだった。消息《しょうそく》もぱったり絶《た》えて何年《なんねん》も経《た》ったこともあったが、私《わたし》の心《こころ》も、ほんとうにあっという間《ま》に、今《いま》の間《あいだ》も面影《おもかげ》に見《み》え、心地《ここち》にしみついて。女君《おんなぎみ》は今《いま》ごろいったい何《なに》を言《い》い、男女《だんじょ》の仲《なか》をいかに苦《くる》しく思《おも》い乱《みだ》れていることか。横《よこ》になっているだろうか、座《すわ》っているだろうか、私《わたし》を待《ま》ってはいないだろうか、今宵《こよい》は、まさかもう来《こ》ないだろうと、突《つ》き放《はな》して寝《ね》てしまっているだろうか」とばかり、心地《ここち》もふわふわと浮《う》いて思《おも》われるのだが、かといって、「今宵《こよい》までも出《で》かけたら、女一《おんないち》の宮《みや》はどうお思《おも》いになり、また女房《にょうぼう》たちも見《み》てどう考《かんが》えることか」と思《おも》う方《かた》につけても、皇女《こうじょ》という高貴《こうき》なご身分《みぶん》を疎《おろそ》かにすることもできない。

❖御帳《みちやう》の内《うち》に入《い》り給《たま》ひて、うち休《やす》み給《たま》ふに、これを、悪《わろ》うおはしますとおぼゆるにはあらず、気《け》高《たか》く、きよらかに、うるはしう、あてなる御《おん》けはひ、有様《ありさま》、「かうこそは、帝《みかど》の御女《おほんむすめ》はおはすべけれ」と、限《かぎ》りなく見《み》たてまつりながら、「うち退《の》きて、年《とし》ごろ隔《へだ》てつる折《をり》は、おのづからうち紛《まぎ》れけり。かやうに、いと気高《けだか》く、静《しづ》やかにはあらず、いとまことにうつくしう、たをやかなるけはひ、有様《ありさま》の、似《に》るものなきはや」と、うち思《おも》ひ比《くら》ぶるに、心地《ここち》うち騒《さは》ぎて、「いづれとなく、うはべをつくろひわたいしこそ、心《こころ》の内《うち》はのどかなりしか。かき絶《た》えて、年《とし》ごろ経《へ》し折《をり》もありしを、我《わ》が心《こころ》も、いとうちつけに、今《いま》の間《ま》のほども面影《おもかげ》に見《み》え、心地《ここち》にしみて。何事《なにごと》を言《い》ひ、世《よ》をいかに苦《くる》しううち思《おも》ひ乱《みだ》れて。臥《ふ》いてやあらむ、居《ゐ》てやあらむ、我《われ》を待《ま》ちやすらむ、今宵《こよひ》は、よもと、思《おも》ひ離《はな》れて寝《ね》やしぬらむ」とのみ、心地《ここち》も浮《う》きて思《おも》ほゆるに、さりとて、「今宵《こよひ》さへ出《い》でむをば、いかが思《おも》ほし、人《ひと》も見《み》思《おも》ふべき」と思《おも》ふ方《かた》も、やむごとなさの疎《おろ》かなるやうもなし。

✲この場面の後、男君は思い余り、深夜、小姫君《こひめぎみ》（故大君《おおいぎみ》と男君との間に生まれていた娘で、寝覚の上のもとで育てられている）の見舞いにかこつけて、またも女君を訪れるが、女君は、「今夜は宰相中将の上《さいしょうちゅうじょううえ》（故老関白の次女）が一緒にいるし、男君が訪ねて来たらいつも会うというのが普通になってしまったら困る。なるべく人目に付かないようにしてもらいたい」と考えて、やはり会おうとしない。男君も、人々の噂や、女一の宮の心情を考え直して、「年月《としつき》を隔《へだ》ててだにもあるものを今宵《こよひ》をさへや嘆《なげ》き明《あ》かさむ（長い年月を隔てていただけでもつらいのに、今宵までも会えずに嘆き明かすことか）」と口ずさんで帰った。これにはさすがの女君も耳がとまり、そのまま眠れない夜を過ごした。

★コラム　輦車《てぐるま》

輦車は、人力で移動させる車で、牛車《ぎっしゃ》の使えなかった大内裏《だいだいり》の移動に用いた乗り物である。これを使えるのは、東宮《とうぐう》、大臣《だいじん》、女御《にょうご》など、身分の高い人物に限られていた。『夜の寝覚』では、内侍督の後見として付き添った寝覚の上（女君）

が、宮中から退出するのに使用を許されており、正三位の位をも賜っているが、やはり彼女が故老関白の正妻であったことが大きな要因であろう。しかしそこには帝の寝覚の上への執着、よく思われたいという下心も透けて見える。なお『源氏物語』桐壺《きりつぼ》巻では、死を目前にした桐壺更衣が宮中を退出する際、輦車を許され、死後には三位《みつ》の位《くらい》を追贈されている。

輦車「石山寺縁起絵巻（模本）」
ColBase（https://colbase.nich.go.jp/）より

⑤ 男君《おとこぎみ》と女君《おんなぎみ》、歌《うた》を詠《よ》み交《か》わす

女君（寝覚の上）は、宮中を脱出するためにと思って内大臣（男君）にすがってしまったものの、大皇《たいおう》の宮《みや》の思惑や帝《みかど》の執心が恐ろしく、また、父入道の許しも得ていないことを気にして、男君とずるずると関係を深めていくのは避けたいと考えている。それである日、訪問してきた男君に、自分の気持ちは男君にある、だから今までどおり人目に付かぬようさりげなくふるまってほしいと訴えるが、男君は聞き入れようとしない。そこへ、登花殿《とうかでん》から手紙が届く。包みの中には、内侍督《ないしのかみ》からの手紙と共に、帝の恨み言が綴《つづ》られた手紙があった。

男君《おとこぎみ》は「さて、帝《みかど》へのお返事《へんじ》は。それをこそ先《さき》に書《か》かなくては」といって、もう少《すこ》し墨《すみ》を押《お》し磨《す》りながら催促《さいそく》なさるので、女君《おんなぎみ》は「いやなふうにもおっしゃるのですね」といって背《せ》を向《む》けなさる、それがほんとうにかわいらしいので、男君《おとこぎみ》も見《み》る甲斐《かい》があって、また一方《いっぽう》ではまるで夢《ゆめ》のような

気持《きも》ちがなさって、筆《ふで》を墨《すみ》で濡《ぬ》らしなさったついでに、
宮中《きゅうちゅう》を、霞《かすみ》を隔《へだ》てたように表向《おもてむ》きはよそよそしくしているけれど、内《ない》心《しん》ではあなた様《さま》（帝《みかど》）と心《こころ》が通《かよ》わないことがあるでしょうか、そんなことはございません。

と女君《おんなぎみ》に代《か》わって書《か》いてお見《み》せになると、女君《おんなぎみ》はそれを御覧《ごらん》になり、こう詠《よ》んだ。

とても分《わ》かりません。つらい男女《だんじょ》の仲《なか》を私《わたし》に知《し》らせたあなた（男君《おとこぎみ》）でなくて、また他《ほか》の誰《だれ》かと私《わたし》の心《こころ》が通《かよ》っているなどということがあるでしょうか。

遠《とお》く離《はな》れていても近《ちか》くで会《あ》っていても、ちょっとした情趣《じょうしゅ》を添《そ》える女君《おんなぎみ》のすばらしい様子《ようす》が、男君《おとこぎみ》にはますます身《み》にしみて、恨《うら》みきることもできず、尽《つ》きることなく語《かた》らいなさる。このお二人《ふたり》の仲《なか》は、千年《せんねん》経《た》っても飽《あ》きることがあろうはずもない。

女君《おんなぎみ》は「やはりしばらく、普段《ふだん》どおりの様子《ようす》で」と、ほんとうに苦《くる》しい

と思《おも》いつめなさっているので、男君《おとこぎみ》は「なぜこのように世間並《せけんな》みの男女《だんじょ》の仲《なか》になじまないお心《こころ》なのか」と、恨《うら》みつつも、またご自分《じぶん》も、今《いま》に始《はじ》まったことではないといいながらも、早《はや》くも心《こころ》のままにすることは、いろいろと差《さ》し障《さわ》りがないわけではないので、しかし日《ひ》が暮《く》れていくのに女君《おんなぎみ》の側《そば》を離《はな》れて出《で》ていく気持《きも》ちもなく、事《こと》もあろうに長《なが》い別《わか》れのようで、なかなか出《で》てお行《ゆ》きになれない。

❖「さて、上《うへ》の御返《おんかへ》りは。それをこそまづ」とて、いま少《すこ》し押《お》し磨《す》りつつそそのかし給《たま》へば、「うたても」とて背《そむ》き給《たま》ふ、いとうつくしきを、見《み》るかひありて、かつは夢《ゆめ》の心地《ここち》し給《たま》ひて、濡《ぬ》らし給《たま》へる筆《ふで》のついでに、

百敷《ももしき》をけしきは霞隔《かすみへだ》つれど心《こころ》のうちは通《かよ》はざらめや

と書《か》きて、見《み》せたてまつり給《たま》へば、

えぞ知《し》らぬ憂《う》き世《よ》知《し》らせし君《きみ》ならでまたは心《こころ》の通《かよ》ふらむゆゑ

遠《とほ》くても近《ちか》くても、なげのあはれを添《そ》ふる気色《けしき》、身《み》にしみまさり給《たま》ふままに、恨《うら》

みもやらず、語《かた》らひ尽《つ》くい給《たま》ふ。御《おん》あはひ、千歳《ちとせ》を経《へ》ても飽《あ》く世《よ》あべくもあらず。「なほしばし、例《れい》ならぬさまならでこそ」と、まことに苦《くる》しと思《おぼ》し入《い》り給《たま》へば、「など、かく世《よ》づかぬ御心《おんこころ》にか」と、恨《うら》みながらも、また我《われ》も、今始《いまはじ》めぬこととといひながらも、いつしか心《こころ》のままならむことは、さまざま憚《はばか》りなきならねば、暮《く》れゆくに、出《い》で給《たま》はむそらなく、事《こと》しも遥《はる》かならむ別《わか》れめいて、えも出《い》でやり給《たま》はず。

✿男君が帝への返事を女君に代わって書いて見せるのは、女君が本当は帝と心通わせているのでは、という、女君を試してからかう少々意地悪な気持ちが込められている。それに対して女君は、「あなた以外に心の通う人なんていません」と返す。巻三⑪段でもふれたように、『無名草子《むみょうぞうし》』が「心上手《こころじょうず》」と評するのは、例えばこのような場面での女君の態度もだろう。

男君は、長年親しく会えずにいたことを思えば、女君が自分のそばにいる、それだけで夢のような気持ちがするが、男君の心配事は、女君に執心の帝だけではない。宰《さい》相中将《しょうちゅうじょう》（かつての宮《みや》の中将《ちゅうじょう》。故老関白の次女の夫）や、大納言（男君の弟。故関白の三女の夫）も女君に近づきたく思っているように男君には感じられ、心配でならないので、石山姫君《いしやまのひめぎみ》のもとに、すなわち男君の近くに住むよう女君に言う。女君は、石山姫君に会うのはあきらめていたので、その点については嬉《うれ》しい提案ではあったが、男君との同居は思いもしなかったことなので、そのことには触れず、石山姫君を自分のもとに迎えたいと述べた。

⑥ 内侍督《ないしのかみ》とまさこ君《ぎみ》への、帝《みかど》の寵愛深《ちょうあいふか》まる

帝は寝覚の上（女君）恋しさがエスカレートし、中宮《ちゅうぐう》に女君の素晴らしさを熱弁する。また、宮中でもひときわ美人と名高い式部卿宮《しきぶきょうのみや》の女御《にょうご》を召すが、なお満足できず愕然《がくぜん》とする。そんな中、内侍督（督《かん》の君《きみ》）の威勢は次第に他の女御方を圧倒していく。

帝《みかど》も、内侍督《ないしのかみ》の人柄《ひとがら》がほんとうに上品《じょうひん》で、若《わか》く可憐《かれん》なのもかわいらしく、新鮮《しんせん》なご愛情《あいじょう》も浅《あさ》くはない御心《おこころ》で、そうした帝《みかど》の御心《おこころ》を占領《せんりょう》している寝覚《ねざめ》の上《うえ》（女君《おんなぎみ》）を呼《よ》び寄《よ》せる手段《しゅだん》としてまでも、内侍督《ないしのかみ》に心《こころ》をおとめになり、こっそりと人目《ひとめ》を忍《しの》ぶお手紙《てがみ》を、内侍督《ないしのかみ》の手紙《てがみ》の中《なか》にまぜてそっとお入《い》れになるにつけても、いつも登花殿《とうかでん》にお渡《わた》りになるなどして、また、まさこ君《ぎみ》の、母君《ははぎみ》（女君《おんなぎみ》）にほんとうによく似通《にかよ》った姿《すがた》や気配《けはい》の愛《あい》らしさを、女《おんな》君《ぎみ》によそえてお思《おも》いになる点《てん》でも、中宮《ちゅうぐう》の御方《おんかた》では、やはりそうはいってもさすがに、お思《おも》いのままにこのまさこ君《ぎみ》をも近《ちか》くではお親《した》しみになれず、

気《き》兼《が》ねなく気《き》安《やす》くいられる督《かん》の君《きみ》（内侍督《ないしのかみ》）の御方《おんかた》では、居心地《いごこち》がよくて、母君《ははぎみ》が宮中《きゅうちゅう》から退出《たいしゅつ》してしまった後《あと》は、まさこ君《ぎみ》を片時《かたとき》もお放《はな》しにならずお側《そば》に召《め》し寄《よ》せて、ご自分《じぶん》のお部屋《へや》では人目《ひとめ》にも余《あま》るような時々《ときどき》は、ただもうこの内侍督《ないしのかみ》の方《ほう》（登花殿《とうかでん》）で、まさこ君《ぎみ》を御覧《ごらん》になり母君《ははぎみ》によそえてお思《おも》いになるのだけれど、承香殿《しょうきょうでん》女御《にょうご》のお生《う》みになった女三《おんなさん》の宮《みや》を愛《いと》おしくお思《おも》い申《もう》しなさるのにも、さほど劣《おと》らずかわいいものとして、この督《かん》の君《きみ》の方《ほう》では御覧《ごらん》になるのが常《つね》となるなどするうちに、督《かん》の君《きみ》への御寵愛《ごちょうあい》を、「やはり、優《すぐ》れている」と、女房《にょうぼう》たちも言《い》ったり思《おも》ったりし、女御《にょうご》たちも、どうして平静《へいせい》でいられようか、心乱《こころみだ》れずにはいられないのだった。

❖上《うへ》も、人《ひと》がらのいとあてに、若《わか》くらうたげなるもにくからず、めづらしき御思《おほんおも》ひも浅《あさ》きにはあらぬ御心《おほんこころ》に、占《し》めたる釣舟《つりぶね》のたよりとさへ、心《こころ》をとどめさせ給《たま》ひて、忍《しの》びの御文《おほんふみ》の、中《なか》に籠《こ》めさせ給《たま》ふとても、常《つね》に渡《わた》らせ給《たま》ひなどして、まさこ君《ぎみ》の、いとよく通《かよ》へる様体《やうだい》、けはひのうつくしさを、思《おぼ》しめしよそへさせ給《たま》ふ方《かた》にても、中宮《ちゆうぐう》の御方《おんかた》にては、さすが、さはいへど、思《おぼ》すままにこの君《きみ》をもえ近《ちか》く語《かた》らはせ給《たま》はず、あなづらはしく心《こころ》やすき督《かん》の君《きみ》の御方《おんかた》にては、ありよくて、母《はは》君《ぎみ》まかで給《たま》ひにし後《のち》は、片時《かたとき》も出《い》ださせ給《たま》はず召《め》しまとはして、我《わ》が御方《おほんかた》にては人目《ひとめ》もあまりなるべき時々《ときどき》は、ただこの御方《おんかた》にて御覧《ごらん》じよそへさせ給《たま》ふに、承香《そきやう》殿《でん》の御方《おんかた》の女三《をんなさん》の宮《みや》をうつくしう思《おも》ひきこえさせ給《たま》ふにも、いたう劣《おと》らずらうたきものに、この御方《おんかた》にては御覧《ごらん》じ馴《な》れなどするほど、督《かん》の君《きみ》の御《おん》おぼえを、「なほ、優《すぐ》れたり」と、人《ひと》も思《おも》ひ言《い》ひ、御方々《おんかたがた》も、いかでかは心《こころ》やすく。

✻帝にとって、新参の内侍督は目新しく気安い相手であり、またそれ以上に女君への便りの手段として重要な存在だった。そして内侍督の御方（登花殿）では、まさこ君を女君によそえてかわいがることも、思う存分できていた。帝の、女君への密《ひそ》かな愛情と執着心を知らぬ女房たちは、そのような状況を見て、内侍督へのご寵愛が優れているのだと判断した。帝の寵愛を競う女御たちも、自分たちより後に入内《じゆだい》した内侍督へのご寵愛が優れていると見ているので、平静ではいられないのだった。実のところ、帝が真に寵愛したいのは、女君なのだ。しかしそのような中でも、帝は中宮の前では遠慮しているのがおもしろい。帝にとって、中宮はやはり特別な存在なのだろう。

⑦ 女君《おんなぎみ》、石山姫君《いしやまのひめぎみ》と再会《さいかい》する

女君（寝覚の上）のもとに内大臣（男君）が足繁《しげ》く通うので、二人の仲が噂になり、女君は、父入道の許しもないのに、と困惑する。大皇《たいおう》の宮《みや》（帝《みかど》と女一の宮の母）は男君と女君との仲をいっそう苦々しく思い、大皇の宮の腹心の女房である帥《そち》の君《きみ》は、「寝覚の上様は帝に一夜限りで見捨てられた」などと吹聴《ふいちょう》する。その話が女君の耳にも入り、昔から浮き名ばかりが流れる我が身を憂う。一方、四月初め頃から、男君の正妻女一の宮が重い病にかかり、男君は思うように女君に会えなくなる。しかしある夜、男君が、石山姫君を女君のもとに密《ひそ》かに連れてくることになった。

殿《との》（男君《おとこぎみ》）が推《お》し量《はか》りお思《おも》いになっていたとおり、女君《おんなぎみ》（寝覚《ねざめ》の上《うえ》）は、「つまらない身《み》の有様《ありさま》よ。いつも、ただ、こんなふうなのだな。まして、今《いま》はと内大臣様《ないだいじんさま》に打《う》ち解《と》け、頼《たよ》りにしきってしまったら、どれほど心《こころ》が乱《みだ》れてしまうことになろうか。どのような折《おり》にか、角《かど》の立《た》たないような形《かたち》で、どこかに籠《こ》もってしまいたいものだ」とは、寝覚《ねざめ》の夜《よ》な夜《よ》なに、お思《おも》い明《あ》かしにならぬでもないけれど、石山姫君《いしやまのひめぎみ》と会《あ》える今宵《こよい》は、すべての悩《なや》みも忘《わす》れられて、こっそり、しかるべきご用意《ようい》を、何気《なにげ》なく、しかし心《こころ》を込《こ》めてなさり、お待《ま》ち申《もう》していらっしゃると、人々《ひとびと》が寝静《ねしず》まる頃《ころ》に、おいでになった。女君《おんなぎみ》の次兄新中納言《じけいしんちゅうなごん》（かつての宰相中将《さいしょうちゅうじょう》）も、この場《ば》にお付《つ》き添《そ》いなさって、昔石山《むかしいしやま》で姫君《ひめぎみ》をお連《つ》れなさった折々《おりおり》のことが、ただ今《いま》のことのような心地《ここち》がして、まるで夢《ゆめ》のようにしみじみと思《おも》い続《つづ》けなさる。

御殿油《おんとのあぶら》を程《ほど》よい明《あか》るさにして女君《おんなぎみ》が拝見《はいけん》なさると、姫君《ひめぎみ》が扇《おうぎ》でお顔《かお》を隠《かく》して、様子《ようす》よくいざり出《で》て車《くるま》からお降《お》りになったのを見《み》て、昔《むかし》、石山《いしやま》で、たいそうあるかなきかの命《いのち》であった時《とき》の、単衣《ひとえ》にくるまれて寝《ね》かせられていたのをちらっと見《み》やったのを思《おも》い出《だ》しなさると、このようにまためぐり会《あ》うことができるとは思《おも》わなかった、この何年《なんねん》もの間《あいだ》の心《こころ》の内《うち》をお思《おも》い出《だ》しになるにつけても、どんな嘆《なげ》かわしさも消《き》えて、夢《ゆめ》のような心地《ここち》がするが、内大臣《ないだいじん》（男君《おとこぎみ》）もその場《ば》にいらっしゃるので、たいそう遠慮《えんりょ》されて、姫君《ひめぎみ》におかけになる言葉《ことば》もなく、ただ、こらえきれずにお顔《かお》に押《お》し当《あ》てていらっしゃる袖《そで》に涙《なみだ》もあふれんばかりなのを、男君《おとこぎみ》も、「今《いま》はこのようにお二人《ふたり》を並《なら》べて拝見《はいけん》できるのだなあ」とお思《おも》いになる。嬉《うれ》し泣《な》きもおとどめになれない。

御前《ごぜん》にひかえている命婦《みょうぶ》の乳母《めのと》、少将《しょうしょう》、小弁《こべん》なども、うれしくしみじみとして、様々《さまざま》に思《おも》い出《だ》すことばかりが多《おお》くあるそれぞれの心《こころ》の中《なか》、時《とき》ならぬ時雨《しぐれ》の降《ふ》ったような袖《そで》の様子《ようす》も、ほんとうに涙《なみだ》でびしょ濡《ぬ》れなのであった。母《はは》と娘《むすめ》を並《なら》べたそれぞれのご様子《ようす》、そのすばらしさに、男君《おとこぎみ》は何事《なにごと》も気《き》が紛《まぎ》れて、どんな重大《じゅうだい》な事《こと》が起《お》きようともこの場《ば》を立《た》ち離《はな》れなさるような心地《ここち》もしないのに、「女一《おんないち》の宮様《みやさま》が、たった今《いま》お気《き》を失《うしな》われました」といって、使《つか》いの者《もの》がやって来《き》た。

❖殿《との》の推《お》し量《はか》り思《おぼ》しつるに違《たが》はず、「あいなの身《み》の有様《ありさま》や。いつも、ただ、かくぞかし。まして、今《いま》はとうち解《と》け、頼《たの》み果《は》てては、いかばかりなべき心《こころ》の乱《みだ》れにか。いかならむついでに、なだらかなるさまにて、籠《こも》り居《ゐ》にしがな」とは、寝覚《ねざめ》の夜《よ》な夜《よ》な、思《おぼ》し明《あ》かさぬにしもあらぬに、今宵《こよひ》ぞ、よろづ忘《わす》られて、うち忍《しの》び、さる御用意《おんようい》、さりげなく、浅《あさ》からで待《ま》ちきこえ給《たま》ふに、人寝静《ひとねしづ》まり際《ぎは》に、渡《わた》り給《たま》ひたり。新中納言《しんちゆうなごん》ぞ、今宵《こよひ》も立《た》ち添《そ》ひつかまつり給《たま》ひて、渡《わた》しきこえ給《たま》ひし折々《をりをり》のこと、ただ今《いま》の心地《ここち》して、夢《ゆめ》のやうにあはれに思《おぼ》し続《つづ》くる。

御殿油《おんとのあぶら》よきほどにて、見《み》たてまつり給《たま》へば、扇《あふぎ》さし隠《かく》して、様《さま》ようゐざり下《お》り給《たま》へるを、石山《いしやま》にて、いみじうあるかなきかなりしほどの、単衣《ひとへ》にくくみ臥《ふ》せられ給《たま》へりしをうち見《み》やりしを思《おぼ》し出《い》づるに、かくまためぐり会《あ》ひたてまつるべきものとは思《おも》はざりつる、年《とし》ごろの心《こころ》のうち思《おぼ》し出《い》づるにぞ、何《なに》の嘆《なげ》かしさもさめて、夢《ゆめ》の心地《ここち》するに、殿《との》も居《ゐ》給《たま》へれば、いとつつましうて、きこえ出《い》で給《たま》ふ言《こと》もなく、ただ、え堪《た》へず、押《お》し当《あ》て給《たま》へる袖《そで》の雫《しづく》の、いとところせきを、殿《との》、「今《いま》はかく並《なら》べて見《み》たてまつるべきぞかし」と思《おぼ》す。喜《よろこ》び泣《な》きも、えとどめ給《たま》はず。

御前《おまへ》にさぶらふ命婦《みやうぶ》の乳母《めのと》、少将《せうしやう》、小弁《こべん》なども、うれしくあはれに、様々《さまざま》に思《おも》ひ出《い》づることのみ多《おほ》かる心《こころ》の中《うち》ども、時《とき》ならず時雨《しぐ》るる袖《そで》の気色《けしき》も、いと潮《しほ》どけげなり。さし並《なら》べたる御様《おんさま》ども、めでたさ、よろづも紛《まぎ》れて、いみじきことありとも立《た》ち離《はな》れ給《たま》ふべき心地《ここち》もせぬに、「宮《みや》、ただいま絶《た》え入《い》らせ給《たま》へり」とて、人参《ひとまゐ》りたり。

✲石山で生き別れになっていた母と娘の対面が、約十年を経てようやく実現した。常日ごろ悩みの尽きない女君も、涙を隠せない。それを見つめる男君はもちろん、かつて男君が生後間もない石山姫君を内密に引き取る際、手を尽くし奔走した人々も、嬉《うれ》し涙にくれる。

しかし、そこに女一の宮の容態が急変したとの知らせが入り、男君は急いで宮のもとに駆けつける。その夜、「宮は意識を取り戻された」との手紙が男君から届き、女君は、「どうなることかと心配しておりましたが、嬉しく存じます」という返事を書いた。しかし、その後も女一の宮の病状は重くなっていった。

⑧ 病床《びょうしょう》の女一《おんないち》の宮《みや》のもとに、女君《おんなぎみ》を名《な》のる物《もの》の怪《け》現《あらわ》れる（偽生霊事件《にせいきりょうじけん》①）

日《ひ》が経《た》つにつれ、女一《おんないち》の宮《みや》に取《と》りついた御物《おんもの》の怪《け》もさまざまに乱《みだ》れ出《で》てくるその中《なか》に、内大臣《ないだいじん》（男君《おとこぎみ》）の亡《な》き妻《つま》（大君《おおいぎみ》）の御気《おんけ》配《はい》と思《おも》われるものが混《ま》じっていた。それについて男君《おとこぎみ》は、「もっともなことだ。今際《いまわ》の際《きわ》まで非常《ひじょう》に心《こころ》を苦《くる》しめ、この女一《おんないち》の宮《みや》のことで恨《うら》みをとどめて亡《な》くなったのだから、さもありなん」とお思《おも》いになるのですら、たいそう気《き》の毒《どく》で、聞《き》き苦《ぐる》しく思《おも》われなさるのに、また、北殿《きたどの》（女君《おんなぎみ》）の御生霊《おんいきりょう》という恐《おそ》ろしげな名《な》のりをするものが現《あらわ》れ出《で》て、「ああ、今《いま》はもうこんなふうに殿《との》（男君《おとこぎみ》）の側《そば》にいられるものと頼《たの》みにしているのに、強《し》いて隠《かく》しながら、世間《せけん》に私《わたし》たちの仲《なか》を公表《こうひょう》してくださらないのが、しゃくにさわって。それに畏《おそ》れ多《おお》い方面《ほうめん》のこととはいいながら、帝《みかど》のお仕打《しう》ちが、あきれたお戯《たわむ》れで、行《ゆ》きずりのことで、二度《にど》とも思《おも》い出《だ》してくださらぬ屈辱《くつじょく》をも、『せめてこの殿《との》(男君《おとこぎみ》)のお扱《あつか》いだけでも、公表《こうひょう》してくださるのなら、それに恥《はじ》をも隠《かく》し、恨《うら》みも忘《わす》れてしまおう』と思《おも》ったのに、ほんとうにあきれたひどいなさりようなので、こうして身《み》からさまよい出《で》た魂《たましい》が来《き》たのです。決《けっ》して、女一《おんないち》の宮《みや》をお生《い》かししてはおきますまい」などと憑坐《よりまし》の口《くち》を借《か》りて言《い》い騒《さわ》ぐのをお聞《き》きになって、内大臣《ないだいじん》は、何《なに》もかも冷《さ》めてしまって、「ほんとうにあきれた。寝覚《ねざめ》の上《うえ》(女君《おんなぎみ》)の言《い》うこととといって、真似《まね》して言《い》い騒《さわ》ぐ事《こと》の中《なか》に、一片《いっぺん》の真実《しんじつ》もないな」と、ばかばかしくも見聞《みき》きなさるが、「女君《おんなぎみ》がこのことを漏《も》り聞《き》きなさったら、ますます、どんなにひどいとお思《おも》いになるだろうか」などと、ふとお思《おも》いになるにつけても胸《むね》がつまり、涙《なみだ》がこぼれて、全《まった》く何《なん》とも聞《き》き入《い》れなさらない、その事《こと》までもが女一《おんないち》の宮側《みやがわ》の人々《ひとびと》はしゃくにさわるので、大皇《たいおう》の宮《みや》も対抗《たいこう》して、「おもしろくないことです。あなたがあちらに移《うつ》って、生霊《いきりょう》が出《で》ないかどうかお試《ため》しなさいませ。こちらは、なんとしても、宮《みや》のご無事《ぶじ》なご様子《ようす》だけが嬉《うれ》しいのですから」などと、わざとらしく言葉《ことば》を添《そ》えなさるので、男君《おとこぎみ》も、いったい何《なん》と申《もう》し上《あ》げなされようか、言葉《ことば》もない。

❖日《ひ》を経《へ》て、御物《おんもの》の怪《け》もさまざま乱《みだ》れ出《い》づる中《なか》に、故上《こうへ》の御気配《おんけはひ》とおぼゆるものの立《た》ち混《ま》じるは、「ことわり。今《いま》はの際《きは》までいみじう心置《こころお》き、この宮《みや》により恨《うら》みをとどめてしかば、さもあらむ」と思《おぼ》すだに、いとあはれに、聞《き》き苦《ぐる》しう思《おぼ》さるるに、また、北殿《きたどの》の御生霊《おんいきすだま》、恐《おそ》ろしげなる名《な》のりするもの出《い》で来《き》て、「あはれ、今《いま》はかくてあるべきものと思《おも》ひ頼《たの》むに、あながちに忍《しの》びつつ、わざともて出《い》で給《たま》はぬが、妬《ねた》う。かしこき筋《すぢ》といひながら、内《うち》の御事《おほんこと》の、あさましう、うちすさびて、行《ゆ》く手《て》のことにて、またとも思《おぼ》し出《い》でさせ給《たま》はぬ恥《は》ぢがましさをも、『この御《おん》もてなしだに、わざとがましくは、もて隠《かく》し、それに思《おも》ひ消《け》ちてむ』と思《おも》ひしに、いとあさましう心憂《こころう》きに、あくがれにし魂《たましひ》の来《き》たるなり。さらに生《い》けたてまつりたるまじ」など、言《い》ひののしることを聞《き》き給《たま》ふに、殿《との》は、よろづさめ給《たま》ひて、「いとあさましう。言《い》ふこととて、まねびもてはやすことの中《なか》に、つゆのまことはなきかな」と、をかしうも見聞《みき》き給《たま》ふに、「漏《も》り聞《き》き給《たま》ひて、いとど、いかに思《おぼ》さむ」など、うち思《おぼ》すにも胸《むね》ふたがり、涙落《なみだお》ちて、すべてともかくも聞《き》き入《い》れ給《たま》はぬさへ妬《ねた》ければ、大宮《おほみや》も、むかへて、「あいなきことなり。かしこに移《うつ》ろひ、試《こころ》み給《たま》へ。ここには、いかにも、平《たひ》らかならむ御《おん》ありさまのみこそ、うれしかるべけれ」など、わざわざしう言《い》ひ添《そ》へさせ給《たま》ふに、何《なに》とかは申《まう》され給《たま》はむ。

✿男君は、亡き妻である大君の霊については、女一の宮に取り憑《つ》いてももっともなことだと思っている。それに対して、北殿（寝覚の上）の言葉として語られたことについては、「少しの真実もない」と全否定している。というのも、自分との仲を隠そうとしているのはむしろ女君本人であり、また帝とは何の実事もなく、帝は女君を忘れるどころかなお執着してやまないのを、男君自身がよく知っているからだ。憑坐《よりまし》（コラム参照）の言葉を聞き入れもしない男君の様子がまた、大皇の宮は気に入らない。

★コラム　物《もの》の怪《け》と憑坐《よりまし》

物の怪は、医療や科学が発達していなかった古代において、人々の病を引き起こす原因とされた、邪悪な霊魂などを称して言ったもの。死霊、生霊、妖怪《ようかい》、変化の物など、さまざまな種類がある。病の治療には、修行を積んだ身分の高い僧が祈禱《きとう》にあたった。

憑坐とは、物の怪を調伏《ちょうぶく》するために病人から引き離し一時的に憑依《ひょうい》させる（取り憑《つ》かせる）対象となる者のことで、未婚の少女や童子が選ばれた。つまり人に取り憑《つ》いた物の怪が、別の人（憑坐）の口を借りて、さまざまなことを言う場合があると信じられていたのだ。その中には、人によっては都合のいい嘘なども交じっていたことだろう。

『紫式部日記』の寛弘五年（一〇〇八）九月十日の記事には「御物の怪どもかりうつし、かぎりなくさはぎののしる（物の怪を憑坐に乗り移らせると、際限もなく大騒ぎする）」とあり、出産間近の一条天皇中宮彰子《しょうし》に取り憑いた物の怪を憑坐にのり移らせている様子が記されている。

また『源氏物語』葵《あおい》巻では、葵の上に取り憑いた物の怪とみられるものが、葵の上の口を借りて光源氏に語りかけるが、話の内容や話し方などから、光源氏はこれを六条御息所《ろくじようのみやすどころ》の生霊と信じて疑わず、また六条御息所自身も、葵の上と見られる高貴な女性に乱暴をはたらく夢を見たり、髪や衣に染みついた匂い（物の怪調伏の際に焚《た》いた芥子《けし》の香り）が取れなかったりしたため、我が身から魂が抜け出ているのだと確信していた。（この場合は、憑坐は介在していない。）

『夜の寝覚』の場合は、物の怪が憑坐を通して語る内容には一片の真実もないと男君は断定しており、また女君にも何ら自覚はない。このため本書では「偽生霊《にせいきりよう》事件《じけん》」と称した。

⑨ 内大臣《ないだいじん》（男君《おとこぎみ》）の弁明《べんめい》に、大皇《たいおう》の宮《みや》は激怒《げきど》する（偽生霊事件《にせいきりようじけん》②）

男君は、大皇《たいおう》の宮《みや》に、源氏の入道太政大臣《だいじょうだいじん》が出家なさった当時、亡き妻大君《おおいぎみ》の妹である中の君（女君）の後見を頼まれたこと、大君の婿として入道が大切にしてくれたこと、故関白（老関白。女君の亡き夫）もまた自分を大切にしてくれたこと、大君の遺児である小姫君を女君が育ててくれていることなどを述べ、女一の宮に取り憑いた狐などが名のりをしているのだろうといって、寝覚の上（女君）をかばう。それを聞いた大皇の宮の怒りは頂点に達する。

大皇《たいおう》の宮《みや》は、ほんとうにひどく悔《くや》しく憎《にく》いとお思《おも》いになって、「おもしろくもない狐《きつね》の名《な》のりですね。他《ほか》の事《こと》をも、そう言《い》いなさいよ。あなたが言《い》い訳《わけ》するあの女《おんな》（女君《おんなぎみ》）とのどんな縁《えん》も、みんな訳《わけ》があってのことと知《し》れ渡《わた》っていました。でもそうはいってもやはり、形《かた》ばかりでも、女一《おんないち》の宮《みや》はあなたの妻《つま》の座《ざ》にいらっしゃるのに、『殿《との》（男君《おとこぎみ》）は、きっとあの女《おんな》をかばってやりたくお思《おも》いになっているのだろう』と、そうでなくたって女一《おんないち》の宮《みや》も感《かん》じておいでのことです。全《すべ》て、私《わたくし》が、女一《おんないち》の宮《みや》に世間並《せけんな》みの幸福《こうふく》な結婚《けっこん》をさせてさしあげたいと考《かんが》えたのが、ほんとうに悔《くや》しい。他《ほか》の女《おんな》には、何人《なんにん》でも何人《なんにん》でもお通《かよ》いなさい。それはお許《ゆる》ししましょう。でもあの女《おんな》（女君《おんなぎみ》）には、どんなに深《ふか》いご愛情《あいじょう》があるといっても、絶対《ぜったい》に、決《けっ》してちょっとでも行《い》ったり通《かよ》ったりなさいますな。あの女《おんな》を離《はな》れ難《がた》くお思《おも》いになるのなら、女一《おんないち》の宮《みや》に対《たい》して、もう、外聞《がいぶん》ばかり考《かんが》えて、縁《えん》を切《き》らないふうを装《よそお》って取《と》り繕《つくろ》わないでください。朱雀院《すざくいん》や帝《みかど》のお耳《みみ》に入《はい》ることもあります。『どうして、そんなことができるだろうか』とお思《おも》いならば、あちらへは、お立《た》ち寄《よ》りなさいますな。小《ちい》さい人《ひと》（小姫君《こひめぎみ》）は、ここにでもお引《ひ》き取《と》りなさい」と、よどみなくずけずけと言《い》い続《つづ》けなさるのを、男君《おとこぎみ》は「この世《よ》にありえない事《こと》をもおっしゃるものだ。いくら尊《とうと》い皇女《こうじょ》が畏《おそ》れ多《おお》いからといっても、あの人《ひと》（女君《おんなぎみ》）と絶縁《ぜつえん》しようだなんて」、ちょっと耳《みみ》にしただけでも胸《むね》がふさがって、不吉《ふきつ》にも涙《なみだ》がこぼれてしまいそうなのを、ぐっとこらえて、またあれこれとも申《もう》し上《あ》げなさらない。

❖いといみじく妬《ねた》く、憎《にく》しと思《おぼ》しめいて、「あぢきなの狐《きつね》の名《な》のりや。他事《ことごと》をも、さ言《い》へかし。何《なに》のゆかりも、昔《むかし》よりぞ、みなあるやうありて聞《き》こえき。さすがに、形《かた》のやうにても、ものし給《たま》ふを、『必《かなら》ず、防《ふせ》かしう思《おぼ》さるらむ』と、さらでだに思《おぼ》さるることとなり。すべて、おのが、世《よ》づいたるさまにて見《み》たてまつらむと思《おも》ひかけけるが、いと悔《くや》しきなり。他人《ことひと》には、幾人《いくたり》も幾人《いくたり》も通《かよ》ひ給《たま》へ。そは許《ゆる》し申《まう》さむ。この人《ひと》には、いみじき御心《おんこころ》ざし限《かぎ》りなしといふとも、さらに、なかけて行《ゆ》き通《かよ》ひ給《たま》ひそ。かの人去《ひとさ》り難《がた》う思《おぼ》されば、宮《みや》に、さらに、人聞《ひとぎ》きばかりを思《おぼ》いて、絶《た》えぬさまに、な繕《つくろ》ひ思《おぼ》しそ。院《ゐん》、内《うち》、聞《き》こしめさむところあり。『いかでか、さはあらむ』と思《おぼ》さば、かしこへ、な立《た》ち寄《よ》り給《たま》ひそ。幼《をさな》き人《ひと》は、ここにも迎《むか》へ給《たま》へかし」と、すがすがと言《い》ひ続《つづ》けさせ給《たま》ふを、「この世《よ》にあるまじきことをも、のたまはするかな。いみじき帝《みかど》の御女《おほんむすめ》かしこしとても、この人《ひと》に絶《た》えむよなど」かけても聞《き》くには胸《むね》ふたがりて、ゆゆしう涙《なみだ》のこぼれぬべきを、念《ねん》じて、またともかくも聞《き》こえ給《たま》はず。

✲大皇の宮が愛娘《まなむすめ》女一の宮を男君と縁づけたのは、大皇の宮自身の「娘に人並みの結婚をさせたい」という母心からだった。史実では皇女は生涯独身であることが多いが、これはいかにも物語らしい展開といえるだろう。大皇の宮の子である帝が執着している相手は寝覚の上（女君）であり、それ故に大皇の宮は宮中で帝に女君を垣間見《かいまみ》させ、帝闖入《みかどちんにゅう》事件をも引き起こした。一方、今は女一の宮の夫である男君が、女君に昔からさまざまに縁が深いことも大皇の宮は知っていた。知っていてなお、女一の宮に人並みの幸せを願ったことが、今この複雑な事態を引き起こしているのは、なんとも皮肉なものである。

⑩ 生霊《いきりよう》の噂《うわさ》に女君《おんなぎみ》は衝撃《しょうげき》を受《う》け、天人《てんにん》の予言《よげん》を思《おも》う（偽生霊事件《にせいきりようじけん》③）

石山姫君と再会して以来、女君は姫君と寝起きを共にして、絵を描いたり、雛《ひいな》を作ったりして遊んでは、心慰めていた。ところが、女君の生霊が現れたとの噂を、とうとう耳にしてしまう。

このようなことが起《お》こってきて、女一《おんないち》の宮《みや》のお邸《やしき》でも言《い》い騒《さわ》ぎ、世間《せけん》も驚《おどろ》きあきれ、后の宮《きさいのみや》（大皇の宮《たいおうのみや》）が悲《かな》しんでおっしゃる様子《ようす》、内大臣《ないだいじん》（男君《おとこぎみ》）のお思《おも》いになっている様子《ようす》などを、本当《ほんとう》にあったことにもよけいな枝葉《えだは》をつけ、実際《じっさい》にはないことをもいかにもそれらしく、このような時《とき》には人々《ひとびと》は言《い》い出《だ》すものだが、それを、詳《くわ》しく人《ひと》がご報告《ほうこく》したので、寝覚《ねざめ》の上《うえ》（女君《おんなぎみ》）はとても驚《おどろ》いて、胸《むね》がつまる思《おも》いがなさった。

「昔《むかし》から今《いま》までを振《ふ》り返《かえ》って、古歌《こか》にあるように『何《なん》のためなれる我《わ》が身《み》』と言《い》いたげにしてきたけれど、元々《もともと》、自分《じぶん》は心《こころ》がほんとうに及《およ》ばず、思慮《しりょ》も浅《あさ》く生《う》まれついてしまったので、よく考《かんが》えもしないで、数々《かずかず》のつらい折々《おりおり》を耐《た》え忍《しの》んできて、言《い》い知《し》れぬほど嫌《いや》な、聞《き》くだけでも不吉《ふきつ》な噂《うわさ》までをも聞《き》き加《くわ》えることよ」と思《おも》い、また、「内大臣様《ないだいじんさま》のことはほんとうに、人柄《ひとがら》が並々《なみなみ》ならずよい人《ひと》とばかり見知《みし》っていたけれど、ひどく年齢《ねんれい》を重《かさ》ねていらっしゃった、平凡《へいぼん》な人《ひと》（故老関白《ころうかんぱく》）と結婚《けっこん》させられ、つたない我《わ》が身《み》を恥《は》ずかしく悲《かな》しく思《おも》いつめていた頃《ころ》に、つらさを知《し》り始《はじ》めたばかりに、折《おり》につけてこらえ難《がた》い感情《かんじょう》を見知《みし》ったふうにしていたけれど、今《いま》となっては、あの人《ひと》（男君《おとこぎみ》）にすっかり打《う》ち解《と》けて頼《たの》みにしてよいなどとは思《おも》いもよらないことで、本当《ほんとう》に、ひどく苦《くる》しい時《とき》にも、身《み》のつたなさを恨《うら》みこそすれ、人様《ひとさま》を憎《にく》いと思《おも》ってさまよい出《で》る魂《たましい》は、心《こころ》の外《ほか》の心《こころ》といえども、あろうはずもないのに。人《ひと》の身《み》の上《うえ》のよい事《こと》については、さほどほめず、消《き》えてしまうようだ。よくないこととさえ言《い》えばそのように言《い》い、また扱《あつか》うものであるようだけれど、それをどんなにひどく聞《き》き伝《つた》え、世間《せけん》でも言《い》っているることだろうか」と思《おも》うにつけて、「ほんとうに、内大臣様《ないだいじんさま》も、目《め》の前《まえ》で女一《おんないち》の宮様《みやさま》のご病状《びようじよう》を拝見《はいけん》し、看病《かんびよう》していらっしゃるであろうご心労《しんろう》では、もっともらしく私《わたし》だと名《な》のりをあげて言《い》っているだろう物《もの》の怪《け》の言《こと》葉《ば》を聞《き》いて、『なるほど、表向《おもてむ》きはさりげなくて、実《じつ》はそうだったのだろうな。嫌《いや》になる』とも、耳《みみ》にして思《おも》っていらっしゃるだろうよ」と思《おも》うと、恥《は》ずかしさは、例《れい》によって、何事《なにごと》よりもまさるのを、「まあ、なんと情《なさ》けない我《わ》が心《こころ》よ。この数《すう》か月《げつ》、自分《じぶん》でも、内大臣様《ないだいじんさま》に靡《なび》ききってしまったら必《かなら》ずつらいことが多《おお》く、不都合《ふつごう》なことも出《で》てきてしまうだろうにと思《おも》って遠《とお》ざかり、世《よ》を背《そむ》ききってどこかに籠《こ》もってしまおうと思《おも》いついていたのに。帝《みかど》の御事《おんこと》がどうしようもなく、つらく困惑《こんわく》していたから、あの方《かた》（男《おとこ》君《ぎみ》）の御陰《おんかげ》に隠《かく》れて、宮中《きゆうちゆう》から誘《さそ》われ出《で》ようとした間《あいだ》に、心弱《こころよわ》く決心《けつしん》も乱《みだ》れて、今《いま》までこうして世《よ》に長《なが》らえて、このようなひどいことを聞《き》くのは、我《われ》ながら決心《けつしん》が強《つよ》くなく、残念《ざんねん》でしっかりしない私《わたし》の心《こころ》の怠《おこた》りというものだ」。

このようなことをつくづく思《おも》い続《つづ》ける夜《よ》な夜《よ》な、「それにしても、心労《しんろう》に慣《な》れてしまって、でもやはり事《こと》あるごとに、ひどく心《こころ》が乱《みだ》れるのは、あの十五夜《じゅうごや》の夢《ゆめ》に、天女《てんにょ》が教《おし》えてくれたことが、的中《てきちゅう》したのだった」と思《おも》い出《だ》しなさるのも、前世《ぜんせ》までもが恨《うら》めしく思《おも》われる、男君《おとこぎみ》（内大臣《ないだいじん》）との御《おん》契《ちぎ》りなのだった。

❖かかること出《い》で来《き》て、宮《みや》の内《うち》にも言《い》ひののしり、世《よ》にもあさみ、后《きさい》の宮《みや》のあはれにのたまはするやう、殿《との》の思《おぼ》いたるさまなど、あることも枝葉《えだは》をつけ、なきことをもつきづきしう、かかる折《をり》は言《い》ひ出《い》づるを、詳《くは》しう人告《ひとつ》げ申《まう》すに、いとあさましう、胸《むね》ふたがり給《たま》ひぬ。

「昔《むかし》より今《いま》に取《と》り集《あつ》めて、『なれる我《わ》が身《み》』と言《い》ひ顔《がほ》にあれど、もとより、心《こころ》のいとおろかに浅《あさ》うなりにければ、よく思《おも》ひも入《い》れで、千々《ちぢ》の憂《う》き節《ふし》をあまり思《おも》ひ過《す》ぐしきて、言《い》ひ知《し》らず疎《うと》ましう、音聞《おとぎ》きゆゆしき耳《みみ》をさへ聞《き》き添《そ》ふるかな」と、「げに、人《ひと》がらの、なべてならず目《め》やすきとばかり見知《みし》りにしに、こよなうさだ過《す》ぎ給《たま》へりし、世《よ》の常《つね》の人《ひと》ざまにひき移《うつ》され、我《わ》が身《み》をば恥《は》づかしう悲《かな》しう思《おも》ひ入《い》りしほどに、憂《う》きを知《し》りはじめしばかりにこそ、折々堪《をりをりた》へぬあはれをば見知《みし》り顔《がほ》なりしかど、今《いま》となりては、うち解《と》け頼《たの》みきこゆべきものとは思《おも》ひだに寄《よ》らぬことにて、まことに、いみじうつらからむ節《ふし》にも、身《み》をこそ恨《うら》みめ、人《ひと》をつらしと思《おも》ひあくがるる魂《たましひ》は、心《こころ》のほかの心《こころ》と言《い》ふとも、あべいことにもあらぬものを。人《ひと》の上《うへ》、よきことをば、さももてはやさず、消《き》えぬめり。よからぬこととだに言《い》へば、言《い》ひ扱《あつか》ふものなめるを、いかにいみじう聞《き》き伝《つた》へ、世《よ》にも言《い》ふらむ」と思《おも》ふに、「げに、大臣《おとど》も、さしあたりたる御心地《おんここち》を見《み》たてまつり、扱《あつか》ひ給《たま》ふらむ御《おん》心尽《こころづ》くしは、つきづきしう名《な》のり言《い》ふらむを、『げに、さりげなくて、さもやあらむな。疎《うと》まし』とも、聞《き》き思《おも》ひ給《たま》ふらむかし」と思《おも》ふに、恥《は》づかしさは、例《れい》の、よろづよりもさし進《すす》むを、「いで、あな心憂《こころう》の心《こころ》や。この月《つき》ごろ、我《われ》ながらも、必《かなら》ずつらき節多《ふしおほ》く、便《びん》なきことも出《い》で来《き》なむものをと、思《おも》ひ離《はな》れ、飽《あ》き果《は》て、籠《こも》り居《ゐ》なむと思《おも》ひ寄《よ》りしものを。内《うち》の上《うへ》の御事《おほんこと》の、せむかたなく、わびしう思《おも》ひ惑《まど》はれしままに、かの人《ひと》の御陰《おんかげ》につきて、誘《さそ》はれ出《い》でなむとせしほどに、心弱《こころよは》く乱《みだ》れ立《た》ちて、今《いま》まで長《なが》らへて、かかることを聞《き》くが、我《われ》ながら、思《おも》ひとる方強《かたつよ》からず、口惜《くちを》しう、ものはかなき心《こころ》の怠《おこた》りなり」。

つくづくと思《おぼ》し続《つづ》くる夜《よ》な夜《よ》な、「さるは、面馴《おもな》れて、さすがに度《たび》ごとに、いみじう心《こころ》の乱《みだ》るるこそは、かの十五夜《じふごや》の夢《ゆめ》に、天《あま》つ乙女《をとめ》の教《をし》へしさまの、かなふなりけれ」と思《おぼ》し出《い》づるぞ、前《さき》の世《よ》まで恨《うら》めしき御契《おんちぎ》りなるや。

＊なれる我《わ》が身《み》　「何のためなれる我が身と言ひ顔にやくとものの嘆かしきかな（いったい何のために生まれて生きてきた我が身なのかと言いたげに、愚痴をこぼすばかりで嘆かわしいことだ）」（『和泉式部集』正集）を踏まえた表現。

✿今までにもつらいことは多くあったけれど、まさか自分が生霊になっているなどとはありえないのに、男君もきっと噂を信じ切っているだろう。隠棲《いんせい》もせずに長らえて、あげくの果てにこんなひどいことを聞く事になろうとは。少女の頃に見た天人が夢で、「あはれ、あたら人《ひと》の、いたく物《もの》を思《おも》ひ、心《こころ》を乱《みだ》し給《たま》ふべき宿世《すくせ》のおはするかな（ああ、残念なこと、これほどの方がひどくものを思い悩み、心をお乱しにならねばならぬ宿世がおありになることよ）」と言ったことが的中したと、彼女は思ったのだ。

⑪ 女君《おんなぎみ》、昔《むかし》を恋《こ》いしのびつつ箏《そう》の琴《こと》を奏《かな》でる

五月二十日《ごがつはつか》の月《つき》がとても明《あか》るく、そこかしこの木《き》の下《した》は小暗《こぐら》く、夕暮《ゆうぐ》れでもないのに、辺《あた》りはなんだか恐《おそ》ろしいほどに見渡《みわた》されるが、御格子《みこうし》もそのまま下《お》ろさずに、女房《にょうぼう》たちは皆早《みなはや》くに物《もの》に寄《よ》りかかったり臥《ふ》したりして寝入《ねい》っているのだが、女君《おんなぎみ》は例《れい》によって途中《とちゅう》で目《め》が覚《さ》めて、古歌《こか》に言《い》う「ほととぎす鳴《な》くや五月《さつき》の短夜《みじかよ》」ではないが、その短《みじか》い夜《よる》も明《あ》かしかねて、少《すこ》し端近《はしちか》くにいて、古歌《こか》に歌《うた》われたように、花橘《はなたちばな》の枝《えだ》も、ますます昔《むかし》が恋《こい》しく思《おも》われるきっかけとなっていっては、その折《おり》あの折《おり》と思《おも》い出《だ》して、『どうしてなの。こんなふうでない人《ひと》も多《おお》いだろう世《よ》の中《なか》なのに。我《わ》が身《み》だけがいつまでも悲《かな》しくて、心《こころ》がふわふわと落《お》ち着《つ》かずにいることよ』と、自然《しぜん》と嘆《なげ》かれたものだったけれど、それは、ほんとうに感心《かんしん》したものではない心《こころ》だったこと。どうして、そう思《おも》ったのだろうか。その折《おり》くらいが、

少《すこ》しは、我《わ》が身《み》の世間体《せけんてい》も悪《わる》くない程度《ていど》だったのに」などと、つくづくと物思《ものおも》いにふけりなさるにつけても、胸《むね》にも余《あま》って堪《た》え難《がた》いので、箏《そう》の琴《こと》を引《ひ》き寄《よ》せて、

今《いま》のように、過《す》ぎてしまった昔《むかし》のことが恋《こひ》しく思《おも》われるのならば、今《こん》後《ご》も長《なが》らえられようか、こんなつらい世《よ》の中《なか》に。

と、たいそう高《たか》く音《ね》を立《た》ててかき鳴《な》らしなさる。

❖五月二十日《さつきはつか》の月《つき》いと明《あか》う、ここかしこの木《こ》の下《した》こ暗《ぐら》う、夕《ゆふ》まぐれならねど、もの恐《おそ》ろしきまで見《み》えわたるに、御格子《みかうし》もさながら、人々《ひとびと》は皆疾《みなと》く寄《よ》り臥《ふ》しつつ寝《ね》入《い》りたるに、例《れい》の寝覚《ねざめ》は、鳴《な》くや五月《さつき》の短夜《みじかよ》も明《あ》かしかねつつ、少《すこ》し端近《はしちか》くて、花橘《はなたちばな》の枝《え》もいとど昔恋《むかしこひ》しきつまとなりまさりつつ、その折《をり》かの折《をり》と思《おも》ひ出《い》づるに、「『なぞや。かからぬ人《ひと》も多《おほ》からむ世《よ》を。我《わ》が身《み》一《ひと》つ、世《よ》とともにものあはれに、心《こころ》の浮《う》かびたるよ』と、うち嘆《なげ》かれしは、いとけしからざりける心《こころ》なりや。など、さ思《おも》ひけむ。その折《をり》ばかりこそ、いささか、身《み》の人聞《ひとぎ》き目《め》やすきほどはあ

りけれ」など、つくづくとながめ出《い》で給《たま》ふにも、胸《むね》より余《あま》りて堪《た》へ難《がた》ければ、箏《さう》の琴《こと》を引《ひ》き寄《よ》せて、

今《いま》のごと過《す》ぎにし方《かた》の恋《こひ》しくは長《なが》らへましやかかる憂《う》き世《よ》に

と、いと音高《ねたか》くかき鳴《な》らし給《たま》ふ。

＊鳴くや五月の短夜　「ほととぎす鳴《な》くや五月《さつき》の短夜《みじかよ》も一人《ひとり》し寝《ぬ》れば明《あ》かしかねつも（時鳥が鳴く五月の短夜も、独り寝しているとなかなか明かしづらいものだ）」（『拾遺集』夏・よみ人しらず）を踏まえた表現。

＊花橘　「五月待つ花橘《はなたちばな》の香《か》をかげば昔の人の袖の香ぞする（五月の訪れを待つ花橘の香りをかぐと、古い知人の袖の香りがすることだ）」（『古今集』夏・よみ人しらず）を踏まえ、懐旧の情を示す表現。

✽寝覚《ねざめ》の絶えない日々の中で、五月二十日の月がとても明るい夜、思い余って、女君は箏の琴を奏でる。箏の琴といえば、かの少女の頃の夢に天人を引き寄せた楽器である。恋しく思い出すのは「過《す》ぎにし方《かた》」、亡き夫老関白のことだった。意に添わぬ不幸な結婚だと当時は思っていたけれど、今にして思えばその当時こそ、まだしも世間

体もよかったのに、と女君は思う。

　この演奏を実は男君が立ち聞きしていて、「ほかの男性に聞かれたら困るので、端《はし》近《ぢか》での演奏はしないようにと注意していたのに」と女君に言う。胸に収めきれずに奏でた箏までも止められてしまったら、彼女の思いはどこへぶつければよいのだろうか。

⑫ 男君《おとこぎみ》と女君《おんなぎみ》、互《たが》いに相手《あいて》を思《おも》いながらも心《こころ》はすれ違《ちが》う

その後も生霊の噂は絶えなかった。女君は深く傷つき、亡き夫老関白のことを恋しく思い出していた。だが、男君は、女君が噂を耳にしているのかを確かめることもできないでいた。そんな中、石山姫君を恋しがる尼上（男君の母）に少しの間姫君を返すべく、男君は女君と対面する。

男君《おとこぎみ》（内大臣《ないだいじん》）は、尼上《あまうえ》に石山姫君《いしやまのひめぎみ》をお返《かえ》しすることを切《き》り出《だ》そうとするが、それはとても具合《ぐあい》が悪《わる》く女君《おんなぎみ》（寝覚《ねざめ》の上《うえ》）には気《き》の毒《どく》なことなので、口《くち》ごもってなかなか言《い》い出《だ》しなさらないでいるのを、女君《おんなぎみ》は「やっぱりね。先日《せんじつ》の夜《よる》も、あれほど生霊《いきりょう》が現《あらわ》れて騒《さわ》いでいた様子《ようす》なのに、『こんなふうなことがあったのですよ』と、もしも真実《しんじつ》ではないとお思《おも》いならば、そうおっしゃるはずだろう。本当《ほんとう》に、事実《じじつ》だとお思《おも》いになっているのだろう。そうかといって、どうして、すっかりせっかちな心遣《こころづか》いをされることがあ

ろうか。かえって、表面上《ひょうめんじょう》はさりげなくて内心《ないしん》で思《おも》っていらっしゃるのが、ひどく恥《は》ずかしくつらいこと」と思《おも》い、また、「この人《ひと》（男君《おとこぎみ》）がちょっと何《なに》かをおっしゃるたびに、乱《みだ》れる私《わたし》の心《こころ》が、今《いま》にも今《いま》にも身《み》からさまよい出《で》ているのだろうかと、我《われ》ながら忌《い》まわしいけれど、もうどうでもいい、この人《ひと》に添《そ》い遂《と》げるような身《み》ではないし」とお思《おも》いで、たいそう穏《おだ》やかでおっとりとした様子《ようす》なので、内大臣《ないだいじん》（男君《おとこぎみ》）も、「生霊《いきりょう》の噂《うわさ》を聞《き》いていらっしゃるのだろうか、それとも聞《き》いていらっしゃらないのだろうか。ああ、この人《ひと》（女君《おんなぎみ》）に、これほどにも玉《たま》に瑕《きず》をつけて言《い》わせることよ」と、自分《じぶん》の身《み》までもが恨《うら》めしく悲《かな》しいので、涙《なみだ》もこぼれそうになりながら、「尼上《あまうえ》が、石山姫君《いしやまのひめぎみ》を恋《こい》しがって泣《な》かれる様子《ようす》が、罪《つみ》も得《え》そうに思《おも》われるので、ほんのちょっとお渡《わた》しして、また、二《に》、三日《さんにち》したらこちらへお渡《わた》ししましょう。と言《い》っても、あなたも退屈《たいくつ》にお思《おも》いでしょうし、お話《はな》し相手《あいて》にもと思《おも》っておりますので。ただ尼君《あまぎみ》が姫君《ひめぎみ》を恋《こい》しくお思《おも》いのご様子《ようす》を見《み》ると、たいそうお気《き》の毒《どく》なので、かのお心《こころ》を、ただしばしの間慰《あいだなぐさ》めましょう」とおっしゃる。

❖うち出《い》でむことの、いみじう我恥《われは》づかしう心苦《こころくる》しきに、堰《せ》きとどめ、つつみ、言《い》ひ出《い》で給《たま》はぬを、「さればよ。一夜《ひとよ》も、さばかり現《あら》はれ出《い》でてののしる気色《けしき》を、『さこそありしか』と、あらぬことと思《おぼ》さば、のたまはざらましやは。深《ふか》く、まことと思《おぼ》すなめり。いかでかは、さりとて、名残《なごり》なくひききりなる御心遣《おんこころづか》ひのあらむ。なかなか、さりげなくて思《おぼ》すらむこそ、いみじう恥《は》づかしう心憂《こころう》けれ」と、「この人《ひと》のほのめい給《たま》ふ度《たび》ごとに、乱《みだ》るる心《こころ》、今《いま》や今《いま》やあくがれ寄《よ》るらむとこそ、我《われ》ながらゆゆしけれど、さはれ、見《み》え果《は》つべき身《み》かは」と思《おぼ》せば、いとなだらかに、おほどきたる気色《けしき》に、大臣《おとど》も、「聞《き》きやし給《たま》ふらむ、聞《き》き給《たま》はずもやあらむ。あはれ、この人《ひと》に、かばかりも玉《たま》に瑕《きず》をつけて言《い》はするよ」と、我《わ》が身《み》さへ恨《うら》めしう悲《かな》しきに、涙《なみだ》もこぼれつつ、「尼上《あまうへ》の、小姫君《こひめぎみ》を恋《こ》ひ泣《な》き給《たま》ふさまの、罪得《つみえ》がましきを、あからさまに渡《わた》いたてまつりて、またも、二三日《ふつかみか》ありて渡《わた》いたてまつらむ。さるは、つれづれに思《おぼ》さるらむ、御語《おんかた》らひ人《びと》にもと思《おも》ひ侍《はべ》れば。思《おぼ》いたる気色《けしきみ》見るに、いみじういとほしければ、かの御心《おんこころ》を、ただしばしやらむ」となむのたまふ。

✲男君がなかなか話を切り出さないのを見て、女君は、「やっぱり、そうだ。生霊を本当に私のものだと思っていらっしゃるのだろう」と考え、「乱れる心が今にも身からさまよい出でて、女一の宮に取《と》り憑《つ》いているのだろうか」と恐れている。しかし男君は、女君の生霊は偽物だと考えており、噂が女君の耳に入ってはいないかとむしろ心配しているのだが、女君自身は、男君に心を乱される自分がおぞましい生霊になっている可能性を、内心否定しきれないでいる。

男君は、尼上（男君の母）は、生まれたばかりの石山姫君を引き取って以来ずっと共にいたため、姫君の留守中、恋しくてならない様子なので、ほんの二、三日の間、尼上のもとに石山姫君（本文「小姫君《こひめぎみ》」とあるがここは石山姫君のこと）をお返ししたいと用件を切り出す。それを聞いた女君は、「こんな、生霊になるような女の居る忌まわしい所に、大切な姫君を置いてはおけないということだろう」と内心穏やかではないが、まさかそう言えるわけもなく、姫君を返すしかなかった。

⑬　女君《おんなぎみ》、父入道《ちちにゅうどう》のもとへ移《うつ》る直前《ちょくぜん》、男君《おとこぎみ》と手紙《てがみ》を交《か》わす

女君は、次兄の新中納言に、女一の宮が療養《りょうよう》している間、父入道のいる西山《にしやま》（広《ひろ》沢《さわ》）へ移りたいと提案し、了解を得る。

男君《おとこぎみ》からの手紙《てがみ》には、

「とても窮屈《きゅうくつ》な物忌《ものい》みにまでも閉《と》じ込《こ》められて、籠《かご》に籠《こ》もって出《で》られないでいるようなのも、こうなのか」

と、女君《おんなぎみ》のことが気《き》がかりである旨《むね》を、いつものごとく尽《つ》きもせず書《か》いてあり、

「まさこが、珍《めずら》しく宮中《きゅうちゅう》から退出《たいしゅつ》しているようですが、会《あ》えませんのがとても気《き》がかりです。それにしても、必《かなら》ず帝《みかど》からのお言伝《ことづ》てがございますでしょうよ。ああ、あなた、どうかその帝《みかど》からの手紙《てがみ》を見《み》せてくださ い。もしお隠《かく》しになるのなら、この身《み》をもあなたとの縁《えん》をも、終《お》わりだ

と思《おも》いましょう」

などと、綿々《めんめん》と書《か》いていらっしゃる。

男君《おとこぎみ》がその場《ば》に居合《いあ》わせて避《さ》けようもないようなときに、帝《みかど》の手紙《てがみ》をちょうど御覧《ごらん》になったら、強《し》いて隠《かく》すのはかえって何《なに》か考《かんが》えがあるようなのがきまり悪《わる》いので、それは御覧《ごらん》になるのも仕方《しかた》がないけれど、男君《おとこぎみ》への隔《へだ》てのない心《こころ》を知《し》らせようとするといっても、「これが帝《みかど》のお手紙《てがみ》です」といって差《さ》し上《あ》げるのも、まことに不都合《ふつごう》に見聞《みき》きされそうなので、なんともその事《こと》には触《ふ》れないで、

「西山《にしやま》に、父入道殿《ちちにゅうどうどの》が体調《たいちょう》を崩《くず》して数日《すうじつ》になりまして、『心細《こころぼそ》いので、来《き》ておくれ』などと、心苦《こころぐる》しいような様子《ようす》でございますので、驚《おどろ》いて移《うつ》るところです」

と書《か》いただけで書《か》き終《お》わるのも、さすがによそよそしいだろうとお思《おも》いになるので、

魂《たましい》がさまよい出《で》るほど昔《むかし》からつらいけれど、こんなにも物思《ものおも》いをする

ことがあったでしょうか。
と書《か》き紛《まぎ》らわして、手紙《てがみ》をお出《だ》しになった。

❖「いとところせき物忌《ものいみ》にさへ閉《と》ぢ込《こ》められて、籠《こ》にこもりたらむも、かくや」と、おぼつかなきよし、例《れい》の、尽《つ》きせで、

「まさこが、めづらしくまかでて侍《はべ》るなるを、え見給《みたま》へぬこそ、いとおぼつかなけれ。さても、必《かなら》ず御言伝侍《おほんことづてはべ》らむかし。あが君《きみ》、あが君《きみ》、それ賜《たま》はせよ。隠《かく》させ給《たま》はば、身《み》をも世《よ》をも、限《かぎ》り限《かぎ》りとぞ思《おも》ひ侍《はべ》るべき」

など、こまごまと書《か》き給《たま》へる。

え避《さ》らず見合《みあ》ひ給《たま》ひたるとき、あながちに隠《かく》さむは、心《こころ》しもあるやうなべきがあいなさにこそ、見給《みたま》ふも苦《くる》しからね、隔《へだ》てなき心《こころ》を知《し》らせむとても、「これなむ御文《おほんふみ》」とて奉《たてまつ》らむも、いと便《びん》なく見《み》えきこえがましければ、いかにもそのことはかけず、

「西山《にしやま》に、例《れい》ならぬさまにて日《ひ》ごろになりぬれば、『心細《こころぼそ》きを、見《み》よ』など、

心苦《こころくる》しげに侍《はべ》れば、驚《おどろ》きながら渡《わた》り侍《はべ》るほどにてなむ」とばかりにて書《か》き閉《と》ぢめつるも、さすがに思《おぼ》されければ、

魂《たましひ》のあくがるばかり昔《むかし》より憂《う》けれどものを思《おも》ひやはする

と書《か》き紛《まぎ》らはして、出《い》だし給《たま》ひつ。

✲思うように女君に会えない間、男君は女君に長文の手紙を送るのが常になっている。そして帝への嫉妬《しっと》心から、ついに、帝の手紙をよこして見せてほしいと女君に要求するほどになった。もちろん女君は、そんな要求には従えない。胸の内を明かせない代わりに、女君は「魂《たましひ》の」の歌をさりげなく書き紛らわして、使いに託した。この歌は二通りの解釈が可能で、「魂がさまよい出ていた昔からつらかった」とみるものと、「魂がさまよい出ている今ほど物思いを昔はしていただろうか」との両説がある。いずれにしても、女君の悲しみが痛々しい。

女君自身はお忍びで目立たぬように父入道のもとへ行きたいと思うが、昔とは違い、なんといっても故老関白の妻という重々しい身で、ちょっとした外出にもお付きの者たちが大勢ついてくる。また広沢の地も、老関白が生前、自分も終《つい》の住処《すみか》はここにと

決めて、新たな建物を多く作り広げていたため、昔の様子とはうって変わってしまっていた。

そのような中で、女君は父入道の妹（女君の叔母《おば》）である前斎宮《さいぐう》との対面があった。前斎宮は出家し、穏やかに仏道修行しながら、兄入道と静かに暮らしていた。女君はその様子をうらやましく思うのだった。

⑭ 女一《おんないち》の宮《みや》、ようやく快方《かいほう》に向《む》かうも、男君《おとこぎみ》の不安《ふあん》止まず

娘を心配した朱雀院《すざくいん》が迎えた女一の宮は、場所柄か、祈禱《きとう》の甲斐《かい》あってか、六月初め頃からは病から快復してきたが、大皇《たいおう》の宮《みや》の心配は緩《ゆる》むどころか、ますます内大臣（男君）を女一の宮のもとにとどめようとしていた。

女一《おんないち》の宮《みや》のご容態《ようだい》はどうなのか、どうなのかとお見《み》えになっていたが、一命《いちめい》を取《と》り留《と》めなさったご様子《ようす》をも、内大臣《ないだいじん》（男君《おとこぎみ》）は嬉《うれ》しく、しみじみと愛《いと》おしい心《こころ》は疎《おろそ》かではないけれど、もう一方《いっぽう》の心《こころ》には、「長年《ながねん》、女君《おんなぎみ》への恋《こい》に身《み》を焦《こ》がして嘆《なげ》き、思《おも》い続《つづ》けて、かろうじて隙《すき》があって、あの人《ひと》（女君《おんなぎみ》）も心《こころ》を緩《ゆる》めた時《とき》に、女君《おんなぎみ》の生霊《いきりょう》という驚《おどろ》きあきれたことを言《い》い出《だ》して、深《ふか》く思《おも》い疎《うと》んじられて隔《へだ》たっているのは、全《まった》く不本意《ふほんい》で、悲《かな》しいことだ」と思《おも》い続《つづ》けると、世《よ》の中《なか》がたいそうつまらなく思《おも》えて、「この人《ひと》（女《おんな》君《ぎみ》）恋《こい》しさ故《ゆえ》にこそ、もしかしたら、心《こころ》が慰《なぐさ》められることもあろうかと、

女一《おんないち》の宮《みや》との結婚《けっこん》を思《おも》いついたのに、慰《なぐさ》むこともなく、それ以上《いじょう》にあまりにひどいお扱《あつか》いぶり、お心構《こころがま》えのたいそうつらい御辺《おんあた》りで、ほんとうにあの人《ひと》（女君《おんなぎみ》）のため、世間体《せけんてい》の悪《わる》い事《こと》を言《い》い出《だ》して、思《おも》っていたのとは反対《はんたい》にされてしまったのは、恨《うら》めしく憂鬱《ゆううつ》なことだなあ。どうしてこうなのか。幾《いく》らも長《なが》くはない一度《いちど》きりの人生《じんせい》に、こんなふうではなくて、心安《こころやす》らかでありたいものなのに」と、男君《おとこぎみ》は考《かんが》えていた。

❖いかにいかに見《み》え給《たま》ひつるに、消《き》え返《かへ》り給《たま》へる御有様《おんありさま》をも、うれしう、あはれなる方《かた》は疎《おろ》かならねど、片《かた》つ方《かた》の心《こころ》には、「年《とし》ごろ、燃《も》え焦《こ》がれて恋《こ》ひ嘆《なげ》き、思《おも》ひ思《おも》ひて、からうして隙《ひま》あり、人《ひと》もうちゆるびつるほどに、あさましきことを言《い》ひ出《い》でて、深《ふか》く思《おも》ひうとまれ隔《へだ》たるは、よに本意《ほい》なく、いみじきわざなりや」と思《おぼ》し続《つづ》くるに、世《よ》の中《なか》いとあぢきなく、「この人《ひと》ゆゑこそ、もし、姨捨《をばすて》ならぬこともやと、思《おも》ひ寄《よ》りきこえさせしか、慰《なぐさ》む方《かた》はなかりしものから、あまりの御《おん》もてなし、心構《こころがま》へのいと心憂《こころう》き御《おん》あたりにて、げに人《ひと》のため、世《よ》の音聞《おとぎ》き心憂《こころう》きことを言《い》ひ出《い》でて、本意《ほい》のこと逆《さか》へられたるは、妬《ねた》く心憂《こころう》きわざかな。なぞや。幾《いく》世《よ》なき世《よ》に、かからで、心《こころ》やすくてこそあべかりけれ」。

✲内大臣は正妻である女一の宮の快復を心から喜び、安堵《あんど》している。しかし、なんといっても、女一の宮の母大皇の宮の心持ちや仕打ちがあまりにもひどく、女一の宮との結婚を後悔することも多かった。男君は、女一の宮の父朱雀院が御覧《ごらん》になっているのも気が引けるので、女一の宮を自邸に移した。

一方、石山姫君《いしやまのひめぎみ》は、母君（女君）としばしの間慣れ親しんでいたのに、また離ればなれになったことでふさぎこんでしまった。しかし女君は生霊の噂のことで深く思いつめているので、広沢（西山）からすぐには戻りそうにないと、姫君の乳母《めのと》は男君に告げる。男君は、手紙では限界があり、自分の思いを伝えきれないと嘆くが、女君からの返事はいつも「広沢から京《みやこ》に戻りましたら、直接お話しします」とあるだけで、いっこうに女君が戻る気配はなかった。男君は自分のきょうだいである中宮とも話をするが、やはり帝《みかど》が女君に深く執着していることや、大皇の宮の策略を聞き、ますます不安が募る。その後も、女一の宮の病が再び悪化して苦しんでいるときには夫として付き添わねばならず、女君のいる広沢（西山）に出向くのも難しいまま、日が過ぎていった。

★コラム　姨捨《おばすて》

姨捨は「我が心なぐさめかねつ更級《さらしな》や姨捨山に照る月を見て（自分の心を慰めかねてしまったよ、更級の地よ。姨捨山に美しく照る月を見て）」（『古今集』雑上・よみ人知らず）にちなんだ表現。「姨捨《をばすて》ならぬこともや」とは、「『私の心を慰めかねる』状態ではないこともあろうか」、つまり「自分の心が慰められる」のを期待していたことを表している。

なお、『大和物語《やまとものがたり》』、『今昔物語集《こんじやくものがたりしゆう》』には、この歌と関連するとして棄老《きろう》伝説（老人を山に捨てるという型の話）が伝えられるが、「姨捨」とこの『古今集』の歌との関連性は認められず、おそらく「姨捨山」の地名にひかれてのことと考えられている。姨捨山も、平安時代から鎌倉時代にかけて、月の名所として知られていた。

◆巻五

前巻の終わりの内大臣（男君）が嘆きをきょうだいの中宮に訴える場面から舞台は変わり、広沢《ひろさわ》に滞在している寝覚《ねざめ》の上《うえ》（女君）の述懐へと移る。

①　女君病《おんなぎみやまい》づき、出家《しゅつけ》を決意《けつい》する

西山《にしやま》（広沢《ひろさわ》）では、五月末頃《ごがつまつごろ》から女君《おんなぎみ》は気分《きぶん》が優《すぐ》れず苦《くる》しくお感《かん》じになるが、自分《じぶん》でも「こんなに物思《ものおも》いを重《かさ》ねては、どうして体調《たいちょう》が悪《わる》くならないことがあろうか。命《いのち》もあまり長《なが》くはあるまい」と思《おも》われるが、日《ひ》が経《た》つにつれ、いよいよひどくなっていくばかりで、体調《たいちょう》を崩《くず》している女一《おんないち》の宮《みや》の真似《まね》のように見《み》えても具合《ぐあい》が悪《わる》いので、「暑気《しょき》あたりなのでしょう」と、しいて何気《なにげ》ないふうに振《ふ》る舞《ま》いながら、前斎宮《ぜんさいぐう》のご生活《せいかつ》を「しみじみとうらやましいぐらいに行《おこな》い澄《す》ませていらっしゃることよ。幸《さいわ》いなどという面《めん》では人《ひと》に優《すぐ》れることは難《むずか》しく、なかなか思《おも》うようにはならないが、現世《げんせ》を捨《す》ててこのように仏道修行《ぶつどうしゅぎょう》に明《あ》け暮《く》れるのは、とても心安《こころやす》らかなことであるに違《ちが》いない。少《すこ》し物心《ものごころ》がついてから『何《なに》ごとも人《ひと》より優《すぐ》れて、奥《おく》ゆかしく、世間《せけん》からも、まことに思慮深《しりょぶか》い人《ひと》と思《おも》われて、何《なん》となく趣《おもむき》を感《かん》じさせる人《ひと》でありたい』と、自分《じぶん》に期待《きたい》を抱《いだ》いて思《おも》い上《あ》がっていたけれど、時《とき》とともに、つらい我《わ》が身《み》であることよと物思《ものおも》いに心《こころ》を砕《くだ》き、軽々《かるがる》しいよくない評判《ひょうばん》ばかりを流《なが》しては、人《ひと》にも言《い》い誹《そし》られ、非難《ひなん》を浴《あ》びる身《み》として過《す》ごすのは、ほんとうにつらく情《なさ》けない。昔《むかし》、あれほどしかるべき身内《みうち》の人《ひと》たちにも疎《うと》んじられ、何《なに》かと悪《わる》く言《い》われて、ここに移《うつ》ってきた時《とき》などに、深《ふか》く考《かんが》えずに髪《かみ》などをも削《そ》いで尼《あま》になっていたならば、さしあたって当座《とうざ》は具合《ぐあい》が悪《わる》いことだと思《おも》われたりするようだとしても、父入道《ちちにゅうどう》などもいたしかたのないことと、私《わたし》の出家《しゅっけ》を受《う》け止《と》めてお扱《あつか》いになり、どんなに悩《なや》みもなく爽《さわ》やかに、この世《よ》にも自然《しぜん》と心安《こころやす》らかに落《お》ち着《つ》いて暮《く》らし、後世《ごせ》のこともまたどんなにか頼《たの》もしく、世間体《せけんてい》としても思慮深《しりょぶか》い女《おんな》として通《とお》ったであろうものを。残念《ざんねん》なことにそういった生《い》き方《かた》を思《おも》いも寄《よ》らず、ぐずぐずと生《い》き長《なが》らえるばかりで、この身《み》をあちらこちらに漂《ただよ》わせて、細《こま》やかに愛《あい》情《じょう》をかけてくださった故老関白《ころうかんぱく》の御心《おこころ》を、この上《うえ》もなく心《こころ》にしみて思《おも》い出《だ》し偲《しの》ぶものの、心労《しんろう》が絶《た》えないことだ。まして今《いま》は悲《かな》しいこともつらいこともいやというほど思《おも》い知《し》り、その上《うえ》、生霊《いきりょう》として女一《おんないち》の宮《みや》にとりついたなどという忌《い》まわしい評判《ひょうばん》まで流《なが》して、いつもこの世《よ》でも落《お》ち着《つ》かず、浮《う》き漂《ただよ》うようにしてばかり過《す》ごしているのを思《おも》うと、ほんとに悔《くや》しく残念《ざんねん》で、まして後世《ごせ》はどんなにか、古歌《こか》に『暗《くら》きより暗《くら》きに入《い》らむ道《みち》』というように、いよいよ暗《くら》いところを入《はい》っていく、そんな道《みち》をたどるのもどんなに耐《た》えがたいだろう。体調《たいちょう》もとても苦《くる》しいばかりなのは、命《いのち》も長《なが》くはなさそうなので、この機会《きかい》にこのまま出家《しゅっけ》してしまいたいものだ」

❖かしこには、五月《さつき》つごもりごろより、御心地《おんここち》例《れい》ならず苦《くる》しう思《おぼ》さるれど、我《われ》ながら、「いとかくものを思《おも》ひ入《い》らむに、いかでか苦《くる》しからぬやうあらむ。命《いのち》もあまりはえ堪《た》へじ」と思《おぼ》ゆるに、日《ひ》に添《そ》へては、いといみじくのみなりまさり給《たま》へど、もの真似《まね》びのやうならむもかたはらいたければ、「暑気《あつけ》なめり」と、せめてさらぬ顔《がほ》にもてない給《たま》ひつつ、斎宮《さいぐう》の御有様《おんありさま》を、「あはれにうらやましくも行《おこな》ひすまさせ給《たま》ふかな。幸《さいは》ひなどいふ方《かた》こそ、人《ひと》に優《すぐ》れむこと難《かた》く、思《おも》ふに叶《かな》はざらめ、この世《よ》を捨《す》ててかやうに行《おこな》ひてあらむことは、いとやすかべいことなりかし。少《すこ》し物思《ものおも》ひ知《し》られしより、『何事《なにごと》も人《ひと》に優《すぐ》れて、心《こころ》にくく、世《よ》にも、いみじく有心《う》に深《しんふか》きものに思《おも》はれて、何《なに》となくをかしくてあらばや』と、身《み》を立《た》てて思《おも》ひ上《あ》がりしに、世《よ》と共《とも》には、いみじと物《もの》を思《おも》ひくだけ、あはつけうよからぬ名《な》をのみ流《なが》して、人《ひと》にも言《い》はれ誹《そし》られ、世《よ》のもどきを取《と》る身《み》にて過《す》ぐすは、いみじく心憂《こころう》くあぢきなうもあるかな。昔《むかし》、さばかりさべき人々《ひとびと》にも疎《うと》まれ言《い》はれたてまつりて、移《うつ》ろひしほどなど、あふなう髪《かみ》などをも削《そ》ぎやつしてましかば、さしあたりしその折《をり》こそうたてあるやうなりとも、入道殿《にふだうどの》も言《い》ふかひなくその方《かた》にもてない給《たま》ひて、いかに思《おも》ふことなう、さはやかに、この世《よ》もおのづから住《す》み着《つ》き、後《のち》の世《よ》はた、いかに頼《たの》もしく、人聞《ひとぎ》きも物思《ものおも》ひ知《し》り顔《がほ》にてはやみなましものを。口惜《くちを》しく、さやうの筋《すぢ》を思《おも》ひも寄《よ》らず、たゆたゆしくてのみ長《なが》らへて、身《み》をとざまかうざまに漂《ただよ》はいて、懇《ねんご》ろなりし人《ひと》の御心《おんこころ》ざしを、こよなうあはれと思《おも》ひ出《い》で偲《しの》べども、いと心尽《こころづ》くしなり。まいて、憂《う》きをもつらきをも尽《つ》きせず思《おも》ひ知《し》り、疎《うと》ましげなる名《な》をさへ流《なが》し添《そ》へ、常《つね》に世《よ》にもありつかず浮《う》き漂《ただよ》ひてのみ過《す》ぐすを思《おも》ふに、いみじく口惜《くちを》しく、まして後《のち》の世《よ》いかばかり、暗《くら》きより暗《くら》きに入《い》らむ道《みち》の辿《たど》りも堪《た》へ難《がた》からむ。心地《ここち》もいと苦《くる》しくのみあるは、命《いのち》も長《なが》らふまじげなめるを、このついでにやがて世《よ》を背《そむ》きなばや。

＊暗きより暗きに入らむ道　「暗《くら》きより暗《くら》き道《みち》にぞ入《い》りぬべき遥《はる》かに照《て》らせ山《やま》の端《は》の月《つき》（煩悩の闇から闇へと迷い込んでしまいそうだ。遥かに照らしてほしい、山の端にかかる月よ）」（『拾遺集』哀傷・和泉式部）を踏まえた表現。

✿女君（寝覚の上）の我が身を振り返る長い述懐から本巻は始まる。なかなか途切れない息の長い文章は、彼女の心中の煩悶《はんもん》を語って余りある。

さて、父入道の妹の前斎宮もまた広沢で暮らしていた。叔母《おば》の清らかで心静かな生活に女君は憧《あこが》れるが、退下《たいげ》後も結婚せず、出家した前斎宮とは異なり、女君には多くの係累がいる。出家を決意したこの場面の直後には石山姫君《いしやまのひめぎみ》（実子）、小姫君（姉大君《おおいぎみ》の遺児）、故老関白の三人の娘たちへと思いをめぐらせる。そして子どもたちの将来は何とか憂いがなく過ごせるだろうと判断し、父入道に出家の意志を告げる。

② 広沢《ひろさわ》の父入道《ちちにゅうどう》、娘《むすめ》（女君《おんなぎみ》）の出家《しゅつけ》を了承《りょうしょう》する

女君（寝覚の上）の生霊の噂を知る由もなく、ただひたすら体調不良を訴えて出家を切望する娘に、父入道はやむなく出家することを許す。

入道《にゅうどう》は心中《しんちゅう》で「この人《ひと》（寝覚《ねざめ》の上《うえ》）は何《なん》と言《い》っても多《おお》くの人《ひと》のお世話《せわ》をし、親《おや》の身《み》になっておられるのに、私《わたし》は親《おや》であると言《い》いながら、思《おも》いがけなく出家《しゅつけ》させたら、縁故《えんこ》の人々《ひとびと》から非難《ひなん》されるに違《ちが》いないことだが、ただなんの事情《じじょう》もなくおっしゃるのならどうかと思《おも》うが、まったくこのように長《なが》いご病気《びょうき》で泣《な》きながらおっしゃるのに、人《ひと》の非難《ひなん》や将来《しょうらい》をあまり気《き》にしすぎて、決心《けっしん》のほどを聞《き》き過《す》ごすとしたら、後悔《こうかい》でたいそう心苦《こころぐる》しいことであろう。この人《ひと》（寝覚《ねざめ》の上《うえ》）は幼《おさな》い時《とき》からこの世《よ》の人《ひと》とは思《おも》われず、この世《よ》に仮《かり》に人《ひと》として生《せい》を受《う》けた変化《へんげ》の人《ひと》ではないかと思《おも》われるばかり、不《ふ》吉《きっ》にすら感《かん》じられるほどで、あまりにもすべてこんなに優《すぐ》れておられるの

は、ほんとうに、この末世《まつせ》ではかえって思《おも》うにまかせない様子《ようす》でいらっしゃるのだ。寿命《じゅみょう》にしても千歳《ちとせ》の松《まつ》でもないのだから、いつまでもというわけにもいくまい」とお思《おも》いになるので、「二十五《にじゅうご》、六日頃《ろくにちごろ》が出家《しゅつけ》には良《よ》き日《ひ》のようです。その日《ひ》に実行《じっこう》いたしましょう。ただ気持《きも》ちを強《つよ》く持《も》って、お薬湯《やくとう》などをお召《め》し上《あ》がりください」と、泣《な》きながらお慰《なぐさ》めになるので、女君《おんなぎみ》は命《いのち》もこの出家《しゅつけ》にかかっているような気《き》がして、ちょっとした果物《くだもの》などをほんの少《すこ》しお召《め》し上《あ》がりになって、御法服《おんほうふく》などをこっそりとご準備《じゅんび》させなさるのを、大弐《だいに》の北《きた》の方《かた》（かつての対《たい》の君《きみ》）や側近《そっきん》の女房《にょうぼう》である少将《しょうしょう》などは、まったく驚《おどろ》き悲《かな》しむけれど、ご自身《じしん》の御心《おこころ》に固《かた》く決意《けつい》なさっていることであり、父入道殿《ちちにゅうどうどの》が承諾《しょうだく》なさって出家《しゅつけ》の日《ひ》取《ど》りまで近々《ちかぢか》にお約束《やくそく》なさったことを聞《き》くにつけても、茫然《ぼうぜん》として、内々《うちうち》に泣《な》きこがれてお止《と》め申《もう》し上《あ》げるのを、女君《おんなぎみ》はひどくつらく恨《うら》めしいこととお思《おも》いになって、お聞《き》き入《い》れになりそうもない。

❖「さすがにあまたの御人扱《おんひとあつか》ひせし親《おや》ざまになり給《たま》へるを、親《おや》と言《い》ひながら、ゆくりなくやつしきこえむ、類《るい》にふれて世《よ》のもどかれありぬべきことなれど、ただにてのたまはばこそあらめ、いとかく久《ひさ》しき御心地《おんここち》にて泣《な》く泣《な》くのたまふを、人《ひと》のもどき、行《ゆ》く末《すゑ》をあまり辿《たど》りて聞《き》き過《す》ぐさむ、後《のち》の悔《く》い、いと心苦《こころくる》しかるべきことなり。幼《をさな》くよりこの世《よ》の人《ひと》とはおぼえず、仮《かり》に生《む》まれ出《い》でたる変化《へんぐゑ》の人《ひと》にやとのみゆゆしうおぼえしを、あまりいとかくすぐれ給《たま》へる、げに、末《すゑ》の世《よ》には、思《おも》ふに叶《かな》はぬさまにておはするなり。命《いのち》も千歳《ちとせ》の松《まつ》にしもおはせじ」と思《おぼ》せば、「二十五《にじふご》、六日《ろくにち》なむ、さやうのことによき日《ひ》なる。それにないたてまつらむ。ただ心《こころ》を強《つよ》く思《おぼ》して、御湯《おんゆ》などを聞《き》こしめせ」と、泣《な》く泣《な》く慰《なぐさ》めきこえ給《たま》ふに、命《いのち》もかかる心地《ここち》して、はかなき果物《くだもの》など夢《ゆめ》ばかり御覧《ごらん》じ入《い》れつつ、御法服《おんほふふく》など、忍《しの》びて心設《こころまう》けせさせ給《たま》ふを、大弐《だいに》の北《きた》の方《かた》、少将《せうしやう》などは、さらにあさましういみじけれど、みづからの御心《おんこころ》に深《ふか》う思《おぼ》し立《た》ちにたり、入道殿《にふだうどの》もうけひききこえ給《たま》ひて、日《ひ》をさへいと近《ちか》う契《ちぎ》り給《たま》ひつるを聞《き》くも、物《もの》おぼえず、内々《うちうち》に泣《な》き焦《こ》がれきこえとどむるをば、いと憂《う》く恨《うら》めしと思《おぼ》して、聞《き》き入《い》れ給《たま》ふべくもあらず。

✲父入道の「幼《をさな》くよりこの世《よ》の人《ひと》とはおぼえず、仮《かり》に生《む》まれ出《い》でたる変化《へんぐゑ》の人《ひと》にやとのみゆゆしうおぼえし」（幼い時からこの世の人とは思われず、この世に仮に人として生を受けた変化の人ではないかと思われるばかり、不吉にすら感じられる）という思いの背景には、『竹取物語』の翁《おきな》がかぐや姫を「変化《へんげ》の人」と称したことが思い起こされよう。巻一にも見られたように、女君にはかぐや姫の姿が揺曳《ようえい》しているといえる。ところで、大弐の北の方（もとの対《たい》の君《きみ》）は宮中にいたはずだが、女君の決意を聞いて駆けつけたか。

なお、「末《すゑ》の世《よ》」とは仏教で釈迦《しやか》入滅《にゆうめつ》後、遠く隔たって仏法が衰えた世のこと。末法《まっぽう》。この作品が描かれた平安後期には、一〇五二年に末法に入るとされ、当時の人々の不安が文学作品や絵画などに反映されている。

前段の女君の心中思惟から父入道の心中思惟へと叙述は進み、それぞれの思いの交錯、ずれは読者だけが知ることとなる。

③ 男君《おとこぎみ》、広沢《ひろさわ》の入道《にゅうどう》に全《すべ》てを打《う》ち明《あ》ける

広沢に来ていた、もと対《たい》の君《きみ》と呼ばれて中の君時代の女君（寝覚の上）をお世話していた大弐の北の方は出家の話に驚き、その旨を内大臣（男君）に告げる。驚いた内大臣は石山姫君とまさこ君を伴い広沢に行き、言葉を尽くして女君に翻意《ほんい》を迫るが、女君の決心は固い。そこで内大臣は女君の父入道にすべてを打ち明けて、彼女の出家をとどめようとする。

「自然《しぜん》お聞《き》き及《およ》びになっておられたでしょう。私《わたくし》がまだ身分《みぶん》も低《ひく》く若《わか》かった頃《ころ》、心《こころ》の赴《おもむ》くままに浮気《うわき》をして歩《ある》いたところで、厳《きび》しく非難《ひなん》されるようなこともございませんでしたが、他人事《ひとごと》として見《み》てもよくないと思《おも》われることを、自分《じぶん》はそうはすまいと自制《じせい》しておりました。しかし、思《おも》いもかけずあの方《かた》（寝覚《ねざめ》の上《うえ》）をお見初《みそ》めして、私《わたくし》もあの方《かた》もお互《たが》いが誰《だれ》かもわからず、思《おも》い惑《まど》い、このような女性関係《じょせいかんけい》のことには心《こころ》を乱《みだ》すまいと思《おも》ってお

りました信念《しんねん》もむなしく、明《あ》けても暮《く》れてもその方《かた》に心《こころ》を奪《うば》われておりましたところに、あなたさま（父入道《ちちにゅうどう》、当時《とうじ》は太政大臣《だいじょうだいじん》）の婿《むこ》にとお召《め》しがありまして、私《わたくし》の父大臣《ちちおとど》（関白左大臣《かんぱくさだいじん》）もありがたいこととお勧《すす》めになりましたので、太政大臣家《だいじょうだいじんけ》に婿《むこ》として住《す》みつきまして、一方《いっぽう》では身《み》に余《あま》るもったいない御恩顧《ごおんこ》を感謝申《かんしゃもう》し上《あ》げる気持《きも》ちも深《ふか》いものでありながら、私《わたくし》の誰《だれ》にも言《い》えない人知《ひとし》れぬ物思《ものおも》いが我《わ》が身《み》を離《はな》れずおりましたところを、その人《ひと》が妻《つま》の妹《いもうと》の中《なか》の君《きみ》（寝覚《ねざめ》の上《うえ》）様《さま》であると夢《ゆめ》のように聞《き》きつけ申《もう》しましても、大君《おおいぎみ》の婿《むこ》となった今《いま》ではどうすることができましょう。取《と》り乱《みだ》して『それではこの方《かた》だったのだ』と本心《ほんしん》を表《おもて》に出《だ》すべきことでもないので、ただはかなかった契《ちぎ》りを恨《うら》めしく思《おも》っておりましたが、伴《ともな》ってきたこの姫《ひめ》君《ぎみ》は、あの時《とき》の夢《ゆめ》のようなはかない契《ちぎ》りで生《う》まれましたのを、事情《じじょう》を知《し》る者《もの》たちが嘆《なげ》き考《かんが》えて、行方《ゆくえ》が知《し》れないように扱《あつか》ってしまおうといたしましたのを、無理《むり》にひっそりと手元《てもと》に尋《たず》ね取《と》り、どこから引《ひ》き取《と》ったともなしに長年育《ながねんそだ》ててまいりまして、今《いま》ようやくすっかり分別《ふんべつ》のつく年《とし》ごろともなって参《まい》りましたようです。

　まさこの場合《ばあい》も、もしや懐妊《かいにん》したのではないかなどと思《おも》っておりましたうちに、故関白《こかんぱく》の大臣《おとど》（老関白《ろうかんぱく》）に嫁《とつ》がせておしまいになった時《とき》、自分《じぶん》のためにも寝覚《ねざめ》の上《うえ》（女君《おんなぎみ》）様《さま》のためにも困《こま》ったことだと思《おも》いましたが、妻《つま》の大君《おおいぎみ》が存命中《ぞんめいちゅう》で、彼女《かのじょ》を浅《あさ》くも思《おも》っておりませんでした私《わたくし》の心《こころ》には、その夫婦仲《ふうふなか》をいい加減《かげん》なものに思《おも》うことは許《ゆる》されるはずもなかったので、遠慮《えんりょ》されまして、寝覚《ねざめ》の上様《うえさま》のご結婚《けっこん》に関《かん》してとやかく申《もう》し上《あ》げることもできず、夢路《ゆめじ》に惑《まど》うような気持《きも》ちで関《かか》わりのないこととして耳《みみ》にするほかありませんでしたが、少《すこ》しの間《あいだ》も忘《わす》れるときはなく、胸中《きょうちゅう》心《こころ》安《やす》からず悩《なや》み続《つづ》けておりました苦《くる》しさに、何《なに》かと心《こころ》が慰《なぐさ》むこともあろうかと、不思議《ふしぎ》なぐらい真面目《まじめ》に過《す》ごしてきた心《こころ》を変《か》えて、朱雀院《すざくいん》の女一《おんないち》の宮《みや》との結婚《けっこん》も思《おも》い寄《よ》りましたが、それによって心《こころ》が安《やす》まるはずもなく、大君《おおいぎみ》には深《ふか》く恨《うら》みに思《おも》われ、あなた様《さま》にもおろかで失礼《しつれい》なものと思《おも》われたことは、そのつらさも甚《はなは》だしく思《おも》い続《つづ》けられながら、機会《きかい》がなくてはとても申《もう》し出《だ》せずにおりましたので、私《わたくし》も女君《おんなぎみ》も心安《こころやす》らかであるような時期《じき》をも待《ま》っておりましたが、なんでまた女一《おんないち》の宮《みや》との結婚《けっこん》に心《こころ》が傾《かたむ》いたのだろうかと」（略）

❖「おのづから聞《き》こし召《め》しおはしましけむ。まだ下臈《げらふ》に若《わか》く侍《はべ》りしほど、心《こころ》のままに好《す》きまかり歩《あり》かむを、許《ゆる》しなうもどき誹《そし》らるべきやうも侍《はべ》らざりしかど、人《ひと》の上《うへ》にてもどかしう見《み》ゆることを、さはあらじと思《おも》ひ給《たま》へとめ侍《はべ》りしを、不意《ふい》に見《み》たてまつり初《そ》めて、我《われ》も人《ひと》も行方《ゆくへ》も知《し》らず思《おも》ひ給《たま》へ惑《まど》ひ、かかる思《おも》ひに心《こころ》を乱《みだ》さじと思《おも》ひ給《たま》へし本意《ほい》もなく、明《あ》け暮《く》らすそらなう思《おも》ひ給《たま》へしほどに、殿《との》に召《め》し侍《はべ》りしに、大臣《おとど》、かしこきことと勧《すす》めものせられしかば、参《まゐ》りつき侍《はべ》りて、かつは身《み》に余《あま》りてかしこき御顧《おんかへり》みを思《おも》ひ給《たま》へ知《し》る方《かた》も浅《あさ》からずながら、私《わたくし》の人知《ひとし》れぬ思《おも》ひ、身《み》を離《はな》れず侍《はべ》りしに、夢《ゆめ》のやうに聞《き》きつけたてまつりても、今《いま》はいかがは。乱《みだ》りがはしく、『さは、これなりけり』と、もとの心《こころ》をあらはし出《い》づべきにも侍《はべ》らざりしかば、ただはかなかりける契《ちぎ》りを恨《うら》み思《おも》ひ給《たま》へしに、この姫君《ひめぎみ》の、夢《ゆめ》ばかりの契《ちぎ》りに侍《はべ》りけるを、その心知《こころし》るどち嘆《なげ》き思《おも》ひて行方《ゆくへ》なきやうにもてなしつべう侍《はべ》りしを、あながちに忍《しの》び尋《たず》ね取《と》りても、いづくよりともなくて年《とし》ごろは育《はぐく》み生《お》ほしたてて侍《はべ》りしほどに、今《いま》、やうやう物思《ものおも》ひ知《し》る際《きは》にもなり果《は》て侍《はべ》るめり。まさこをも、もし、さる気色《けしき》にやなど思《おも》ひ給《たま》へしほどに、故関白《こくわんぱく》の大臣《おとど》に放《はな》たせ給《たま》ひしほどに、我《わ》がため、人《ひと》のため、いみじきことにもあるかなと思《おも》ひ給《たま》へしかど、昔人《むかしびと》ものせられしほどにて、彼《かれ》を浅《あさ》くも思《おも》ひきこえざりし心《こころ》には、それをよろしう思《おも》ひ許《ゆる》さるべうも侍《はべ》らざりしに、つつみ思《おも》ひ給《たま》へて、ともかくも申《まう》し出《い》でむ方《かた》なく、夢路《ゆめぢ》に惑《まど》ふやうにてよそに聞《き》きなし侍《はべ》りにしを、片時《かたとき》も思《おも》ひ怠《おこた》らず、胸《むね》、心安《こころやす》からずのみ思《おも》ひ給《たま》へられしが苦《くる》しさに、ことと慰《なぐさ》むこともやと、あやしきまでまめになりおき侍《はべ》りにし心《こころ》を改《あらた》めて、朱雀院《すざくゐん》の宮《みや》の御事《おんこと》も思《おも》ひ寄《よ》りにしを、それに心《こころ》の休《やす》まるやうはなきものから、昔《むかし》の人《ひと》には深《ふか》う恨《うら》みおかれ、御前《おまへ》にもおろかになめげなるものに聞《き》こし召《め》しおかれ侍《はべ》りし憂《うれ》へ高《たか》く思《おも》ひわたり侍《はべ》りながら、ついでならではえ聞《き》こえさせ出《い》でず侍《はべ》るを、我《われ》も人《ひと》も心安《こころやす》かりぬべき折《をり》をも待《ま》ち出《い》で侍《はべ》りけるを、何《なに》しに思《おも》ひ寄《よ》りし心《こころ》なりと」（略）

✤女君の父、入道のもとに子どもたちを連れて参上した内大臣（男君）は、女君とのそもそもの出会いから今までの経過を縷々《るる》語る。契った相手が誰かもわからず悩んだ日々、大君との結婚、不明だった相手が妻の妹と知ったときの衝撃、子どもたちのこと、女一の宮を迎えた時のこと、さらに大皇《たいおう》の宮《みや》の不興、女君のつれなさと出家の願いを聞いて、入道にすべてを打ち明けようと決心して参上したことなどなど。事の次第にただただ驚くばかりの入道。あらためて二人のこれまでが確認されるが、この告白が男君側からのとらえ方であるところは注意される。同じ事柄でありながら、男君と女君とのとらえ方には懸隔《けんかく》があるが、その両者側から語られることは物語世界を立体的に構築していくことでもある。そしてさらにそこに父入道の思いも重なっていく。

④ 男君《おとこぎみ》、入道《にゅうどう》に子《こ》どもたちへの親心《おやごころ》を訴《うった》える

男君（内大臣）の思いがけない告白に父入道は驚くばかり。男君は子どもたちへの親心を吐露《とろ》して入道に訴える。事の真実を知った入道も、自らの不明を恥じる。男君は、女君（寝覚の上）の出家を止めるべく、さらに父入道への説得を続けていく。

「それにしても、御出家《ごしゅっけ》なさる寝覚《ねざめ》の上様御自身《うえさまごじしん》はよろしいでしょうが、男《おとこ》の子《こ》はなるほど自然《しぜん》に成長《せいちょう》しますでしょう、しかし、女《おんな》の子《こ》である姫君《ひめぎみ》は幼《おさな》いうちでこそほんとうに乳母《めのと》の懐《ふところ》一《ひと》つをこの上《うえ》ない深窓《しんそう》として大事《だいじ》に頼《たの》みにして育《そだ》ちもしましたのですが、だんだん成長《せいちょう》して年頃《としごろ》となり、あと一《ひと》つ二《ふた》つ年《とし》が加《くわ》わりましたなら、将来《しょうらい》の運命《うんめい》はわかりませんが、宮仕《みやづか》えでもさせようと心《こころ》に決《き》めておりましたところ、女御《にょうご》、后《きさき》などという限《かぎ》りない尊《とうと》い身分《みぶん》にもと志《こころざ》すのですが、何《なん》と言《い》っても男親《おとこおや》では世話《せわ》をするにも限《げん》度《ど》がございます。乳母《めのと》などというものは、また、頼《たの》もしい心構《こころがま》えがあり、

安心《あんしん》できるというわけでもございません。あなた様《さま》（入道《にゅうどう》）もおのずから思《おも》い当《あ》たられることもございましょう。女《おんな》というものは次第《しだい》に成長《せいちょう》するにつれて、父親《ちちおや》はいなくてもよいようなものですが、母親《ははおや》が側《そば》に付《つ》き添《そ》っていないようなことがあるなら、そんなかわいそうなことはございません。世《よ》の中《なか》の人《ひと》の心《こころ》は立派《りっぱ》なものでもなく、とんでもないあるまじき心《こころ》を起《お》こす者《もの》が交《ま》じっていて、それがそうなるべき運命《うんめい》だとはいいながら、思《おも》いも寄《よ》らない心《こころ》が出《で》てきて、誰《だれ》の心《こころ》も安心《あんしん》ならず、情《なさ》けないものでございますね。女君《おんなぎみ》はそれでもやはりこの心配《しんぱい》を見過《みす》ごして、こっそり出家《しゅっけ》してしまおうとお思《おも》いのようですが、秘密《ひみつ》にしなければならない私《わたくし》とのことがあった間《あいだ》は、私《わたくし》としてもそのようなお気持《きも》ちにしたがって内密《ないみつ》に過《す》ごしてまいりましたが、今《いま》となってはご自身《じしん》の望《のぞ》みはお捨《す》てになっても、この姫君《ひめぎみ》をこそやはり人並《ひとな》みになるようにお世話《せわ》してさしあげようとお考《かんが》えになるべきでございます。女《おんな》の御身《おんみ》というものは急《きゅう》に出家《しゅっけ》なさっても、きっぱりと思《おも》い切《き》って来迎《らいごう》を得《え》て雲《くも》に乗《の》り浄土《じょうど》に行《い》かない限《かぎ》りは、出家姿《しゅっけすがた》も現世《げんせ》の飾《かざ》りに過《す》ぎないことも、自然《しぜん》あるだろうと思《おも》われます。あなた様《さま》もこうした女君《おんなぎみ》の事情《じじょう》をそれとなく漏《も》れ聞《き》いておられながら、『いやなに、そうまでしなくても』とお受《う》け取《と》りになって、まだはるか前途《ぜんと》あるご将来《しょうらい》を急《きゅう》に出家《しゅっけ》おさせになろうとお考《かんが》えになったのかどうかと、そのお考《かんが》えのほどをうかがいたく存《ぞん》じまして」と、言葉《ことば》を尽《つ》くして泣《な》く泣《な》く申《もう》し上《あ》げなさるご様子《ようす》が心深《こころふか》く悲《かな》しげであるので、父入道殿《ちちにゅうどうどの》はすべてがただただ驚《おどろ》くばかりで、茫然《ぼうぜん》としてしばらくはものもおっしゃることもできない。

❖「よしや、思《おぼ》し召《め》し捨《す》てさせ給《たま》ふ身《み》一《ひと》つこそ侍《はべ》らめ。男《をのこ》は、げにおのづから生《お》ひたち侍《はべ》りなむ、女《をんな》に侍《はべ》るは、いとけなきほどこそ、げに乳母《めのと》の懐《ふところひと》一つを限《かぎ》りなき窓《まど》の内《うち》と頼《たの》みても生《お》ひたち侍《はべ》りにき、やうやうおよすけまかる年《とし》ごろに、いま一《ひと》つ二《ふた》つの年《とし》も加《くは》はり侍《はべ》りなば、後《のち》の宿世《すくせ》は知《し》らず、宮仕《みやづか》へにも出《い》だしたてむと思《おも》ひ給《たま》へ掟《おき》てたるに、限《かぎ》りなき心《こころ》ざし侍《はべ》れど、男《をのこ》は限《かぎ》り侍《はべ》り。乳母《めのと》などいふもの、はた、はかばかしく心《こころ》の掟《おきて》うしろやすかべいやうも侍《はべ》らず。おのづから思《おぼ》し知《し》らせ給《たま》ふやうも侍《はべ》らむ。女《をんな》、やうやうおよすけむままに、父《ちち》はなくても侍《はべ》りぬべかりけり、母添《ははそ》はざらむやうなる、いみじきことなむ侍《はべ》らざりける。世《よ》の中《なか》の人《ひと》の心《こころ》うるはしくもあらず、おほけなうあるまじき心《こころ》つかふ輩《ともがら》交《ま》じりて、さるべきとはいひながら、思《おも》ひ違《たが》ふ心《こころ》も出《い》でまうでくる、誰《た》が心《こころ》も安《やす》げなうあぢきなく侍《はべ》りや。なほこれを見過《みす》ぐして、忍《しの》びこめてやみなむと思《おぼ》すべかめれど、つつませ給《たま》ふことの侍《はべ》りし限《かぎ》りは、さてこそは御心《おんこころ》に従《したが》ひて忍《しの》び過《す》ぐし侍《はべ》りしか、今《いま》におきては、みづからをこそ思《おぼ》し捨《す》てめ、この人《ひと》をばなほひとびとしうもてなして見《み》むとは思《おぼ》し召《め》すべうなむ侍《はべ》る。女《をんな》の御身《おんみ》、たちまちに背《そむ》かせ給《たま》ひても、際《きは》高《だか》に雲《くも》に上《のぼ》らせ給《たま》はざらむ限《かぎ》りは、この世《よ》の御身《おんみ》の飾《かざ》りともおのづからなるやうも侍《はべ》りなむ。御前《おまへ》も、このことどもの気色《けしき》を漏《も》り聞《き》かせ給《たま》ひながら、『なにか、さらでも』と思《おぼ》しとらせおはしまして、まだはるけき御行《おんゆ》く末《すゑ》を、たちまちにやつしたてまつらむと思《おぼ》し寄《よ》らせ給《たま》ひけるにやとも、御気色賜《おんけしきたま》はらまほしう侍《はべ》りてなむ」と、かきつくし、うち泣《な》きうち泣《な》き聞《き》こえ給《たま》ふ気色《けしき》の心深《こころふか》うあはれげなるに、入道殿《にふだうどの》、すべてすべて目《め》も口《くち》も一《ひと》つになる心地《ここち》し給《たま》ひて、あさましきに、とばかりものも言《い》はれ給《たま》はず。

✲内大臣の父入道への告白と、女君の出家阻止の説得は続く。子どもたちを母のない子にしてよいのかという内大臣、母がいなかったゆえに監督が行き届かず、間違いが起きてしまったと後悔する入道。そこでは母も親身になってくれるはずの乳母もいない女の子の生き方の難しさが語られる。身分が高いとはいえ、当時の女性たちの置かれていた状況を物語るものでもある。しかしながら、二人の対話はもっともなようでいて、何も女君の心に添うものではない。彼女の苦悩はもっと根源的なものであった。

⑤ 広沢《ひろさわ》の入道《にゅうどう》、石山姫君《いしやまのひめぎみ》と対面《たいめん》し、華々《はなばな》しい将来《しょうらい》を予見《よけん》する

何よりも父入道にすべてを知られることを畏《おそ》れる女君（寝覚の上）のもとに、入道と話したことは告げずに内大臣（男君）が訪れ、女君の出家を警戒して常に側にいようとする。しかし、女君の方では出家して、自分を避けているだの、恨めしいだのという感情を離れて男君と接するのであればどれほどうれしいだろうと思う。そんな中、男君は石山姫君を入道に会わせる。

（石山姫君《いしやまのひめぎみ》は）たいそう恥《は》ずかしげにいざりながら出《で》てこられた。女郎花《おみなえし》の織物《おりもの》の単衣襲《ひとえがさね》に萩襲《はぎがさね》の小袿《こうちき》をお召《め》しになって、ひどく恥《は》じらっておられるが、顔《かお》を赤《あか》らめたりはせず、たいそうおっとりと扇《おうぎ》で顔《かお》を紛《まぎ》らわしていらっしゃる物腰《ものごし》、様子《ようす》などを始《はじ》め、この上《うえ》もなくかわいげでいらっしゃったことよ。

入道《にゅうどう》は「人並《ひとな》みで整《ととの》っているわけではないご様子《ようす》を拝見《はいけん》したとしても、

孫娘《まごむすめ》を見《み》る感動《かんどう》は決《けっ》して一通《ひととお》りのものではないのに、この華《はな》やかでつややかな美《うつく》しいご容貌《ようぼう》はなんとしたことだ。姫《ひめ》の母君《ははぎみ》（寝覚《ねざめ》の上《うえ》）をこそ、我《わ》が娘《むすめ》と思《おも》えない、世《よ》に類《たぐ》いなき唯一《ゆいいつ》のものと幼《おさな》い時《とき》から見《み》てきたが、母君《ははぎみ》の方《ほう》はたいそう人《ひと》を引《ひ》きつける魅力《みりょく》があり、美《うつく》しく華《はな》やかさが優《まさ》っていらっしゃるだけに、気高《けだか》さという点《てん》では今《いま》ひとつ及《およ》ばない気《き》がすると見《み》るのだが、この姫君《ひめぎみ》は、今《いま》から、まだこんなに幼《おさな》くか弱《よわ》い年《とし》ごろであるが、大《たい》変気品《へんきひん》があり、一見《いっけん》しただけでは臣下《しんか》とは思《おも》われず、畏《おそ》れ多《おお》さまで加《くわ》わっておられることだ。こんなすばらしい人《ひと》がまたこの世《よ》に生《う》まれ出《で》ていらっしゃることもあったのだ」と一目御覧《ひとめごらん》になるなり、涙《なみだ》にくれ目《め》の前《まえ》も見《み》えないような心地《ここち》がなさって、「いくつにおなりになりますか」とお尋《たず》ねになると、父内大臣《ちちないだいじん》（男君《おとこぎみ》）殿《どの》が「十一歳《じゅういっさい》におなりになっているでしょう」とお答《こた》えになる。

父入道《ちちにゅうどう》は姫君《ひめぎみ》の年《とし》から考《かんが》えて、女君《おんなぎみ》が病気《びょうき》になり石山《いしやま》に籠《こ》もり、自《みずか》らも出《しゅっ》家《け》した当時《とうじ》のことを思《おも》い出《だ》す。そして、孫《まご》である姫君《ひめぎみ》の存在《そんざい》に胸《むね》がいっぱいになり、涙《なみだ》が抑《おさ》えられない。

父入道殿《ちちにゅうどうどの》は姫君《ひめぎみ》を立《た》たせて御覧《ごらん》になると、背丈《せたけ》は四尺《よんしゃく》の御几帳《みきちょう》と同《おな》じぐらいで、たいそう美《うつく》しいご様子《ようす》、お姿《すがた》で、髪《かみ》はつやつやとしなやかで、隙《すき》間《ま》もなく、長《なが》さもそろってわずかな髪筋《かみすじ》の乱《みだ》れもなく、背丈《せたけ》よりほんの少《すこ》し短《みじか》くていらっしゃるのを、入道殿《にゅうどうどの》は「見《み》ても見《み》ても、母君《ははぎみ》にどこが劣《おと》っていようか」とうれしく、いとしいと御覧《ごらん》になるのであった。

入道《にゅうどう》は当時《とうじ》は女君《おんなぎみ》を帝《みかど》に奉《たてまつ》ろうと思《おも》わなかったことを後悔《こうかい》し、まさこ君《ぎみ》や小姫君《こひめぎみ》（大君《おおいぎみ》の遺児《いじ》）に期待《きたい》を託《たく》そうと思《おも》っていたが、この石山姫君《いしやまのひめぎみ》を一目《ひとめ》見《み》るなり、一気《いっき》に将来《しょうらい》に希望《きぼう》を抱《いだ》くようになる。

入道殿《にゅうどうどの》は、ただもうこの姫君《ひめぎみ》を一目《ひとめ》御覧《ごらん》になるなり、際限《さいげん》もない将来《しょうらい》を持《も》ち、本式《ほんしき》ではないが日本流《にほんりゅう》の観相《かんそう》を試《こころ》みて、この上《うえ》ない皇后《こうごう》の位《くらい》をも極《きわ》められるであろうことは、何《なん》の疑《うたが》いもあるはずのない人《ひと》（姫君《ひめぎみ》）がおいでになったのであった。その昔《むかし》、一件《いっけん》のできごと（男君《おとこぎみ》と女君《おんなぎみ》のあってはならない関係《かんけい》）を知《し》った当時《とうじ》なら、つらいとかけしからぬとか思《おも》ったであろうが、今《いま》はただひたすらうれしく、頼《たの》もしく思《おも》われて、勤行《ごんぎょう》もつい忘《わす》れて、つくづくと姫君《ひめぎみ》を見上《みあ》げていらっしゃる御様子《ごようす》は感慨深《かんがいぶか》いものであった。

❖いとつつましげにゐざり出《い》で給《たま》へり。女郎花《をみなへし》の織物《おりもの》の単衣襲《ひとへがさね》、萩《はぎ》の小袿《こうちき》着給《たま》ひて、いたく恥《は》ぢらひ給《たま》ひたれど、かかやかしくなどはあらで、いとのどかに扇《あふぎ》を紛《まぎ》らはし給《たま》ひたる御《おん》もてなし、有様《ありさま》をはじめ、類《たぐひ》なくうつくしげにぞおはしたるや。

「よろしく、なりあはぬ御様《おんさま》を見《み》つけたらむにてだに、うち見《み》むあはれのおろかなべきにもあらぬを、はなばなとにほはしき御《おん》かたちは。母君《ははぎみ》をこそ、我《わ》が女《むすめ》とも言《い》はじ、世《よ》に類《たぐひ》なき一《ひと》つ物《もの》と幼《をさな》くより見《み》しを、かれはせちに愛敬《あいぎやう》づき、うつくしく、にほひ過《す》ぎ給《たま》へるほどに、気高《けだか》き方《かた》やただ少《すこ》し後《おく》れたる心地《ここち》すると見《み》るを、これは、今《いま》から、かばかりきびはなる御程《おんほど》に、いと気高《けだか》く、うち見《み》むにただ人《びと》とはおぼえず、かたじけなきさまさへ添《そ》ひ給《たま》ひつるを。かかる人《ひと》の、また世《よ》に出《い》でおはする世《よ》にこそありけれ」と、うち見《み》たてまつり給《たま》ふより、涙《なみだ》くれふたがる心《ここ》地《ち》し給《たま》ひて、「いくつにかならせ給《たま》ふ」と申《まう》し給《たま》へば、殿《との》、「十一《じふいち》にならせ給《たま》ふらむ」と申《まう》し給《たま》ふ。

○

立《た》てて見《み》たてまつり給《たま》へば、四尺《ししやく》の御几帳《みきちやう》に及《およ》ぶほどにて、いみじくをかしげなる御様体《おんやうだい》、姿《すがた》に、御髪《みぐし》はつやつやなよよと、隙《ひま》もなく、後《おく》れ迷《まよ》ふ筋《すぢ》もなくて、丈《たけ》にただ少《すこ》しはづれ給《たま》へる、「見《み》れども見《み》れども、母君《ははぎみ》にいづくか劣《おと》り給《たま》はむ」とうれしく、愛《かな》しく見《み》たてまつり給《たま》ふ。

○

ただうち見るより際《きは》もなき人《ひと》の生《お》ひ先《さき》、その道《みち》ならぬ大和相《やまとさう》をおほせて、上《かみ》なき位《くらゐ》を極《きは》め給《たま》はむこと、何《なに》の疑《うたが》ひあべうもあらぬ人《ひと》のものし給《たま》ひける。そのかみや、憂《う》しとももしともおぼえまし、今《いま》はひとへにうれしく頼《たの》もしく思《おぼ》されて、行《おこな》ひもうち忘《わす》れ、つくづくと見《み》たてまつり給《たま》ふ気色《けしき》、いとあはれなり。

✲石山姫君と対面した入道は、その美しさに驚き、我が娘といいながらこれ以上のものはいないと思っていた母君（寝覚の上）を凌《しの》ぐのではと感嘆する。そして我が娘には断念した野心、今までこの物語において問題にされていなかった入内、后妃への思いが芽生えていく。本文中略部分ではあるが「もとより大君《おほきみ》だつ筋《すぢ》にて」（もとと皇族出身で）と自らを語る入道。「大和相《やまとさう》」という表現からは『源氏物語』桐壺《きりつぼ》巻における光源氏への高麗《こま》の相人の予言に関する件《くだ》りを想起させ、「上《かみ》なき位《くらゐ》を極《きは》め給《たま》はむこと、何《なに》の疑《うたが》ひあべうもあらぬ人」（この上ない皇后の位をも極められるであろうことは、何の疑いもあるはずのない人）とまで思う。一世源氏《いっせいげんじ》で太政大臣という地位にありながら、権威には無関心であったかのような父入道だが、ここに来て王権への思いが紡ぎ出されていく。この入道の願いは末尾欠巻部でかなったようである。

⑥ 男君《おとこぎみ》、女君《おんなぎみ》の懐妊《かいにん》に気《き》づき、女君《おんなぎみ》の出家《しゅっけ》は取《と》りやめとなる

内大臣（男君）が広沢に籠《こ》もってばかりいるので、上達部《かんだちめ》、殿上人《てんじょうびと》なども参集し、広沢は時ならぬ賑《にぎ》わいとなる。父入道に内大臣とのこれまでの関係を知られてしまった女君（寝覚の上）はひどく恥じ入るとともに体調不良がますます進み、起き上がることもなく臥《ふ》してばかりいるので、心配した故老関白の次女、三女たちも見舞いにやってくる。

女君《おんなぎみ》（寝覚《ねざめ》の上《うえ》）のご病気《びょうき》が、そのものの苦《くる》しげな様子《ようす》より、物事《ものごと》を深《ふか》く思《おも》い詰《つ》めていらっしゃるためだと、内大臣《ないだいじん》（男君《おとこぎみ》）もすっかり心得《こころえ》ておられて「こんなに思《おも》い詰《つ》めておられては、御自分《ごじぶん》で髪《かみ》を削《そ》ぎやつしておしまいになるかもしれないから、どうしたものか」と不安《ふあん》なので、片時《かたとき》もお側《そば》を離《はな》れず、何《なに》かにつけて泣《な》く泣《な》く慰《なぐさ》めながら、ひたすら寄《よ》り添《そ》うようにして御覧《ごらん》になっていると、すでに四《よん》か月《げつ》ほどになっておられる御乳《おち》のさま

などが、まちがいなく懐妊《かいにん》の御様子《ごようす》なので、「女君《おんなぎみ》の不調《ふちょう》は、こういうわけだったのだ」と驚《おどろ》きあきれて、「まったく、ほんとに尊《とうと》く御《ご》出家《しゅつけ》の道《みち》を歩《あゆ》まれるところでしたね。懐妊《かいにん》を知《し》りながら、それでも構《かま》わないとお思《おも》いになったのですか。それとも自分は妊娠しているとご存じなかったのですか。なんとも身勝手《みがって》な、子《こ》どものような幼《おさな》い御心《おこころ》ですね」と妊娠《にんしん》の事実《じじつ》を告《つ》げてお責《せ》めになると、女君《おんなぎみ》も「そうではないかと思《おも》わないこともなかったが、あれだけの夢《ゆめ》のようなはかない契《ちぎ》りでそんなことがあろうか」と、まったく思《おも》い寄《よ》らなかったのも、なるほど自分《じぶん》ながらにあきれて、「つらいこの世《よ》から出家《しゅつけ》してよかったと自分《じぶん》の心《こころ》では満足《まんぞく》するとしても、どんなに見苦《みぐる》しく世間《せけん》の人《ひと》は厄介《やっかい》なことと思《おも》ったことだろうよ」と推《お》し量《はか》るだけでも万事《ばんじ》につけて罪深《つみぶか》く思《おも》われるので、情《なさ》けなく、「そうかといってこのようにすっかり内大臣様《ないだいじんさま》との仲《なか》を父入道《ちちにゅうどう》殿《どの》に知《し》られてしまっては、いよいよみっともよいはずもなく、どんなにつらいことが多《おお》く、恨《うら》めしく思《おも》わずにはいられないことが際限《さいげん》なく積《つ》み重《かさ》なることになろうか。出家《しゅつけ》をして二人《ふたり》の間《あいだ》が隔《へだ》たれば、当座《とうざ》の恨《うら》みこそはあるだろうが、生《い》き長《なが》らえたら、自分《じぶん》もあの人《ひと》もさっぱりとすがすがしく、世間一般《せけんいっぱん》の信頼《しんらい》できるお方《かた》としてお頼《たよ》りできたものを。以前《いぜん》にも私《わたし》の方《ほう》からは遠《とお》ざかり、ひたすら忍《しの》び、言葉《ことば》だけを交《か》わした時《とき》のしみじみとした情趣《じょうしゅ》を浅《あさ》くはお思《おも》い申《もう》し上《あ》げなかったであろうか。このたび宮中《きゅうちゅう》の滞在《たいざい》を嫌《きら》って退出《たいしゅつ》して以来《いらい》、どれほど憂《う》さもつらさも思《おも》い知《し》らねばならないことが多《おお》かったことか。これからぜひにもと帝《みかど》に召《め》し出《だ》された時《とき》、あるいは大皇《たいおう》の宮《みや》の御策略《おんさくりゃく》などを思《おも》いやると忌《い》まわしく、疎《うと》ましいので、どうしたらよいだろう」と、女君《おんなぎみ》は気持《きも》ちを緩《ゆる》めたり、思《おも》い直《なお》したりする折《おり》とてもないままに、秋《あき》も深《ふか》まり、風《かぜ》の気配《けはい》も涼《すず》しくなるにつけ、妊娠《にんしん》による時期的《じきてき》な体調不良《たいちょうふりょう》はようやく気分《きぶん》も爽《さわ》やかになられるが、父入道殿《ちちにゅうどうどの》にはいっこうに起《お》き上《あ》がってお会《あ》い申《もう》し上《あ》げることはなさらない。女君《おんなぎみ》は父入道殿《ちちにゅうどうどの》が私《わたし》のことをあれこれと思《おも》いあわせてお考《かんが》えになるであろう心中《しんちゅう》を想像《そうぞう》すると、その恥《は》ずかしさはその当時《とうじ》お聞《き》きつけなさったとしてそれにも劣《おと》らないぐらいの気持《きも》ちがするので、やはり気持《きも》ちが晴《は》れ晴《ば》れとせずお避《さ》けになって、面《めん》と向《む》かって対面《たいめん》なさろうともしない。入道殿《にゅうどうどの》も「恥《は》ずかしくお思《おも》いなのだろう」と察《さっ》せられて、「やはり子《こ》どものような御心《おこころ》だな」と、いじらしく気《き》の毒《どく》に思《おも》われるままに、毎日《まいにち》お越《こ》しになっては姫君《ひめぎみ》（石山姫君《いしやまのひめぎみ》）を飽《あ》きることなくじっと御覧《ごらん》になって、何《なに》かにつけしみじみと心《こころ》をこめてお話《はな》しになるので、姫君《ひめぎみ》も「こんなに優《やさ》しいおじいさまを存《ぞん》じ上《あ》げずに今《いま》まで過《す》ごしたことだ」など と、思《おも》わず涙《なみだ》ぐまれながら、お返事《へんじ》などを落《お》ち着《つ》いてなさるのを、入道殿《にゅうどうどの》はこの上《うえ》もなくうれしく拝見《はいけん》なさるのであった。

❖御心地《おんここち》の苦《くる》しげさよりも、ものをいみじと思《おぼ》し入《い》りたるを、殿《との》もみな心得給《こころえたま》ひて、「かばかり思《おぼ》すにては、手《て》づから削《そ》ぎやつし給《たま》ひてむを、いかがせむ」と、うしろめたければ、片時《かたとき》も立《た》ち離《はな》れず、よろづに泣《な》く泣《な》く慰《なぐさ》めつつ、ひとへにまつはれたるやうにて見《み》たてまつり給《たま》へば、四月《よつき》ばかりになり給《たま》ひにたる御乳《おんち》の気《け》色《しき》など、紛《まぎ》るべくもあらぬ様《やう》なるを、「この御心《おんこころ》は、かくにこそありけれ」と、あさましく見驚《みおどろ》き給《たま》ひて、「げに、いと尊《たふと》く思《おぼ》しおもむかれぬべかりけり。知《し》りながら、さはれと思《おぼ》いしか。我《われ》かかることありともおぼえ給《たま》はざりつるか。いみじく思《おも》ひのままに、心幼《こころをさな》かりける御心《おんこころ》かな」と言《い》ひ知《し》らせ、あはめきこえ給《たま》ふに、「あやしと思《おも》ふことどもはあれど、さのみ夢《ゆめ》のやうにものはかなき契《ちぎ》りあらむやは」と、思《おも》ひ寄《よ》らざりけるも、げにあさましく、「憂《う》き世《よ》を背《そむ》きぬると思《おも》ひなさまし心《こころ》はゆくとも、いかに見苦《みぐる》しく人見《ひとみ》扱《あつか》はましほどよな」と思《おも》ひやるさへ、よろづに罪浅《つみあさ》からず、心憂《こころう》く、「さりとて、かうひたぶるに立《た》ち隠《かく》れなうなりてしも、いとど目《め》やすかべうもなう、いかにつらき節多《ふしおほ》く、恨《うら》めしきこと数知《かずし》らず重《かさ》ならむとすらむ。背《そむ》き隔《へだ》たらましほどの恨《うら》みこそありとも、長《なが》らへては、我《われ》も人《ひと》も、さはやかに、おほかたの頼《たの》み多《おほ》かる頼《たの》もし人《ひと》にては、おはしなましものを。過《す》ぎにし方《かた》も、我《われ》は立《た》ち離《はな》れ、ひとへに忍《しの》び、言《こと》の葉《は》ばかりを交《か》はししほどのあはれ、浅《あさ》くおぼえ給《たま》ひし人《ひと》かは。このたび、百敷《ももしき》のうち厭《いと》ひ出《い》でしよりして、いかばかりかは憂《う》さもつらさも思《おも》ひ知《し》らるること多《おほ》かりつる。今《いま》はと召《め》されむほど、后《きさい》の宮《みや》の御心構《おんこころがま》へなど思《おも》ひやるに、ゆゆしく疎《うと》ましければ、いかがはせむ」と、うちゆるび、思《おも》ひ直《なほ》さるることはなきながら、秋《あき》のつもり、風《かぜ》の気配《けはい》の涼《すず》しさに、限《かぎ》りありける心地《ここち》は、やうやうさはやかに思《おぼ》しならるれど、入道殿《にふだうどの》には、さらに起《お》き上《あ》がり見《み》えたてまつり給《たま》はず。思《おぼ》し合《あ》はせ給《たま》ふらむ御心《おんこころ》の恥《は》づかしさは、その折聞《をりき》きつけられたらましにも劣《おと》らぬ心地《ここち》のみし給《たま》へば、なほはればれしからずもて隠《かく》しつつ、さやかにも見合《みあ》はせ御覧《ごらん》ぜられ給《たま》はねば、「さ思《おぼ》すなめり」と心《こころ》得給《えたま》ひて、「なほ、若《わか》の御心《おんこころ》や」と、あはれに心苦《こころくる》しきままに、日々《ひび》に渡《わた》り給《たま》ひつつは、姫君《ひめぎみ》を尽《つ》きせずうちまもりきこえ給《たま》ひて、よろづをあはれに聞《き》こえ知《し》らせ給《たま》ふを、姫君《ひめぎみ》も、「かかる御有様《おんありさま》を見《み》たてまつらで過《す》ぐしけるよ」など、うち涙《なみだ》ぐまれつつ、御答《おんこた》へなどおとなしう聞《き》こえ給《たま》ふを、限《かぎ》りなくのみ見《み》たてまつり給《たま》ふ。

✲女君の体調不良はあらたな懐妊であった。すでに二度の経験がありながら、男性による見顕《みあらわ》しによって知る妊娠は、女君の幼さのせいなのか、この物語における女性の生、性が男性の管理の下に展開していく、その主題性によるものなのか。いずれにしてもこれで女君の出家はかなわなくなり、心の平安はまた遠のいていくことになる。

宮中の様子　「枕草紙絵巻」より

⑦ 男君《おとこぎみ》、女一《おんないち》の宮《みや》に弁明《べんめい》し、その反応《はんのう》に満足《まんぞく》する

さて場面は変わり、内大臣（男君）が寝覚の上（女君）を疎んじ、諦《あきら》め遠ざかるようにと策を弄《ろう》した女一の宮の母、大皇《たいおう》の宮《みや》は、内大臣が寝覚の上が滞在している広沢にばかりいるのにいらだちを募らせるが、どうしようもない。男君は、今は大皇の宮の思惑も気にかけることもなかったが、正妻の女一の宮だけには心苦しく思い、この状況についてもそもそもの初めからのいきさつを語る。

内大臣《ないだいじん》（男君《おとこぎみ》）が女一《おんないち》の宮《みや》に事《こと》の次第《しだい》を詳《くわ》しくお話《はな》し申《もう》し上《あ》げると、女《おんな》一《いち》の宮《みや》のご性質《せいしつ》はさすがに気高《けだか》く、理想的《りそうてき》で、気品《きひん》があって、優雅《ゆうが》で端正《たんせい》なところがおありで、つらいと思《おも》われても、品《ひん》がない恨《うら》み言《ごと》や様子《ようす》をお見《み》せになるはずもなく、母大皇《ははたいおう》の宮《みや》の御心《おこころ》に比《くら》べると例《たと》えようもなく重々《おもおも》しく落《お》ち着《つ》いておられて、「今《いま》から御関係《ごかんけい》ができたとしても、悪《わる》いと言《い》うこともありませんのを、心外《しんがい》な聞《き》きにくい御弁明《ごべんめい》がつらくて」とだけ、言《こと》

葉《ば》少《すく》なにお答《こた》えになるその御態度《ごたいど》、御様子《ごようす》はこの上《うえ》もなく、優《すぐ》れていらっしゃる。御性質《ごせいしつ》、何《なん》となく感《かん》じられる気品《きひん》、お書《か》きになったその筆跡《ひっせき》など、非《ひ》の打《う》ちどころもなくすばらしく、男君《おとこぎみ》は「自分《じぶん》のこのようなお方《かた》とのご縁《えん》、宿世《しゅくせ》は満足《まんぞく》すべきものであった」と思《おも》い日《ひ》を送《おく》ってきたのだが、大皇《たいおう》の宮《みや》のあんまりななさりようにならって、心《こころ》のよくない後見《こうけん》の者《もの》たちの口《くち》さがない物言《ものい》いや心向《こころむ》けが、たいへん煩《わずら》わしく、「どうしてこんな厄介《やっかい》な結婚《けっこん》をしたのだろう」と思《おも》われる折《おり》が多《おお》いのであった。

❖こまやかにきこえさせ給《たま》へば、御心《おんこころ》ばへばかりは、いと気高《けたか》く、あらまほしく、あてはかにうるはしきところつき給《たま》ひて、いみじく思《おぼ》すとも、なほなほしき御物《おんもの》恨《うら》み、気色《けしき》など見《み》えさせ給《たま》ふべくもあらず、母宮《ははみや》の御心《おほんこころ》には、いとたとしへなく重《おも》りかにおはしまいて、「今《いま》よりなりとも、悪《あ》しかべいことにもあらぬを、心《こころ》よりほかに聞《き》きにくき、苦《くる》しく」とばかり言少《ことずく》なに答《こた》へさせ給《たま》ひたる御気配《おんけはひ》、有様《ありさま》、いみじくめでたし。御心《おんこころ》ばへ、気配《けはひ》の気高《けたか》さ、手《て》うち書《か》き給《たま》へる様《さま》は、飽《あ》かぬことなく、「我《わ》が契《ちぎ》り、宿世《すくせ》、口惜《くちを》しからざりけり」と思《おも》ひおくらるるを、大皇《たいわう》の宮《みや》のあまりなる御《おん》もてなしに従《したが》ひ、心《こころ》よからぬ御後見《おんうしろみ》どもの物言《ものい》ひ、心《こころ》ばへぞ、いとむつかしく、「などせしわざぞ」とおぼゆる折々多《をりをりおほ》かりける。

✿女君との関係を明かし、弁明する男君に対し、どこまでも気品があって優雅で皇女らしい女一の宮の様子は、鎌倉時代の物語評論書『無名草子《むみょうぞうし》』に「女一の宮の御心用《もち》ゐ、ありさまこそめでたけれ」（女一の宮のお心遣い、御様子こそすばらしいものです）と評されている。今までも女一の宮の存在は描かれてきたが、現存部分における確かな描写はここが初めてである（最初に登場した中間欠巻部については不明であるが）。そのふるまいは母の大皇の宮とはまったく異なり、比類のない人物として描かれている女君が意識するにふさわしい人格として紹介される。そんな女一の宮を見て、「我《わ》が契《ちぎ》り、宿世《すくせ》、口惜《くちを》しからざりけり」（自分のこのようなお方とのご縁、宿世は満足すべきものであった）と満足げな男君の描写は、この物語における男君像を考える上でも、当時の価値観を知る上でも興味深い。

⑧ 女君《おんなぎみ》、子《こ》どもたちの成長《せいちょう》に満足《まんぞく》する

周囲が女君（寝覚の上）の懐妊を喜ぶ中、本人は今まで隠してきた過去が入道をはじめ皆に知られてしまい、体裁も悪く、体調が優れないことにかこつけて誰とも会わない。そんな中、石山姫君、まさこ君、小姫君（大君《おおいぎみ》の遺児）が秋の庭を背景に遊ぶ様子を見て感慨にふける。

女君《おんなぎみ》（寝覚《ねざめ》の上《うえ》）は子《こ》どもたち三人《さんにん》をそれぞれに御覧《ごらん》になって、絵《え》に描《か》きとどめたいと思《おも》うほど美《うつく》しいご様子《ようす》で揃《そろ》っておられるのを、「どなたか一人《ひとり》でも欠《か》けたところや足《た》りないところがおありになったらどんなに残念《ざんねん》でつらく思《おも》われるだろう。親心《おやごころ》の闇《やみ》のせいか、どうして皆《みな》こんなにすばらしい子《こ》たちなのだろう」と、しみじみと、気分《きぶん》の優《すぐ》れない中《なか》で見《み》ていると、またすべてのつらさも嘆《なげ》かしさも自然《しぜん》と紛《まぎ》れて、心《こころ》が慰《なぐさ》められる心地《ここち》もし、また、「これはいったい、いつの間《ま》に、このような多《おお》くの子《こ》どもを持《も》つよう

になったのだろう」と夢《ゆめ》のように思《おも》われて、涙《なみだ》ぐまれて、

こうして子《こ》どもたちを眺《なが》めていると、慰《なぐさ》められる気持《きも》ちも心《こころ》の乱《みだ》れも両方募《りようほうつの》ってくる。思《おも》えばさまざまにその宿縁《しゆくえん》のほどが知《し》られる男君《おとこぎみ》（内大臣《ないだいじん》）との仲《なか》であったことよ。

と、硯《すずり》を引《ひ》き寄《よ》せなさって気《き》の向《む》くままにお書《か》きになって、添《そ》い臥《ふ》されたご様子《ようす》が、また、少《すこ》しも母親《ははおや》とその子《こ》どもたちだと区別《くべつ》がつけられない若々《わかわか》しさで、ただ同《おな》じような間《あいだ》で続《つづ》いた一続《ひとつづ》きのごきょうだいのように見《み》え、結構《けつこう》で感慨深《かんがいぶか》いと、御前《ごぜん》に侍《はべ》っている女房《にようぼう》たちが拝見《はいけん》しているうちに、ひそやかに男君《おとこぎみ》（内大臣《ないだいじん》）がお越《こ》しになった。

内大臣《ないだいじん》は皆《みな》が揃《そろ》っている様子《ようす》に感銘《かんめい》をおぼえる一方《いつぽう》、気分《きぶん》が悪《わる》いと顔《かお》を引《ひ》き入《い》れて臥《ふ》す女君《おんなぎみ》の心《こころ》が、もう一《ひと》つつかみきれず不安《ふあん》も抱《かか》える。そして

「ここにいる子《こ》どもたちや、宮中《きゆうちゆう》にいる内侍督《ないしのかみ》、あるいは京《きよう》の邸《やしき》でお世話《せわ》すべき大納言《だいなごん》の上《うえ》や宰相 中将《さいしようちゆうじよう》の上《うえ》など、故老関白《ころうかんぱく》の遺児《いじ》たちなどがいる

のに、いつまでもお姫《ひめ》さまのように幼《おさな》いふるまいは困《こま》る」と不満《ふまん》を漏《も》らす。そして御硯《おんすずり》のあたりに置《お》かれた女君《おんなぎみ》の手習《てならい》を見《み》つける。

内大臣《ないだいじん》（男君《おとこぎみ》）は硯《すずり》のあたりにあった手習《てならい》などを手《て》に取《と》って御覧《ごらん》になり、その中《なか》に先《さき》ほどの女君《おんなぎみ》の「慰《なぐさ》みも乱《みだ》れも」と書《か》きつけた歌《うた》をお見《み》つけになると、女君《おんなぎみ》が子《こ》どもたち三人《さんにん》のさまざまな夕映《ゆうば》えの姿《すがた》を見渡《みわた》して、感慨《かんがい》にふけっておられるであろうことが思《おも》われて「ほんとうに満潮《まんちょう》で隠《かく》れてしまう磯《いそ》の草《くさ》よりももっと逢《あ》うことは少《すく》なく恋《こ》い焦《こ》がれることが多《おお》く長年《ながねん》過《す》ごしてきたのに、どうしてこう、いつの間《あいだ》に子《こ》どもが多《おお》くなったのであろうか」と、いろいろな思《おも》いがこみ上《あ》げてきて涙《なみだ》がこらえられずお泣《な》きになって、

子《こ》どもも多《おお》く生《う》まれて、尽《つ》きることのない深《ふか》い二人《ふたり》の契《ちぎ》りでしょうか。それなのにあなたは出家《しゅっけ》をしてそれらをすべて捨《す》ててしまおうとなさったのですか。

と書《か》いてお見《み》せになると、女君《おんなぎみ》は、つらかった二人《ふたり》の契《ちぎ》りなのに、子《こ》どもゆえあなたから離《はな》れることもできず、この世《よ》を捨《す》てることもできず、どうして私《わたし》を現世《げんせ》に結《むす》び留《とど》めておいたのでしょう。

などとため息《いき》をつき、言《い》い紛《まぎ》らわして、ひどく思《おも》い煩《わずら》い、面《おも》やつれなさったその女君《おんなぎみ》の可憐《かれん》な美《うつく》しさは、似《に》るものがないほどであった。

❖さまざまうち見渡《みわた》されて、絵《ゑ》にかかまほしく、うつくしき御様《おんさま》どもにて並《なら》び居《ゐ》給《たま》へるも、「ひとりひとりかたほに飽《あ》かぬことのおはせまし、いといかに口惜《くちを》しくも、もの心憂《こころう》くおぼえまし。心《こころ》の闇《やみ》に惑《まど》はるるにや、いかでかくしも」と、つくづくと、いとなやましきままにうち見居《みゐ》て、よろづの憂《う》さも嘆《なげ》かしさもうち紛《まぎ》れ、慰《なぐさ》む心地《ここち》もし、また、「こは、いつのほどに、さまざまなるしるしは現《あら》はれしぞ」と、夢《ゆめ》のやうに涙《なみだ》ぐまれ給《たま》ひて、

慰《なぐさ》みも乱《みだ》れもまさるさまざまに契《ちぎ》り知《し》らるるこの世《よ》なりけり

と、御硯《おんすずり》引き寄《よ》せて書《か》きすさびて、添《そ》ひ臥《ふ》し給《たま》へる御《おん》さま、はた、つゆけぢめも分《わ》かず、ただ同《おな》じほどの一続《ひとつづ》きのはらからのやうにめでたくあはれに、御前《おまへ》なる人々《ひとびと》、見《み》たてまつるほどに、忍《しの》びやかにて殿《との》おはしまいたり。

○

御硯《おんすずり》のあたりなる手習《てならひ》どもを取《と》りて御覧《ごらん》ずるに、ありつる御手習《おんてならひ》の混《ま》じりたるを見《み》つけ給《たま》ふに、さまざまなる御夕映《おんゆふば》えどもを見渡《みわた》し、うち思《おぼ》しつらむほど、「げに、入《い》りぬる磯《いそ》の草《くさ》よりも恋《こ》ふらくおぼえて年《とし》ごろを過《す》ぐししに、いかでかう、いづれのほどに繁《しげ》りし松《まつ》の末々《すゑずゑ》にか」と、いみじうあはれにうち泣《な》かれ給《たま》ひて、

つきもせぬあはれこの世《よ》の契《ちぎ》りにや背《そむ》き捨《す》ててはやまむとはせし

とて、見《み》せたてまつり給《たま》へば、

憂《う》かりける契《ちぎ》りはかけも離《はな》れなでなどてこの世《よ》を結《むす》びおきけむ

などうち嘆《なげ》き、言《い》ひ紛《まぎ》らはいて、いたうなやみ面痩《おもや》せ給《たま》ひたる御《おん》らうたげさぞ、似《に》るものなきや。

＊入りぬる磯の　「潮満てば入りぬる磯の草なれや見らく少なく恋ふらくの多き（あの人は潮が満ちると隠れてしまう磯の草なのだろうか。逢うことは少なく恋しく思うことが多いことだ）」（『拾遺集』恋五・坂上郎女）に拠る表現。

✲男君はなかなか思うようにいかなかった女君との仲であったが、「縁《えにし》」としての子どもたちに、二人の前世からの深い契りを覚える。一方、女君は子どもたちの成長に満足しながらも、子どもの存在ゆえ男君から離れられず、思うように出家もできない宿縁を思う。同座して同じように子どもたちを眺めながら、二人の心の隔たりの大きさは男君には理解し切れていない。読者のみが共感と理解を覚えることだろう。

⑨ 父入道《ちちにゅうどう》の前《まえ》で、女君《おんなぎみ》は琵琶《びわ》を弾《ひ》く

内大臣（男君）は、あれほど故老関白が神仏に祈願してまで望んだ女君（寝覚の上）との間に子どもは生まれず、自分には恵まれた幸せに満足して、女君に寄り添い、幸福感に浸る。姫君、若君に乳母《めのと》や女房たちも集い、賑《にぎ》やかな場面が男君の視点から描写される。一方、女君はそんな男君の姿に違和感を覚え、自分を大切にしてくれた故老関白のことが恋しく思い出されている。やがて、男君は女君を広沢から京に連れ戻そうと準備を進める。しかし、京には男君の正妻の女一の宮の存在もあり、女君は出家は思いとどまるにしても、このまま広沢にとどまりたいという願いを抱えている。

十月《じゅうがつ》の初《はじ》め頃《ごろ》、京《きょう》にお移《うつ》りになるのは明後日《みょうごにち》ごろと迫《せま》ったある日《ひ》の夕方《ゆうがた》、父入道《ちちにゅうどう》殿《どの》が寝覚《ねざめ》の上《うえ》（女君《おんなぎみ》）のところにお越《こ》しになって、折《おり》から紅葉《こうよう》した木々《きぎ》の葉《は》がさまざまな色《いろ》に趣《おもむき》があって、錦《にしき》を引《ひ》き渡《わた》したような山《やま》の方《ほう》を、御簾《みす》などを上《あ》げさせて、落《お》ちてくる滝《たき》の流《なが》れも格別《かくべつ》に風情《ふぜい》がある様子《ようす》なの

を、姫君《ひめぎみ》（石山姫君《いしやまのひめぎみ》）に御覧《ごらん》に入《い》れておられたところ、さっと時雨《しぐ》れたかと思《おも》うと、部屋《へや》の奥《おく》まで紅葉《もみじ》の散《ち》り乱《みだ》れる様子《ようす》もこの上《うえ》もなく情緒《じょうちょ》があり、姫君《ひめぎみ》の御前《おまえ》にある箏《そう》の琴《こと》をお試《ため》しになるというので、入道殿《にゅうどうどの》はご自分《じぶん》が少《すこ》し調子《ちょうし》を整《ととの》え、掻《か》き鳴《な》らしてから姫君《ひめぎみ》にお弾《ひ》かせになったところ、秋風楽《しゅうふうらく》という楽曲《がっきょく》を、今《いま》のこの時期《じき》に合《あ》わせてお弾《ひ》きになったが、まことに十歳《じっさい》を少《すこ》し越《こ》えた人《ひと》の琴《こと》の音《ね》とも聞《き》こえず、気品《きひん》があり、情趣《じょうしゅ》があることはこの上《うえ》もない。母君《ははぎみ》（寝覚の上《ねざめのうえ》）の御琴《おんこと》の音《ね》は、たいそう心《こころ》に沁《し》み、魅力的《みりょくてき》なところが、なるほど天人《てんにん》の耳《みみ》にも聞《き》き過《す》ごされまいと思《おも》うほどすばらしい。こちらの姫君《ひめぎみ》の御琴《おんこと》の音《ね》は趣深《おもむきぶか》く優美《ゆうび》で、何《なに》かぞっとするほど気高《けだか》いところが今《いま》から優《すぐ》れていらっしゃるが、そこへまさこ君《ぎみ》が横笛《よこぶえ》を吹《ふ》き合《あ》わせられ、その音色《ねいろ》は空《そら》まで澄《す》み上《のぼ》って、笛《ふえ》の名手《めいしゅ》として知《し》られる中納言《ちゅうなごん》のそれよりもやや優《まさ》るほどなので、あまりにそら恐《おそ》ろしいまでにすばらしく、お二人《ふたり》の容貌《ようぼう》もまた光《ひか》るように美《うつく》しくて、弾《ひ》き出《だ》され、吹《ふ》き出《だ》される琴《こと》、笛《ふえ》の音《ね》はもはやこの世《よ》のものとも思《おも》えないのを、入道殿《にゅうどうどの》は過《す》ぎ去《さ》ってしまった年齢《ねんれい》が残念《ざんねん》で、「今少《いますこ》し、なお生《い》き長《なが》らえて、この方々《かたがた》の将来《しょうらい》を見《み》たいものだ」と、しみじみといとしく思《おも》われる。女君《おんなぎみ》は御几帳《みきちょう》の中《なか》にやはり半《なか》ば隠《かく》れるようにして、はっきりと姿《すがた》をお見《み》せにならないので、入道殿《にゅうどうどの》は「やはり外《そと》にお出《い》でなさい。どうしてそんなに隠《かく》れてばかり」と申《もう》し上《あ》げなさると、女君《おんなぎみ》がいざり出《で》て来《こ》られたところ、琵琶《びわ》をお渡《わた》しになって、「これを少《すこ》し、お二人《ふたり》の合奏《がっそう》にお弾《ひ》き加《くわ》えください。まことに評判《ひょうばん》の高《たか》かった御琵琶《おんびわ》の音《ね》を長《なが》い間聞《あいだき》いていませんが、どんなになられたでしょう」とお渡《わた》しになるので、「どうして弾《ひ》けましょう」とご辞退申《じたいもう》し上《あ》げるべき時《とき》でもないので、少《すこ》し掻《か》き合《あ》わせなさるが、その音色《ねいろ》は何《なに》ものにも喩《たと》えようがなく、この世《よ》のものならぬ音声楽《おんじょうがく》の響《ひび》きと聞《き》こえ、見《み》た目《め》にはこれほどすばらしいお子《こ》たちと区別《くべつ》ができないほどお若《わか》く、輝《かがや》くばかりの美貌《びぼう》とはこの人《ひと》のことを言《い》うのであろうと入道《にゅうどう》にはお見《み》えになる。

この光景《こうけい》に父入道《ちちにゅうどう》はなぜ一時《いっとき》でも女君《おんなぎみ》を尼《あま》にさせようと思《おも》ったのだろう、

あの時内大臣《ときないだいじん》（男君《おとこぎみ》）が打《う》ち明《あ》けてくださらなかったら、取《と》り返《かえ》しのつかないことになっていただろう。この美《うつく》しい髪《かみ》を削《そ》ぐなんてまったくあきれたことだったと、女君《おんなぎみ》を出家《しゅつけ》させなかったことに安堵《あんど》を覚《おぼ》える。

さっと風《かぜ》が吹《ふ》いたので、木々《きぎ》の梢《こずえ》からほろほろと木《こ》の葉《は》が散《ち》り乱《みだ》れて、御琴《おんこと》にふりかかったように散《ち》り覆《おお》い、折《おり》からのその風情《ふぜい》がすばらしく、入《にゅう》道殿《どうどの》は「たった今《いま》、こうした情趣《じょうしゅ》を解《かい》する人《ひと》が現《あらわ》れればよいのに。内大臣《ないだいじん》殿《どの》がおいでになって、御覧《ごらん》になったらどんなに甲斐《かい》ある心地《ここち》がするだろう」と思《おも》ったちょうどその時《とき》、折《おり》しも内大臣《ないだいじん》（男君《おとこぎみ》）がお越《こ》しになった。合奏《がっそう》の音《ね》に惹《ひ》かれてこちらにお出《い》でになったのを、入道殿《にゅうどうどの》はまことにうれしく甲斐《かい》あることにお思《おも》いになって、喜《よろこ》んでお迎《むか》えになる。

❖十月《かんなづき》ついたちごろ、京《きやう》に出《い》でさせ給《たま》はむこと明後日《あさて》ばかりとての夕《ゆふ》つ方《かた》、入道《にふだう》殿《どの》こなたに渡《わた》り給《たま》ひて、紅葉《もみぢ》の色々《いろいろ》おもしろく、錦《にしき》を引《ひ》けるやうなる山《やま》の方《かた》を、御簾《みす》ども参《まゐ》らせて、落《お》ち来《く》る滝《たき》の流《なが》れも殊《こと》なる気色《けしき》なるを、姫君《ひめぎみ》に御覧《ごらん》ぜさせ給《たま》ふほど、うちしぐれつつ奥《おく》まで散《ち》り乱《みだ》るる気色《けしき》もいみじきほどなるに、姫君《ひめぎみ》の御《お》前《まへ》の箏《しやう》の御琴《おんこと》こころみ給《たま》ふとて、我少《われすこ》し調《しら》べ掻《か》き鳴《な》らして、さしたてまつらせ給《たま》へれば、秋風楽《しうふうらく》を、ただ今《いま》の折《をり》に合《あ》はせて弾《ひ》き給《たま》へる、すべて十余《じふよ》の人《ひと》の琴《こと》の音《ね》とも聞《き》こえず、上衆《じやうず》めきおもしろきこと限《かぎ》りなし。母君《ははぎみ》の御琴《おんこと》の音《ね》は、すごくあはれになつかしきところぞ、げに天人《てんにん》の耳《みみ》にも聞《き》き過《す》ごさるまじくいみじき。これは、いとおもしろく美々《びび》しく、そぞろ寒《さむ》く上衆《じやうず》めかしきこと、今《いま》から優《すぐ》れ給《たま》へるに、まさこ君《ぎみ》の横笛《やうぢやうふ》吹き合《あ》はせ給《たま》へる音《ね》は、雲居《くもゐ》に澄《す》みのぼりて、名《な》を上《あ》げ給《たま》へる中納言《ちゆうなごん》のにやや優《まさ》るやうなるを、あまりゆゆしく、かたちども、はた光《ひか》るやうにをかしくて、弾《ひ》き出《い》で吹《ふ》き鳴《な》らし給《たま》ふ琴《こと》、笛《ふえ》の音《ね》は、この世《よ》のものとも聞《き》こえぬを、過《す》ぎぬる齢《よはひ》のほど口惜《くちを》しく、「今《いま》しばし、なほ長《なが》らへて、この御末《おんすゑ》どもを見《み》ばや」と、あはれにかなしきに、上《うへ》は御几帳《みきちやう》の内《うち》になほはた隠《かく》れて、さだかにもおはせぬを、「なほ外《と》に出《い》でさせ給《たま》へ。あやしく埋《む》もれて」と聞《き》こえ給《たま》へば、ゐざり出《い》で給《たま》へるに、琵琶《びは》奉《たてまつ》り給《たま》ひて、「これ少《すこ》し、この御琴《おんこと》どもにさしまさせ給《たま》へ。いと殊《こと》に聞《き》こえし御琵琶《おんびは》の音《ね》を、久《ひさ》しく聞《き》き侍《はべ》らぬ、いかがなりにたらむ」とて、奉《たてまつ》り給《たま》ふを、「いかでか」など、かへさひきこゆべきほどならねば、少《すこ》し掻《か》き合《あ》はせ給《たま》ふは、たとへて言《い》はむ方《かた》なく、音声楽《おんじやうがく》の声《こゑ》と聞《き》こえ、見《み》る目《め》は、かばかりいみじき君達《きんだち》にけぢめも分《わ》かれず、輝《かかや》くとはかかるを言《い》ふなめりと見《み》え給《たま》ふ。

○

風《かぜ》のさと吹《ふ》きたるに、木々《きぎ》の木末《こずゑ》ほろほろと散《ち》り乱《みだ》れて、御琴《おんこと》に降《ふ》りかかりたるやうに散《ち》りおほひたる、折《をり》さへいみじきに、「ただ今物思《いまものおも》ひ知《し》らむ人《ひと》もがな。大臣渡《おとどわた》りて見《み》たてまつり給《たま》はむ時《とき》、いかにかひある心地《ここち》せむ」と思《おも》ふほどにしもぞ、渡《わた》り給《たま》ひたる。御琴《おんこと》の音《ね》どもを尋《たづ》ねてこなたにおはしましたるを、うれしくかひありと思《おぼ》して、待《ま》ち喜《よろこ》びきこえ給《たま》ふ。

✲内大臣の登場に入道も自ら箏の琴を手にし、あらためて合奏が始まる。しかし女君は琵琶を弾きやめ、几帳の中に隠れてしまう。その昔、女君が父入道から習ったのは箏の琴であったが、天人から伝授を受けたのは琵琶であった。彼女が琵琶を弾奏する場面は現存部分ではほとんど見られず、天人が「おのが琵琶《びは》の音《ね》弾《ひ》き伝《つた》ふべき人《ひと》、天《あめ》の下《した》には君一人《きみひとり》なむものし給《たま》ひける。これもさるべき昔《むかし》の世《よ》の契《ちぎ》りなり。これ弾《ひ》きとどめ給《たま》ひて、国王《こくわう》まで伝《つた》へたてまつり給《たま》ふばかり」（巻一③）と残した予言の行方が気になるところである。

さてその後、内大臣を追って女君の兄や、内大臣の弟、さらに上達部《かんだちめ》、殿上人《てんじょうびと》たちが紅葉の美しい広沢の地に集まり、世にその名が聞こえた博士たちをにわかに召して詩文を作らせ、華やかな詩歌管絃の宴《うたげ》が催されたのであった。入道は娘（女君）では果たせなかった入内の夢を、孫の石山姫君の将来に託して、長生きしたいと思うようになる。そして秘蔵の唐渡《からわた》りの琴《きん》の琴《こと》を石山姫君に授けるのであった。

★コラム　音声楽《おんじょうがく》

「音声楽」は「おんじょうがく」と読み、雅楽の管絃の楽の総称とされるが、物語においては平安時代の作品『うつほ物語』に六例見られ（『源氏物語』には用例が見られない)、いずれも天人に関わるもの、あるいはこの世ならぬ不思議な力を持つものとして描かれている。ここでの女君の琵琶の音はまさしくその昔天人から授けられたものでもあり、「音声楽」と呼ばれるにふさわしいものといえよう。

⑩　女君《おんなぎみ》、男君《おとこぎみ》に核心《かくしん》を突《つ》く反論《はんろん》を述《の》べる

女君（寝覚の上）は、気まずい思いを抱えながら夕暮れに紛れるようにして、父入道殿に帰京の挨拶《あいさつ》のために対面、その後内大臣（男君）に連れられて、姫君たちと共に京の邸《やしき》に戻る。帰京の際、「一《いち》の車《くるま》には姫君《ひめぎみ》二所《ふたところ》、御乳母《おんめのと》ども、次《つぎ》の車《くるま》に殿《との》、上《うえ》、奉《たてまつ》りて」（一番《いちばん》めの車《くるま》には姫君《ひめぎみ》お二人《ふたり》と乳母《めのと》たち、次《つぎ》の車《くるま》には内大臣《ないだいじん》と北《きた》の方《かた》（女君）がお乗《の》りになり）と記述される。この「上」は「内大臣の北の方」の意と取ることができる。二人の関係は入道をはじめ京の貴族たちにも知られるところとなり、同車しての都入りは、これから女君が「故老関白の上」としてではなく、「内大臣の上」としての人生を歩むことを示唆している。道中、男君は、その昔、広沢に正妻だった故大《おお》君《ぎみ》を迎えに行き、女君（当時の中の君）を残してきた折のことを思い出す。これからの生活に心を弾ませる男君の気持ちには添えず、出家も叶《かな》わず、広沢でのそれなりの心穏やかな生活に別れを告げ、憂いを抱えながら、再び葛藤《かっとう》の多い京へ戻る女君である。

男君《おとこぎみ》は「いやもう、どうして私《わたし》は、慰《なぐさ》められることもあろうかと、女一《おんないち》の宮《みや》に通《かよ》うことなどを思《おも》い付《つ》いたのだろう。今《いま》はまた他《ほか》に心《こころ》を分《わ》けることなく、思《おも》いのままにあなたと一緒《いっしょ》にいられたのに。すべては昔《むかし》からあなたの御心《おこころ》があまりにも薄情《はくじょう》なのがいけなかったのですよ。申《もう》し上《あ》げたとおりに私《わたし》に靡《なび》いてくださっていたら、その当座《とうざ》しばらくは人聞《ひとぎ》きの悪《わる》い聞《き》きにくい非難《ひなん》を私《わたし》もあなたも負《お》ったでしょうが」と、今《いま》また繰《く》り返《かえ》し恨《うら》み続《つづ》けなさるので、女君《おんなぎみ》（寝覚《ねざめ》の上《うえ》）は「どうして、そのようにご自分勝手《じぶんかって》なことばかりおっしゃるのでしょうか。誰《だれ》のせいでこんなにつらい心乱《こころみだ》れる思《おも》いをせねばならないのかしら」と言《い》い出《だ》しなさったのを、男君《おとこぎみ》に「どうして、どうして私《わたし》が悪《わる》いのか」と問《と》い詰《つ》められて、女君《おんなぎみ》は「いえいえ。あの旅寝《たびね》の夢《ゆめ》のような九条《くじょう》での一夜《いちや》の相手《あいて》が誰《だれ》だか確認《かくにん》するまでは、結婚《けっこん》せずに一人《ひとり》でいようとお思《おも》いにならなかった御心《おこころ》の浅《あさ》さから、さまざまな混乱《こんらん》が起《お》こったのだと思《おも》いますよ」と、ほほ笑《え》んで隔意《かくい》もなく言《い》い出《だ》しなされた親《した》しげな様子《ようす》に、男君《おとこぎみ》も自然《しぜん》と苦笑《くしよう》されて「それはあの女性《じよせい》が但馬守時《たじまのかみとき》明《あきら》の娘《むすめ》と思《おも》ったからで、それで中宮《ちゆうぐう》に少将《しようしよう》（時明《ときあきら》の娘《むすめ》の出仕名《しゆつしめい》）を召《め》し出《だ》させたのですよ。そのうえで逢《あ》おうと思《おも》ったのですが、それは心《こころ》が浅《あさ》いのでしょうか」とおっしゃると、

「それにしてもあんなに早《はや》く、思《おも》いを焦《こ》がす間《ま》もないぐらいに私《わたし》の姉《あね》（大君《おおいぎみ》）に靡《なび》き寄《よ》って結婚《けつこん》なさるべきだったでしょうか」と、お言《い》い出《だ》しになる女君《おんなぎみ》の風情《ふぜい》、物腰《ものごし》は、釈迦仏《しやかぶつ》が悟《さと》りに入《はい》られたのであっても、なお心《こころ》が乱《みだ》れておしまいになりそうなほど、目《め》を奪《うば》われ、美《うつく》しい。男君《おとこぎみ》は、

「思《おも》い悩《なや》み、慰《なぐさ》められることもあろうかと姉君《あねぎみ》と結婚《けつこん》したのですが、峰《みね》にかかる白雲《しらくも》のように、晴《は》れず迷《まよ》ってきた私《わたし》の心《こころ》です」

❖「いでや、など、慰《なぐさ》むこともやと思《おも》ひ寄《よ》りしならむ。今《いま》は、また分《わ》く方《かた》なく思《おも》ふさまにてあらましものを。すべて、昔《むかし》より御心《おんこころ》のいみじく恨《うら》めしきが怠《おこた》りなり

や。聞《き》こえしままに靡《なび》き給《たま》ひたらましかば、しばしぞ音《おと》聞《ぎ》き乱《みだ》りがはしきもどきを、我《われ》も人《ひと》も負《お》はましか」など、今取《いまと》り返《かへ》し恨《うら》み続《つづ》け給《たま》へば、「など、かく我《わ》が御方《おんかた》ざまにのみは。誰《た》がつらかりける乱《みだ》れにかは」と言《い》ひ出《い》で給《たま》へるを、「いかに、いかに」と、せめて問《と》はれて、「いなや、旅寝《たびね》の夢《ゆめ》を思《おも》ひ合《あ》はするまでは一人《ひとり》あらむと思《おぼ》さざりける浅《あさ》さに、さまざまなりける乱《みだ》れとこそおぼゆれ」と、うち笑《ゑ》みてうらもなく言《い》ひ出《い》で給《たま》ひたるなつかしさに、我《われ》も笑《ゑ》まれて、「それは、時明《ときあきら》が女《むすめ》と思《おも》ひて、宮《みや》に少将《せうしやう》をば召《め》させしぞかし。さて見《み》むと思《おも》ひしは、浅《あさ》かりけりや」とのたまへば、

「それにてもさやはほどなく藻塩《もしほや》焼く煙《けぶり》もあへず靡《なび》き寄《よ》るべき」

と、うち言《い》ひ出《い》で給《たま》ひたる気色《けしき》、有様《ありさま》、釈迦仏《しやかぶつ》の定《ぢやう》に入《い》り給《たま》ひたらむも、なほうち乱《みだ》れ給《たま》ひぬばかりぞ、見《み》まほしくをかしきや。

「思《おも》ひわび慰《なぐさ》むやとて靡《なび》きしに晴《は》れず迷《まよ》ひし峰《みね》の白雲《しらくも》」

＊藻塩焼く煙もあへず　「靡き寄るべき」を導く序詞。「藻塩の煙」については巻三⑦参照。

✲女一の宮との結婚を悔いるとともに、女君のつれなさをまた言い出す男君に、九条の人違いの一夜の後、相手の素性を確認せずに姉大君と結婚した当時の男君のふるまいを強く批判する女君。今までは女君の心中での苦悩が多く描写されてきたが、心中で耐えるばかりの彼女ではない。しかし、そんな様子ですら、魅力的としてしか捉《とら》えられない男君は女君の心を理解できない。

⑪ 女一《おんないち》の宮《みや》の密《ひそ》かな苦悩《くのう》

内大臣（男君）が公然と寝覚の上（女君）と子どもたちを伴って内大臣邸に入ったことに、正妻である女一の宮も心中穏やかではない。女君も内大臣が女一の宮のもとに出向かないことを心苦しく思う。そんな中、ようやく女一の宮のもとを訪れた内大臣の姿は「いみじくきよらににほひなまめきて、いとのどやかに」（たいそう気品があって美しく優美で、とてもゆったりとして）という様子で、その堂々とした姿を見て、それまで嘆き合っていた女一の宮方の女房たちもその嘆きを忘れるほどであった。

女一《おんないち》の宮《みや》も、どうしてそんなにものがおわかりにならないことがあろうか。大皇《たいおう》の宮《みや》（后《きさい》の宮《みや》）がひどいことを際限《さいげん》もなく書《か》き尽《つ》くしなさったお手紙《てがみ》などを御覧《ごらん》になると、「内大臣《ないだいじん》（男君《おとこぎみ》）様《さま》が薄情《はくじょう》だと言《い》えるであろうか。寝覚《ねざめ》の上《うえ》（女君《おんなぎみ》）のことは昔《むかし》から内大臣様《ないだいじんさま》が深《ふか》く心《こころ》を寄《よ》せていた方《かた》だと聞《き》いていた。その上大切《うえたいせつ》に連《つ》れ添《そ》った方《かた》（故大君《こおおいぎみ》）がおられたのに、無理《むり》やりに内大臣様《ないだいじんさま》に好意《こうい》を寄《よ》せて私《わたし》と結婚《けっこん》させたのが間違《まちが》いだったようだ」と、誰《だれ》のせいでもなく情《なさ》けなく、思《おも》い悩《なや》んでおられるご様子《ようす》は、まことにもっともだといっても当然《とうぜん》すぎるが、一体《いったい》どう申《もう》し上《あ》げたらよいであろう。

大皇《たいおう》の宮《みや》からの恨《うら》み、怒《いか》り、そして女一《おんないち》の宮《みや》に朱雀院《すざくいん》に戻《もど》るように勧《すす》める長《なが》い手紙《てがみ》を目《め》にした内大臣《ないだいじん》（男君《おとこぎみ》）は、女君《おんなぎみ》との関《かか》わりを子《こ》どもたちの存在《そんざい》にかこつけて弁明《べんめい》する。

女一《おんないち》の宮《みや》のはしたなく言葉《ことば》に出《だ》してはおっしゃらない御性質《ごせいしつ》、御態度《ごたいど》は、内大臣《ないだいじん》には、たいそう思《おも》うとおりでうれしく、すばらしく、かえってこうした状況《じようきよう》なので、お気《き》の毒《どく》で申《もう》し訳《わけ》なさがまさるようにお思《おも》いになるものの、重々《おもおも》しく気品《きひん》があり過《す》ぎて、あまりにきちんとされていて、言《い》い訳《わけ》をする余地《よち》もないほどでおられるので、内大臣《ないだいじん》も言葉《ことば》少《すく》なになって、あの人《ひと》（寝覚《ねざめ》の上《うえ》）は、とてもおっとりとして、どこまでもか弱《よわ》くふるまいながら、しかるべき時々《ときどき》には聞《き》き過《す》ごさず、つらいことも身《み》にしむことも、必《かなら》ず耳《みみ》にとめ、よくわかっていらっしゃる御様子《ごようす》と見《み》えて、隔《へだ》てなくやさしくかわいげで、それとなくものをおっしゃる御様子《ごようす》が可憐《かれん》であふれるような美《うつく》しさなので、「今《いま》すぐにでも逢《あ》いたい」とばかり思《おも》いやられてくるのを抑《おさ》え、さりげなく体裁《ていさい》よくふるまって、その夜《よ》も明《あ》けた。翌日《よくじつ》ものんびりとお話《はな》しになりながら女一《おんないち》の宮《みや》とお過《す》ごしになる。

❖宮《みや》も、いかでかは、さのみものを思《おぼ》し知《し》らせ給《たま》はざらむ。后《きさい》の宮《みや》のいみじきことども書《か》き尽《つ》くさせ給《たま》へる御文《おんふみ》どもを御覧《ごらん》ずるに、「人《ひと》やはつらき。昔《むかし》より、かかる本意深《ほいふか》き人《ひと》とは聞《き》こえき。また、え去《さ》らず添《そ》ひたる人《ひと》ありしを、あながちに思《おぼ》し寄《よ》りもてなさせ給《たま》へる怠《おこた》りにこそあめれ」と、人《ひと》やりならず心憂《こころう》くて、思《おぼ》し乱《みだ》れたる御気色《おんけしき》、いともいともことわりとも世《よ》の常《つね》なれども、いかがは聞《き》こえむ。

なほなほしく言《こと》に出《い》でてのたまはぬ御心《おんこころ》ばへ、気色《けしき》は、いみじく思《おも》ふさまにうれしくめでたく、なかなかかかるにしも、いとほしくかたじけなきことまさるやうにおぼえ給《たま》ふものから、重《おも》りかにあてなる方《かた》も過《す》ぎて、あまりいとうるはしく、我《わ》が怠《おこた》り言《い》ひどころなくおはしますにぞ、我《われ》も言少《ことずく》なになりて、いとおほどかに、尽《つ》きせずあえかにはもてなしながら、さべき節々《ふしぶし》聞き過《す》ぐさず、憂《う》きもあはれなるも、必《かなら》ず聞《き》きとどめ思《おも》ひ知《し》るなめりかしと見《み》えて、うらもなく心《こころ》うつくしげにうちかすめ給《たま》ふ有様《ありさま》の、らうたげににほひ多《おほ》かるは、「今《いま》も見《み》てしか」とのみ思《おも》ひやられ給《たま》ふを、さりげもなく様《さま》よくもてないて、その夜《よ》も明《あ》けぬ。またの日《ひ》も、のどやかにうち語《かた》らひ暮《く》らいたてまつり給《たま》ふ。

＊今も見てしか　「あな恋し今も見てしか山がつの垣ほに咲ける大和撫子（ああ恋しい、今も逢いたいものだ。山に住む木こりや猟師が住む粗末な家に咲いていた大和撫子のようなあの人に）」（『古今集』恋四・よみ人しらず）に拠る表現。

✲男君が堂々と女君を京に連れ帰ったことに、怒りの収まらない大皇の宮に対して、冷静に自分の置かれてきた立場を思う女一の宮の、高貴さ、端正な態度、人柄の良さは以前にも紹介されていた（巻五⑦）。しかし、そんな優れた人物として描かれる女一の宮とともにいながらも男君の心は女君へと向かう。この物語においては、他の物語と異なり、男君のまわりに別の優れた女性が登場しても、常に男君の心は女君一人に惹《ひ》かれていく。

⑫ **女君《おんなぎみ》、亡《な》き夫《おっと》（老関白《ろうかんぱく》）を思《おも》い、世《よ》を諦《あきら》める**

一方、女君（寝覚の上）は出家への未練を抱えて、現在の我が身を思う。

寝覚《ねざめ》の上《うえ》（女君《おんなぎみ》）の方《ほう》では、暮《く》れる夜《よる》、明《あ》ける日《ひ》ごとに、昔《むかし》がまた恋《こい》しく思《おも》われないわけはなく、「やはりそうだった。こんなふうになると思《おも》ったとおりだったわ。あの時出家《ときしゅっけ》をしていたら、今頃《いまごろ》はやっと殿《との》（男君《おとこぎみ》）のことも思《おも》い離《はな》れ、仏道修行《ぶつどうしゅぎょう》に専念《せんねん》して、まったくこの世《よ》のことは忘《わす》れて心《こころ》穏《おだ》やかであっただろうに。この上《うえ》なく不《ふ》本意《ほんい》なことだ」と心中《しんちゅう》では思《おも》うが、「絶《た》え間《ま》もなく、あまりにも脇目《わきめ》も振《ふ》らずに側《そば》におられた故老関白《ころうかんぱく》の御態《ごたい》度《ど》を、『うっとうしいこと。時々《ときどき》は他《ほか》にお通《かよ》いになるところがおありになって、こちらにお見《み》えにならなければ、気軽《きがる》に音楽《おんがく》を楽《たの》しんだり、くつろいでいられるのに、気《き》を緩《ゆる》められる時《とき》もなく、いつもずっと側《そば》におられることよ』と思《おも》ったあの頃《ころ》の願《ねが》いがかなったというものなのだわ」と思《おも》い知《し》られ、「こうしていつまでいられる身《み》であろうか。もし無事《ぶじ》に出産《しゅっさん》したら、結局《けっきょく》思《おも》う志《こころざし》（出家《しゅっけ》）を遂《と》げずに終《お》わってしまうのであろう。幼《おさな》い子《こ》どもたちの御縁《ごえん》に引《ひ》かれて出家《しゅっけ》できず、ふらふらと京《きょう》に戻《もど》ってきたようなものだ。女一《おんないち》の宮様《みやさま》がおられる以上《いじょう》、内大臣様《ないだいじんさま》のまったくもっともなお扱《あつか》いを冷淡《れいたん》だなどと思《おも》い悩《なや》むのは、自分《じぶん》の心《こころ》に反《はん》して情《なさ》けないことだ」とお思《おも》いになるので、男君《おとこぎみ》のことを、ほんのかりそめの、あまり関《かか》わりのない人《ひと》だと割《わ》り切《き》って、うちとけて恨《うら》みがましい様子《ようす》はおくびにも出《だ》さず、「これはいつまでもいられない世《よ》に、しばらく関《かか》わりあっているだけのこと」とお諦《あきら》めになって、故大臣《こおとど》（故老関白《ころうかんぱく》）がお亡《な》くなりになった後《あと》の態度《たいど》と変《か》わらないのを、男君《おとこぎみ》はとてもつらく思《おも》われるので、たいそう恨《うら》んでいらっしゃるが、女君《おんなぎみ》は相変《あいか》わらず可憐《かれん》で親《した》しげにのみ接《せっ》しながら、今《いま》はとうちとける気持《きも》ちもないので、いささかもこの心《こころ》に不満《ふまん》に思《おも》っていることなどは表《おもて》に見《み》えるはずもないのであった。

❖こなたには、暮《く》るる夜明《よあ》くる日《ひ》ごとに、昔《むかし》はた恋《こひ》しからぬやうなく、「さればよ。思《おも》はざりしことかは。今《いま》は、やうやう世《よ》を思《おも》ひ離《はな》れて、行《おこな》ひより他《ほか》のことなく、いかにもこの世《よ》のことは思《おも》ひ絶《た》えてやすからましものを。尽《つ》きせずあいなくもあるかな」と、心《こころ》のうちに思《おぼ》せど、「隙《ひま》なく、あまり横目《よこめ》なかりし昔《むかし》の御有様《おんありさま》を、『むつかしくもあるかな。時々《ときどき》は行《ゆ》きあかるる方《かた》ありて見《み》え給《たま》はずは、心《こころ》やすく遊《あそ》びをもし、うち解《と》けてあるべきに、心緩《こころゆる》ぶ時《とき》なく、つとものし給《たま》ふよ』とおぼえしことの、かなふにこそあめれ」と思《おぼ》し知《し》られ、「かくてもいつまであべき身《み》ぞ。もし平《たひ》らかにもあらば、つひに思《おも》ふ本意《ほい》遂《と》げでこそあらめ。幼《をさな》き人々《ひとびと》の御《おん》ゆかりばかりに背《そむ》きがたく、さすらへ出《い》でたるにこそあめれ。いとことわりなる御《おん》もてなしを思《おも》ひ知《し》り顔《がほ》ならむ、我《わ》が思《おも》ふさまには違《たが》ひてうたてあべし」と思《おぼ》せば、かりそめのよその者《もの》に思《おも》ひ放《はな》ち、うち解《と》けて恨《うら》み顔《がほ》なる気色《けしき》、ゆめにも漏《も》らさず、「こは、あるまじき世《よ》に、しばしめぐらふぞかし」と思《おぼ》し絶《た》えて、故《こ》大臣《おとどう》失《う》せ給《たま》ひて後《のち》のもてなしながらなるを、あまりいと心憂《こころう》くさへ思《おぼ》さるれば、いみじく恨《うら》みわたり給《たま》へど、いつとなくらうたげになつかしくのみもてなしながら、今《いま》はと解《と》くるやうもなければ、かけてもこの心《こころ》づきなき気色《けしき》などあべくもあらず。

✲女君は自分にこの上もない愛情を注いでくれた老関白を懐かしく思い出し、男君とはかりそめの仲と割り切って、どこまでも可憐で親しみやすい態度を見せながら、心から打ち解ける気持ちもない。女一の宮に嫉妬《しっと》をするでもない女君の態度に対して、男君は安心したり物足りなく思ったりする。世間体を気にして男君は女一の宮方に二晩、寝覚の上方に一晩と通うが、それすら女一の宮の母、大皇の宮は気にいらず、相変わらず厳しい態度で接する。男君は自分だからこそ女一の宮を大切に扱っているので、もっと気ままに振る舞う男なら、「帝《みかど》の御女《おほんむすめ》といふとも、あながちに心《こころ》を分《わ》けじものを」（帝の御娘であろうと、ここまで無理をして心を分けることなどしないであろうに）と不愉快に思っている。この男君の言葉からは帝は特別な存在ではなく、権威の低下が感じられる。総じてこの物語において、帝は絶対的な存在としては描かれていない。道長《みちなが》政権以降の藤原摂関家全盛時代、頼通《よりみち》時代が背景にあろう。

⑬ 女君《おんなぎみ》、子《こ》どもたちの世話《せわ》に没頭《ぼっとう》する

女君（寝覚の上）はそんな内大臣（男君）の女一の宮との関係については気にもせず、ひたすら子どもたちの世話に専心している。

女君《おんなぎみ》の方《ほう》では、「どうせこの世《よ》はどこまでも住《す》み通《とお》せることのない仮《かり》の世《よ》」とばかり、世間《せけん》の人《ひと》とは異《こと》なったお考《かんが》えで、「鴫《しぎ》の羽《はね》がき百羽《ももは》がき」という歌《うた》ではないが、たとえ男君《おとこぎみ》が百夜《ももよ》の夜離《よが》れがあったとしても、何《なん》とも気《き》にかかることもないように思《おも》い悟《さと》って、明《あ》けても暮《く》れても姫君《ひめぎみ》たちのお世話《せわ》を、心《こころ》が及《およ》ばないところがないほど行《い》き届《とど》いてなさり、若君《わかぎみ》（まさこ君《ぎみ》）が宮中《きゅうちゅう》にばかり召《め》されてとどめられていらっしゃる、その装束《しょうぞく》のなにやかやに加《くわ》えて、内侍督《ないしのかみ》の殿《との》の宮中《きゅうちゅう》での生活《せいかつ》に関《かん》し、「他《ほか》の方々《かたがた》よりも、どうにかしていま一段《いちだん》、何事《なにごと》も結構《けっこう》なようにしてさし上《あ》げたいもの」と、ご本人《ほんにん》の御装束《おんしょうぞく》、御帳《みちょう》、御几帳《みきちょう》の帷《かたびら》、また女房《にょうぼう》、童《わらわ》、下仕《したづか》え、はした者《もの》に

いたるまで、装束《しょうぞく》はさまざまな色《いろ》を尽《つ》くし、人数《にんずう》に見合《みあ》う数《かず》を、五節《ごせち》の際《さい》や正月《しょうがつ》などに、すっかり準備《じゅんび》を整《とと》えておあげになる。

宰相《さいしょう》中将《ちゅうじょう》の上《うえ》、大納言《だいなごん》の上《うえ》など故老関白《ころうかんぱく》の次女《じじょ》、三女《さんじょ》の方《ほう》にも、皆家司《みなけいし》、政所《まんどころ》などをそれぞれ別々《べつべつ》に配置《はいち》して、不自由《ふじゆう》のないように、万事《ばんじ》を別《べつ》にしておあげになったが、しかるべき折節《おりふし》の御装束《おんしょうぞく》などは、また女君《おんなぎみ》ご自身《じ》が一手《いって》に引《ひ》き受《う》けてなさり、心《こころ》が休《やす》まる暇《ひま》がない状態《じょうたい》なので、ほんとうに我《わ》が身《み》の恨《うら》めしさや悲《かな》しさも、よほどのことがない限《かぎ》りは御心《おこころ》にとまるはずもない。「恋《こい》しさが尽《つ》きない故老関白《ころうかんぱく》の形見《かたみ》として、この方々《かたがた》のお世《せ》話《わ》をこそ」と、心《こころ》に深《ふか》く思《おも》っていらっしゃるのを、実《じつ》にすばらしく稀《まれ》なことと、世間《せけん》でも評判《ひょうばん》になり、内大臣《ないだいじん》（男君《おとこぎみ》）もたいそう心《こころ》に沁《し》みて結構《けっこう》なこととお思《おも》い申《もう》し上《あ》げて、自分《じぶん》が少《すこ》しでもこの方々《かたがた》をおろそかにしていると見《み》えるならお気《き》の毒《どく》で、女君《おんなぎみ》と心《こころ》を一《ひと》つに合《あ》わせて親身《しんみ》にお世話《せわ》申《もう》し上《あ》げる。

❖こなたには、「住《す》み果《は》つべき世《よ》かは」とのみ、様異《さまこと》に思《おぼ》しとりつつ、百夜《ももよ》にあらむ鴫《しぎ》の羽《はね》がきも、何《なに》と心《こころ》のとまるまじく思《おも》ひとりて、明《あ》け暮《く》れは姫君《ひめぎみ》たちの御《おん》かしづきを、心《こころ》の及《およ》ばぬことなくし給《たま》ひ、若君《わかぎみ》の、内《うち》にのみ召《め》しこめられ給《たま》へる、御装束《おんさうぞく》なにやかやに添《そ》へて、内侍《ないし》の督《かん》の殿《との》の御交《おんま》じらひのほど、「異方々《ことかたがた》に、いかでいま一際《ひときは》、何事《なにごと》もめづらしく増《ま》いたてまつらむ」と、我《わ》が御装束《おんさうぞく》、御帳《みちやう》、御《み》几帳《きちやう》の帷《かたびら》、女房《にようばう》、童《わらは》、下仕《しもづか》へ、端者《はしたもの》、装束色《さうぞくいろ》を尽《つ》くし、数《かず》によりて、五節《ごせち》のほど、正月《むつき》などに、他事《ことごと》なくいそぎしたてまつり給《たま》ふ。

宰相《さいしやう》中将《ちゆうじやう》、大納言《だいなごん》の御方々《おんかたがた》をも、みな家司《けいし》、政所《まんどころ》などし分《わ》けて、乏《とも》しかるまじく、よろづをし分《わ》かちたてまつり給《たま》ひしかど、さるべき折節《をりふし》の御装束《おんさうぞく》、はた、ただ我《わ》が御営《おんいとな》みにて、心《こころ》の隙《ひま》なきは、げに、ものの恨《うら》めしさもあはれも、おぼろけならでは心《こころ》もとまるべくもあらず。「恋《こひ》しさの尽《つ》きせぬ昔《むかし》の形見《かたみ》には、この御《おん》事《こと》どもをこそは」と、心《こころ》にしめ給《たま》へるを、よにめづらかにありがたきことに、世《よ》語《がた》りにも言《い》ひ伝《つた》へ、殿《との》もいとあはれにめでたく思《おも》ひきこえ給《たま》ひて、つゆもおろかに見《み》えむはいとほしきままに、一《ひと》つ心《こころ》に懇《ねんご》ろに思《おぼ》し扱《あつか》ひきこえ給《たま》ふ。

＊百夜にあらむ鴫の羽がき　「暁《あかつき》の鴫《しぎ》の羽《はね》がき百羽《ももは》がき君《きみ》が来《こ》ぬ夜《よ》は我《われ》ぞ数《かず》かく（明け方の鴫の羽ばたきは「百羽がき」というほどにたくさんすると言いますが、あなたがいらっしゃらない夜は私こそが数を数えて嘆いています）」（『古今集』恋五・よみ人しらず）を踏まえた表現。

✲寝覚の上（女君）は王朝物語の女君としては、異例なほどに多くの子どもの母として描かれる。実子二人（石山姫君、まさこ君。さらに一人妊娠中）、養子として姉の遺児小姫君、故老関白と先妻との間の娘三人と、多くの子女を自ら率先して世話をする。故老関白の長女は内侍督として入内もしており、男親のいないその後見もたやすいことではないであろう。高貴な生まれでありながら思うような結婚もできず、男女の愛に疲れた女君が自ら生きる場として選んだのは、「母」としての自分であった。

⑭ 帝《みかど》、女君《おんなぎみ》への執心《しゅうしん》やまず、譲位《じょうい》を志《こころざ》す

子どもたちの世話に励む女君（寝覚の上）であるが、一方自らの出産も迫っていた。石山姫君、まさこ君の出産の時はよそながら知るしかなかった内大臣（男君）は、今回は自らが率先して安産祈禱《きとう》や産屋の準備などに余念がない。男君の浮かれた気持ちの裏で、帝の女君への執着は相変わらず募っていた。

その頃《ころ》、帝《みかど》には女宮《おんなみや》が三人《さんにん》おられたが、男宮《おとこみや》は東宮《とうぐう》より他《ほか》にはお世継《よつ》ぎの皇子《みこ》がおありにならない。寝覚《ねざめ》の上《うえ》（女君《おんなぎみ》）との仲《なか》も不本意《ふほんい》ながらあきりふっつり消息《しょうそく》も絶《た》え、帝《みかど》は「つれない人《ひと》をもう恋《こ》うことはすまいと思《おも》うのに」と古歌《こか》にもあるように、恋《こい》しさもうらめしさも月日《つきひ》とともにますます忍《しの》び難《がた》く募《つの》っていくままに、女君《おんなぎみ》の息子《むすこ》のまさこ君《ぎみ》を、夜《よる》も昼《ひる》も御前《ごぜん》に召《め》したままお離《はな》しにならず、女御《にょうご》たちの御宿直《おんとのい》の数《かず》は、みなこの君《きみ》に圧《あっ》倒《とう》されておしまいになったが、相手《あいて》がまさこ君《ぎみ》では嫉妬《しっと》にもならず、女御《にょうご》

たちも恨《うら》み言《ごと》をおっしゃりようもないのだが、帝《みかど》は古歌《こか》に「やはり慰《なぐさ》められない」とあるように、理性《りせい》も失《うしな》うばかりに恋《こい》におぼれていらっしゃるので、「なんとか帝位《ていい》を早《はや》く退《しりぞ》いて、今《いま》より少《すこ》し身軽《みがる》な身分《みぶん》になり、内大臣《ないだいじん》（男君《おとこぎみ》）のあの人《ひと》（寝覚《ねざめ》の上《うえ》）への寵愛《ちょうあい》がこの上《うえ》もないとはいっても、今一度《いまいちど》の逢瀬《おうせ》を何《なん》とかして必《かなら》ず果《は》たしたい」と、譲位《じょうい》を急《いそ》がれる思《おも》いが強《つよ》く、退位後《たいいご》の御所《ごしょ》となる冷泉院《れいぜいいん》を急《いそ》いで造営《ぞうえい》させなさりながら、それにつけても皇子《みこ》がお一人《ひとり》しかおられないのをお嘆《なげ》きになっておられる。

❖そのころ、内《うち》に女宮三所《をんなみやみところ》、男《をとこ》、東宮《とうぐう》より他《ほか》の儲《まう》けの君《きみ》おはしまさず。帝《みかど》も、あいなくかき絶《た》え、「つれなきをしも」と言《い》ふやうに、恋《こひ》しさも妬《ねた》さも、月日《つきひ》に添《そ》へて忍《しの》び難《がた》くのみ思《おぼ》しまさらるるままに、まさこ君《ぎみ》を、夜昼御前《よるひるおまへ》も去《さ》らず召《め》しまとはしつつ、女御《にようご》たちの御宿直《おんとのゐ》の数《かず》、この君《きみ》にみな押《お》され給《たま》ひにたれど、様異《さまこと》のことにて、恨《うら》み申《まう》させ給《たま》ふべきかたなきに、「なほ慰《なぐさ》まぬ」といふやうに、ことわりなくのみ思《おぼ》し召《め》さるれば、「いかで位《くらゐ》を疾《と》う去《さ》りて、少《すこ》し軽《かろ》らかなるほどになりて、いみじき大臣《おとど》のもてなし限《かぎ》りなしといふとも、今一度《いまひとたび》の逢瀬《あふせ》を、いかで必《かなら》ず」と、思《おぼ》し急《いそ》ぐ御心《おほんこころ》深《ふか》くて、冷泉院《れいぜいゐん》を急《いそ》ぎ造《つく》らせ給《たま》ひつつ、皇子《みこ》のおはしまさぬ嘆《なげ》きをせさせ給《たま》ふ。

＊つれなきをしも　「つれなきを今《いま》は恋《こ》ひじと思《おも》へども心弱《こころよわ》くも落《お》つる涙《なみだ》か（あの人が無情なので今はもう恋い慕うまいと思うけれど、なんと気弱なことに落ちる涙であることか）」（『古今集』恋五・菅野忠臣《すがののただおむ》）に拠《よ》る表現。

＊なほ慰まぬ　「逢《あ》ひ見《み》てもなほ慰《なぐさ》まぬ心《こころ》かな幾千代《いくちよ》寝《ね》てか恋《こひ》のさむべき（お逢いして愛情を交わしてもなお満たされない私の心だ。いったいどれほど長い夜を共寝したならば、恋の思いが冷めるのだろうか）」（『拾遺集』恋二・紀貫之）に拠る表現。

✽帝は満たされない思いを、女君の息子まさこ君に託し、お側から離さない。それは他の女御たちを圧倒するものであった。そして帝は早く帝位を去って、身軽になって何とか内大臣（男君）を凌《しの》いで、女君との今一度の逢瀬をと願う。身代わりを側に置き、至尊の位である帝位をも恋のためなら辞したいと願い、冷泉院の造営まで進めていく。ひとえに寝覚の上（女君）への恋着のためである。この帝の情念は末尾欠巻部においていよいよ女君を窮地に追い込むことになる。「恋に執着する一人の男」としての帝像が描かれている。

⑮ **意外《いがい》にも内侍督《ないしのかみ》が懐妊《かいにん》し、后妃《こうひ》たちや世間《せけん》も驚《おどろ》く**

帝《みかど》には皇子《みこ》が東宮一人しかおられないので、ぜひもう一人は皇子を、と皆が願い、やきもきしている中、女君（寝覚の上）の養女である故老関白の遺児、内侍督が懐妊する。

中宮《ちゅうぐう》を始《はじ》めとして、女御方《にょうごがた》は何《なん》とかして帝《みかど》の皇子《みこ》を、と心《こころ》を砕《くだ》いておられたところ、十月頃《じゅうがつごろ》から内侍督《ないしのかみ》がご懐妊《かいにん》の模様《もよう》で御気分《ごきぶん》が優《すぐ》れず思《おも》っておられるのを、殿《との》の上《うえ》（寝覚《ねざめ》の上《うえ》）はとてもおいたわしく気《き》がかりで案《あん》じておられるのだが、ちょっとの宵《よい》の間《あいだ》だけでも、内大臣殿《ないだいじんどの》（男君《おとこぎみ》）は女君《おんなぎみ》（寝覚《ねざめ》の上《うえ》）が宮中《きゅうちゅう》に出向《でむ》くことはあるまじきことと思《おも》われ、女君《おんなぎみ》ご自身《じしん》の気持《きも》ちの上《うえ》でも帝《みかど》の御執心《ごしゅうしん》をつらく、疎《うと》ましいことと思《おも》って、急《きゅう》に先《さき》を争《あらそ》うようにして退出《たいしゅつ》した宮中《きゅうちゅう》だからと、参内《さんだい》は考《かんが》えもできず、大弐《だいに》の北《きた》の方《かた》（もとの対《たい》の君《きみ》）や少将《しょうしょう》（女君付《おんなぎみつ》きの女房《にょうぼう》）などを交替《こうたい》で内侍督《ないしのかみ》のもとに参内《さんだい》させてお仕《つか》えさせなさる。兄《あに》の権大納言《ごんだいなごん》、中納言《ちゅうなごん》などを自身《じしん》の代《か》わりにと心配《しんぱい》な様子《ようす》で内大臣《ないだいじん》に願《ねが》い出《で》られると、これらの方《かた》は故老関白《ころうかんぱく》の御恩顧《ごおんこ》を並一通《なみひととお》りのことであると思《おも》っているような方々《かたがた》ではないので、内大臣《ないだいじん》は交替《こうたい》で御宿直《おんとのい》に伺候《しこう》させなさる。

内侍督《ないしのかん》の君《きみ》は、退出《たいしゅつ》したそうな御様子《ごようす》でつらいとお思《おも》いであったが、「やはり今《いま》しばらく体調《たいちょう》を見極《みきわ》めてから」と内大臣《ないだいじん》は退出《たいしゅつ》させなさらないのだが、「やはり御懐妊《ごかいにん》であった」とお確《たし》かめ申《もう》し上《あ》げて、殿《との》の上《うえ》（寝覚《ねざめ》の上《うえ》）の御出産《ごしゅっさん》もいよいよ近《ちか》づいているので、督《かん》の君《きみ》はとても不安《ふあん》に思《おも》っておられる。女君《おんなぎみ》（寝覚《ねざめ》の上《うえ》）も「私《わたし》の命《いのち》もどうなるかわからない出産《しゅっさん》の前《まえ》に退出《たいしゅつ》おさせ申《もう》し上《あ》げて、お目《め》にかかりたいもの」と思《おも》われるのももっともなことなので、正月十日《しょうがつとおか》に懐妊四《かいにんよん》か月《げつ》と奏上《そうじょう》して宮中《きゅうちゅう》より退出《たいしゅつ》なさるので、中宮《ちゅうぐう》でさえ「まあ思《おも》いもかけなかったこと」と動揺《どうよう》されないこともないのに、まして他《ほか》の女御方《にょうごがた》は胸《むね》がふさがって「これはどうしたことかしら」とお思《おも》いになり、世間《せけん》の人々《ひとびと》も「思《おも》いもかけないおめでただ」と事《こと》の意外《いがい》さに驚《おどろ》きあきれて取《と》り沙汰《ざた》するのも、もっともなことである。

❖中宮《ちゆうぐう》をはじめたてまつり、御方々《おんかたがた》、いかでと御心《おんこころ》を尽《つ》くし思《おぼ》し召《め》すに、十月《かんなづき》ばかりより、内侍《ないし》の督《かん》の君《きみ》ただならぬ気色《けしき》になやましう思《おぼ》いたるを、殿《との》の上《うへ》、いと心苦《こころくる》しうおぼつかなう思《おも》ひやりきこえ給《たま》ひながら、あからさまの宵《よひ》のほどだに、殿《との》の、すべてあるまじきことに思《おぼ》し、我《わ》が御心《おんこころ》にも、憂《う》く、疎《うと》ましと、にはかに競《きほ》ひ出《い》で給《たま》ひにし百敷《ももしき》なればと、思《おぼ》しもかけぬままに、大弐《だいに》の北《きた》の方《かた》、少将《せうしやう》などを、たちかはりつつさぶらはせ給《たま》ふ。権大納《ごんだいな》言《ごん》、中納言《ちゆうなごん》などを、身《み》の代《か》はりにと、心苦《こころくる》しげに聞《き》こえ給《たま》へば、故殿《ことの》の御顧《おんかへり》みをよろしく思《おぼ》し知《し》る人々《ひとびと》ならねば、たちかはりつつ御宿直《おんとのゐ》にさぶらはせ給《たま》ふ。

まかでなまほしげに、心苦《こころくる》しげに思《おぼ》したれど、「なほ今《いま》しばし、御心地《おんここち》のさま見果《みは》てて」とて、まかでさせ給《たま》はぬに、「さなりけり」と見定《みさだ》めたてまつりて、殿《との》の上《うへ》の御事《おんこと》もいと近《ちか》くなりぬるを、いみじくおぼつかなげに思《おも》ひきこえ給《たま》ふ。上《うへ》も、「知《し》らぬ命《いのち》のこなたにまかでさせたてまつりて、対面《たいめん》せばや」と思《おぼ》したるもことわりなれば、正月十日《むつきとをか》に、四月《よつき》と奏《そう》してまかで給《たま》ふに、宮《みや》と申《まう》せど「あな思《おも》ひのほか」と、御心動《おんこころうご》かぬやうもなきに、まいて異御方々胸《ことおんかたがたむね》ふたがりて、「こはいかなることぞ」と思《おぼ》され、世人《よひと》も、「思《おも》ひかけざりつることかな」と言《い》ひあさみたるさま、ことわりなり。

✤初めての懐妊の兆候に心細いであろう内侍督を女君は気がかりに思うが、自分の出産も近づき、さらに帝闖入《みかどちんにゅう》事件（巻三⑥⑦⑧）のこともあり、自らが宮中に出向くことは避ける。男君も帝の接近が心配で女君の参内を許さない。帝の執心と些細なことでも帝への対抗心を示す男君の間で女君の心は安まらない。一方、内侍督の懐妊発表は中宮をはじめとして、女御方、さらに世人をも驚かせるものであった。

さて、ようやく宮中より退出してきた内侍督との久しぶりの対面は故老関白の次女、三女も集い、女君にとって心安らぐものであった。帝から内侍督宛てに手紙が届き、その中には女君へのそれもあったが、女君は見もしない。「我《われ》ながらかたじけなくまでぞ思《おぼ》し知《し》らるるや」（自分《じぶん》ながらもったいないまでのことと思《おも》ひ知《し》られることよ）と自分ながらにそのことを受け入れられない心に驚く女君であった。

⑯ 女君《おんなぎみ》、右大臣《うだいじん》（男君《おとこぎみ》）との三番目《さんばんめ》の子《こ》を出産《しゅっさん》

いよいよ女君（寝覚の上）の出産の時は近づき、内大臣（男君）は極度に心配をする。内大臣は正月の司召《つかさめし》で右大臣に昇進、女君の縁続きのものばかりを昇進させる独断の人事を行い、大皇《たいおう》の宮《みや》の不興を買う。そんな中、女君は無事男児を出産する。

二月十日《にがつとおか》、女君《おんなぎみ》は宵頃《よいごろ》から産気《さんけ》づかれてひどくお苦《くる》しみになるので、いよいよ平静《へいせい》な気持《きも》ちでおられる人《ひと》はなく、邸《やしき》の内《うち》も騒《さわ》がしくなって、御誦経《みずきょう》やなんやかやと、正気《しょうき》でおられる人《ひと》は少《すく》なく、ひたすら祈《いの》り、混乱《こんらん》している内《うち》に、ようやくのこと、男《おとこ》の子《こ》で、無事《ぶじ》にお生《う》まれになった、そのうれしさはこの上《うえ》もない。

姫君《ひめぎみ》（石山姫君《いしやまのひめぎみ》）がお生《う》まれになった時《とき》は、今更言《いまさらい》うまでもなく、人目《ひとめ》から隠《かく》すことに一生懸命《いっしょうけんめい》で、思《おも》い嘆《なげ》きながら、逢坂《おうさか》の関《せき》のあちらの石山《いしやま》にひっそりと隠《かく》れていたのを、男君《おとこぎみ》（右大臣《うだいじん》）は訪《たず》ねて行《い》き、姫君《ひめぎみ》を見《み》て感《かん》

じた悲《かな》しさはどれほどの思《おも》いであったか。若君《わかぎみ》（まさこ君《ぎみ》）の時《とき》は、また他人《たにん》に世話《せわ》をさせ、他家《たけ》（老関白家《ろうかんぱくけ》）の子《こ》としてその誕生《たんじょう》を聞《き》かねばならず、つらく思《おも》われたものだったが、今度《こんど》は再《ふたた》び女君《おんなぎみ》と巡《めぐ》りあって、まもなく深《ふか》い宿縁《しゅくえん》のしるしとして男《おとこ》の子《こ》が誕生《たんじょう》された、そのうれしさも感動《かんどう》も格《かく》別《べっ》で、男君《おとこぎみ》はお生《う》まれになるやいなやすぐに抱《だ》き上《あ》げて、臍《へそ》の緒《お》なども自《みずか》ら切《き》られ、他人《たにん》には手《て》を触《ふ》れさせせなさらずに、この上《うえ》もなくお喜《よろこ》びでいらっしゃる様子《ようす》を見申《みもう》し上《あ》げると、邸内《ていない》の人々《ひとびと》はただただ気持《きも》ちよげにうれしそうで、御湯殿《おゆどの》の儀式《ぎしき》をはじめとして、御弦打《おんつるうち》や、読書《どくしょ》の儀《ぎ》に奉仕《ほうし》する人《ひと》も十分《じゅうぶん》でないものは混《ま》ぜず、特《とく》に選《えら》んでご準備《じゅんび》なさるのは、右大臣《うだいじん》（男《おとこ》君《ぎみ》）のこととなるとふだんちょっとしたことに思《おも》われることでさえ、大《おお》仰《ぎょう》な営《いとな》みになるのだが、ましてこのたびの慶事《けいじ》は、右大臣自《うだいじんみずか》らがたいそう熱心《ねっしん》にしきっておられるので、誰《だれ》が並一通《なみひととお》りのことと思《おも》うものがあろうか。「この機会《きかい》になんとしても熱意《ねつい》のほどを右大臣様《うだいじんさま》に御覧《ごらん》に入《い》れたい」と心《こころ》を尽《つ》くして、生後三日《せいごみっか》におなりになる夜《よる》は、殿《との》の政所主催《まんどころしゅさい》のお祝《いわ》いで、殿《との》の家司《けいし》などしかるべきものはすべて、我《われ》も我《われ》もと心《こころ》をこめて奉仕《ほうし》した。大《だい》弐《に》の民部卿《みんぶきよう》(もとの対《たい》の君《きみ》の夫《おっと》)も同夜《どうや》一緒《いっしょ》に奉仕《ほうし》した。五日《いつか》の産養《うぶやしない》は女君《おんなぎみ》の長兄《ちょうけい》の権大納言《ごんだいなごん》と故《こ》老関白《ろうかんぱく》の次女《じじょ》の夫衛門督《おっとえもんのかみ》の主催《しゅさい》であった。

❖二月十日《きさらぎとをか》、宵《よひ》ばかりより、その御気色《おんけしき》にいといたくなやみ給《たま》へば、いとどものおぼゆる人《ひと》なく、殿《との》の内《うち》も騒《さは》ぎて、御誦経《みずきやう》やなにやと、現《うつ》し心《ごころ》なる人《ひと》は少《すく》なく、念《ねん》じ惑《まど》ふに、からうして、男《をとこ》にて平《たひ》らかに生《む》まれ給《たま》へるうれしさぞ類《たぐひ》なきや。

姫君《ひめぎみ》の御時《おんとき》にはさらにも言《い》はず、隠《かく》し惑《まど》ひ、思《おも》ひ嘆《なげ》きつつ、関《せき》のあなたにひき忍《しの》びたりしに、尋《たづ》ね行《ゆ》きて見《み》思《おも》ひし悲《かな》しさはいかばかりの心地《ここち》かはせし。若君《わかぎみ》の御時《おんとき》に、はた人《ひと》に扱《あつか》はせて、よそのものと聞《き》きなしていみじくおぼえしに、行《ゆ》きめぐりて、ほどなく、深《ふか》き契《ちぎ》りのしるしにさし出《い》で給《たま》ひたる、うれしさもあはれも優《すぐ》れて、生《む》まれ落《お》ち給《たま》ふすなはちより抱《いだ》き上《あ》げて、臍《ほぞ》の緒《を》なども我《わ》が御手《おんて》づから、他人《ことひと》に手触《てふ》れさせ給《たま》はで、思《おも》ひよろこび給《たま》ひたるさまの限《かぎ》りなきを、見《み》たてまつり知《し》れば、殿《との》の内《うち》の人《ひと》、ひとへに心地《ここち》よげにうれしげにて、御湯殿《おんゆどの》の儀式《ぎしき》をはじめて、御弦打《おんつるうち》、書読《ふみよ》む人《ひと》もかたほなるは混《ま》ぜず選《え》り整《ととの》へられたる、はかなくわざとならず思《おぼ》いたることをだに、こちたき世《よ》の営《いとな》みなるを、まいてこの度《たび》のことどもは、下《お》りたちていみじく御心《おんこころ》に入《い》れ給《たま》ひたれば、誰《たれ》かはなのめに思《おも》ふがあらむ。「この折《をり》に、いかでも深《ふか》き心《こころ》ざしを御覧《ごらん》ぜられむ」と心《こころ》を尽《つ》くして、三日《みか》にならせ給《たま》ふ夜《よ》は、殿《との》の政所《まんどころ》わざにて、殿《との》の家司《けいし》など、さるべき限《かぎ》り、我《われ》も我《われ》もと心《こころ》を尽《つ》くして仕《つか》うまつれり。大弐《だいに》の民部卿《みんぶきやう》も、同《おな》じ夜仕《よつか》うまつりあはせたり。五日《いつか》は権大納言《ごんだいなごん》、衛門督《ゑもんのかみ》。

✻女君は無事男子出産、男君の感激はひとしおである。先に生まれた石山姫君の時は極秘出産であり、まさこ君の時は故老関白の子として遇さねばならなかった（中間欠巻部による）。今回は自分の子として、さらに今をときめく右大臣家の子として迎えられた喜びを、男君は隠さず、人々もこぞって奉仕した。

この後、盛大な誕生を祝う儀式の様子が描かれる。中宮からのお祝いが届き、出産後の衰弱した身ながら、女君の書く中宮へのお礼の歌は筆跡も見事である。これほど非の打ちどころがない人で、后《きさき》の位ですら最高のものとは思えないほどなのに、その見た目や様子の素晴らしさに比べると「契《ちぎ》り、宿世《すくせ》、下《した》ざまなりける人なり」（前世からの約束、宿縁が劣っていた人なのだ）と男君は思う。さらにこのようなすばらしい人を妻にできた自分に満足する。そんな身勝手な男君の自己満足に語り手は「あながちなる御心《おんこころ》ざしなるや」（あまりにも自分勝手な御心であることよ）と批判的である。

★コラム　誕生にまつわる儀式

いつの世も出産は母子共に生死が関わるものであるが、当時の出産は医療が発達していない分、リスクの高いものであり、それゆえ無事出産となると喜びも大きいものであった。子どもの成長を祈る思いもより強かったであろう。したがって人生儀礼の中でもかなり大がかりのものであった。

まず、誕生と同時に「臍の緒」を切る儀式が行われる。おもに竹刀（あおひえ）が使用された。父方あるいは母方の祖母あるいは産婦自身による例などが多く、ここの場面のように父親が行うことは稀《まれ》であり、まして男君はこの時右大臣という高位であり、極めて異例であった。男君の高揚した喜びが知られるところである。

その後、形式的には生母、実際には乳母《めのと》による「御乳付《おんちつ》け」、「御湯殿《おゆどの》の儀《ぎ》」などが行われ、三日め、五日め、七日め、場合によっては九日めと何日にもわたる「産養《うぶやしない》」（祝賀行事）などには多くの貴族たちが集まり、華やかに行われた。その様子は中宮彰子が一条天皇の皇子を出産した時の模様を記した『紫式部日記』『栄花物語』（はつはな巻）などに詳しい。『夜の寝覚』のこの場面においても、九日めも産養が行われており、右大臣家の子息誕生がどれほど盛大なものであったのかをうかがわせる。

⑰　内侍督《ないしのかみ》（督《かん》の君《きみ》）、男皇子《おとこみこ》を出産《しゅつさん》、中宮《ちゅうぐう》の心境《しんきょう》

若君誕生に右大臣（男君）の帝《みかど》や故老関白への対抗心も落ち着きを見せ、女君（寝覚の上）の心も和らぎ、第三子を間に二人の円満な様子が描かれる。そんな折、男君の正妻女一の宮の父、朱雀院《すざくいん》が崩御。男君は何かと法事などとり仕切る。院の服喪の中、内侍督が帝待望の皇子を出産する。

内侍督《ないしのかみ》が入内《じゅだい》されてまもなく世《よ》の光《ひかり》ともなるべき皇子《みこ》をご出産《しゅつさん》された宿縁《しゅくえん》のすばらしさは、天下《てんか》の人々《ひとびと》も噂《うわさ》し驚《おどろ》いていたが、中宮《ちゅうぐう》もお聞《き》きになって、「私《わたし》にも劣《おと》ることがなかったであろうこの人《ひと》の有様《ありさま》を、『中宮《ちゅうぐう》と肩《かた》を並《なら》べることになっては自然失礼《しぜんしつれい》なこともあるに違《ちが》いない』と故大臣《こおとど》（故老関《ころうかん》白《ぱく》）が恐縮《きょうしゅく》して遠慮《えんりょ》して、男君《おとこぎみ》（右大臣《うだいじん》）を婿《むこ》にと強《つよ》くお望《のぞ》みになったが、大臣《おとどな》亡き後《あと》、私《わたし》が進《すす》んで入内《じゅだい》させ、殿《との》の上《うえ》（寝覚《ねざめ》の上《うえ》）一人《ひとり》を頼《たよ》りにしているので、私《わたし》より下位《かい》のお方《かた》と勝手《かって》に思《おも》っていたが、皇子誕生《みこたんじょう》という慶事《けいじ》

を聞《き》いては、何《なん》とかして私《わたし》もこのようなお子《こ》をもう一人《ひとり》欲《ほ》しいもの。そうすれば今少《いますこ》し世間《せけん》にも注目《ちゅうもく》され、私自身《わたしじしん》としてもどれほどうれしいことだろう」と、このことにつけて御心《おんこころ》が揺《ゆ》れ動《うご》かぬこともなかったが、「まして故大臣《こおとど》（故老関白《ころうかんぱく》）が在世中《ざいせちゅう》に私《わたし》のように后《きさき》に立《た》ったりしなどして、ただもう、お子《こ》たちが次々《つぎつぎ》とお生《う》まれになって威勢《いせい》が増《ま》していかれたりしたら、ほんとうに肩《かた》を並《なら》べるのも難《むずか》しいところであった。その当時《とうじ》は『故《こ》大臣《おとど》もあまりご遠慮《えんりょ》が過《す》ぎておられることだわ。どうして私自身《わたしじしん》が動揺《どうよう》するようなことがあろう』と軽《かる》く見過《みす》ぎていたことは、けしからぬことだった」と、故老関白《ころうかんぱく》の配慮《はいりょ》を、しみじみとありがたくと思《おも》い出《だ》されるにつけ、しいてご自分《じぶん》の心《こころ》を鎮《しず》め、このおめでたを聞《き》き過《す》ごすこともできずに、お祝《いわ》いのお便《たよ》りなどをされるのであった。

❖程《ほど》なく世《よ》の光《ひかり》を取《と》り出《い》で給《たま》へる契《ちぎ》りのめでたさは、天《あめ》の下《したい》言ひ驚《おどろ》きたるを、中《ちゅう》宮《ぐう》も聞《き》かせ給《たま》ひて、「我《われ》にも劣《おと》るまじかりける人《ひと》の有様《ありさま》を、『立《た》ち並《なら》びては、おのづからなめげなることもありなむ』と、故《こ》大臣《おとど》のかしこまり憚《はばか》りて、大殿《おほとの》にあながちに心《こころ》ざし給《たま》ひしを、我《わ》が心《こころ》と許《ゆる》して参《まゐ》らせ、殿《との》の上《うへ》ばかりを頼《たの》む陰《かげ》にて、我《わ》が下方《したかた》と思《おも》ひなすに、かかるをうち聞《き》きては、などか我《われ》も、かかる人《ひと》をいま一人《ひとり》な。いますこし世《よ》にも驚《おどろ》かれ、我《わ》が心地《ここち》にもいかばかりうれしからまし」と、かかるにつけて御心動《おんこころうご》かぬやうもなかりけるを、「まいて、故《こ》大臣《おとど》の世《よ》に、我《わ》がやうにて后《きさき》に居《ゐ》など、ただ広《ひろ》ごりに広《ひろ》ごらましかば、げに立《た》ち並《なら》びにくくもあるべかりけるかな。その折《をり》は、『あまりの心《こころ》にもあるかな。何事《なにごと》にかは、我《わ》が身《み》には心《こころ》動《うご》くばかりのことのあらむ』と思《おも》ひあなづりしは、悪《あ》しかりけりかし」と、あはれにありがたく思《おぼ》し出《い》でらるるにぞ、せめて我《わ》が御心《おんこころ》をも鎮《しづ》め、聞《き》き過《す》ぐし難《がた》くて、御消息《おんせうそこ》などありける。

✲皇子誕生で世間では喜びの中、中宮の心境が語られる。中宮は関白左大臣の娘、右大臣（男君）のきょうだいで、巻一の早い段階ですでに中宮として登場している。東宮を生んでいるが、内侍督の慶事に心中は複雑なものがある。と同時に、在世中に娘を入内させなかった故老関白の配慮を今さらながらに感謝する。中間欠巻部の内容を知ることができない現在、故老関白の人柄はこのように人々の思い出の中から、浮かび上がってくる。

⑱ 帝《みかど》、喜《よろこ》びの文《ふみ》にも女君《おんなぎみ》の返事《へんじ》を期待《きたい》する

父朱雀院《すざくいん》の喪中である帝は、待望の内侍督《ないしのかみ》の皇子《みこ》出産に晴れがましいこともできない。しかし、この機会に寝覚の上（女君）に文《ふみ》を送る。

本来《ほんらい》ならば、たいそうめでたく、嬉々《きき》とした御産室《ごさんしつ》であるが、朱雀院《すざくいん》の御喪《おんも》と重《かさ》なってしまって、折《おり》が悪《わる》くて何《なん》の晴《は》れがましさもない。督《かん》の君《きみ》（内侍督《ないしのかみ》）が御産室《ごさんしつ》にお籠《こ》もりになっているのを、しかるべき人々《ひとびと》たちだけが、内々《うちうち》にひっそりとお祝《いわ》いしただけであったのが、残念《ざんねん》な様子《ようす》であった。こんな喪中《もちゅう》でなければ、どんなにめでたいことであっただろう。

帝《みかど》はこのようなお悲《かな》しみの中《なか》とはいいながら、とても見過《みす》ごしがたくお聞《き》きになり喜《よろこ》ばれて、「右大臣《うだいじん》（男君《おとこぎみ》）も朱雀院《すざくいん》の喪《も》で院《いん》に籠《こ》もって、邸《やしき》には不在《ふざい》と聞《き》く折《おり》、督《かん》の君《きみ》に代《か》わって寝覚《ねざめ》の上《うえ》（女君《おんなぎみ》）からの返事《へんじ》がいくら何《なん》でも、ないということはあるまい。せめてそうした返事《へんじ》なりとも見《み》たい

ものだ」とお思《おも》いになって、七日《なのか》の産養《うぶやしない》の当日《とうじつ》に、青鈍色《あおにびいろ》の紙《かみ》に、

喪《も》の墨染《すみぞめ》の色《いろ》につつまれている宮中《きゅうちゅう》でも、黒雲《くろくも》を払《はら》って朝日《あさひ》が射《さ》すように、光《ひかり》ともいえる皇子《みこ》の誕生《たんじょう》を知《し》ったことです。

と仰《おお》せられた。帝《みかど》が喪中《もちゅう》にも障《さわ》りなくお喜《よろこ》びになり、特《とく》に何《なん》ということのないお祝《いわ》いの言葉《ことば》が並《なら》んでいるお手紙《てがみ》を、女君《おんなぎみ》は結構《けっこう》なことだとうれしく御覧《ごらん》になって、「これこそが女《おんな》として生《い》きがいがある宿世《しゅくせ》というものであろう。自分《じぶん》ほど思《おも》う通《とお》りにならないで終《お》わってしまった例《れい》は多《おお》くはないだろうが、こうして今《いま》あるのは、なるほど心細《こころぼそ》く頼《たよ》りない、さびしげで人目《ひとめ》につかない身分《みぶん》というわけではないが（※以下欠脱）」

❖いとめでたく、うれしげなる御産屋《おんうぶや》の、院《ゐん》の御忌《おほんい》みさしあひて、いと折悪《をりあ》しくて、何事《なにごと》の栄《は》えもなし。御産屋《おんうぶや》に籠《こ》もり給《たま》へる、さべき限《かぎ》り、内々《うちうち》に忍《しの》びやかにもてないたるばかりぞ、口惜《くちを》しげなりける。かからぬほどならましかば、いとどいかがはめでたからまし。

内《うち》には、かかる御思《おほんおも》ひのほどとは言《い》ひながら、いと過《す》ぐし難《がた》く聞《き》こし召《め》し喜《よろこ》ばれて、「大臣《おとど》もなかんなるほど、督《かん》の君《きみ》に立《た》ち代《か》はる返《かへ》り事《ごと》、さりともあらじやは。さてだにこそ見《み》め」と思《おぼ》し召《め》して、七日《なぬか》にならせ給《たま》ふ日《ひ》、青鈍《あをにび》の紙《かみ》に、

墨染《すみぞめ》に晴《は》れぬ雲居《くもゐ》も朝日山《あさひやま》さやけき影《かげ》に光《ひかり》をぞ知《し》る

とおほせられたり。御思《おほんおも》ひにもさはらず、喜《よろこ》ばせ給《たま》ひたる、なげの言葉《ことば》の取《と》り続《つづ》けられたるさま、めでたしかしと、うれしく見給《みたま》ひて、「これこそは、女《をんな》のある甲斐《かひ》ありと言《い》ふべき御宿世《おんすくせ》なめれ。我《わ》が身《み》ばかり、思《おも》はずにてやみぬる類《たぐひ》、多《おほ》くはあらじを、かくてある、げにあとはかなくものさびしげにかすかなる際《きは》にはあらねど（※以下欠脱）」

✿内侍督の慶事に寄せられた帝の文を見ながら、女君は帝の寵愛《ちょうあい》を受け皇子を産んだ内侍督について「これこそは、女《をんな》のある甲斐《かひ》ありと言《い》ふべき御宿世《おんすくせ》」（これこそが女として生きがいがある宿世）と思う。一世源氏の太政大臣の娘として生まれながら、思い通りにならなかった自らの運命を嘆いてきた女君の本心は、ここにあるのだろうか。それとももっと本質的なところで「女の生」を思うのだろうか。このあとの「我《わ》が身《み》

ばかり」と振り返る文脈で脱文があり、現在知ることができないのがなんとも残念である。

⑲　帝《みかど》の文《ふみ》をめぐり男君《おとこぎみ》は嫉妬《しっと》し、女君《おんなぎみ》は故《こ》老関白《ろうかんぱく》をしのぶ

右大臣（男君）は女君（寝覚の上）を訪問。女君の落ち着いてゆったりとした中にも教養が感じられる振る舞いに、素晴らしいと思うあまりにまた帝への嫉妬心がわきおこり、帝への返事の内容を知りたいと問い詰める。女君はこんなこともあろうと残しておいた下書きを見せるが、それでも絡むような右大臣の嫉妬に悩まされ、自然と亡き老関白の包容力のある愛情を思い出さずにはいられない。

「故殿《ことの》（老関白《ろうかんぱく》）は、この右大臣様《うだいじんさま》のことをちょっとばかりほのめかされても、私《わたし》がつらいと思《おも》って顔色《かおいろ》を変《か》える様子《ようす》を御覧《ごらん》になり、ひどく悪《わる》いことをしたとお思《おも》いになって、思《おも》い返《かえ》して私《わたし》をなだめ慰《なぐさ》め、御心《おこころ》の内《うち》には思《おも》うことがおありになりながらも、いささかもお口《くち》にされなかったのに。私《わたし》が無理《むり》にでも殿《との》（右大臣《うだいじん》）のお気持《きも》ちに気《き》を遣《つか》っている甲斐《かい》もなく、ちょっとした罪《つみ》もなさそうなことまで、こうまで邪推《じゃすい》なさるのは、あまりな御《お》

心《こころ》だ。内大臣様《ないだいじんさま》が服喪中《ふくもちゅう》で気《き》がかりなままに過《す》ごしたここ何日《なんにち》かのことなどを差《さ》し置《お》いて、むやみなことを言《い》いだしてお恨《うら》みになる。『なに、つまらないこと。いくらも先《さき》の長《なが》い世《よ》ではないのだから、出《で》しゃばってものを言《い》わずにいよう』と自分《じぶん》の気持《きも》ちを抑《おさ》えて過《す》ごしているのに、あまり考《かんが》えのない女《おんな》だと見下《みくだ》しておられるのであろう。『どんなに自分《じぶん》との仲《なか》を思《おも》い悩《なや》んでいるだろう』などと気兼《きが》ねなさるところもないのだわ。たいそう思慮《しりょ》があり、優《すぐ》れていると言《い》われ思《おも》われているお方《かた》も、情《なさ》けない御自身《ごじしん》のふるまいのせいで私《わたし》との仲《なか》が浅《あさ》くなってしまったということは、その御分別《ごふんべつ》もなかったと言《い》うことだろうか」と残念《ざんねん》に思《おも》われ、自分《じぶん》が無理《むり》に遠慮《えんりょ》して男《おとこ》君《ぎみ》に従《したが》ってきた心《こころ》が悔《くや》しく思《おも》い続《つづ》けられて、答《こた》えもせず、ただつくづくと物思《ものおも》いにふけり、袖《そで》で顔《かお》を隠《かく》し、何気《なにげ》ないふうに奥《おく》にお入《はい》りになろうとするのを、男君《おとこぎみ》は引《ひ》き止《と》めて、「ひどいと思《おも》っておられるのだろう」と女君《おんなぎみ》の心中《しんちゅう》を察《さっ》し、様子《ようす》をうかがうと、なるほどもっともな道理《どうり》だと、御自分《ごじぶん》のあまりな猜疑《さいぎ》心《しん》から、今後《こんご》のことをもこのついでに話《はな》しておこうと思《おも》ったのだが、はっきりとわかるほどに女君《おんなぎみ》が故老関白《ころうかんぱく》のことを恋《こい》しく思《おも》っている様子《ようす》を見《み》るなり、男君《おとこぎみ》は後悔《こうかい》されて、うって変《か》わって、慰《なぐさ》めて機嫌《きげん》をとるが、女君《おんなぎみ》はあれほどまで思《おも》い続《つづ》けて物思《ものおも》いに深《ふか》く沈《しず》んでいるので、男《おとこ》君《ぎみ》は古歌《こか》に「姨捨山《うばすてやま》の月《つき》」とあるように今《いま》さら気持《きも》ちを慰《なぐさ》めようもなく、月《つき》の光《ひかり》に照《て》らされ、とても優美《ゆうび》で、岩《いわ》の上《うえ》に寄《よ》りかかっておられる御姿《おすがた》が絵《え》に描《えが》いたように見《み》えるのも、女君《おんなぎみ》には「興味《きょうみ》ない」と目《め》にもとまらない。そして少々《しょうしょう》年《とし》をとり、世間並《せけんなみ》でありふれていた様子《ようす》だった故老関白《ころうかんぱく》の御《お》心《こころ》ばかりが恋《こい》しく、「自分《じぶん》はどうして少《すこ》しは打《う》ち解《と》ける様子《ようす》をお見《み》せしないで過《す》ごしてしまったのだろう」と後悔《こうかい》されて、月《つき》の光《ひかり》も霞《かす》んで見《み》えず、涙《なみだ》ばかり浮《う》かぶのを、「あまりな思《おも》いようと殿《との》（男君《おとこぎみ》）は思《おも》われるだろう」と恥《は》ずかしく、奥《おく》に入《はい》ってしまいたいが、男君《おとこぎみ》はさすがにお許《ゆる》しにならないので、女君《おんなぎみ》は何気《なにげ》ないふうに紛《まぎ》らわしながら、服喪中《ふくもちゅう》のこともあり男君《おとこぎみ》を中《なか》にお入《い》れになりそうもないので、男君《おとこぎみ》は「帝《みかど》からまた折《お》り返《かえ》しお返事《へんじ》があったに違《ちが》いない」と想像《そうぞう》されるが、お尋《たず》ねになることもできない。

❖「故殿《ことの》の、この御事《おんこと》を夢《ゆめ》ばかりかすめ出《い》で給《たま》ふに、我《わ》がいみじとうち変《か》はる気《け》色《しき》を見《み》給《たま》ひては、いみじき過《あやま》ちしつと思《おぼ》して、ひきかへ、こしらへ慰《なぐさ》め、思《おも》ひながら、かけてもかけ給《たま》はざりしものを。あながちにこの御心《おんこころ》をば、つつみ思《おも》ふかひなく、はかなきほどの罪《つみ》あるまじきことをも、かくのみとりなし給《たま》ふ、こよなき御心《おんこころ》のほどなりかし。おぼつかなくて隔《へだ》たる日《ひ》ごろのことなどをもさしおきて、すずろなることを言《い》ひ出《い》でて恨《うら》みのたまふ。『なぞ、あいなく。幾世《いくよ》あるまじき世《よ》に、うけばり、ものを言《い》はであらむかし』と思《おも》ひ消《け》ちて過《す》ごすを、あまり心《こころ》もなきものとあなづりやすく思《おぼ》すなめりかし。『いかに世《よ》を思《おも》ふらむ』など、憚《はばか》り思《おぼ》すところのなきよ。いみじくもの思《おも》ひ知《し》り、なべてならぬものに言《い》ひ思《おも》はれたる人《ひと》も、憂《う》き我《われ》からに浅《あさ》くなりぬる方《かた》は、その御心《おんこころ》のけぢめもなかりけるをや」とあいなく、我《わ》があながちにつつみ、従《したが》ひたる心《こころ》を、悔《くや》しく思《おぼ》し続《つづ》けて、答《こた》へもせず、ただつくづくとうちながめ出《い》でて、いとひき隠《かく》し、ことなしびにて入《い》り給《たま》ひなむとするを、ひかへて、「さ思《おぼ》すなめり」と、御心《おんこころ》のうち推《お》し量《はか》り、気《け》色《しき》見《み》るに、いともいともいみじきことわりに、我《わ》があまりの心《こころ》に、今《いま》より後《のち》のことをも、このついでにとり出《い》でむと思《おも》ひて、くまなく昔恋《むかしこひ》しき気色《けしき》を見《み》るより悔《くや》しくなりて、ひきかへ、いみじく慰《なぐさ》めこしらふれど、さだに思《おも》ひ続《つづ》けながめたちぬれば、姨捨山《をばすてやま》の月見《つきみ》む心地《ここち》して、月影《つきかげ》に、いとなまめかしくて、岩《いは》の上《うへ》に寄《よ》り居《ゐ》給《たま》へる、絵《ゑ》にかきたらむやうに見《み》ゆるも、「あぢきなや」と、目《め》にもとまらず。少《すこ》しさだ過《す》ぎ、世《よ》の常《つね》のなべてのさまなりし昔《むかし》の御心《おんこころ》のみ恋《こひ》しく、「などて、少《すこ》しうち緩《ゆる》ぶ気色《けしき》を見《み》えたてまつらで過《す》ぎにけむ」と、悔《くや》しきに、月《つき》の光《ひかり》も見《み》えず、涙《なみだ》のみ浮《う》かぶを、「あまり見《み》給《たま》ふらむ」と、心恥《こころは》づかしきに、入《い》りなまほしけれど、さすがに許《ゆる》し給《たま》はねば、さらぬ顔《かほ》に紛《まぎ》らはいつつ、入《い》れ給《たま》ふべくもあらねば、「立《た》ち返《かへ》り、また御消息《おほんせうそこ》ありつらむかし」と思《おも》ひやらるれど、え問《と》ひも出《い》でられ給《たま》はず。

＊姨捨山の月　巻四⑭のコラム参照。

✲帝からの文に嫉妬する右大臣（男君）。自分たちの置かれてきた状況を理解せず、女君が重ねてきた思慮も顧みない男君の分別のなさに、女君は失望する。そして今さらながらに包容力のあった故老関白の愛情を恋しく思い出す。

⑳ 男君《おとこぎみ》の嫉妬《しっと》が続《つづ》き、女君《おんなぎみ》は辟易《へきえき》する

朱雀院《すざくいん》の喪も明け、朱雀院の娘女一の宮の婿として服喪していた右大臣（男君）も久しぶりに女君（寝覚の上）のもとを訪問し、穏やかな時間を過ごすが、そんな中にも男君の帝《みかど》への嫉妬心は募るばかりである。

朱雀院《すざくいん》では院《いん》が崩御《ほうぎょ》されて時《とき》が経《た》つにつれて、女一《おんないち》の宮《みや》がたいそう心細《こころぼそ》げに思《おも》い乱《みだ》れていらっしゃるので、右大臣《うだいじん》（男君《おとこぎみ》）はこうした折《おり》には夜離《よが》れなく通《かよ》ってお慰《なぐさ》めすべきものと思《おも》われるので、あちらに頻繁《ひんぱん》にお出《で》かけになるのを、女君《おんなぎみ》（寝覚《ねざめ》の上《うえ》）ももっともなことだと万事《ばんじ》心得《こころえ》られて、思《おも》うことなど心《こころ》にしまって外《そと》に漏《も》らすようなことはまったくなさらないので、たいそう平穏《へいおん》である。

男君《おとこぎみ》は、性懲《しょうこ》りもなく、何《なに》かのついでに、なお心《こころ》を抑《おさ》えきれないで、「帝《みかど》より折《お》り返《かえ》しお手紙《てがみ》はありましたか」とお尋《たず》ねになったので、女君《おんなぎみ》は

「やっぱり。また例《れい》によって」と煩《わずら》わしいので、「あったようでしたが、さあ、見《み》あたらなくなってしまいました」とおっしゃったところ、男君《おとこぎみ》は、「それはどこに散《ち》らしてなくしたのですか」とお尋《たず》ねになったので、硯《すずり》の箱《はこ》を男君《おとこぎみ》の方《ほう》へ押《お》しやってこられたのを、開《あ》けて御覧《ごらん》になると、お手紙《てがみ》はまだ引《ひ》き結《むす》ばれたままであったので、男君《おとこぎみ》はやはりこれは稀《まれ》なことと心《こころ》に沁《し》み、このような女君《おんなぎみ》の御心《おこころ》を、自分《じぶん》は調子《ちょうし》に乗《の》っていい気《き》になり、もっと先《さき》までのことを気《き》にかけて申《もう》し上《あ》げるものだから、恨《うら》めしくお感《かん》じになるのは当然《とうぜん》のことと、涙《なみだ》もこぼれて、お手紙《てがみ》を広《ひろ》げて今《いま》こそ女君《おんなぎみ》にお見《み》せになる。（続く）

❖朱雀院《すざくゐん》には名残遠《なごりとほ》くなるままに、宮《みや》のいといたく心細《こころほそ》げに思《おぼ》し乱《みだ》れ給《たま》へるを、このほどは夜離《よが》れなく慰《なぐさ》めたてまつるべきものと思《おぼ》せば、あなたがちに繁《しげ》うものし給《たま》ふを、女君《をんなぎみ》も、さるべきことわりとみな思《おぼ》し知《し》り、いみじからむことをも心《こころ》よりほかに漏《も》らすべく、はたものし給《たま》はねば、いとなだらかなり。

懲《こ》りずまなれど、もののついでに、なほえ忍《しの》び果《は》てず、「内《うち》より立《た》ち返《かへ》り御消息《おほんせうそこ》はありや」と問《と》ひ出《い》で給《たま》ひたるに、「さればよ、例《れい》の」とうるさければ、「あめりしかど、いさ、見《み》ずなりにけり」とのたまふを、「さは、いづくへか散《ち》り失《う》せにし」と尋《たづ》ね給《たま》ふに、硯《すずり》の箱《はこ》を押《お》し寄《よ》せたるを、開《あ》けて見《み》給《たま》へば、ただいまだ結《むす》ばれながらあるを、なほありがたくあはれに、かかる御心《おんこころ》を、我《われ》たけく思《おも》ひ驕《おご》り、今少《いますこ》し行《ゆ》く先《さき》をかけて聞《き》こゆるほどに、恨《うら》めしく思《おぼ》さるる、ことわりに、涙《なみだ》も落《お》ちて、引《ひ》き開《あ》けて今《いま》ぞ見《み》せたてまつり給《たま》ふ。（続く）

✻帝からの文に猜疑心《さいぎしん》に駆られ、女君の言葉も信じられず嫉妬する男君の弱さ、帝という至尊の立場の方からの手紙であっても読むどころか開けてみようともしない女君の強さが、垣間見《かいまみ》える場面である。子どもの出産を機に寄り添いを見せた二人の心は、帝の懸想《けそう》という火種を抱え、また離れていく。

㉑ 女君《おんなぎみ》の心境《しんきょう》――「夜《よる》の寝覚《ねざめ》絶《た》ゆる世《よ》なくとぞ」

女君《おんなぎみ》（寝覚《ねざめ》の上《うえ》）は「どうしてこの方《かた》の御心《おこころ》は、こうなのであろう」と思《おも》われるにつけ、「そもそもこの方《かた》との出会《であ》いが、避《さ》けられないつらい男女《だんじょ》の仲《なか》を知《し》り初《そ》めた最初《さいしょ》であったが、不憫《ふびん》で捨《す》て去《さ》ることのできない子《こ》どもたちができて、その子《こ》たちへの思《おも》いに引《ひ》かされたからこそ、心《こころ》ならずも人目《ひとめ》を忍《しの》ぶ言葉《ことば》も交《か》わしたのだった。この上《うえ》もない帝《みかど》の御執心《ごしゅうしん》といっても興味《きょうみ》はなく、通《とお》り一遍《いっぺん》のお返事《へんじ》を申《もう》し上《あ》げるのも軽率《けいそつ》なことだと思《おも》い、しかるべき折《おり》に、帝《みかど》がしみじみと心《こころ》を動《うご》かされても、どうして甲斐《かい》のあるような身《み》であろうか。また、帝《みかど》が無礼《ぶれい》で不愉快《ふゆかい》だとわだかまりを持《も》たれても、どうすることができよう。こうやって生《い》きていても、生《い》きていると思《おも》えない。『何人《なんにん》もいる幼《おさな》い子《こ》どもたちを見捨《みす》て難《がた》く、この人《ひと》あの人《ひと》のお世話《せわ》をこの私《わたし》がしなかったらどうなることか』と思《おも》うばかりに、生《い》きながらえているのだ。ほんとうのところ世間並《せけんな》みに執着《しゅうちゃく》する気持《きも》ちがないことも、心《こころ》が落《お》ち着《つ》くことだったのだ。もし、この俗世《ぞくせ》に固執《こしつ》する気持《きも》ちがあったら、恨《うら》めしく思《おも》う点《てん》がないとはいえないだろう」などとお思《おも》いになるにつけ、「この世《よ》はもうどうでもよい。このまま満《み》たされないことが多い運命《うんめい》で終《お》わるのだろう。せめて来世《らいせ》なりともなんとかと思《おも》うが、さすがに思《おも》い切《き》りよく出家《しゅつけ》を決意《けつい》することができそうにない子《こ》どもたちとの縁《えにし》が増《ふ》えていくことこそ、ほんとうにつらいこと」と、女君《おんなぎみ》の寝覚《ねざ》めがちな物思《ものおも》いの募《つの》る夜《よる》は絶《た》える時《とき》とてなかったという。

❖「いかでか、人《ひと》の御心《おんこころ》、かくしもあらむ」とおぼゆるも、「えさらず世《よ》を知《し》りそめにしはじめなりしに、あはれに思《おも》ひ捨《す》て難《がた》き絆添《ほだしそ》へて、心《こころ》に離《はな》れ難《がた》かりし方《かた》ざまにこそ、あながちにうち忍《しの》ぶ言《こと》の葉《は》も交《か》はしきこえしか。限《かぎ》りなき御事《おほんこと》といふとも、あぢきなく、おほかたならむ御返《おんかへ》り聞《き》こえむも軽々《かろがろ》しなど、さべき折《をり》、あはれにをかしと思《おぼ》されても、甲斐《かひ》あべき身《み》かは。また、いとなめくめざましと、御心《おほんこころ》おかせ給《たま》ふとても、いかがはあらむとする。かくてあるも、あるともおぼえず。『幼《をさな》き人々《ひとびと》の数々《かずかず》見捨《す》て難《がた》く、これかれの御扱《おんあつか》ひを、我《われ》さへ知《し》らずなりなばいかがは』と思《おも》ふばかりに、長《なが》らふるにこそあれ。まことは世《よ》の常《つね》にとまる心《こころ》のなきも、心安《こころやす》きわざなりけり。この世《よ》にしむ心《こころ》のあらましかば、恨《うら》めしき節《ふし》なくはあるまじき」など思《おぼ》すに、「この世《よ》は、さはれや。かばかりにて、飽《あ》かぬこと多《おほ》かる契《ちぎ》りにて、やみもしぬべし。後《のち》の世《よ》をだにいかでと思《おも》ふを、さすがにすがすがしく思《おも》ひたつべくもあらぬ絆《ほだし》がちになりまさるこそ、心憂《こころう》けれ」と、夜《よる》の寝覚《ねざめ》絶ゆる世《よ》なくとぞ。

✲女君はあらためて自らのここまでの男君との関係を振り返る。予期せぬ出会いと契り、子どもたちとの縁、また帝からの懸想とて予想外でそこに何の喜びも見いだせるわけではない。生きていく甲斐もない身であるが、ただもう見捨て難い子どもたちのために生きていこうと思う。そんな女君の願うところは心穏やかな生活を求めての出家であるが、それも現世でのしがらみゆえ叶《かな》わない。

尽きぬ女君の「夜の寝覚」。「夜《よる》の寝覚《ねざめ》絶ゆる世《よ》なくとぞ」の「世」は「夜」を掛けている。なお、「夜の寝覚」という書名になっている語はここで初めて登場する。この結びが冒頭と照応していることなどから、ここで原作は一度終わり、いわゆる末尾欠巻部は続篇とする考え方と、一区切りではあるものの、まだ物語は続くとする見解がある。少なくとも鎌倉時代には『無名草子』ほかの資料から末尾欠巻部も一緒に享受されていたことがうかがえるが、末尾欠巻部の冒頭がどのようであるのかわからない現在、不明と言うしかない。

○末尾欠巻部（第四部）について

末尾欠巻部については、国宝『寝覚物語絵巻』の詞書《ことばがき》や、改作本『夜寝覚物語』の一部、『無名草子』、『拾遺百番歌合』、『風葉和歌集』、『夜寝覚抜書』、それに近年発見されたいくつかの断簡などの資料があるものの、全容を解明できるほどではないが、現存本『夜の寝覚』の末尾からおよそ十年、長ければ十五、六年ほどの分量の内容が書かれていたと推定されている。その出来事は、およそ以下の通りである。

・石山姫君は十二歳となり、裳着《もぎ》（成人の儀）が行われた。腰結は中宮（男君のきょうだい）。この時中宮と寝覚の上（女君）、初対面。
・石山姫君、東宮妃となる。
・帝《みかど》の退位、東宮の即位に伴い、内侍督《ないしのかみ》の生んだ若君が新たな東宮となり、石山姫君は中宮となった。
・寝覚の上は、中宮の母としてますます重んじられ、「准后《じゅごう》」の位を授けられた。
・広沢の入道、七十の賀。中宮（入道の孫娘）の行啓があった。
・人々は寝覚の上が亡くなったと知らされるが、寝覚の上自身は実は生きていた（寝覚の上偽死事件、詳細不明）。
・まさこ君が冷泉院（かつての帝）鍾愛《しょうあい》の娘女三の宮と恋仲になり、何らかの事情で冷泉院の勘気に触れ、勘当される（まさこ君勘当事件、詳細不明）。
・寝覚の上、冷泉院に手紙を送り、まさこ君を許すように頼む。
・寝覚の上、第四子を出産する。
・その後寝覚の上は念願の出家を果たしたとみられるが、『風葉和歌集』にある称号「寝覚の広沢の准后」という最終位と矛盾するため、出家はせずに死去したとみる説もある。
・右衛門督《えもんのかみ》（かつての宮の中将）出家、その北の方（故老関白の次女）は男君に愛される身となった。
・中宮（石山姫君）とまさこ君、母寝覚の上を悼む歌を詠む。

諸資料から推定される内容はおよそこのようなものだが、起こった順序もはっきりしない、詳細不明なものが多く、なお新たな資料の発見が待たれる。

〈系図Ⅰ〉巻一、巻二

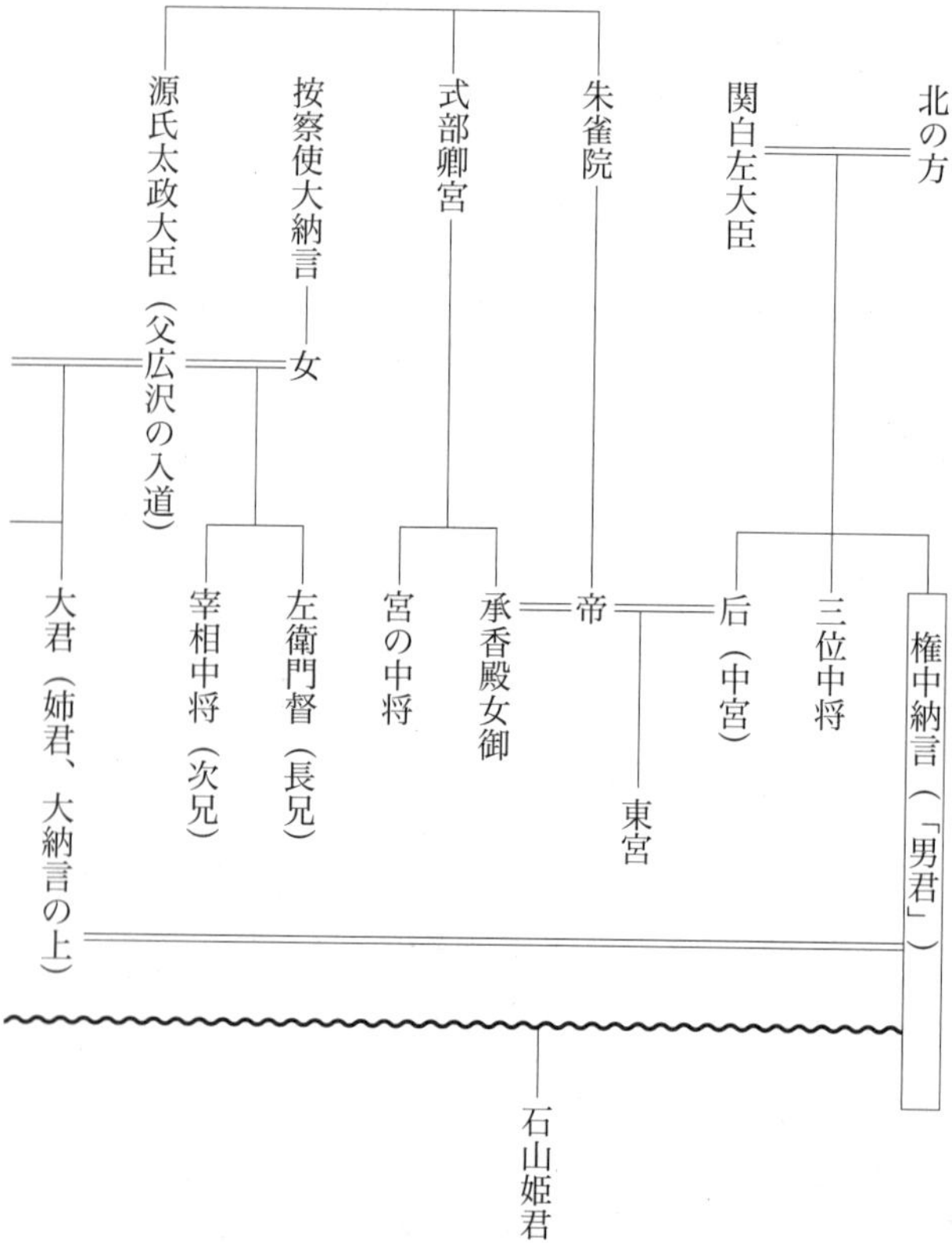
北の方
関白左大臣
権中納言（「男君」）
三位中将
后（中宮）
東宮
朱雀院
帝
式部卿宮
承香殿女御
宮の中将
按察使大納言
女
左衛門督（長兄）
宰相中将（次兄）
源氏太政大臣（父広沢の入道）
大君（姉君、大納言の上）
石山姫君

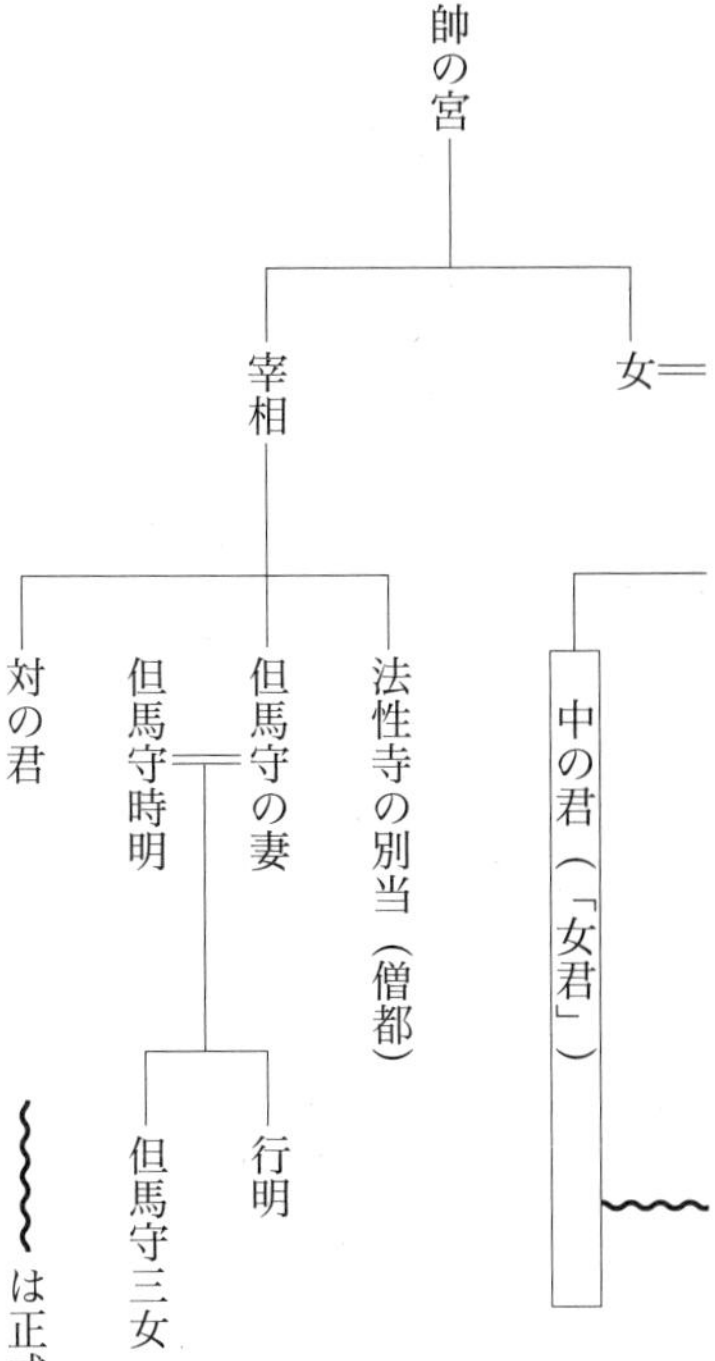

〜〜〜は正式な婚姻関係ではないことを示す。

〈系図Ⅱ〉巻三、巻四、巻五

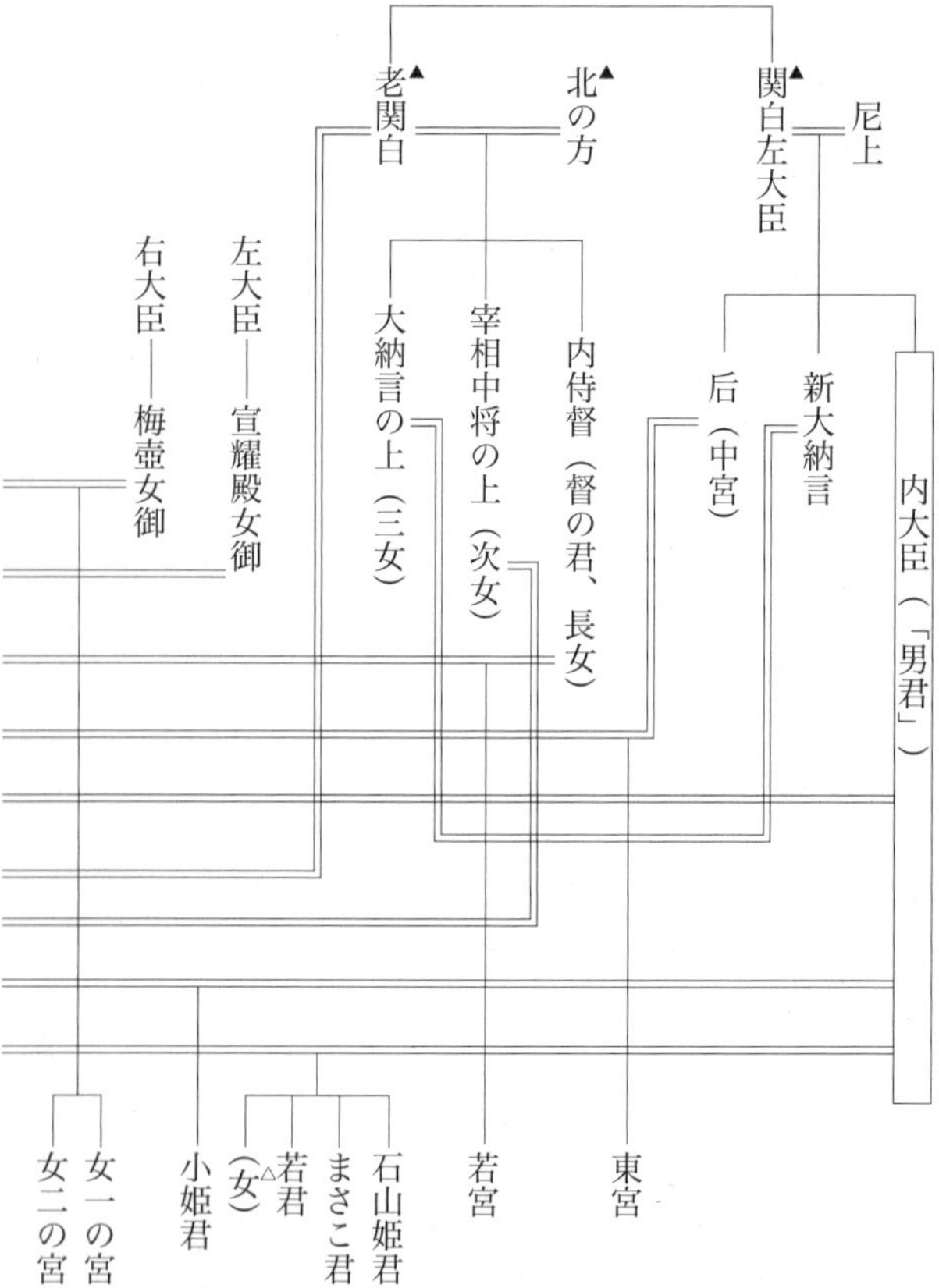
尼上
関白左大臣▲
北の方▲
老関白▲
内大臣（「男君」）
新大納言
后（中宮）
内侍督（督の君、長女）
宰相中将の上（次女）
大納言の上（三女）
左大臣
宣耀殿女御
右大臣
梅壺女御
東宮
若宮
石山姫君
まさこ君
若君
(女)△
小姫君
女一の宮
女二の宮

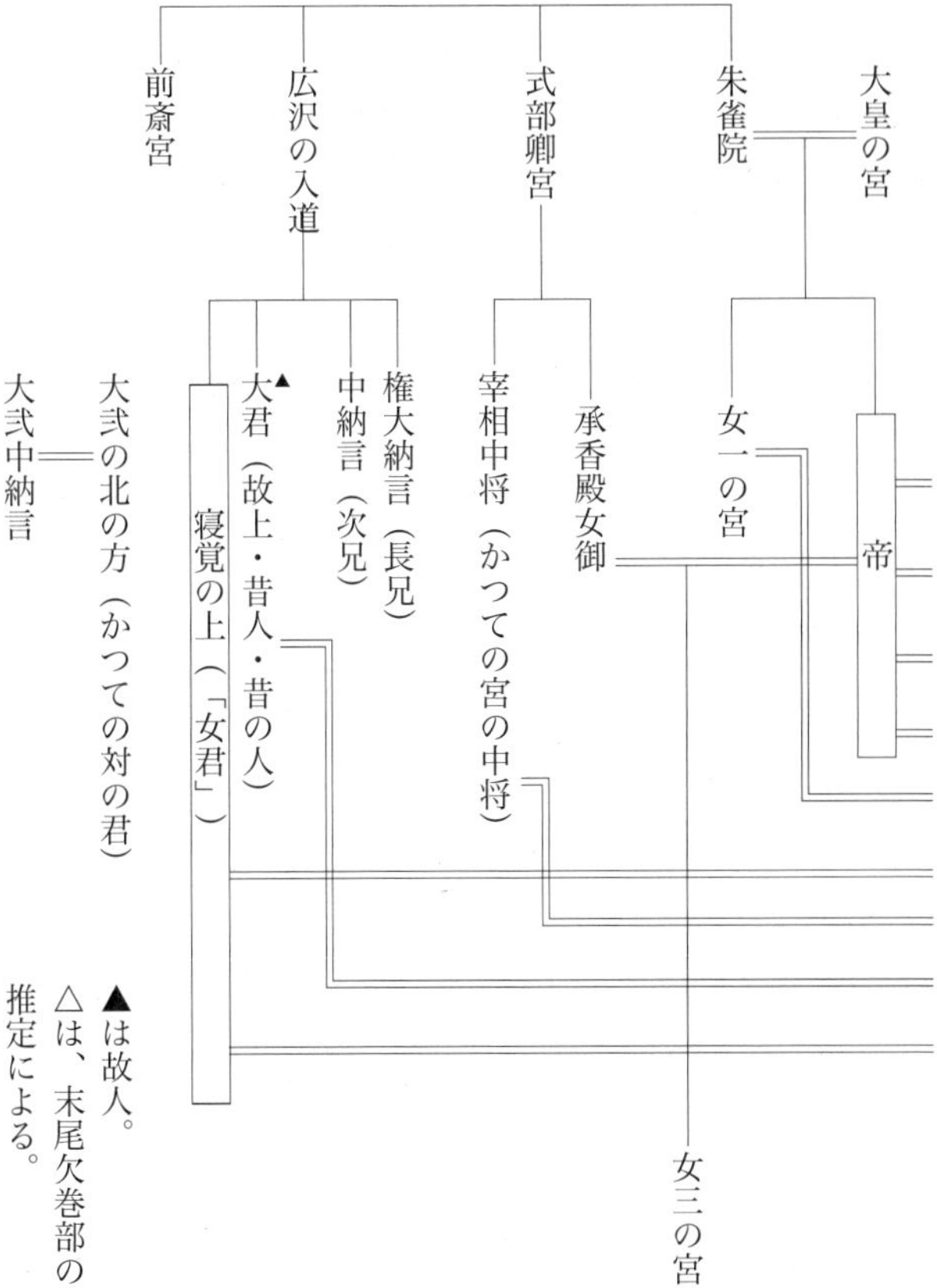

▲は故人。
△は、末尾欠巻部の推定による。

解説

『源氏物語』の後を受けて平安時代後期には短編を中心に、女性たちの手によって多くの物語作品が作られました。書名のみ残っていて現在は散逸してしまった物語も多いのですが、そんな中で生まれたのが『夜の寝覚』です。同時期の作品としては『狭衣物語』や『浜松中納言物語』なども伝えられていて現在読むことができます。『夜の寝覚』は残念ながら、残されている写本はどれも中間と末尾に欠巻があり、完全な形で全容を知ることはできません。ただ、院政期から鎌倉時代にかけてこの作品が評価されていたことや、散逸部分の内容などは、他のいくつかの資料から知ることができ、欠巻部の内容の推定も可能となっています。中でも物語評論書『無名草子』では多くの筆を費やしてこの物語の紹介をしています。また、「国宝　源氏物語絵巻」と同時期頃に、同じく国宝に指定されている「寝覚物語絵巻」も制作されています。これは現在、大和文華館（奈良市）に所蔵されています。さらに後述のように後世の人の手によって改作本も作られています。

○「寝覚」について

ところで皆さんは「寝覚」という語にどのような印象を抱かれるでしょうか。「寝覚」という語は奈良時代の『万葉集』から見られますが、わずか三例のみで一般的な語とはいえません。しかし、平安時代になると『古今和歌集』を始め、和歌において多くの用例が見られるようになり、たとえば「ねざめの恋」という題材で詠まれるようにもなりました。

「寝覚」とは、本来は皆が眠っているべき時刻に一人眠れないで目覚めている場合について使われる語です。そしてその原因は恋の物思いのためという意味で使われることが一般的です。しかし、平安時代中期から後期になると、和泉式部の帥《そち》の宮挽歌群のように「哀傷の寝覚」というべきものも見られるようになってきて、「寝覚」の語の意味するものがより広く、深くなってきます。本作品『夜の寝覚』はそんな時期に書かれた作品です。

題名に「寝覚」とあるように、あるいは物語の冒頭に「寝覚の御なからひ」とあるように、また現存部分の末尾に「夜の寝覚たゆる世なくとぞ」とあるように、この物語にとって「寝覚」というのは大変重要なキーワードです。「寝覚」という語は物語全体で二一例あり、文章量が五倍ほどある『源氏物語』では一五例であることを考えると、とても多いと言えます。そして女君（寝覚の上）の「寝覚」、男君の「寝覚」、それぞれに意味するところが違っています。そのあたりもこの物語を読んでいく上の面白さと思います。

○改作本『夜寝覚物語』について

ここで、改作本『夜寝覚物語』についてご紹介しましょう。中世（『風葉和歌集』成立後、一二七一年以降）に、『夜の寝覚』を原作として改作し書かれた『夜寝覚物語』という作品があります（作者未詳）。この本の発見により、原作本『夜の寝覚』の中間欠巻部の内容が大まかに推定できるようになりました。というのも、改作本は途中までの話はほぼ原作本のダイジェストといってよい内容だからです。しかし改作本は途中から原作本の筋を大きく離れ、原作とは異なるハッピーエンドに向かっていくため、残念ながら原作本の末尾欠巻部の推定にはあまり役には立ちません。それに加えて、改作本の内容が果たして原作本の中間欠巻部にもあった出来事や描写なのか、なお検討の余地があります。それでも、原作本の登場人物たちの回想から、中間欠巻部の内容と改作本の内容がある程度同じであることが確認できるため、改作本が原作本『夜の寝覚』の理解にとっても重要なものであることには変わりありません。また、原作が失われ改作本のみが残っている他の物語（『住吉物語』『とりかへばや』『しのびね』など）とは異なり、『夜の寝覚』は原作本と改作本の両方を読むことができ、中世における物語改作のあり方を詳しく知ることができる、非常に貴重な例なのです。なお改作本は中世王朝物語全集『夜寝覚物語』（笠間書院、二〇〇九年）などで読むことができます（末尾の「参考文献」参照）。

さらに、細やかな心理描写もこの作品の特徴です。個々の段でも触れたように、息の長い、延々と続く心中表現は、登場人物たちの思いをそのままかたどっていく語りとなっていて、そこには王朝物語らしさをたたえながらも、近代小説にもつながる新しさも見いだせます。

世界に誇る『源氏物語』ですが、そのあとに生まれた平安後期の王朝物語作品は、かつては亜流とか模倣とか評されてきました。しかし、そんなことはありません。『源氏物語』の達成をふまえながら、独自の魅力的な世界を描き出しています。これらの作品が一〇〇〇年の時を越えて現在まで残っているということは、歴史上の多くの人々が後世に残したいという情熱を持って、伝えてきたからです。今回、ビギナーズ・クラシックスという手軽な形でこの『夜の寝覚』を紹介できて幸いです。今後も読み継がれていくことを願っています。

参考文献

〈テキスト・注釈書〉

藤田徳太郎・増淵恒吉『校註夜半の寝覚』中興館、昭和8年

関根慶子・小松登美『寝覚物語全釈』学燈社、昭和35年（増訂版　昭和47年）

阪倉篤義『夜の寝覚』（日本古典文学大系78）岩波書店、昭和39年

鈴木一雄『夜の寝覚』（日本古典文学全集19）小学館、昭和49年

大槻修・大槻節子『夜の寝覚』（影印校注古典叢書）新典社、昭和51〜58年

石川徹『校注　夜半の寝覚』武蔵野書院、昭和56年

鈴木一雄・石埜敬子『夜の寝覚一・二』（完訳日本の古典）小学館、昭和59・60年

関根慶子『寝覚』上・中・下（講談社学術文庫）昭和61年

鈴木一雄『夜の寝覚』（新編日本古典文学全集28）小学館、平成8年

〈改作本関係〉

金子武雄『夜寝覚物語（異本）』上・下　古典文庫、昭和29・30年

市古貞次・三角洋一『鎌倉時代物語集成第6巻』（夢の通ひ路物語・夜寝覚物語）笠間書院、平成5年

鈴木一雄・伊藤博・石埜敬子『夜寝覚物語』（中世王朝物語全集19）笠間書院、平成21年

〈欠巻部関係〉

田中登・米田明美・中葉芳子・澤田和人『寝覚物語欠巻部資料集成』風間書房、平成14年

〈絵巻関係〉

白畑よし『寝覚物語絵巻　駒競行幸絵巻他』（日本絵巻物全集）角川書店、昭和40年
小松茂美『源氏物語絵巻　寝覚物語絵巻』（日本絵巻大成）中央公論社、昭和52年
小松茂美『源氏物語絵巻　寝覚物語絵巻』（日本の絵巻1）中央公論社、昭和62年
大和文華館『特別展　国宝寝覚物語絵巻―文芸と仏教信仰が織りなす美―』平成13年

平安京

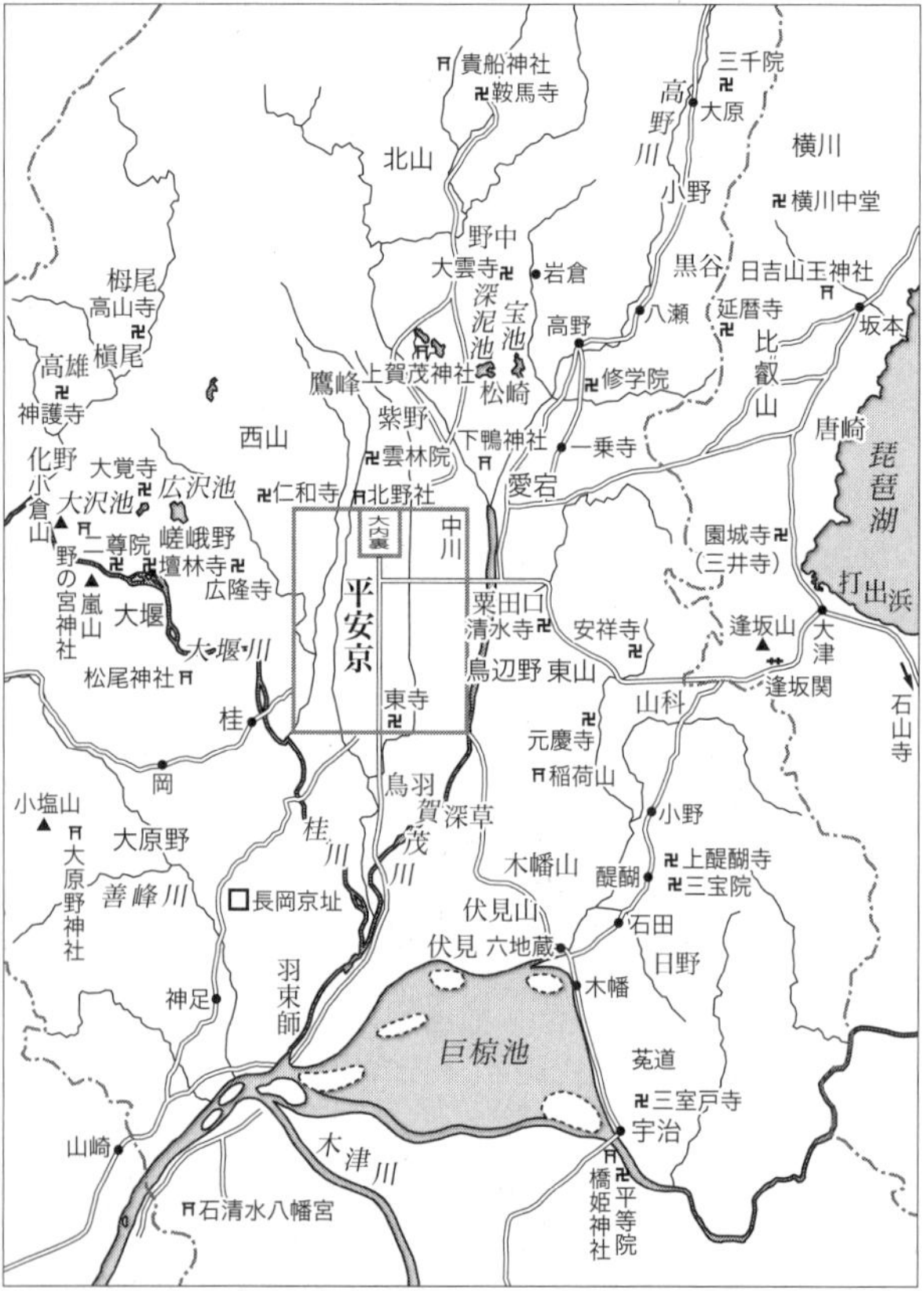

貴船神社
鞍馬寺
三千院
高野川
大原
横川
北山
小野
横川中堂
野中
大雲寺
岩倉
黒谷
日吉山王神社
栂尾
高山寺
深泥池
宝池
八瀬
延暦寺
坂本
槇尾
高野
比叡山
高雄
鷹峰
上賀茂神社
松崎
修学院
神護寺
紫野
唐崎
西山
下鴨神社
一乗寺
琵琶湖
化野
大覚寺
雲林院
小倉山
大沢池
広沢池
仁和寺
北野社
愛宕
二尊院
嵯峨野
大内裏
中川
園城寺（三井寺）
野の宮神社
嵐山
檀林寺
広隆寺
平安京
打出浜
大堰
粟田口
清水寺
安祥寺
逢坂山
大津
大堰川
鳥辺野
東山
逢坂関
松尾神社
東寺
山科
石山寺
桂
元慶寺
岡
稲荷山
鳥羽
小塩山
賀茂川
深草
小野
大原野
桂川
大原野神社
木幡山
上醍醐寺
醍醐
三宝院
善峰川
長岡京址
伏見山
石田
伏見
六地蔵
日野
羽束師
木幡
神足
巨椋池
莵道
三室戸寺
宇治
山崎
木津川
平等院
橋姫神社
石清水八幡宮

平安宮内裏図

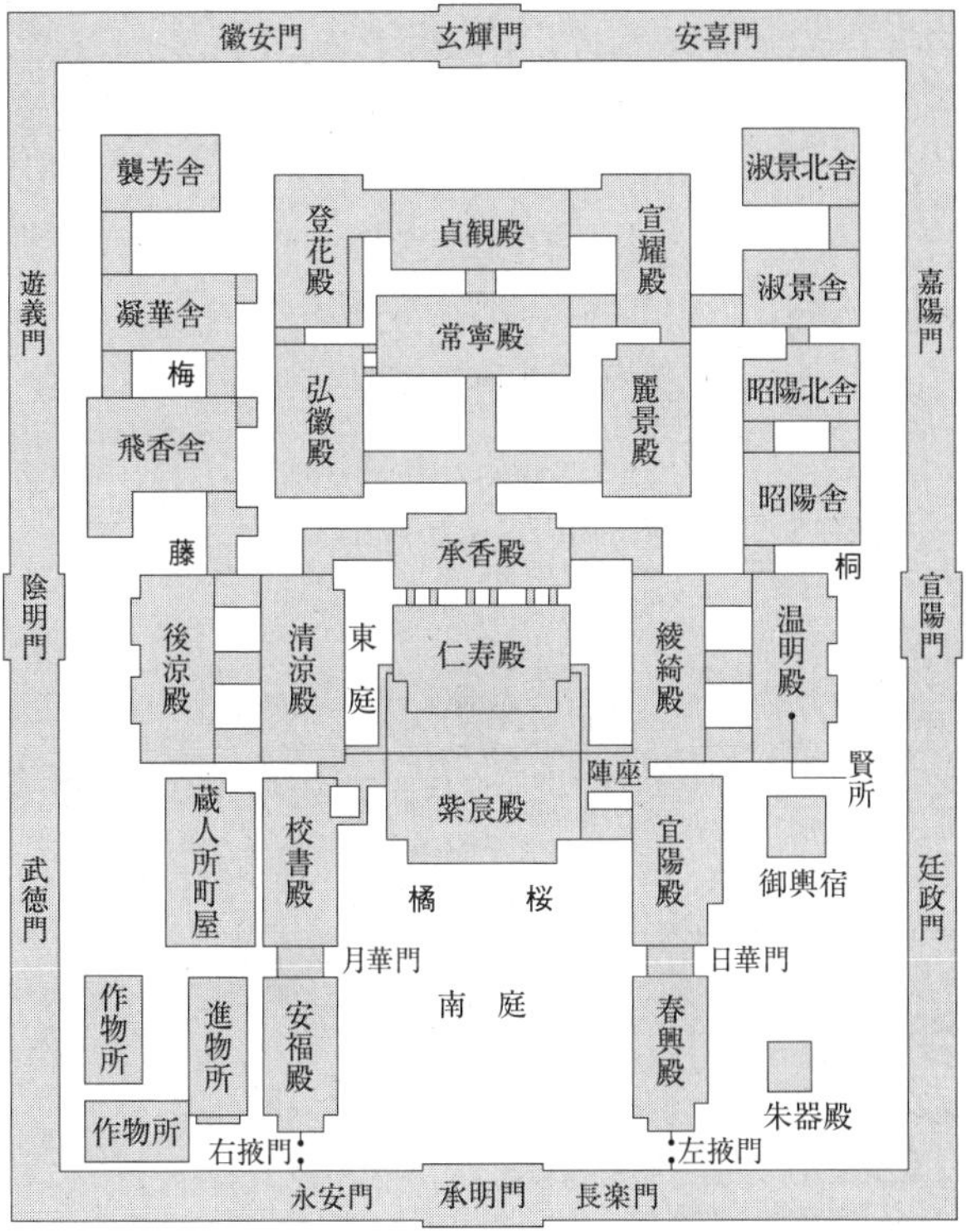

徽安門
玄輝門
安喜門
襲芳舎
貞観殿
登花殿
宣耀殿
淑景北舎
淑景舎
遊義門
嘉陽門
凝華舎
常寧殿
梅
弘徽殿
麗景殿
昭陽北舎
飛香舎
昭陽舎
藤
承香殿
桐
陰明門
宣陽門
後涼殿
清涼殿
東庭
仁寿殿
綾綺殿
温明殿
賢所
陣座
紫宸殿
蔵人所町屋
校書殿
宜陽殿
御輿宿
武徳門
延政門
橘
桜
月華門
日華門
南庭
作物所
進物所
安福殿
春興殿
朱器殿
作物所
右掖門
左掖門
永安門
承明門
長楽門

ビギナーズ・クラシックス 日本《にほん》の古典《こてん》

夜《よる》の寝覚《ねざめ》

乾《いぬい》 澄子《すみこ》＝編

令和６年 ２月25日　初版発行

発行者●山下直久

発行●株式会社KADOKAWA
〒102-8177　東京都千代田区富士見2-13-3
電話　0570-002-301（ナビダイヤル）

角川文庫 24049

印刷所●株式会社暁印刷
製本所●本間製本株式会社

表紙画●和田三造

ISBN 978-4-04-400729-4　C0195

◇◇◇